KB261556

타인의 심장

샤를로트 발랑드레 지음 | 허지은 옮김

문학세계사

옮긴이 · 허지은
연세대학교 졸업. 프랑스 파리 라 빌레트 국립건축학교에서 유학.
현재 전문 번역가로 활동하고 있음.
번역한 책으로는 『줄리아의 즐거운 인생』『인생벌레 이야기』
『위로』『손을 씻자』『롱기누스의 창』『초콜릿을 만드는 여인들』
『왕자의 특권』『겨울 여행』『아름다운 하루』
『생명의 한 형태』 등이 있음.

타인의 심장
샤를로트 발랑드레 지음

·

초판 1쇄 발행일   2013년 3월 18일

·

옮긴이 · 허지은
펴낸이 · 김종해
펴낸곳 · 문학세계사

·

주소 · 서울시 마포구 신수로 59-1(121-110)
대표전화 · 702-1800 ㅣ 팩시밀리 · 702-0084
mail@msp21.co.kr ㅣ www.msp21.co.kr
트위터 @munse_books
출판등록 · 제21-108호(1979.5.16)
값 13,000원

ISBN 978-89-7075-562-5 03860

DE CŒUR INCONNU

Charlotte Valandrey

나의 딸 타라에게,
그리고 안나에게

꿈은 한 인간에게서 결코 빼앗을 수 없는
그 사람의 일부입니다.

한국의 독자들에게

나의 책이 '고요한 아침의 나라' 까지 여행을 하게 되었다는 소식을 편집자로부터 전해 들었습니다. 그 책이 마치 철새처럼 나의 이야기를 여러분께 전해준다는 이야기를 들은 순간, 나는 가벼운 현기증을 느꼈습니다. 전율이 느껴졌죠. 당장 인터넷에 접속해 우리를 갈라놓는 거리를 가늠해 보았고 서울과 파리를 잇는 그 포물선을 손가락으로 더듬으며 나는 꿈을 꾸었습니다. 여러분의 얼굴과 저 멀리에서 펼쳐지는 여러분의 삶과 내가 알지 못하는 여러분의 문화를 상상했어요. 그리고 우리 사이의 인연을, 우리의 심장을 잇는 기나긴 줄을 떠올리며 나의 이야기가 여러분의 마음 속에 한 줄기 빛을, 여러분의 아름다운 얼굴에 미소를, 그리고 희망을 떠오르게 하길 소망했습니다.

내 이름은 샤를로트 발랑드레, 직업은 배우예요. 아니, 한때 배우였던 적이 있었죠. 열여섯 살에 영화에 데뷔했습니다. 데뷔작은 〈붉은 키스〉였고 그 영화로 파란만장한 삶에 발을 들여놓았어요. 나는 동화 같은 삶을 기대했었죠.

열여덟 살 생일을 맞이하기도 전에, 에이즈 감염 사실을 알았습니다. 첫사랑이 남긴 추억이었어요. 당시 사람들은 내가 여섯 달을 넘기지 못할 것이라고 말했습니다. 난 그 확률이 거짓이라는 것을 증명했지요. 10년 동안, 나의 상황을 잊고 살았습니다. 살려면 그래야만 했어요. 딱 한 번, 영화 출연 제의를 받고 유명한 감독과 촬영 준비를 하던 중에, 에이즈 감염 사실을 고백했던 경우만 제외하고 말이죠. 영화는 나 없이 진행되었고 천천히, 영화계는 나에게 다시 문을 닫았습니다.

삶에 대한 애착과 용기로 무장을 한 채로 나는 투쟁했습니다. 텔레비전, 라디오 쪽으로 계속 일을 했어요. 너무나 힘들었던 적도 몇 번 있었죠. 그러던 중 1992년이 되어, 나는 텔레비전 수사극 시리즈 〈레 코르디에, 판사와 경찰〉에서 역할을 맡았습니다. 곧 큰 인기를 얻어 10년간 천만 명의 시청자들의 사랑을 받았던 작품이었어요.

그렇게 살기 위해 혼자 싸워가던 중, 2000년에는 나의 투쟁 중에서 가장 아름다운 투쟁을 벌였습니다. 서른한 살에 한 아이의 엄마가 되었던 것이죠.

2003년 11월 4일에는 심장 이식 수술을 받았습니다. 불안 발작 때문에 두 차례에 걸쳐 경색을 일으키고는 회복하지 못한 심장이 괴저되었죠. 심장 기능은 10%밖에 남지 않았고 배에는 복수가 찼습니다. 나는 움직이는 것도 늙은 뱀처럼 천천히, 스멀스멀 움직일 수밖에 없었고 양 볼은 움푹 팬 몰골을 하고 있었어요. 끝이 보이더군요.

그날, 2003년 11월 4일, 내가 수술을 받기 몇 시간 전에 교통사고를 당한 한 젊은 여인이 내게 다시 생명을 주고 떠났습니다. 검사 결과, 뻣뻣해진 내 심장은 한 달밖에 더 버티지 못할 것이라는 결론이 내려졌었죠. 불행 중 다행이라는 것이 이런 것일까요.

수술을 받고 나서 2년 후부터 거의 매일 악몽을 꾸기 시작했어요. 아침이면 잊혀지는 그런 꿈이 아닌, 아즈 강렬한 꿈이었어요. 꿈에서 나는 엄청난 폭풍우가 몰아치던 날, 파리 어느 광장 가까이에서 끔찍한 교통사고를 당했습니다. 그때 나와 상담했던 심리분석가와, 심장 전문의였던 당시 남자친구는 그 꿈을 꾸는 이유를 이론적으로 설명했지만 내 마음 깊숙한 곳에서는 그 꿈이 절대 정상이 아니며 내 꿈이 아니라는 느낌이 들었습니다. 그 직감은 정말로 강한 것이었어요. 그 차에 있던 사람은 내가 아니었고 손가락에 끼워져 있던 반지며 뒷좌석에 앉은 갓난아기도 너무나 낯설었습니다. 그때부터 나는 내 안에서 뛰는 타인의 심장의 정체를 알아내기 위한 조사를 시작했습니다. 내 기억과 다른 추억의 조각들을 흩뿌리는 이 심장의 옛 주인을 알아내기 위해……

책에 소개한 나의 이야기는 이렇게 시작됩니다.

이 이야기를 여러분이 좋아해 주시길 바랍니다. 우리 사이에 생겨난 인연에 대해 온 마음을 다해 감사드려요. 이 인연이 나에게 큰 힘이 되어줄 거예요. 언젠가 여러분을 만나는 기쁨을 누릴 수 있기를 소망합니다.

파리에서 사랑과 우정을 담아,

샤를로트

삶을 향한 열정과 희망

　여배우 샤를로트 발랑드레의 인생은 그야말로 파란만장한 역정이었다. 쉽지 않은 에이즈 치료와 심장 이식 수술의 과정을 거치면서도 그녀는 에너지와 생기를 잃지 않았고, 오히려 자신의 아픈 경험을 여러 사람들과 나누고자 했다. 특별한 길을 걸어온 샤를로트 발랑드레의 이 고백은 이식 수술 외에는 선택의 여지가 없는 심장병 환자들뿐 아니라 다른 여러 가지 질병과의 싸움을 벌이고 있는 모든 환자들에게 힘을 실어줄 것이라 굳게 믿는다.

　장기 기증은 인류애를 실천하는 고귀한 행동이다. 샤를로트 발랑드레는 그 사실을 잘 알았기 때문에 끝이 없는 이 감동적인 싸움에 온 힘과 열정을 쏟아 부을 수 있었다. 경험에서 비롯된 그녀의 증언 덕분에 세상에서 가장 회의적이라고 할 수 있는 장기 이식을 생각하는 기증자나 수술을 앞둔 환자들이 일말의 확신을 얻을 수 있으리라 믿는다. 최초의 심장 이식 수술은 지금으로부터 약 50년 전에 시행되었다. 여러 가지로 난관이 많았던 초창기였다. 이후 많은 발전이 있었고 발전된 의료기술을 바탕으로 비현실적으로만 보이던 이식 수술 분야도 성숙되어 갔다. 이식 수술 이후의 처치와 검사 부문에도 큰 발전이 있었다. 그러나 우리는 정작 그 장기를 기증한 분들을 잊기 쉽다. 이 세상을 떠나며 자신의 장기를 떼어내어 그 장기를 기다리는 환자들에게 기꺼이 기증을 한 분들인데도.

샤를로트 발랑드레의 증언은 우리의 마음을 사로잡는다. 그녀의 이야기를 통해 우리는 장기를 주는 사람과 그 장기를 받는 사람 사이의 연결성에 대해 생각해 보게 된다. 샤를로트는 자신에게 심장을 준 사람과 그 사람의 인생에 대한 인연을 끈질기게 파고들었다. 특히 다른 장기가 아닌, 아득한 먼 옛날부터 사랑의 상징으로 여겨지던 심장을 받았다는 점에 주목했다. 죽은 이후에 누군가에게 심장을 기증함으로써 나의 심장이 그 사람의 심장이 되어 새로운 희망과 새 삶을 준다는 것은 분명 인류애의 한 가지 실천 방법으로 기록될 일이다.

샤를로트 발랑드레의 증언은 바로 그 희망에 대한 메시지인 동시에 여전히 풀지 못한 미스터리로 남아 있는 기억의 전달에 관한 이야기이기도 하다. 그녀의 체험을 통해, 독자들은 심장 이식 수술의 한 면을 경험할 수 있을 것이며, 삶을 위한 그녀의 투쟁에 동참할 수 있을 것이다.

파리병원 심장병학 교수,
제라르 헬프트(Gérard HELFT)

2005년 11월 파리

비명을 지르며 침대에서 일어난다. 나를 놓아주지 않는 저 끈질긴 꿈을 다시 꾸었다. 깜깜한 밤, 아무것도 보이지 않는다. 내가 죽었다. 드디어.

심장 이식 수술을 받은 지 2년, 마지막으로 일어난 내 몸 속의 지진은 나의 중고 심장에 치명적이었다. 세 번째 경색, 그것도 동맥이 막혀버리는 가장 심각한 증세였다. 이런 것까지 이기고 살아남을 수 있는 사람은 없다.

꿈의 초반에는 모든 것이 실제보다 더 생생했다. 가슴 부위를 마비시키는 통증이 팔을 통과해 뻣뻣해진 손가락에까지 닿았고 내 몸을 찌른 칼이 무뎌지는가 싶더니 온몸이 녹아내리는 것만 같았다. 그리고 시커먼 구멍, 뒤이어 들려오는 사이렌 소리. 칠판을 긁는 분필소리처럼 소름끼치는 소리가 머리에서 떠나지를 않았다.

정신을 차리고 보니 어수선한 심장 센터 집중치료실. 아직 살아 움직이는 내 몸 여기저기에 연결된 관들과 주사바늘들. 나를 둘러싼 모니터의 벽. 마치 방송국 음향조정실에 와 있는 것 같다. 오늘은 어떤 장면을 찍나요? 당신이 죽는 장면. 딱 한 번만 찍을 거예요.

음향 상태는 좋지 않다. 삐삐거리는 소음 때문에 머리가 깨지는 듯 아프다. 시뻘건 색깔의 거대한 숫자들이 까만 화면 위에 불쑥 불쑥 나타난다. 모든 게 잘못되어 가고 있다고 외치는 기계의 비명이 자꾸만 날카로워진다. 사람들이 내가 누워 있는 병실 스윙 문을 밀며 끊임없이 드나든다. 어지럽다. 병실이라고 할 수도 없는 것이, 창문도 없고 바닥을 비닐로 덮어 액체란 액체가 모두 흐를 수 있도록 해둔 방이다. 스펀지로 한번 쓱 닦으면 깨끗해져서 다음 환자를 받을 수 있다.

나는 잠을 자려는 것이 아니라 살아나려고 이 방에 들어왔다. 내 심장이 벽에 부딪혔다.

주변 사람들이 허둥댔다. 즉, 이번에는 사태가 심각하다는 것이다.

이 꿈은 이상하다. 평소와는 다른 꿈이다. 장면 하나하나가 어릴 적 내 비밀 상자에 넣어두었던 성당 그림을 떠오르게 하는 예쁜 금빛 후광으로 둘러싸여 있다.

굳은 표정으로 입술을 꽉 다문 아버지와 눈에 눈물이 그렁그렁한 나의 영원한 친구 릴리가 보인다. 그러지 마, 울지 마! 그런데 대체 무슨 일이야?

페매 붙인 내 심장은 분당 30번밖에 뛰지 않는다. 29, 28, 27. 혈압이 떨어진다. 결국 내 몸이 불청객을 거부하고 있다.

"숨이 끊어지려고 해요!" 갑자기 아버지가 외친다. "어떻게 좀 해 봐요, 이런 빌어먹을!"

아버지가 이렇게 흥분하는 건 참 오랜만이다. 내 걱정에 소리를 지르는 아버지를 본 지가 언제였던가. 기분 좋은데요. 아빠, 좀더 자주 소리를 질러주서야겠어요. 아빠의 부담을 심장과 숨결에 덜어놓으세요. 내가 모진 형벌을 받고 있긴 하지만, 그래도 날 사랑한다고 외쳐주세요. 그리고 그 외투 좀 벗으세요. 눈이 잔뜩 묻었잖아요. 감기 걸리겠어요.

옅은 푸른색 눈을 한 나의 가엾은 아빠, 고향 브르타뉴의 하늘처럼 반짝거리는 은발이 멋진 나의 아빠, 바비 인형의 남자친구 켄을 닮은 아빠. 아빠는 아직도 믿고 있다. 아빠는 약해지고 비쩍 말라 반쪽이 되었다가도 마지막에 가서는 결국 되살아나는 불사조 딸을 정말 여러 번 지켜보아왔다. 그러나 세면대 위에 걸린 거울을 통해 보이는 기계에 나타나는 내 심장 박동의 사인 곡선은 거의 평평하다. 아래위로 힘차게 움직이는 아름다운 곡선은 더 이상 보이지 않는다. 화면을 둘로 나누는 흰 선은 늙은 뱀처럼 천천히 움직이고 있다. 눈을 감아야겠다.

"타라는? 내 딸은 어디에 있어요?"

나는 끝없는 벽으로 둘러싸인 것 같은 하얀 방 안을 두리번거리며 딸아이를 찾는다. 겨우 아이의 이름을 발음한다. 이제 내 눈은 크게 열려 있다.

"타라…… 타라! 타라!"

"15세 미만의 어린이는 출입 금지예요. 더 이상 말하지 말고 쉬세요. 환자분은 지금 너무 약해져 있어요."

성실한 간호사의 말투가 무뚝뚝하다. 나도 내가 약해져 있다는 걸 잘 안다. 걱정 말아요, 간호사님, 조깅을 한다고 도망을 치거나 하지는 않을 테니까. 그래요, 푹 쉴게요, 아주 오랫동안. 하지만 그 전에 딸을 보고 싶어요. 이해할 수 있죠? 간호사님에게도 아이가 있나요? 타라는 다섯 살이에요. 내 딸이 열다섯 살이 되는 걸 나도 보고 싶어요. 하지만 오늘은 규칙이고 나발이고 모르겠다고요.

"타라? 타라!"

타라가 오지 않으면, 사랑한다는 달을 누가 전해줄까? 오늘 죽어도 나는, 너를 위해, 네 안에, 언제나 함께 하리라는 말을. 엄마는 뽀송뽀송한 가루로 덮인 날개를 가진 한 마리 나비가 되어 네 어깨에 앉을 거야. 아니면 반짝거리는 빨간 딱정벌레가 될 테니 네 작은 손 안에 올려주렴. 바닷가에서 날리던 연을 기억하니, 나의 타라? 언제나 너의 머리 위에서, 너의 하늘 위에서 날아다닐게. 하지만 널 사랑한다는 말을 누가 전해줄까? 아빠가 해줄래요? 아빠가 타라에게 전해줄래요? 조금 전처럼 큰 소리로 외쳐줄 수 있어요? 아빠를 믿을게요. 내가 사랑하고 있다는 걸 타라가 알아야 해요. 마음속으로 계속 되뇌어야 한다고요, 아주 중요한 일이에요. 타라에게 그 얘기를 미처 못 하고 왔어요. 아무 생각이 없었어요. 너무 아팠고 사이렌 소리도 너무 시끄러웠거든요.

"도부타민(심장 박동의 출력을 단기적으로 증가시키기 위해 사용하는 교감신경 흥분제), 도부타민을 최대치로! 전기 충격 요법은 안 됩니다. 기다립시다. 다른 방법이 없어요."

오늘 오전 근무를 서는 젊은 심장병 전문의가 신경을 곤두세우고 쩔쩔매고 있다. 그가 무력한 표정으로 로봇처럼 목을 이리저리 돌려가며 화면 하나하나를 열심히 쳐다본다.

비행기를 탔는데, 기상악화로 안전벨트를 맨 내 몸이 요동을 치는 것 같다. 살려달라고 악을 쓰면서 여승무원의 얼굴을 보는데, 그 표정에서 나는 상황의 심각성을 깨닫는 것이다.

"조심하세요! 곧 추락합니다!"

잘생긴 의사의 주름진 이마에서 나는 바로 그 메시지를 읽는다.

도부타민은 정말 굉장한 물건이다. 집중치료에 길들여진 사람들에게만 허락된 일종의 합법적인 마약. 그래요, 도부타민을 준다고요, 그거 아주 좋은 생각이네요! 도부타민은 즉시 굉장한 효과를 발휘한다. 일시적이나마 강력하게 원기를 북돋아주는 화학적 전기 충격이라고나 할까. 도부타민은 죽어가는 사람을 상상 초월의 흥분상태로 몰아넣는다.

엄청난 양을 투여한 게 틀림없다. 나는 눈을 번쩍 뜨고 말을 마구 쏟아낸다.

"이제 좀 낫네, 제기랄, 이제 좀 나아! 아빠, 괜찮아요? 가서 타라 좀 데리고 오실래요? 알아요, 너무 이른 시간이긴 해요. 그래도 깨워서 데려오세요. 타라를 보고 싶어요. 얘기를 하고 싶다고요. 릴리, 넌 어때? 울지 마, 알겠지? 특히 타라 앞에서 울면 안 돼. 내 앞에서도 울지 말고. 나까지 우울해진단 말이야. 캐러멜하고 콜라를 먹고 싶어. 아빠, 좀 가져다 주세요. 그나저나 간호사님, 아무래도 나가서 조깅을 해야겠어요. 그런데 날씨가 어떤가? 눈이 와요? 아, 안타깝군. 문 부츠를 신고 조깅을 할 순 없잖아, 그건 바보짓이야. 저 의사 선생님, 정말 멋진걸! 릴리, 너도 봤지? 저 눈이랑, 손 좀 봐. 선생님. 도부타민 조금만 더 부탁해요. 나를 위해서가 아니라 우리의 러브스토리를 위해. 죽기 전에 사랑을 나눈다면, 끝이 얼마나 아름답겠어요. 침대에서 죽는 건 괜찮지만 혼자는 싫어요. 릴리, 집중치료실 심장 전문의들은 다들 잘생겼지? 너도 그렇게 생각하지? 아니라고? 맞아, 맞다니까. 캐스팅이 정말 훌륭해. '병원 구조대'를 찍으려는지, 근육을 보고 뽑나 봐. 게다가 분위기 좋으라고 귀여운 스타일로. 그런데 난 왜 저 섹시한 의사들에게 이런 꼴을 보여야 할까? 얼굴은 흙빛이지, 블라우스는 싸구려 아크릴이지, 머리는 떡이 졌지, 조명은 형광등이지. 쉿…… 온다, 와."

도부타민의 문제점은 심장이 이 충격요법을 오랫동안 견디지 못한다는 것이다. 생명은 꼼수에 적응을 그다지 잘 하지 못한다.

"도부타민 투여를 중지할 거예요. 견디는지 지켜보겠어요."

"정말요, 선생님?……내가 마음에 안 들어요?"

"선택의 여지가 없어요."

할 수 없지. 도부타민과 함께 했던 순간은 내가 마지막으로 생기를 되찾았던 순간이었고, 내가 마지막으로 던진 추파였으며 마지막 미소였다.

도부타민 투여 중지, 전류 중단. 갑작스럽게 모든 게 끝난다. 나의 심장은 평소의 상태로 되돌아온다. 지치고 쇠약해진 상태. 몸을 움직일 수가 없고 무기력하다. 힘이 풀린다. 잠이 든다. 서서히.

결국에는 꽤 기분이 괜찮다. 차갑게 식어가는 내 손가락 위에 묵직한 아버지의 손이 느껴진다. 그러다가 아버지가 멀어진다. 모든 게 내게서 멀어진다. 이 흉한 방이 한없이 커지고 나는 작아진다. 아기만큼 줄어들었다가 벌레만 해졌다가 아예 없어진다. 둔한 비명이 아직 들려오는가 싶더니 날카로운 기계음들이 낮게 윙윙거리는 소리로 줄어든다. 멀리서 들려오는 듯 어렴풋한 신호음 속에서 나의 생명이 꺼져간다. 단속적인 소리도, 혈관으로 들어오는 피도, 피부의 장밋빛도 더 이상은 없다. 삶이 끝난다. 아빠 손의 따뜻한 온기를 마지막으로 모든 것이 끝난다. 커튼이 내려온다.

나는 아직 어두운 하늘에서 은빛 눈이 내리는 새벽, 파리에서 서른일곱 살에 죽었다.

꿈을 꾼다. 이미지들은 많았지만 편집이 엉망이어서 서로 뒤죽박죽이 되어 있다. 꿈 속에서 나는 나의 장례식에도 참석했다. 그건 좀 재미있었다. 신부님은 데뷔 초 마돈나처럼 검은 가죽 옷에 십자가를 주렁주렁 달고 있었다. 나의 할머니 바베트도 천국에서 내려오셨다. 언제나처럼 완벽할 정도로 깔끔한 차림을 하신 할머니는 이상하리만치 들떠 있는 것 같았다. 배경 음악은 마음에 들었다. 텔레폰, 스톤즈, 인도차이나, 블론디 등, 내가 좋아하던 옛 시절의 음악이 연주되었다. 그리고 다시 살아난 나의 어머니가 연주하는 쇼팽의 프렐류드. 아지랑이처럼 아른거리는 연보라색 드레스를 입은 어머니는 눈이 부시도록 아름다웠다. 어머니는 나를 보고 천사 같은 미소를 지었다. 나는 팔을 뻗었지만 어머니를 만질 수 없었다.

당혹스러웠던 것은 아무도 슬퍼하지 않는다는 것이었다. 즐거운 장례식이라니, 이상해도 너무 이상했다. 아무도 나를 그리워하지 않을까 봐 겁이 났다. 미소짓던 그 얼굴들이 아직도 똑똑히 기억난다.

대부분은 내가 모르는 사람들이다. 팬들이 온 것일까? 끝까지 의리를 지켜주시는구나, 고맙기도 해라. 사람들로 가득 찬 성당을 보자 마음이 따뜻해진다. 나를 위해 선택된 관은 하얀색에 반짝반짝거리는, 소박하지만 디자인이 멋진 관이다. 잘 고른 관이었다. 나는 조각 장식에 금색 손잡이가 달린 떡갈나무 관을 너무 싫어했다. 어린이용 관, "마드무아젤"을 위한 보석함. 영화 속 주인공은 늙지 않는다. 밤새 갑자기 죽음을 맞이하는 나의 경우처럼 살든지 죽든지 양단간에 결정이 난다.

첫 번째 줄에, 갓난아기가 앉아 있다. 발가벗은 아기는 온몸이 이상한 분홍색이고 두 눈을 꼭 감고 있다. 반투명한 아기의 피부 밑, 작은 핏줄을 통해 흐르는 피가 보인다. 아무도 아기에게 신경을 쓰지 않고 아기도 주변에 아랑곳없다. 아기는 내 눈에만 보이는 것 같다. 아기를 보자 내 온몸이 굳어진다.

"배우 샤를로트 발랑드레는 오늘 새벽 심근경색으로 세상을 떠났습니다. 고인은 16세의 나이로 영화 〈붉은 키스〉에 출연해 대중의 사랑을 한몸에 받은 동시에 1987년 베를린 영화제의 여우주연상을 수상했습니다. 또한 〈레코르디에 판사와 경찰〉에서 맹렬한 여기자 역할을 맡아 훌륭한 연기를 보여주었습니다. 자서전에서 고인은 17세 때 에이즈 바이러스에 감염이 되었고 34세 때 심장 이식을 받았다고 밝혔습니다. 고인은 어린 딸을 남기고……."

나는 텔레비전 뉴스를 진행하는 아름다운 클레르의 얼굴을 뚫어져라 바라본다. 연민과 담담함이 섞인 잔잔한 어조로 프롬프트에 뜬 글귀를 읽어나가는 그녀를 향해 나는 소리를 지른다. "아니에요, 클레르. 나는 죽지 않았어요. 이건 악몽이라고요!" 뉴스를 중단시키려고 해보지만 헛일이다. 뉴스는 매끄럽게 진행이 되고 있다. 심근경색? 심장이 지친 것뿐이다. 두 번째 심장, 그리고 한 번 더 세 번째 심장이 필요했던 여자의 이야기일 뿐이다. 세 번째 심장을 이식하기 위한 두 번째 수술? 지금은 필요 없다.

고마워요, 클레르. 저 빌어먹을 에이즈 바이러스를 언급해 줘서. 싸울 힘을 모두 빼앗아버리는 그 바이러스에 희생된 모든 이들에게 경의를 표하자고요. 비밀에 부쳐야 하는 저 못된 병에 희생된 사람들을 위해. 나는 부끄럽지 않아요, 오히려 나의 투쟁이 자랑스러운 걸요. 다른 사람들처럼 나도 사랑을 한 것뿐이에요, 그 얘기도 해줘야죠.

서른네 살 때 나는 첫 번째 심근경색으로 쓰러졌다. 에이즈 바이러스를 억제하는 항바이러스제가 심장에 위험하다는 사실은 꽤 널리 알려져 있지 않은가? 에이즈가 한풀 꺾였다는 믿음으로 콘돔 없이 사랑을 나누는, 그리고 최악의 경우에는 치료약을 쓰면 된다고 생각하는 젊은 이들에게 이 사실을 알려야 한다.

나는 10년 전부터 AZT(지도부딘)를 먹어왔다. 구토를 해가며 아버지가 손바닥에 부어주는 엄청난 양의 AZT를 삼켰다.

에이즈에 걸리지 않았어도 심장 이식을 받았을까? 내 심장은 왜 그렇게 빨리 지쳤을까? 서른네 살에 심장 이식이라니, 그건 너무 이르지 않은가?

내 심장은 피할 수 없었던 약의 부작용과 강력한 감정의 과잉을 못 견디고 죽어버렸다. 나는 함부로 살았다. '적당히'라는 것은 없었다. 내 천성이 그랬다. 나는 대충이란 것을 몰랐다. 모든 것을 언제나 가슴 한가득 받아들였고 아무것도 그냥 지나쳐 가는 법이 없었다. 인생은 나를 어루만져 주는 대신 인정사정없이 후려쳤다. 난폭하고 터무니없는 인생과 그 비겁함, 단절, 어머니의 속을 알 수 없는 냉담한 시선을 나는 온 가슴으로 모두 받아들였다.

심장이 나를 놓아주었기 때문에 오늘 나는 다시 삶을 시작한다. 그리 힘찬 출발은 아니다. 나의 운명이 예비한 시련들에 맞설 수 있는 것은 아무것도 없다. 나는 줄에서 떨어진다. 너무 오랫동안 나는 외줄타기를 해왔다…….

도톰하고 붉은 입술과 깊은 푸른색 눈을 가진 나는 예쁜 편이었고 열여섯 살에 이미 성공을 했다. 정말 굉장했다. 영화를 찍었고 파리의 곳곳에 나의 포스터가 붙었으며 포스터를 같이 찍은 진짜 로커와 첫사랑에 빠졌다. 나는 웃었고, 연기를 했고 스포트라이트를 받았으며 서투르나마 열정적으로 사랑을 했다. 경솔한 나의 행동은 오래 가지 못했다.

추적 검사 요망. "이런 걸 왜 해야 하지?" 그리고 다른 설명 없이 "HIV 양성반응"이라고만 적힌 검진 센터에서 보낸 우편물. 당황한 부모님은 '아무에게도 이야기해서는 안 된다' 고 하셨다. 그리고 아무 효과가 없는 치료가 시작되었다. "죄송합니다만 치료방법이 없습니다. 얼마나 더 살 수 있느냐고요? 6개월. 그보다 좀 더 살 수 있을지도 모르지만……." 순진했던 나는 영화감독에게 그런 사실을 털어놓았다. 젊은 날의 큰 실수였다. "미안해, 샤를로트. 이 역할을 줄 수 없어. 모험을 할 수는 없으니까." 그 역할뿐 아니라 다른 역할들도 내게 돌아오지 않았다. 곧 나는 다 잊어버렸다. 나를 둘러싼 소용돌이 안에 처박힌 채 현실을 거부했다. 그리고 절망에 빠진 어머니가 무너져 버렸다. 암에 걸려 대머리가 된 나의 천사 어머니는 아무 말도 남기지 않고 나를 떠났다. 그리고 내가 에이즈 바이러스 보균자라는 이야기를 하자 나를 사랑한다던 연인들은 달아나버렸다…….

그리고 AZT가 나를 구했다. "바이러스가 검출되지 않는군요. 에이즈 바이러스 보균자이긴 하지만 아기를 낳을 수 있습니다……." 아기를?! 그리고 2000년, HIV 음성반응인 기적의 내 아기 타라가 태어났다. 인생이 조금이나마 정상 궤도를 되찾는 것 같았다. 희망 역시.

그러나 공격을 받은 심장이 회복 불가능한 수준으로 지쳐 버렸다. 심장을 바꿔 달아야 했다. "이식 수술만이 살 길이에요." 가슴팍에 짼 자국이 남았고 이런 대혼란을 겨우 이겨낸 몸은 기형적으로 변했다. 외롭고 암울했던 2년을 보내며 쓴 책으로 나는 대중의 사랑을 되찾았다. 그리고 우편물이 가득 담긴 자루가 나의 심장을 따뜻하게 데워주었다.

어느 날, 한 장의 편지가 나의 삶을 송두리째 뒤흔들어 놓았다.

끈질기게 괴롭히는 다른 이의 꿈들이 나를 세포 기억설로 이끌었다. 나에게 심장을 준 사람을 반드시 알아내고 싶었다. 비밀을 파헤쳐야만 했다. 내 안에서 느껴지는 이 존재감은 무엇일까? 대체 왜 이런 느낌이 드는 걸까?

삼바 춤을 추는 사람들의 발밑에서 모래가 스치는 것 같은 소리, 나무판에 자갈을 던지는 소리가 들린다. 그 소리는 점점 더 크게 울리고 어느 순간 나는 숨이 막힌다. 소리는 아주 가까이에서 들려온다. 내 위에서. 내가 관 속에 있다. 사람들이 나를 묻고 있다! 나는 발버둥을 치며 소리를 지른다. "안 돼! 안 돼!" 벌떡 일어나 보니 내 침대 안이다. 나는 겨우 숨을 쉬면서 흐느낀다. 어둠 속에서 몸을 움직여 더듬거리며 스탠드 스위치를 찾는다. 불빛에 눈이 부셔 앞이 보이지 않는다. 서서히 현실로 돌아온다.

"엄마? 괜찮아?"

나는 옆에서 자고 있던 타라를 끌어안는다.

"응, 응, 괜찮아……."

아이에게 입을 맞춘다. 울다가 웃다가를 계속 반복하다가 다시 아이에게 입을 맞춘다.

"꿈을 꿨어. 꿈을 꾸었는데, 엄마가…… 네 옆에 있었어. 나비, 딱정벌레, 연…… 엄마는 언제나 네 곁에 있을 거야, 하늘에, 너의 하늘에…… 심장 연."

"심장 연이 뭐야?"

"그건 하늘에 떠 있는 엄마야…… 나중에 이야기해 줄게, 지금은 더 자렴……."

나는 따뜻하고 부드러운 타라의 뺨을 천천히 쓰다듬는다.

"이제 눈 감아. 해가 뜨려면 아직 멀었어……."

그 날은 2005년 11월 4일, 특별한 날이었다. 내 속에 꿈의 침입이 시작된 날, 이상한 여행의 첫날. 그리고 내 새로운 심장의 두 번째 생일날.

오늘은 겨울치고 드물게 날이 화창하다. 강한 햇빛에 파리의 지붕들이 거대한 알루미늄호일처럼 번쩍거린다.

창가에 팔꿈치를 괴고 있으니 햇빛이 눈부셔 제대로 눈을 뜰 수가 없다. 고민이군. 하늘이 이렇게 아름다운데, 진료실에 들어앉아 있을 수는 없잖아? 내일 가자. 내일은 비가 온댔으니까. 오늘은 정말 가고 싶지 않아. 핑계를 찾을 수 있을 거야, 그거야말로 내 전문 분야인걸. 새로운 악몽을 꿨는데 너무나 생생해서 온몸이 마비되는 줄 알았다고 하지 뭐, 그래서 하루 종일 침대에 누워 꼼짝도 못했다고.

내가 상담을 받으러 다니는 정신과 전문의, 닥터 블랑쇼가 내 말을 믿을 리 없다. "당신은 훌륭한 배우이지만 내 일은 진실을 파헤치는 거예요."라고 말하겠지. 그녀는 나의 가면을 벗기고 나를 비난할 것이며 나 또한 내 자신을 원망할 것이다. 그리고 다시는 예약을 받지 않겠다고 협박을 하겠지. 일주일에 두 번 하기로 되어 있는 상담을 빼먹으려고 핑계를 댄 것이 한두 번이 아니었으므로. 특히 날이 좋을 때에는. 나는 모든 것이 잘 되어 가고 있다는 착각을 하게 해주는 맑은 날을 좋아한다.

"샤를로트, 상담을 받으러 가……." 나는 혼잣말을 하며 스스로를 설득한다. 가끔 있는 일이다. 내 안에는 쉽게 변신할 수 있는 여러 명의

'샤를로트'가 있다. 나는 내 자신에게 매 순간마다 깨어나는 내 안의 이 존재들의 다양한 역할을 맡긴다. 걱정 많은 엄마, 에고에 눈을 뜨는 중인 충동적인 사춘기 소녀, 자존심마저 내팽개친 사랑에 눈먼 여자, 조숙한 여인, 차분하기 그지없는 불교신자. 이 역할들은 빠르게 돌아가는 나의 회전목마다. 자, 잠깐 집중을 하고 너무나도 매력적인 봄기운이 들어오는 창문을 닫도록 하자. 닥터 블랑쇼와 이야기를 나눌 대면 마음이 편해진다. 그 대화는 피난처이며 지뢰가 제거된 자유로운 표현의 장인 동시에 비난 같은 것을 걱정할 필요가 없는 공간이다. 내게 절대적으로 필요한 것들. 나를 편하게 해주는 것들만 할 수 있다면. 남자들이 그렇다면 얼마나 좋을까.

나는 아무리 득이 되는 것이라 해도 모든 정해진 틀을 견디지 못한다. 정해진 규칙을 깨고 내가 남과 다르다는 것과 나의 반란과 사람들이 내게 기대하는 것을 하지 않을 자유를 느끼는 것이 좋다. 그러나 지금은 다르다. 회전목마를 멈추고 결정을 해야 한다.

오늘은 내게 유익한 쪽으로 움직이겠다. 착한 척해 주겠다.

'의사를 만나러 가, 샤를로트, 가서 네 꿈 얘기를 해……'

정신과 전문의, 정신분석가
닥터 클레르 블랑쇼 진료실

"어서 와요, 샤를로트."
"안녕하세요, 선생님, 하마터면 못 올 뻔했어요."
"왜죠?"
"그냥요, 죄송해요."
나는 고개를 숙이고 말을 아낀다. 하늘이 얼마나 빛나고 있는지, 그
리고 우리의 상담 약속이 가끔은 날씨에 달려 있다는 말을 의사에게 하
지는 않을 생각이다.
"잠시만 기다려 줄래요?"
닥터 블랑쇼는 매번 아무도 없는 대기실 문을 열고 내가 원하던 그
따뜻한 미소를 지어준다. 내가 약속시간을 정확히 지켜 도착하고 진료
실에 아무도 없어도, 그녀는 언제나 나를 몇 분 정도 기다리게 한다. 그
건 하나의 비법 같은 게 아닐까 싶다. 환자들에게는 긴장을 풀 시간이
필요하고 바깥세상과 진료실, 의식의 세계와 무의식의 표현 사이의 틈
이 필요하니까.
대기실에는 예술, 역사, 요리 잡지들이 있다. 시대를 초월한 잡지들.

시사문제를 다룬 잡지나 신문은 없고 내 친구들의 소식을 읽을 수 있는 연예 잡지 역시 한 권도 보이지 않는다. 현실에서 벗어나 과거와 현재와 미래가 뒤섞인 다른 차원으로 들어가야 한다.

나는 자리에 앉아 주위를 둘러본다. 벽에는 그리 눈에 띄지 않게 여러 개의 학위증들이 붙어 있다. 그것이 주는 잠재적인 메시지를 나는 꿰뚫어본다. "돌팔이 의사 주의!" 닥터 블랑쇼는 믿음직하다.

진료실이 모두 그렇듯 닥터 블랑쇼의 진료실 역시 밍밍하면서도 부드러운 분위기를 풍기는 옅은 베이지색으로 꾸며져 있다. 내 맞은편에는 반짝반짝 윤이 나게 닦아놓은 하마 발자국 모양의 거대한 이파리가 달린 어마어마한 크기의 식물이 버티고 서 있다. 새로 들여놓은 그 화분은 정글에서나 봄직한 물건이다. 여기, 나 말고 살아 있는 생명체는 저 나무뿐이다. 내 영혼이 정적 속에서 방황한다. 어디선가 식물에게도 이야기를 해야 한다는 글을 읽었다. 나는 여러 가지 잡다한 것들을 많이 읽는 편이다. 원래부터 여러 가지에 관심이 많다. 그 기사는 신빙성이 있어 보였다. 식물들은 상황을 감지하고 가까이에 있는 생물의 파동을 느낀다. 사람과 동물, 식물, 곤충은 신비하고도 소중한 공통점으로 연결되어 있다. 생명이라는 공통점. 인도에는 선사시대 이전에 창시되었다는 자이나교라는 종교가 있다. 불살생 비폭력을 원칙으로 하는 자이나교의 신봉자들은 아주 작은 벌레들처럼 생명을 가진 것들을 밟게 될까 봐 발 앞을 빗자루로 쓸어가며 길을 걷고, 초를 켜면 불꽃에 마음을 빼앗겨 달려드는 작은 날벌레의 날개를 태우게 될까 봐 해가 지기 전에 잠자리에 든다. 인도에 가고 싶다. 돈이 생기면 나도 인도에 가려고 한다. 다음 생에서나 가능한 일이겠지만.

나의 새로운 식물 친구와 몇 마디 이야기를 나누고 싶지만, 닥터 블랑쇼가 불쑥 나타나 자기 화분과 대화를 나누는 나를 보고 내 상태가 심각해졌다고 생각할 것 같아 망설여진다. 그도 그렇지만, 갑자기 저

친구가 혹시 조화가 아닐까라는 의심이 든다…… 너무 번들거리지 않는가. 나는 화분으로 다가가 손을 뻗다가 문이 열리는 바람에 흠칫 놀란다.

"진짜 나무예요. 이곳에 가짜는 없어요. 마음에 들어요, 샤를로트?"

"네, 네…… 그런데 정말 거대하네요. 나보다 더 큰데요……."

대기실을 나서며 식물에게 안녕이라고 인사를 하려다가 픽 웃음을 터뜨린다. 정신과 전문의와 얼굴을 마주하고 나의 실재를 표현해야 하는 시간이 다가오면 엄청나게 긴장이 된다. 불안한 마음을 가라앉히려 실없이 웃는 것으로 기분전환을 하고 시간을 끌어본다. 나는 환자용 긴 의자에는 절대로 앉지 않는다. 그건 너무 진부하고 뭔가 거북하다. 나는 의사의 눈을 똑바로 보며 시선을 교환하고 내가 하는 말의 효과를 확인하는 게 좋다.

"자아, 그러니까……."

닥터 블랑쇼는 언제나 이 말로 상담을 시작한다. 말을 시작하게 해주는 열쇠 같은 이 말을 찾아내는 데 시간을 꽤 들였을 것이라는 생각이 든다. 닥터 블랑쇼는 이 단어를 천천히 부드럽게 발음한다. 내가 들어왔던 그 어떤 '그러니까' 보다 한참이나 길다. 가끔은 나도 대답을 하기 전에 이 말을 따라 한다. 그럴 때마다 닥터는 살짝 미소를 짓는다.

닥터 블랑쇼의 나이는 쉰이나 예순쯤 된 것 같다. 나는 사람들의 나이를 잘 가늠하지 못한다. 시간을 계산하는 것을 별로 좋아하지 않아서 그런 것 같다. 햇수 같은 것은 중요하지 않다. 닥터 블랑쇼의 말을 빌자면 '의미 작용'이 없다. 나는 숫자를 세는 것보다 사는 것이 좋다. 꿈에 나타난 여자 앵커의 이름도 클레르지만 닥터 블랑쇼의 이름 역시 클레르다. 연한 색 눈에 머리를 곱게 빗어 넘긴 클레르는 아름답다. 우아한 그녀는 베이지색 일색인 그녀의 진료실과 아주 잘 어울린다. 그녀와 단둘이 있으면 마음이 편해진다. 클레르가 곁에 있으면 내가 강해지는 느낌이 든다.

"그러니까…… 끔찍한 꿈을 꿨어요. 내가 죽는 꿈이었어요. 앰뷸런스, 병원, 아버지가 보였고 나는 타라를 찾았어요. 텔레비전 뉴스, 성당, 하늘에서 내려온 어머니, 즐거워 보이던 사람들, 조산아 같은 갓 태어난 아기가 눈을 꼭 감고 있었고, 그 아기의 피부가 투명했는데……."

나는 닥터 블랑쇼에게 꿈 이야기를 한다. 그녀는 길게 숨을 들이쉬고 대답을 한다.

"죽는 꿈은 꽤 흔한 꿈이에요. 그 꿈을 꾸고 마음이 어지러웠나요? 살고, 죽고, 다시 태어나고…… 샤를로트, 당신은 죽을 고비를 몇 번이나 넘겼으면서도 죽음에 대한 이야기를 하지 않으려고 해요."

"죽는 이야기를 할 필요가 없으니까요. 내게 죽음이란 없어요. 죽음은 생각해 보지도 않았어요. 나는 살고 싶으니까요. 사람들이 내가 죽을지도 모른다는 이야기를 할 때, 그때 난 너무 어려서 죽음이라는 것을 생각할 수도 없었고 그 생각 자체가 비현실적이었어요. 그리고 이제는 타라가 있어요. 난 정말로 살고 싶어요. 살아야만 해요."

"그 꿈을 다시 기억하면서 어떤 느낌을 받았죠?"

"너무나 두려웠어요. 그런 느낌은 거의 처음이었어요. 꿈을 깨고 나서는 타라를 끌어안고 울었어요. 무서웠거든요. 죽음에 대한 공포를 느낀 건 그때가 처음이었어요, 이해하시겠어요, 선생님? 그저 꿈이었을 뿐이지만 너무 이상하고 강렬했어요. 그리고 그 아기, 의자에 혼자 앉아 있던 그 아기가 너무나 무서워서……."

"꿈은 꿈일 뿐이에요. 꿈은 주로 무의식에서 비롯된 상징적인 표현이죠. 두려움은 반드시 현실이라고는 할 수 없는 감정이에요. 더 충실하게 살라는 경고랄까, 권유일 수도 있고 살아 있다는 행운을 깨달아야 한다는 의미일 수도 있어요."

"앞날을 예견해 주는 꿈도 있나요?"

클레르는 나무라는 표정으로 고개를 저으며 미소를 짓는다.

"개인적으로 나는 그런 꿈을 꾸어본 적이 없고 그것에 대한 근거도 보지 못했어요. 그러니까 아니라고 대답을 해야겠군요. 하지만 몇 가지 현상들에 대해서는 설명이 필요하다고 생각해요. 예감이라는 감정은 흔히 어떤 사건에 대한 두려움의 표현이에요. 두려워하는 것에 대한 꿈을 꾸는 것이지요. 그리고 그 사건을 현실에서 접하게 되면, 내가 뭐랬느냐, 이렇게 될 것이라고 하지 않았느냐는 등의 말을 하게 되는 거예요. 사람들은 자신이 특별한 능력, 즉 삶을 주관할 수 있는 능력을 가졌다고 믿고 싶어 해요. 하지만 이 모든 것은 느낌일 뿐이고 우연이죠."

"그럼 꿈에 나타난 아기는요?"

"샤를로트, 몇 번씩이나 아기를 더 낳고 싶다는 이야기를 했었죠? 나는 꿈 해석 전문가가 아니지만, 신생아는 생명을 상징한다고 볼 수 있어요. 당신은 죽을 고비를 몇 번이나 넘겼지만 언제나 다시 살아났어요. 그건 그렇고, 당신은 그 아기에 대해 어떻게 생각하나요? 중요한 것은 당신의 감정이에요, 샤를로트."

"아기를 더 낳고 싶다는 바람과는 아무 상관이 없는 것 같아요. 아기의 모습이 무서웠어요, 그리고 죽는다는 것도…… 그럼 내가 죽는 게 아닌가요?"

"언젠가는 죽겠죠. 그건 나도 마찬가지고요. 죽음을 문제시하느냐 해방으로 보느냐, 그건 자기가 선택하기 나름이에요!"

가끔은, 닥터 블랑쇼가 나보다 더 머리가 이상한 게 아닌가라는 의심이 든다. 우아하고도 평온해 보이는 외모와는 다르게 자살의 우려가 있는 사람. 정신 상담에 관한 한 경험이 꽤 많으니까, 나도 심리 치료를 할 수 있을 것 같다. 정신과 의사를 위한 심리 상담가.

몇 년이 지나고 나니, 나를 힘들게 했던 저 침묵의 미덕과 자크 라캉
(프랑스의 철학자이자 정신분석학자. 언어를 통해 인간의 욕망을 분석하는 이론을 정

립하여 '프로이트의 계승자' 라는 평가를 받음}적인 닥터 블랑쇼의 태도는 공중
분해되었다. 그녀는 나의 모순적인 상태에 적응해 버렸고 우리 사이에
는 공감대가 형성되었다. 이제 닥터 블랑쇼는 떠오르는 대로 말을 하고
나에게 충고를 하는 동시에 나를 보호했으며 때로는 나를 부추겼다.

"언제일까요? 나는 언제 죽게 될까요…… 남은 시간이 얼마나 되는
지 알고 싶어요."

"나는 정신과 전문의이지 점쟁이가 아니에요. 매일 밤은 곤란하지만,
죽는 꿈을 꾸는 건 건전한 거예요. 죽음에 관한 꿈은 삶에 관한 꿈이기
도 해요. 죽는 것이 무섭다는 것은 삶에 대한 집착을 고백하는 것이죠."

"난 오래 살고 싶어요……."

"아주 좋은 생각이에요……."

닥터 블랑쇼는 얼굴 근육을 미세하게 움직여 권태롭다는 표정을 짓
는다. 시간이 많이 지났거나 내가 주제에서 벗어나는 이야기를 했거나,
아니면 할 이야기를 놔두고 말을 빙빙 돌리고 있다는 신호다. 그녀는
다른 이야기로 넘어가고 싶은 것 같지만 나는 그 꿈을 떠올리는 것만으
로도 나를 덮치는 이 무의식적인 두려움을 이해하고 싶다.

"너무 무서웠어요…… 말로 표현할 수 없을 만큼…… 온몸을 마비시
키는 강렬한 느낌이었어요, 본능적인 두려움이랄까…… 다른 꿈들하고
는 달랐다고요, 어떻게 설명해야 할까요…… 그 꿈은……."

닥터 블랑쇼가 단호한 목소리로 내 말을 자른다.

"하지만 당신은 살아 있어요. 내 앞에 이렇게 생생하게. 이제 두려움
은 지나갔잖아요? 상징적인 꿈이었지만 현실이 아니에요. 이렇게 살아
있는걸요. 오히려 평소보다 더 생기 있어 보이네요. 죽음에 관한 꿈은
생기를 준다, 자, 이게 결론이에요!"

"네……."

나는 아까 못다 한 말을 한다.

"그 꿈은 내 꿈이 아닌 것 같았어요."

닥터 블랑쇼는 미간을 찌푸렸다가 다시 부드럽게 미소를 짓는다. 시간이 다 되었나 보다.

"좋아요…… 현실에 전념해요. 실제적인 것들에. 존재하지 않는 것을 두려워하지 말아요. 그럼, 오늘은 이쯤에서 마무리할까요?"

입구까지 나를 배웅하며 닥터 블랑쇼는 늘 그렇듯 긍정적인 한 마디를 던지며 오늘의 상담을 끝낸다.

"샤를로트가 쓴 책 말이에요, 제목이 『피 속의 사랑』 맞죠? 어마어마하게 인기더군요. 축하해요, 나도 읽어볼게요."

"다음에 올 때 한 권 가져다 드릴게요. 선생님이 읽어주신다면 정말 기쁘겠어요."

북적거리는 세브르 가로 나를 데려다주는 거대한 나무 계단을 통해 아름다운 오스만식 건물을 내려오며, 나는 생각에 잠긴다. 다시 올라가야 할까? 닥터 블랑쇼에게 뭔가 할 말이 있었는데, 아주 중요한 말이었는데, 잊어버렸다. 그게 뭐였지?

『피』 속의 사랑』은 내 자전 에세이지만, 나는 그 책을 내 인생 소설이라고 부르는 것이 좋다. 이 책은 지난 겨울에 썼다. 이야기를 해야 했다. 나는 혼자였고 사람들로부터 잊혀졌으며 지쳐 있었다. 하지만 더이상은 숨어 살고 싶지 않았다. 책은 9월에 출간되었고 편집자의 말에 의하면 인기가 있다고 한다. 놀랍고 행복하다. 홍보도 대대적으로 했다. 언론은 37년 나의 인생에서 단 하나만을 기억하는 것 같았다. 에이즈 바이러스 보균자 샤를로트 발랑드레.

나는 《렉스프레스》에 실린 슬퍼 보이지만 예쁘게 나온 사진을 잘 보관해 두었다. 친척들 몇 명은 신문가판대에서 이런 식으로 내 소식을 접했다. "왜 진작 말하지 않았니?" "그냥." 대답할 말이 없었다. 사람은 본능적으로 누구에게 어떤 말을 해야 하는지 안다. 그리고 오랫동안 주저한 끝에, 나는 한 방에 소리를 질러 모두에게 알리겠다는 결심을 했다. 나를 내리누르는 무거운 짐들로부터 놓여나고 싶었다. 뜬소문을 종식시키고, 햄스터 볼같이 부푼 나의 뺨이나 말라가는 몸이나 올챙이배나 눈 밑의 검은 그림자를 보고 왜 그러느냐고 묻는 사람들의 질문에서 벗어나고 싶었다. 그런 증세가 에이즈 때문이라고 생각하는 사람들이 있지만, 그것은 에이즈 바이러스 치료약의 부작용이었고 심장 이식 때문에 몸이 변형되었던 것이다. 나에게는 쑥덕공론이 아닌 진실이 필요했다. 사람들이 나를 이해해 주기를 바랐다. 〈나를 이해하려면〉이라는 노래 가사처럼……. 나는 아주 간단하고도 단도직입적으로 진실을 밝히고 싶었다. 더 이상은 나와 사랑을 나누고 싶어 하는 남자에게, 나를 사랑한다고 말하는 남자에게 내가 에이즈 보균자라는 사실을 고백해야 하는 순간이 올까 봐 두려워하고 싶지 않았다. 나와 사랑을 나누려면 콘돔을 꼭 써야 한다고, 당신의 생명을 지키려면 그래야 한다고. 그것은 내가 평생 동안 지고 가야 하는 짐이었다. 사랑이 두려움을 이기는 그 날까지.

사람들이 있는 그대로의 나를 받아들여 주었으면 했고, 일을 하고 싶었고, HIV와 담판을 짓고 싶었다. 그러나 그것은 나만의 헛된 꿈이었다. 나에 관한 관심, 내 책에 대한 호기심, 잡지 표지, 방송 출연 제안 등은 내가 에이즈 바이러스 보균자라는 한 가지 사실 때문이었다. 나는 얼굴 없는 바이러스에게 새 얼굴을 제공해 주었던 셈이었다. 에이즈 바이러스와 나는 영원히 엮여 있어야 하는 걸까? HIV는 나의 일부일 뿐이다. 제발 나를 그렇게 한정시키지 마. 나에게 딱지를 붙이지 말라고. 그래, 난 에이즈 바이러스 보균자다, 하지만 그게 다는 아니다.

에이즈 바이러스 보균자라는 나의 고백으로, 죽을죄를 지은 것처럼 비밀을 숨겨야 하는, 에이즈가 발견된 지 30년이 지난 오늘날에까지 여러 사회에서 추방되어야 하는, 그래서 병에 걸렸다는 사실을 알고 나서도 다시 한 번 고통을 받아야 하는 나와 같은 피를 가진 형제자매들이 조금이나마 자유로워지기를 바랐다.

에이즈는 여전히 호기심의 대상이다. 에이즈는 정자, 피, 섹스, 정상적으로는 생명을 탄생시키는 것들로 인해 죽을 수도 있다는 공포가 내재되어 있다.

그나마 마음이 놓이는 반응들도 있다. 감동을 받은 기자들은 신중하고 너그럽다. 팬들은 언제나처럼 따뜻하고 길에서 스치는 모르는 분들이 나에게 엄지를 치켜세우며 미소를 지어주는 경우도 있다.

약속 시간에 한참을 늦었던 어느 날 아침에 있었던 일이 기억난다. 비가 내렸고 나는 머리를 적시는 차가운 비를 저주하며 서 있었다. 택시가 한 대도 지나가지 않았다. 좌우를 둘러보며 안달을 하고 있는데, 한 청년이 나에게로 뛰어왔다. 그가 손에 뭔가를 들고 나에게 외쳤다. "샤를로트! 샤를로트! 잠깐만요!" 택시가 앞에 섰지만 나는 청년을 기다렸다. 비에 얼굴이 흠뻑 젖은 청년이 활짝 웃으며 내 책을 내밀었다. 우리 집 주소를 확인하고는 근처 카페에서 몇 시간 동안이나 내가 나오기를 기다렸다는 청년은 그 빗속에서 사인을 부탁했다. 그리고 불쑥, 이렇게 말했다. "내가 아직도 살아 있는 건 당신 덕분이에요." 나는 머리에 떠오르는 문구를 적었다. "삶을 사랑하세요!" 였던 것 같다. 내가 청년의 어깨에 팔을 두르자, 그가 나를 꼭 끌어안았다. 택시 운전사가 빨리 차에 타라고 재촉을 하는 바람에 나는 낯선 청년에게 서둘러 인사를 하고 차에 올랐다.

예술가들도 감동적인 메시지를 보내주었다. 나는 마틸드 세네(프랑스의 여배우), 이자벨 지오다노(프랑스의 영화 평론가)의 아름다운 메시지를 듣고 또 들었다. 그러나 연예계 쪽의 불편한 침묵은 당황스럽고도 놀라웠다. 내 책의 성공과 나의 자유로운 표현 때문에 나는 내 자신에게서 이상하게 멀어졌다. 다른 분야들보다 예술 분야가 에이즈의 공격을 많이 받는 편인데도, 쇼 비즈니스 분야는 이런 현실을 잘 받아들이지 못하는 것 같다. 빛이 세상을 밝히는 것이 아니라 사람들의 눈을 멀게 해야 한다는 것인가.

레츠의 추기경님이 이런 말씀을 하셨다. "자신을 파괴해야만 모호함에서 벗어날 수 있다."

나는 그 반대라고 믿고 싶다.

에이즈 바이러스로 인한 면역 결핍 증후군을 직접적으로 앓은 적은 한 번도 없었지만, 심장 이식 수술은 내 몸에 흔적을 남겼고 내 인생을 송두리째 흔들어놓았다.

의사들은 내 가슴을 열고 열 시간의 수술을 통해 타인의 심장을 내 안에 심어주었다.

〈사랑이 그립다. 평생 동안 사랑을 기다려 온 것 같다. 더 이상은 기다릴 수가 없다. 시간아 타올라라, 나는 사랑하는 사람을 만나러 어서 가야 한다…… 사랑은 아무리 해도 싫증이 나지 않는다. 누가 나를 사랑하고, 사랑한다고 말해 주고, 사랑한다고 외치고 또 외쳐주었으면 좋겠다. 눈 속에 사랑이 빛나고 미소 속에 사랑이 춤추었으면. 누군가가 나를 지칠 때까지 어루만져 주었으면. 사랑에 대한 채워지지 않는 이 병적인 허기증은 어디에서 기인한 걸까? 모르겠다. 나의 천성이 그렇다고 할 밖에.〉

〈"사랑해." "다른 사람이 아닌, 바로 당신을 사랑해."라는 말을 듣기를 너무나 오래 기다려 왔다. 그런 말을 들어본 적이 있긴 있었던가?〉

〈탄생과도 같은 한마디. 정체불명의 폭탄이 재깍거리는 소리.〉

〈나의 부모님은 묵묵하게, 그러나 깊이 나를 사랑하셨다.〉

〈무언의 사랑, 격정적이지 않은 조심스러운 사랑. 부모님의 사랑에는 말이나 행동이 따르지 않는다. 그 사랑은 표현되지 않아서 아이들은 그 사랑 안에 자신을 얽매지 않는다. 우리 부모님의 사랑도 그랬다. 마치 장애 같았던 그 사랑은 영원히 이어 내려오는 전통이었다.〉

〈나는 엄마 아빠가 나를 사랑한다고 믿을 수 있게 입을 맞추어 주고 노래를 불러주고 열정을 보여주기를 바랐다. 우리 부모님의 침묵과 부드럽다 못해 미적지근한 태도와 단조로운 말과 판에 박힌 행동은 두 분의 입을 막은 재갈 같은 것이었다. 사랑이 넘쳐흐르지 못하게 막는 댐. 그 댐에 막힌 물이 얼마나 뜨거운지, 나는 결코 알지 못했다.〉

〈나는 보물찾기를 하듯 사랑을 찾아다녔다. 마치 '널 사랑해.' 라는 말을 듣기 전까지는 내가 존재하지 않는다는 듯. 아직도 나는 사랑을 찾아 달리고 있다.〉

『피 속의 사랑』의 마지막 페이지들이다. 상황이 그렇게까지 바뀌지 않았더라면, 이것으로 나의 인생이 정리되었을 것이다.

"미래는 현재의 연장이 아니에요." 닥터 블랑쇼가 해준 말들 중에서 내가 가장 좋아하는 말이다. 괴로운 현실에서 출구를 찾지 못할 때마다 나는 이 말에 매달린다. 언제나 뜻밖의 미래가 기다리고 있다.

클레르, 당신 말이 맞았어요, 내가 사랑에 빠졌거든요.

사랑을 바라면 결국 이루어진다.

나는 2005년 여름, 병원에서 내 사랑을 만났다.

이건 확률상의 문제다. 내 일과표를 보면, 파리 사람들이 모이는 파티보다는 흰 가운을 입은 의사들이 있는 병원에서 사랑을 찾게 될 확률이 훨씬 높다.

몇 달 전, 2005년 초여름
파리 생폴 병원

조직검사 예약이 잡혀 있었다. 석 달에 한 번씩, 의사들은 이식한 나의 심장에서 조직을 채취해 거부반응이 일어나지 않는지 확인을 한다. 석 달에 한 번씩 나는 스트레스를 받는다. 무섭거나 하지는 않다. 나는 나의 운과 낙천적인 성격을 굳게 믿으니까. 이식받은 심장이 이제 죽어야겠다고 결심을 한다 해도 그건 별 의미가 없는 거라고 나는 내 자신을 다독인다. 어쨌거나 내가 먼저 느끼게 될 텐데 뭐. 심장이 도망가려 하는데, 그걸 못 느끼다니 말이 돼? 그런데 나를 담당하는 심장병 전문의는 그렇지 않다고 한다. "거부 과정은 특별한 느낌이나 순서 없이 시작됩니다. 차라리 다행이잖아요?" 이러니 조직검사를 받을 수밖에.

계속 자라나는 간과는 달리 심장은 복원이 되지 않고 한 번 망가지면 돌이킬 수가 없다. 놀랄 일도 아니다. 심장은 다시 자라지 않고 상처가 나면 완전히 치유되지 않으니까. 기껏해야 수술로 튼튼하게 해주면 딱지가 앉을 뿐이다. 심장 자체도 얼마나 괴롭겠나.

나는 담당의사인 심장 전문의 닥터 리우에게 철저하게 요구를 한다. 간호사에게 내 새 심장에서 조직을 떼어낼 때 가능한 한 작게, 아주 작게 떼어내도록 지시를 하라고. 닥터 리우는 채취하는 조직이 극히 작을 테니 염려 놓으라고 하지만 나는 매번 뭔가 갉아 먹힌다는 느낌을 지울 수 없다. 심장 1밀리그램이 타라와 함께 놀 수 있는 1초일지도 모르고, 웃고 희망을 가질 수 있는 한 순간일지도 모른다.

조직을 떼어내는 과정은 기분 나쁜 과정이다. 아주 작은 로더가 달린 두꺼운 바늘을 내 물렁물렁한 목구멍을 통과해 쇄골 바로 뒤에 있는 심장에 닿도록 꾸역꾸역 집어넣는다.

심장 이식 수술 직후에 받았던 정기 조직 검사는 정말 끔찍했다. 의료진들은 내가 저주를 내리는 부두 인형이라도 되는 양 몸 여기저기에 바늘을 찔러댔다. 피부에 난 상처는 잘 낫지 않았고 바늘에 찔린 곳은 모두 허옇게 변해버렸다. 티셔츠 네크라인 밖으로 드러나는 부분에서 조직을 몇 개나 떼어냈는지 셀 수 있을 정도였다. 어쩌면 섹시해 보이지 않았을까?

심장센터 사무실

"앙리에트, 잘 지내셨죠? 웬 비가 이렇게 오는지!"

"어서 와, 샤를로트! 정말 비가 많이도 내리네! 그런데 아직 시간이 일러⋯⋯."

"네, 일찍 오는 게 나을 것 같아서요. 혹시 모르잖아요, 누가 예약을 취소할 수도 있고, 내 심장보다 먼저 포기하는 심장이 있을 수도 있고요!"

"저런, 저런! 그게 무슨 소리야! 샤를로트가 마지막으로 처치를 받아야 한다는 걸 잘 알고 있으면서⋯⋯."

그럼요, 알고 있죠. 대충 설명을 들었지만 나는 애써 이해하려 하지 않았다. 내가 에이즈 바이러스 보균자이기 때문에 환자 보호 차원에서 아무도 내 뒤에 처치를 받으면 안 되는 것이다. 나는 이런 차별이 싫어서 언제나 먼저 도착해 잡지를 읽으며 기다리거나 앙리에트와 이야기를 나눈다. 앙리에트는 2003년 일요일 아침, 내가 이식 수술을 받을 때에도 병원에 있었다. 곧 그녀는 나를 '우리 꼬맹이'라고 부르기 시작했다. 사실 맞는 말이다, 내 몸이 큰 편은 아니니까. 그때, 사람을 다른 은하계로 보내버리는 마취주사를 기다리며 혼자 떨고 있는 나의 손을 그녀가 꼭 잡아주었다. 병원 사람들은 내 곰 인형도 빼앗아가려고 했다. 잠을 자려면 그 인형이 있어야 했는데. 주변 사람들이 어이없다는 듯이 웃었지만 나는 싸울 힘이 없었다. 수간호사가 신경질을 냈다. "그 물건 좀 치워요!" 내가 단념하려는 순간, 앙리에트가 무섭게 쏘아붙였다. "이런 빌어먹을! 그냥 가지고 있게 해줘요!"

하루는 앙리에트가 나를 '스타'라고 불렀다. 하지만 이야기를 나눈 끝에, 앙리에트는 뉴스와 여행관련 프로 외에는 텔레비전을 보지 않는다는 고백을 했다. 극장에도 가지 않고 뜨개질을 즐기는 그녀였지만, 사람들이 하는 이야기를 들었다고 했다. "유명한 스타라던데, 정말이야?" "에이, 아니에요……." 그녀는 더 이상 캐묻지 않았다. 나는 앙리에트가 계속 나를 '우리 꼬맹이'라고 불러주기를 바랐다.

착하고 상냥하고 속 깊은 앙리에트. 뜨개질을 좋아하는 앙리에트. 나는 앙리에트라는 이름이 정말 좋다. 시간을 거슬러 올라가는 푸근한 이름이다. 할머니들의 이름, 구식 이름. 맘씨 좋고 너그러운 앙리에트.

나는 무엇보다 너그러운 게 좋다. 착한 사람들에게 끌린다. 전에는 예쁜 사람, 똑똑한 사람들을 우선시했고 착한 사람들은 시시하고 단순하고 보잘것없다고 생각했는데 이제는 알게 되었다. 내가 변했다. 너그럽기는 어렵다. 착하기는 거의 불가능하다. 예쁘거나 똑똑한 것은 하늘이 정해주는 것이다.

수술 다음날, 깨어나 보니 놀랍게도 앙리에트가 곁에 와 있었다. 내 가슴은 열 시간 동안이나 열려 있었고 내장은 바깥 공기를 잔뜩 쐬었다. 새 심장을 넣으려고 열었던 자리에는 15센티미터 가까이 되는 홈이 파였다. 내가 잠들어 있는 동안, 앙리에트가 뜨개질로 내 곰 인형의 배 위에 빨간색 하트를 만들어 달아주었다. 그리고 쪽 소리가 나게 내 이마 위에 입을 맞추더니 "그 엄마에 그 아들이야!"라고 말했다. 그 말에 나는 수술 후에 처음으로 인상을 잔뜩 쓰며 웃게 되었다.

앙리에트는 자기 일을 사랑하지만 많이 지쳐 있어서 전역을 앞둔 군인처럼 은퇴할 날을 손꼽아 기다린다.

오늘도 앙리에트는 남은 날을 계산해 본다.

"내일이면 칠백일이 남게 되네. 정확하게 2007년 6월 5일이야. 기억하기 쉬워, 7,6,5니까."

"송별회에 저도 부르실 거죠?"

"당연하지, 칠백일 후에, 제일 먼저 초대할게."

"음, 잠깐만요, 그날 시간이 비는지 확인해 볼게요."

한참을 웃던 앙리에트가 입술을 모으고 일정표를 들여다보더니 갑자기 걱정스러운 표정을 짓는다.

"닥터 리우가 여길 그만둔 건 알고 있지?"

"아뇨!"

"지난달에 그만두고 다른 병원으로 갔어. 필요하면 주소를 알려줄게. 닥터 르루가 그 자리에 대신 왔는데, 괜찮겠어?"

"그게…… 제가 리우 선생님한테 익숙해서……."

그리고 흥얼거려 본다. 리우, 르루, 리우, 르루…….

"하긴, 리우 선생님은 별로 친절하지 않았어요. 말도 별로 없고 입술도 너무 얇고. 입술이 거의 없는 것 같았다니까요, 그런 생각 안 해보셨어요?"

"아니……그럼 괜찮은 거네. 새로 온 닥터, 실력이 좋은 분이야. 좀 낮을 가리는 편이지만 아주 진지해. 다른 과에서 이리로 왔지."

"시코레(볶은 치커리 꽃과 커피를 섞은 차) 차를 드시네요. 우리 할머니가 아주 좋아하셨는데, 전 싫더라고요. 뭐라고 표현할 수 없는 맛이 나요. 커피랑 차랑 흙이랑 섞인 맛이 나다니, 말도 안 돼요…… 그런 걸 어떻게 마시지! 음, 닥터 르루……."

나는 심장센터 안내 홀이 울리도록 그 이름을 되뇌며 그 이름이 어떤 영감을 주는지 알아보려 한다. 그 울림을 느껴본다…….

"르루……르루…… 혹시 시코레 차 회사의 후계자가 아닐까요?"

앙리에트가 막 웃으며 고갯짓을 하지만 나는 그게 무슨 뜻인지 눈치를 채지 못한다.

"안느 샤를로트 파스칼이시죠? 모두 샤를로트 발랑드레라고 부르더군요."

깜짝 놀라 뒤를 돌아보니 웬 남자가 서 있다.

"안녕하세요, 닥터 르루입니다. 만나서 반갑습니다. 오늘 운이 좋으시군요. 처치를 빨리 받으실 수 있겠어요."

그가 손을 내밀며 미소를 짓는다.

"안녕하세요, 선생님. 죄송해요, 오시는 걸 못 봤어요."

"따라오시겠어요?"

"네. 저를 안느 샤를로트라고 부르는 사람들은 병원 분들밖에 없어요. 샤를로트라고 불러주세요. 그게 더 간단하니까요."

앙리에트를 돌아보자 그녀가 눈을 찡끗한다.

닥터 르루는 키가 크고 나이는 많아야 삼사십대 정도로 꽤 젊은 편이며 왁스를 바른 것처럼 반짝반짝거리는 밤색 눈동자는 사람 속을 꿰뚫어보는 것 같으면서도 장난기가 있다. 얼굴은 동안인데 걱정을 많이 해서인지 깊게 새겨진 주름이 몇 개 보인다. 손이 아름답다. 탄탄하고 길다. 결혼반지! 빨리 결혼반지를 확인해! 나는 몸을 비틀어 그의 왼손을 훔쳐본다. 결혼반지는 없다! 좋은 선택이었어요, 닥터 르루, 오늘이 행운의 날일 수도 있어요.

"영화 〈붉은 키스〉(Rouge Baiser. 베라 벨롱 감독의 1985년 작. 샤를로트 발랑드레는 이 작품의 여주인공으로 1986년 베를린 영화제 은곰상 여우주연상, 1986년 세자르상 여성 최고 기대주상을 수상했다)를 찍으셨죠?"

"붉은 키스요? 죄송해요, 잘 못 들었어요, 딴 생각을 하느라⋯⋯."

"붉은 키스요. 랑베르 윌슨과 함께 찍은 당신의 데뷔 영화. 사춘기 때 봤는데 정말 아름다운 영화였어요. 아직도 기억이 납니다. 당신을 정말 좋아했었죠."

그는 얼굴에 떠오른 귀여운 미소를 감추려고 고개를 숙인다.

"지금은요?"

닥터 르루가 다시 미소를 짓는다. 그런데 아까처럼 예쁜 미소는 아니다⋯⋯.

"자, 이제 심장에 집중해 보도록 하죠."

"네, 심장에⋯⋯ 그러세요."

그는 나를 회색 일색에 아무 장식도 없는 작고 네모난 진료실에 앉힌다. 막 시작되려는 관계의 배경치고는 좀 음울하다.

"조직검사를 한 다음에 초음파 검사를 할 겁니다. 그 전에, 몇 가지 점검을 하고 싶군요. 서류에 누락된 부분이 있는데, 아직 당신을 잘 모르니까, 질문을 좀 해도 되겠습니까? 언제 에이즈 바이러스 보균자로 판정을 받았는지⋯⋯."

"아주 오래 전에요. 다른 이야기를 하면 안 될까요?"

"다음에, 다른 데서 만나면 그렇게 하죠, 하지만 지금은 안 됩니다. 언제부터 에이즈 바이러스 치료를 받으셨습니까?"

"1995년에 처음 AZT를 먹기 시작한 것 같은데, 날짜는 기억나지 않아요…….”

“그럼, AZT 개발 초기였군요…….”

“네, 로젠바움 교수님께 실험용 모르모트가 되게 해달라고 얼마나 애원을 했는지 몰라요. 그 시절 에이즈 환자들이 다 그랬듯이, 저도 뭐든 삼킬 준비가 되어 있었어요…….” 나는 이 기억들을 떠올리는 것을 싫어하지만 집중해서 내 얘기를 듣는 닥터 르루의 부드러운 표정이 그 잊고 있던 시절의 이야기를 털어놓게 한다.

내 몸 안의 바이러스가 에이즈 감염 판정을 받은 지 10년 만에 처음으로 증가했었다. 10년 동안 아무런 치료도 받지 않았고 감염 증세도 나타나지 않았었다. 마치 내 몸 안의 바이러스가 효과적인 치료법이 개발될 때까지 얌전히 기다렸다가 잠에서 깨어난 것만 같았다. 에이즈로 수천 명이 희생되었다. 감염 후 몇 달 만에 사망하는 사람들도 있었고 무시무시하게 마르거나 눈이 멀거나 피부가 붉은 반점으로 뒤덮이거나 죽은 나무껍질처럼 변해갔지만, 용하게도 내 몸은 그런 증세 없이 잘 버텨주었다. 나는 모두들 감염 방지용 마스크를 쓰고 다니는 전염성 질환 센터와 영화 무대와 메이크업 헤어 살롱을 아무 거리낌 없이 오갔다. 이곳에서 저곳으로 배경이 바뀌는 것뿐이었다. 가끔씩 내가 정말 에이즈 바이러스 보균자가 맞는지 의심이 들었다. 검진센터에서 실수를 한 것이 아닌가라는 생각을 했을 정도였다. 내가 에이즈로 죽는다는 건 있을 수 없는 일이었다. 그랬다. 나는 내 몸에 그런 메시지를 보내고 있었다. 에이즈라니, 말도 안 됨. 나는 정신이 몸에 미치는 영향을 철저하게 믿는 사람이다…… 그리고 기적이라고 할 수 있는 AZT가 개발될 때까지 그 방법은 잘 먹혀들어갔다. 약의 효과는 놀라웠다. 나는 겨울바람에 까맣게 말라 죽은 것 같아 보였던 미모사 꽃이 며칠 만에 샛노란 색으로 다시 피어나는 것처럼 인간의 얼굴을 되찾아가는 에이즈 환자들을 목격했다…….

　나는 창문 너머 화단에 심어진 강렬한 색깔의 꽃들이 비와 싸움을 벌이는 광경을 바라보며 이야기를 이어나간다. 마지막으로 과거를 들추어낸다. 기억은 나의 의무다. 이야기가 끝난다. 나는 입을 굳게 다물고 꿈꾸는 듯한 표정으로 내 눈을 한치의 흔들림 없이 똑바로 바라보는 의사를 쳐다본다. 침묵이 흐르도록 내버려 둔다. 닥터 르루가 노란 꽃으로 활짝 피어난 나를 떠올리고 있으리라는 상상을 한다. 한눈에 보기에도 그는 마음이 흔들린 것 같다.

　"그런 심각한 이야기를 아무렇지도 않게 하네요…… 질문을 자꾸 해서 미안합니다만, 처음 치료를 다른 병원에서 시작하셨는데 넘어온 기록이 완전하지가 않아서 그렇습니다. 심장 이식 수술은 우리 병원에서 받으셨군요. 적출도 우리 병원에서 했고." 마지막 말을 덧붙이는 그의 목소리가 약간 낮아진데.

　"네?"

　"아무것도 아닙니다."

　"아니긴요. 분명히 '적출'이라고 하셨잖아요. 내가 받은 심장 적출 수술도 이 병원에서 한 건가요?"

　"저는 그런 정보를 가지고 있지 않습니다. 말이 헛나왔군요. 제가 좀 피곤해서요, 죄송합니다. 적출 장소는 중요하지 않습니다. 중요한 건, 이식된 심장이 제 기능을 하는가의 여부죠. 이제, 마지막으로 촬영하신 혈관조영촬영 결과를 살펴보겠습니다…… 약간 단편영화를 보는 것 같기도 해요." 닥터 르루는 내 관심을 딴 데로 돌리려고 이렇게 말한다.

　"제 영화 중에서 명작이라고 할 수 있는 영화는 아니네요. 사진이 예쁘게 나온 것도 아니고요."

　혈관조영촬영은 심장에 퍼져 있는 구불구불한 동맥에 착색제를 주입해 그 명암을 이용하여 검사를 하는 방법이다.

　닥터 르루는 컴퓨터에 CD를 집어넣고 내게 묻는다.

"보여드려요?"

"아뇨. 저는 화면에 나온 제 모습을 보는 걸 별로 좋아하지 않아요."

"진심인가요?"

"그 사진이 싫어요. 너무 자세히 들여다보면 생명의 신비가 사라지는 것 같다는 생각, 안 해보셨어요? 저는 제 심장이 갖다 붙인 펌프라기보다는 뭔가 신비로운 곳이라는 생각을 간직하고 싶어요. 방사선 진단이었는지 혈관조영촬영이었는지, 아무튼 예전에 내 불쌍한 작은 심장을 찍은 사진들을 본 적이 있었는데, 아무것도 이해하지 못했어요. 그런 사진을 알아보려면 선생님처럼 전문가가 되어야 할 것 같아요. 그런 사진을 봐서 뭐하겠어요? 중요한 건 결과인데. 그래, 내 심장은 어떤 상태인가요, 선생님?"

"좋은데요…… 상태가 아주 좋아요. 여기, 이것들이 관상동맥이에요. 심장에 피를 대주면서 살아 움직이게 하는 기능을 하죠."

"그 동맥들도 기증자에게서 받은 건가요?"

"네, 반면에 주변에 있는 폐정맥들은, 말하자면, 원래 본인 거예요."

"뭐가 뭔지 모르겠어요."

"어려울 것 없습니다, 아주 간단한 거예요. 심장의 메커니즘은 아주 단순해요. 신기할 정도로…… 우리 몸에 하루 최대 8천 리터의 피를 공급해 주는 어마어마한 펌프라고 생각하시면 됩니다…… 주먹을 쥐어보세요!"

나는 의사의 말에 순종하는 편이지만, 제발 저 무시무시한 해부학 강의를 그만 했으면 하는 생각이 든다. 내가 피를 보면 흥분한다는 사실을 좀 알아주었으면. 나는 어지러움을 꾹 참고 V를 그렸던 오른손가락을 접어 주먹을 꽉 쥐며 "예스!"라고 대답한다. 그가 재미있다는 듯이 웃는다.

"자, 그 주먹보다 조금 큰 심장이 당신의 몸에 매일 8세제곱미터의 피를 공급해 주는 거예요. 신기하지 않습니까?"

"제 심장은 좀더 작지 않을까요? 심장을 기증한 분의 주먹 사이즈를 알아야 할 것 같은데요……."

닥터 르루는 내 시선을 피하며 잠시 말을 아낀다. 한 번 더 당황한 것 같아 보인다. 그가 설명한 생리적인 디테일들 때문에 머리가 좀 어지럽다. 나는 내 안에서 몰아치는 붉은 피의 파도와 내게 심장을 준 낯선 사람의 주먹을 상상한다…… 심장이 더 빨리 뛰는 느낌이 든다. 나는 마음을 가라앉히려고 숨을 깊게 들이쉰다. 닥터 르루가 이런 것들을 자세히 설명하는 의도가 뭘까?

"이식을 할 때, 장기의 크기는 거의 같아야 합니다. 그러니까, 기증자의 주먹은 당신의 주먹과 거의 같은 크기라고 할 수 있어요…… 화면을 끄겠습니다. 보려고도 하지 않는군요!"

닥터 르루의 말을 들으며 나는 내 주먹을 열심히 쳐다본다. 쥐었다가 폈다가, 또 쥐었다가 폈다가…… 그 사람의 주먹도 이만했겠지, 손가락을 손바닥 위에 대고 접으면 이만해졌었겠지. 주먹이 작았네. 그럼 분명 여자였을 거야. 갑자기 어떤 직감 같은 것이 느껴진다. 젊은 여자야, 틀림없어. 나는 중간 정도 길이의 갈색 머리를 하고 환하게 미소 짓는 여자를 상상한다. 삶을 사랑했겠지. 그 여자에게도 아이가 있었을지 몰라. 그녀의 심장이, 나의 심장이 두방망이질치는 소리가 들린다. 닥터 르루의 부드러운 목소리가 나의 상상을 깬다.

"샤를로트? 설명을 해 드릴까요, 아니면 그냥 끌까요?"

조금 전까지만 해도 내게 심장을 준 그 사람을 상상해 보지 않았다. 물론 생각은 해봤지만 막연한 생각일 뿐이었고 어떤 형태나 몸이 있는 사람을 떠올리거나 그 사람의 죽음을 생각해 본 적은 없었다. 몸의 일부가 이렇게 생생하게 살아 있는데, 그 사람이 정말 죽었다고 할 수 있는 것일까? 나는 이런 뜬금없는 생각을 떨쳐 버리기로 하고 컴퓨터 모니터로 다가간다. 화면에 보이는 것이 신기해 닥터 르루에게 질문한다.

"저게 내 몸에 삽입된 스텐트(장기의 좁아진 부분에 삽입하는 관 모양의 플라스틱, 혹은 금속 보조물)들인가요? 꼭 철망 같아 보이네요."

그가 크게 웃는다.

"아닙니다. 스텐트는 아주 작아요. 펼쳐져서 동맥을 뚫어주는 아주 작은 용수철 같은 것이죠. 여기에 하나, 또 여기에 하나, 당신 몸에는 두 개가 삽입되어 있어요."

닥터 르루가 화면 위의 두 지점을 콕콕 찍어준다. 가까이 가서 들여다보지만, 화면에는 관심 가질 만한 게 없고 그의 긴 손가락과 잘 다듬은 핑크색 손톱밖에 눈에 들어오지 않는다.

"뭔지 잘 모르겠는데요…… 저기, 저 옷걸이 같은 것들은 뭐예요? 꼭 옷장 같네요……."

"흉곽을 다시 여며주는 버클이에요."

"제가 보고 싶지 않다고 했죠…… 버클 하나하나를 다 손으로 쥔 거예요?"

"그래요."

"거의 수공업 수준이네요. 다시 열리지는 않겠죠?"

다시 머리가 어질어질해서 의자에 도로 앉았더니 의사가 자리에서 일어나 내 손을 잡아준다. 순간, 전기가 올라 나는 화들짝 놀란다. 우리 둘 다 재빨리 손을 놓고 서로를 뚫어지게 쳐다본다.

"조치가 잘 되어 있으니 걱정 마세요. 이제 가서 조직검사를 받으시고 다시 이리로 오셔서 초음파 검사를 받도록 하세요. 기록을 읽어봤더니, 목에 주사 맞는 걸 못 견디신다고요? 서혜부에 놓도록 하겠습니다. 자, 가실까요?"

"네."

잠시 후
닥터 르루 진료실

"검사는 잘 진행됐습니까?"
"네. 아프지는 않았지만 뭔가가 심장을 갉아 먹은 느낌이에요."
"이제 초음파 검사를 하겠습니다."
닥터 르루는 자상하다. 동작 하나하나를 자세하게 설명하며 축축한 젤을 바른 탐촉자를 내 가슴팍과 젖가슴 위에 문지르는 그의 손길에 마음이 편해진다. 그가 검사 모니터에 집중하는 동안, 나는 그의 옆모습을 보며 작은 코와 가볍게 깨물고 있는 입술을 관찰한다.
"곧 끝납니다. 아무 이상 없네요. 심장이 잘 뛰고 있어요, 샤를로트. 젊은 여자의 심장이다 보니……."
그 날은 비가 억수같이 쏟아지던 한여름의 월요일이었다. 하늘이 뚫린 것처럼 비가 쏟아졌고 날은 어두컴컴했으며 눈부신 형광등 불빛을 피하려고 눈을 감자 눈꺼풀에 닥터 르루의 미소가 어른거렸다. 그의 말이 끝나지 않는 메아리로 울리다가 노래가 되어버렸다. "심장이 잘 뛰고 있어요, 샤를로트. 젊은 여자의 심장이다 보니……."
"2003년부터 뉴오랄(Neoral, 장기이식 거부반응 예방제)을 드셨군요. 세 가지 항바이러스제를 결합하는 방법으로 에이즈 치료 중인 환자에게 이 약을 처방하기가 민감하다는 설명, 들으셨습니까?"
나는 눈을 감고 입을 다문 채 붕대를 댄 곳에 한 손을 얹고 그냥 누워 있다. 내 심장은 잘 뛰고 있다. 리듬은 규칙적이다. 오히려 좀 빠른가. 하루 최소 8천 리터의 피…… 이식받은 나의 심장 속에…… 대충 꿰맨 가슴 아래…… 젊은 여자의 심장…… 그녀는 몇 살이었을까…….
"샤를로트? 괜찮아요?"

어지럽다. 이렇게 내가 계속 대답을 하지 않고 피가 흥건한 환영을 보며 몽롱한 메아리로 울려 퍼지는 닥터 르루의 목소리 속에 잠겨 있으면, 그는 소생술을 시도할지도 모른다.

"샤를로트?"

그가 다시 한 번 내 손을 지그시 누른다. 이번에는 전기가 일어나지 않았지만 뭔가가 뻗어 나오는 듯한 다른 전류가 느껴진다. 눈을 뜬다. 첫 만남 치고는 괜찮은 편이다.

"죄송해요, 선생님 목소리 때문에 깜빡 잠이 들었어요. 뭐라고 하시는지 어렴풋이 들었어요. 네, 뉴오랄…… 부작용에 대한 설명을 해주던데요. 다모증, 손떨림…… 하지만 제 경우에는 그런 부작용들이 나타나지 않았어요. 오히려 몸에 털이 거의 없는걸요. 완전 매끈매끈, 방수포예요. 그것도 곤란하더라고요…… 개구리가 따로 없어요. 그런데 머리카락은 전보다 더 굵어지고 윤이 나요. 샴푸 광고를 해도 될 정도로."

"뉴오랄은 거부반응 예방제로 꼭 드셔야 하는 약입니다. 거부반응 예방제가 없으면 이식 수술의 대다수가 실패로 돌아가죠. 이식된 장기는 기본적으로 우리의 면역 체계가 싸우도록 되어 있는 외부인자예요. 뉴오랄은 침입한 외부인자를 거부하는 우리 몸의 방어체계의 능력을 낮추는 기능을 하죠. 세 가지 항바이러스제를 결합해서 에이즈를 치료하는 방법은 반대로 에이즈 바이러스의 해로운 영향력을 마비시킴으로써 우리의 면역 체계를 강화하는 것을 목표로 하고 있어요. 반면, 뉴오랄은 면역 억제제니까…… 복용량을 정하는 게 어렵죠. 이해하시겠어요?"

"알겠어요. 선생님을 믿어요. 지금으로서는 문제가 없어요, 조화가 잘 되고 있는 것 같아요. 복용량도 적당한 것 같고…… 또 언제 다시 올까요?"

"결과에 따라 다르겠지만, 별다른 일이 없으면 6개월 후에……."

"한참 후네요. 6개월 동안 별일이 다 생길 수 있는데!"

"만약을 대비해서 제 휴대폰 번호를 알려드리겠습니다. 자, 제 명함입니다."

나는 명함을 재빨리 받아 가방 안에 넣는다. 사랑을 찾는 샤를로트 요원, 미션 완료. 나는 아쉬워하며 닥터 르루의 진료실을 나왔다. 그도 그랬을까?

그와 만난 후, 시간은 제자리걸음을 했다. 걸핏하면 활활 타오르는 내 마음의 성질머리를 잘 알고 있는 나는 나이가 몇인데 정신도 못 차린다는 핀잔과 함께 내 뺨을 몇 대 때려주는 것으로 불길에 약간의 물을 붓는다. 나의 단짝친구 릴리는 늘 내가 '상대에게 너무 압력을 넣는다'고 하지만, 이번에는 압력도, 문자도, 전화도, 삐친 척도 하지 않는다…… 사랑에 빠지면 뭐든 다 할 기세로 덤벼드는 나이지만 이번에는 아무것도 하지 않겠다! 좋은 차 한 잔, 좋은 책 한 권, 그러다가도 10분 후에는 다 그만두고 엉덩이를 들썩인다. 휴대폰을 집어 든다. 당연히 메시지 보관함은 텅 비어 있다. 내 전화번호를 알기는 하나! 물론 알겠지, 새 병원 기록에 적혀 있지 않다 해도 앙리에트가 알고 있으니까, 그건 걱정 없어. 기다려 보자. 가방에서 그의 명함을 꺼내 책상 위에 조심스럽게 얹어놓고 가만히 들여다본다. 몸과 마음에 휴식을 주는 크림 같은 그의 부드러운 목소리와 나를 갈라놓는 숫자 열 개…….

내가 가장 견디기 힘든 게 '기다리기'라는 일을 하는 것이다. 참, 아무 일도 하지 않는 것이라고 해야 하겠지. 참고 기다리기…… 그런데 왜 기다려야 하지? 우리는 언제나 너무 오래 기다린다. 영원히 죽지 않을 것처럼. 절대 그렇지 않아요, 시간은 줄어들고 있어요. 농담이 아니에요. 조용한 곳에 가서 손가락으로 귓구멍을 후빈 다음 귀를 기울여 보세요…… 심장 뛰는 소리가 들리나요? 당신 안에서 삶이 고동치는 저

작은 울림이? 재깍거리는 시계소리가? 시간이 없어요, 시간을 죽인다
니, 말도 안 돼요. 죽음의 문턱을 넘나들어 보고 나서야 살아야 할 이유,
열정을 불태워야 할 이유, 사랑해야 할 이유, 삶의 매순간을 가득 채워
야 할 이유를 깨닫는 이유는 뭘까요? 나는요, 내 사랑이 언제나 이루어
지지는 않을 것 같아서 마음이 조급해요. 시간의 다른 개념이죠.

그 동안 나는 솔로를 탈출하려면 타이밍을 맞추고 급한 마음을 약간
의 인내심으로 포장하고 심장의 리듬을 늦추어야 한다는 것을 배웠다.

침대에 누워 눈을 감는다. 신비로운 째깍 소리와 내 주먹만 한 심장
에 정신을 집중한다. 단순한 생각만으로도 빨리 뛰게 할 수 있는 예민
한 내 심장…… 닥터 르루…… 그리고 나에게 다시 생명을 허락한 그
여인의 얼굴을 상상한다…… 그리고 내 몸 전체에 흐르는 수천 리터의
피…… 그녀는 어떻게 죽었을까? 고통스러웠을까? 어딘가에서 나를 보
고 있을까?

심장이 마구 뛴다. 눈을 뜬다. 아직 날이 밝다. 바람을 쐬러 나가야겠
다. 릴리를 만나서 이 초조한 마음을 털어놓아야지.

"우선, 영화 좀 그만 찍어!" 내 한 마디에 릴리가 대뜸 구박을 한다.
"담당 의사를 사랑하는 심장 이식 환자라니…… 너 미쳤니!"

"난 예술가야. 로맨틱하고 비이성적인. 매일매일 영화를 찍어, 그게
내 천성이고 내 삶이야. 인생을 풍부하게, 아름답게 만드는 게 내 일이
라구!"

"인생을 왜곡하기도 하지! 병원에 검사받으러 가서 딱 한 번 본 사람
을, 넌……."

"나에게 심장을 준 사람도 자꾸 생각나. 닥터 르루가 그 사람 주먹이
랑 내 주먹 크기가 같다고 했어. 그리고 내가 이식받은 심장 적출도 생
폴 병원에서 했다는 말도……."

"그런 말을 했단 말이야?!"

"자기도 모르게 말이 튀어나왔나 보던데, 나중에 수습하느라 애를 먹더라. 그런데 나, 나에게 심장을 준 사람을 생각해 본 건 이번이 처음이야…… 그건 그렇고 이 얘기가 어떻게 진전될지 알아보고 싶어."

"무슨 얘기?!"

"닥터 르루랑 나…… 우리 사이에 정말 뭔가가 있었다니까…… 넌 그 사람이 심장병 전문의라서 내가 그 사람한테 끌린다고 생각하는 거야? 하긴, 닥터 블랑쇼도 같은 말을 하겠지…… 사실 그 사람이랑 있으면 안심이 되긴 해……."

닥터 블랑쇼를 떠올리니 갑자기 그녀가 했던 말이 생각난다.

'나는 정신과 전문의이지 점쟁이가 아니에요.' 뜬금없이 나는 릴리에게 묻는다.

"너 이번에 새 점쟁이를 만났지? 전화번호 가지고 있어?"

"당연하지, 그 여자, 정말 족집게야."

릴리는 잠깐만 뒤지면 안 나오는 것이 없는 커다란 가방 안을 뒤적거린다. 일명 창고형 가방이다. 나는 릴리의 가방 안에서 나온 급조한 듯한 얇디얇은 명함을 받아들고 신중하게 읽는다.

〈나타샤, 직관으로 풀어보는 내 운명―새로운 방법!―투시력, 타로 카드, 손금, 영혼의 지주, 카르마.〉

"정말 실력이 괜찮아?"

"그래, 날 믿어. 정말 끝내줘."

"어떤 끝내주는 예언을 했는데?"

"내가 곧 사랑을 찾게 된대. 예술가가 보이는데 약간 특이하지만 열정이 넘치는 사람이래……."

릴리는 이 점쟁이에게 단단히 빠져 그녀의 예언을 꾹 믿는 모양이었다. 나는 대뜸 나타샤에게 전화를 건다. "마침 잘 됐네요. 방금 전에 고객 한 분이 예약을 취소하셨어요." 한 시간에 100유로라니, 취소하는 사람이 많을 법도 하다. 나는 더 고민해 보기로 한다.

"돈 때문에 고민하지 마. 돈이 다가 아니잖아!" 릴리가 옆에서 난리를 친다.

"알아, 근데 그 돈이 없으니까 그렇지. 100유로래, 그게 뉘 집 개 이름이니?"

릴리는 인터넷 상에서 할인판매로 대박을 낸 사업가 남편과 이혼을 했는데, 마누라보다 젊은 여자를 좋아하는 자신의 기호가 미안했던지 전부인과 하나밖에 없는 아들이 편하게 살 수 있도록 배려해 주었다. 그냥 이혼을 한 나와는 입장이 달라도 한참 다르다.

늘 명랑한 릴리는 교양 있고 멋진 여자다. 서른 몇 살로 나이는 나와 거의 같으니까…… 아주 젊다고 할 수 있다! 약간 까무잡잡한 부드러운 피부. 거의 금빛이 도는 옅은 갈색의 커다란 눈은, 그런 일은 별로 없지만, 웃지 않을 땐 슬퍼 보인다. 유혹하는 듯한 입술은 완벽할 정도로 아름답다. 키는 나보다 머리 하나는 더 크고 타고난 몸매가 날씬해서 그녀의 몸을 볼 때마다 나는 기가 죽는다.

나는 나타샤에게 다시 전화를 걸어 혹시 슬럼프를 겪고 있는 여배우를 위한 특별 할인을 해줄 수는 없겠느냐고 묻는다.

"사실, 내 상황은 슬럼프 수준이 아니라 거의 바닥에 떨어졌다고 할 수 있죠." 내 말에 나타샤가 웃는다. 나는 웃을 수가 없다. 나도 모르게 어릿광대짓을 하고 있구나. 나타샤가 좋다고 한다. 나는 직관으로 내 운명을 풀어줄 사람을 만나기 위해 길을 떠난다.

릴리는 우리 집에서 나를 기다리겠다고 한다. 이유인즉, 우리 사이의 파동을 방해하지 않기 위해서…….

나는 가끔 점을 보러 간다. 독실한 기독교 신자이자 엔지니어인 내 아버지는 점집에 다녀왔다고 보고를 하는 나에게 '창 밖으로 돈을 뿌리고 다닌다'며 한바탕씩 설교를 하시고 나는 나대로 기분 전환이 되고 안심이 돼서 그러는데 왜 그러느냐고 말대꾸를 한다. 점쟁이 말을 정말로 믿는 건 아니지만 나는 설명할 수 없는 신비스러운 일이 현실 너머에 존재한다는 생각 자체가 마음에 든다.

나타샤는 생라자르 역에서 그리 멀지 않은 곳에 위치한 약간 음울한 건물 꼭대기층, 하녀용 방 두 개를 터서 만든 방에서 나를 맞아준다. 계단을 올라가다가 지하철이 지나가면서 발밑이 진동하는 느낌을 받았다. 원래부터 나는 파리에서만 느낄 수 있는 그런 느낌을 싫어한다. 그런데 그 진동의 주인공은 건물 지하를 갈지자로 통과하는 TGV였다.

"어서 오세요, 샤를로트."

"안녕하세요…… 굉장한 진동이네요, 꼭 지진이 난 것 같아요."

"생라자르 역 때문에 그래요. 잠시만 기다려 주세요, 곧 올게요."

네, 기다릴게요…… 대기실에는 명함의 문구들과 딱 맞아 떨어지는 '점성술 특별 세트'가 마련되어 있다. 여기저기(심지어 바닥에도)에 켜놓은 향초, 독한 향(금방 목이 매캐해졌다), 갖가지 포즈의 불상들, 초록색 용 그림, 벽에 그려놓은 손바닥 그림과 그 위에 빨간색으로 뚜렷하게 그어놓은 손금, 작은 원탁 위에 놓아둔 쌀을 담은 금색 사발, 귀퉁이가 떨어져 나간 대나무 액자 안에는 시간당 상담요금이 적혀 있다. '카드와 수표는 받지 않습니다. 감사합니다. 나타샤.'라는 문구와 함께. 카드, 수표는 안 받는다, 그렇군. 다시 계단을 내려갈까. 차라리 이 돈으로 아로마 마사지를 받으면 초조한 마음이 훨씬 더 편해지지 않을까. 나타샤가 달려오는 소리가 들린다. 역시 점쟁이로구나, 내 마음을 읽은 것이 틀림없다. 그녀가 문을 열더니 육감적인 입술을 움직이며 따라오라고 한다.

"저 쌀 사발은 뭐에 쓰는 거예요?"

"풍수를 따르는 거예요. 대문 안에 놓는 작은 분수처럼 행운을 가져다 주죠."

“풍수?”

“땅의 요소들과 음기, 양기를 조화시키도록 해주는 동양의 생활양식이에요…….”

“음양은 나도 알아요.”

“풍수는 그 음기와 양기의 균형을 이루는 방법이에요.”

‘투시력’을 지닌 점쟁이는 화려한 색깔의 우아한 터키식 외투와 가짜 진주와 인조석으로 된 엄청 무거워 보이는 목걸이 한 다발을 걸치고 있다. 그 목걸이를 하고 고개를 꼿꼿이 세우려면 참 힘들겠다 싶다. 손가락들은 양철, 구리, 은 등등 온갖 재료로 만든 온갖 형태의 반지들로 빈틈이 없다.

점쟁이 집을 찾을 때마다 드는 의문점 하나. 미래를 보고, 그래서 그 미래를 마음대로 할 수 있는 아무나 못 갖는 엄청나게 귀하다 못해 거의 악마적인 능력을 가졌다는 점쟁이들이 왜 정작 자기들은 이렇게 허접스럽게 사는 걸까? 나타샤가 정말로 미래의 남자를 알려줄 수 있다면, 모두들 이 집으로 몰려들 테고, 그럼 나타샤는 부자가 될 텐데…….

“믿지도 않으면서 왜 오셨어요?”

나타샤가 내 마음을 너무나 쉽게 읽어내는 바람에 나는 소스라치게 놀란다.

“그렇게 콕 집어주는 질문을 듣고 싶었는지도 모르죠. 맞아요, 솔직히 점을 백 프로 믿지는 않아요.”

“배우 같아 보이네요.”

“맞아요. 아니 배우였어요…….”

“봐도 될까요?” 나타샤가 내 손을 잡으며 말한다.

그리고는 마치 비밀의 카드를 펼치듯 내 손바닥을 편다.

“영화나 텔레비전에 다시 출연하겠지만, 다른 예술적인 분야가 보이네요. 그림을 그리시거나 노래를 하나요?”

"그림은 조금 그리지만 별것 아니고 노래 부르는 건 엄청 좋아해요. 레슨도 받았고 멋진 친구들이랑 같이 데모 테이프도 만들었어요. 이제 제작자를 찾는 일만 남았는데……."

"잘 될 거예요, 노래나 아니면 다른 거라도…… 건강은요? (아직 내 책이 출간되지 않은 때라는 것을 밝혀두어야겠다.) 건강은 어떤가요?"

"그건 내가 물어봐야 하는 말이잖아요!"

나타샤가 내 얼굴부터 가슴께까지를 자세히 살펴보는 동안 나는 마음을 비우기 위해 눈을 감는다. 그녀에게 내 마음을 읽히는 게 싫다. 정말 투시력이 있는지 알아봐야지.

"피곤해 보이네요. 당신 목에 있는 그 자국은 뭐죠? 흉터도 보이네요. 심장에 문제가 있군요? 하지만 걱정 마세요. 당신 심장은 잘 버텨줄 거예요."

"내 새 심장 말인가요……."

나타샤는 흠칫 놀라더니 곧 대답을 한다.

"네, 그래요……."

그리고 평범한 카드 한 벌을 내밀더니 나더러 잘 섞어서 왼손으로 몇 장을 덜어내라고 한다. 내가 시키는 대로 카드를 섞어 그 중에서 몇 장을 주었더니 그녀는 그 카드를 한 장 한 장 뒤집어본다.

"당신 어머니는 아주 건강하시네요……."

나타샤는 내가 막 뒤집은 하트 여왕을 손가락으로 가리킨 다음 그 위에 스페이드 8을 놓는다.

나는 픽 웃음을 터트리다가 스스로를 나무란다.

"아주 정확한데요. 우리 어머니는 7년 전에 암으로 돌아가셨어요."

"네, 그렇죠. 무슨 문제가 있었다는 게 보였어요……."

나타샤는 당황하지 않는다.

"그래요. 아주 심각한 문제였죠……." 내가 말한다.

"투시력은 정확한 과학이 아니에요…… 당신의 어머니가 당신을 보호하고 있어요, 알고 있었나요?"

"그러길 바라고 가끔씩 어머니의 존재를 느끼지만, 굳이 그런 말을 하고 싶지는 않아서……."

"그만 할까요, 샤를로트? 별로 믿고 싶어 하지 않는 것 같네요."

"……사랑은요?"

"누군가를 만나게 됩니다. 같은 분야에서 일하는 사람이네요, 배우나 아니면 영화 쪽에서 일하는 사람, 하지만 그는 두려워하고 있어요, 굉장히. 뭘 두려워하는 걸까요?"

나는 아무 말도 하지 않는다.

"의사 아니면, 당신을 돌봐주는 누군가가 보이네요. 마음이 움직였지만 소심해서 당신을 몰래 사랑하고 있어요. 아, 이 사람을 이미 만났네요, 그렇죠?"

아마 '의사' 라는 말을 했을 때 새로운 특종을 기대하며 긴장했던 내 얼굴에 공공연히 떠오른 미소를 보고 해석을 한 것이겠지.

"누굴 만나기는 했어요…… 좀더 정확하게 말하자면…… 즐거운 조직검사를 했죠."

"세바스티앙?"

그제야 나는 닥터 르루의 성밖에 모르고 있다는 사실을 깨닫는다.

"세바스티앙이라는 소리가 들려요. S로 시작하는 긴 이름인데, 쌕쌕, 바람소리가 나는 발음이에요……."

"이름은 모르는데요. 아무튼 세바스티앙하고…… 어떻게 되나요?"

"그 사람을 강하게 떠올리면서 이 카드를 섞으세요, 그리고 나에게 일곱 장을 주세요. 왼손으로, 그게 중요해요……."

새 카드는 좀 특별해서 술잔, 금화, 검이 그려져 있다.

"이 사랑은 오래 가지 않을 거예요. 조금 더 있다가 진짜 사랑이 나타나요, 먼저 당신 꿈에…… 요즘 꿈을 많이 꾸지 않나요?"

"보통은…… 아니에요, 나는 수면제를 먹기 때문에 꿈을 기억하지 못해요…… 좋아요, 이제 가봐야겠어요. 좀 바빠서요."

"실망했나요?"

"네, 약간."

나는 거짓말을 못한다.

"하지만 당신 탓이 아니에요. 나타샤, 당신은 마음에 들어요."

"사랑이 올 거예요, 샤를로트. 심장에는 별일이 없을 거고 꿈을 따르세요……."

"알았어요……."

나는 미소를 짓고 발딱 일어나 손가락을 살짝 움직여 작별인사를 하고 그녀의 집을 빠져나온다.

거리에 나서자 궁금해 못견디는 릴리로부터 전화가 온다.

"어땠어, 정말 끝내주지?"

"잘 모르겠던데. 우리 엄마 건강에 문제가 있다고 했고, 배우 아니면 의사인 세바스티앙이랑 사랑을 하는데, 그 사랑은 이루어지지 않는대. 하지만 진짜 사랑하는 사람이 나타날 거래. 뭐, 좋은 얘기였는데, 돈을 안 받더라."

"늘 족집게였는데, 이해가 안 가네."

릴리도 실망한다.

"병원에 전화할 거야."

"왜?"

"닥터 르루의 이름을 모르고 있었어! 미안한데, 거실에 가서 그 사람 명함 좀 찾아봐 줘! 어디에 두었더라…… 책상 위! 찾으면 다시 전화해, 안녕."

몇 분 후, 전화를 건 릴리가 기세등등하게 외친다.

"나타샤가 형편없지는 않았어. 닥터 S. 르루야!"

"스티븐, 스티븐 르루!"

병원에 전화를 걸어 물어보자 내가 잘 들을 수 있도록 앙리에트가 전화기에 대고 목소리를 높인다. 선사시대의 유물인 나의 앙리에트는 휴대폰이 자주 먹통이 되고 그 물건을 가지고 다니는 것 자체가 '노예'가 되는 것이라면서 이 편리한 기계를 불신한다. 물론 휴대폰도 가지고 있지 않다.

"월요일부터 닥터 르루가 샤를로트 얘기를 몇 번이나 했는지 몰라. 전화번호도 물어보던걸……."

"좋았어요! 스티븐이라면, 브르타뉴 이름이죠?"

"맞아, 브르타뉴 출신인 것 같아. 하지만 난 그 양반을 잘 몰라. 별로 외향적인 편은 아니거든."

"아무튼 이름이 세바스티앙은 아니네요……."

"그게 어때서?"

"왜냐하면 세바스티앙하고는 오래 못 간대요. 그럼 닥터 르루의 전화를 기다리면 되는 거죠?"

"세바스티앙이 누구야?"

"아무도 아니에요. 나중에 얘기해 드릴게요."

"사연이 많기도 하지, 우리 꼬맹이는."

"내가 이식받은 심장 적출도 생폴 병원에서 했다는 게 사실이에요? 제 서류에 그렇게 기록이 되어 있나요?"

"뭐라고?! 누가 그런 말을 했어?"

"그 사람이요."

"그럴 리가. 당치도 않아. 닥터 르루는 어떤 일이 있어도 그런 정보를 환자에게 제공할 수 없게 되어 있는데…… 그런 것들이 철저한 기밀사

항이라는 건 샤를로트도 잘 알고 있잖아. 전화 왔었다고 닥터 르루에게 전해줄까?'

"아뇨…… 네! 네, 전해주세요!'

책 홍보가 곧 시작될 예정이고 조짐도 좋다. 내 편집자가 선택한 보도담당관 토니가 코르시카 섬 포르토 베키오 근처에 있는 자기 별장에서 며칠 묵었다 가라고 초대를 한다. "정말 근사할 거야. 다 잊고 같이 생선이나 구워 먹어요. 절벽 아래 쏙 들어간 만에서 선탠도 하고, 책 홍보도 의논하고, 9월의 폭풍우가 오기 전에 좀 쉬어둬야지. 샤를로트의 책이 나는 정말 맘에 들어요. 올 거죠?'

"알았어요, 갈게요. 초대해 줘서 고마워요."

토니는 파리에서 제일 평판이 좋은 보도담당관이다. 토니 말에 의하면 그것 없이는 아무것도 할 수 없다는 두껍고 크기가 작은 전화번호부 같은 그녀의 다이어리에는 파리의 명사들 이름이 모두 들어 있을 것 같다. 담배 때문에 목에서는 쉿소리가 나지만 토니는 여전히 아름답게 빛난다. 그녀의 미소는 굴곡 많았던 인생 위에 덮어쓴 우아한 가면 같아 보인다. 어느 날엔가 궁금증을 못 이겨 토니의 비서에게 그녀의 나이를 몰래 물어봤더니, 비서는 마치 내가 무슨 비밀을 누설하라고 협박이라도 했다는 듯 눈을 휘둥그레 뜨고 나를 쳐다보았다. 토니에게는 정해진 은퇴도 없다. 나는 그녀의 정력에 매번 깜짝깜짝 놀란다. 비결? "즐겁게, 또 즐겁게. 삶을 사랑하고 일을 사랑하고 모든 것을 사랑하면 되는 거야. 인생의 모든 것을."

토니는 정말 프로답고 온화하고 매력이 넘치며 든든한 동시에 직설적이다. 그녀는 '본능에 충실하게, 마음 가는 대로' 움직인다. 내 책을 좋아하고 지지해 주며 나를 자기 날개 아래 품어준다.

몇 달 후면 이것도 끝이 날 것이라는 사실을 나는 잘 알고 있다. 책 홍보가 끝나면 토니도 내 인생에서 사라지겠지. 친구가 수없이 많은 토니가 내게 내줄 시간이 있을 리 없다. 당연하다. 기자들과의 마지막 만남이 끝나면 따뜻하게 서로의 뺨에 입을 맞추고, 어쩌면 눈물을 흘리면서 '곧' 전화하겠다고 약속을 하겠지만, 피차 전화는 하지 않는다. 쇼 비즈니스 분야가 이렇다. 확 불타오르지만 덧없다. 만났다 헤어지고 사랑하는 듯하다가 곧 잊는다. 민감하게 구는 것은 금지다.

스티븐을 만난 게 월요일이었는데, 벌써 목요일이고 이미 주말을 코르시카 섬에서 보내기로 정해 놓았는데 아무 일도 일어나지 않는다. 메시지도, 전화도 오지 않는다. 친절한 의사와 인생을 함께 하겠다는 나의 계획은 천천히 수포로 돌아가고 있다. 슬프고 우울하다. 릴리는 나를 이해하지 못한다. 한 번 보고 어떻게 그런 로맨스를 꿈꿀 수 있느냐면서. 내가 원래 그렇잖아. 어쩌면 나타샤보다 더 직감적인지도 몰라. 하지만 닥터 르루와 나 사이에 뭔가가 통했단 말이야. 짜릿한 전기가 오르는 걸 분명 느꼈어. 두 번째로 그가 내게 손을 댔을 때, 나는 그 손이 내 온몸을 만져주기를, 오랫동안 그 손을 거두지 말기를 바랐어. 나도 늘 이런 건 아냐, 릴리. 이건 피부가 얼마나 따뜻한가의 문제고 정체불명의 힘이 관련된 문제야. 눈빛 속에 스치는 반짝임, 자기 자신에게 솔직해지는 아주 짧은 시간, 과일을 딸 때처럼 조심스럽게 잡아내야 하는 그런 짧은 순간들이 중요해. 수줍은 두 사람이 서로 부딪혀 서로를 뚫어지게 바라보는 그 짧은 순간 말이야.

그러나 시간은 흘러가기 마련이고 그런 순간은 다시 만들어 내지 않으면 사라지는 법. 나는 닥터 르루를 꼭 다시 보기로 결심한다. 그가 먼저 다가오지 않으면 내가 나서면 된다. 하지만 전화를 걸어 준다면, 옛날식으로 구애를 해온다면 얼마나 좋을까.

아니다, 내가 먼저 접근하지는 말아야겠다. 절대로. 억지로 뭘 하려고 하면 피곤하고 우유부단한 남자들에게 뭘 시키는 것도 피곤한 일이다. 나는 전통적인 교양을 갖춘 본 모습으로 돌아갈 작정이다. 자유로운 사냥의 여신 샤를로트는 오늘 죽었다. 닥터 르루에게 전화하지 않겠다. 가방을 꾸려 코르시카로 도망가서 먼 바다로 나가 황금색으로 피부를 태워야지. 다 잊어버릴 때까지.

금요일 정오, 가방을 꾸린다. 맹렬한 더위가 파리를 덮쳤다. 잠깐 나는 짐 싸던 손을 놓고 일어선다. '그가 먼저 다가오지 않으면 내가 나서면 된다…….' 닥터 르루를 떠올리자 내 안에 있던 다른 메아리가 울리기 시작한다. 언젠가는 내게 심장을 준 사람의 정체를 알 수 있을까? 그 사람과 가까웠던 이들을 만나 비밀을 알아낼 수 있을까?

어지러운 생각들을 떨쳐 버리고 즐거워지려고 애써본다. 우리 집 고양이 카비아를 쓰다듬어주고 밥통을 채워준 다음 금붕어 코코가 들어 있는 어항에 하루 치 양의 몇 배가 되는 먹이를 붓는다. 며칠 집을 비우는 것뿐이고, 내일은 릴리가 와 있기로 했다. 타라는 제 아빠 집에. 타라 아빠는 아이를 잘 돌본다. 타라는 신이 났다. "엄마, 선물 사 올 거지?" "그럼, 내 천사." 아이에게 대답을 하면서 내가 코르시카에 대해 아는 것이 하나도 없고 거기서 뭘 사와야 할지도 모른다는 것을 깨닫는다.

나는 마음을 가라앉히고 길 떠날 준비를 한다. 거의 차분하게. 그런데 휴대폰이 부드럽게 진동을 한다. 문자다! 허둥지둥 휴대폰으로 달려간다. 릴리가 주말 잘 보내라고 보낸 문자 메시지다. 고마워라. 휴대폰이 다시 진동한다. 이번엔 전화다! 그런데 발신자번호 표시제한. 열다섯 살 소녀처럼 흥분을 하면서도 스스로를 나무란다. 나는 번호가 뜨지 않으면 전화를 받지 않는다. 메시지를 들어봐야겠다. 토니가 딸의 휴대폰으로 전화를 하는 거라면서 자기 휴대폰과 비행기 표가 안 보여서 찾느라 늦을 것 같으니 공항에서 만나잔다. 그러죠, 뭐.

드디어 짐을 다 쌌다. 나는 가볍게 여행할 줄을 모른다. 어딜 가든 최소한 따뜻한 외투 한 벌은 가져가야 하는 것은, 귀찮지만 브르타뉴 사람들의 오랜 고민 끝에 나온 방식이다. 나는 워낙 추위를 많이 타서 여름에 코르시카 섬에 가면서도 스웨터가 있어야 한다. 그리고 세련된 옷 몇 벌과 편안한 옷, 그리고 화장품 일체. 정열적이고도 우아한 모습으로 나를 사로잡은 여배우 프랑수아즈 도를레악(Françoise Dorléac, 1942-1967. 프랑스의 여배우. 까트린느 드뇌브의 언니)에 관한 지나간 시대의 달콤한 낭만을 담은 감동적인 기사를 읽은 적이 있다. 사랑에 목숨을 거는 그녀는 어느 계절에 어디를 가든 언제나 트렁크에 사계절 옷은 물론 모피, 실크, 이브닝드레스, 청바지 등 온갖 종류의 옷을 챙겨 갔다고 한다. 변덕이 심했기 때문도 아니고, 자신을 위해서도 아니었다. 다만 어딘가에서 만나게 될지도 모르는 남자를 따라 열대지방이든 어디든, 그래야만 한다면 기후에 상관없이 세계 끝까지 갈 준비를 갖추었던 것이다.

휴대폰이 다시 울린다. 희망을 잃은 나는 힘없이 전화기를 손에 든다. 택시가 도착해 집 앞에서 기다리고 있다는 연락이다.

현관문을 닫고 좁고 어두운 엘리베이터에 붙은 거울 속에 비친 내 슬픈 얼굴을 쳐다본다. 뒤쪽으로 단조로운 색깔의 올 풀린 발 매트가 보인다. 난 왜 이렇게 바보 같지? 멋진 곳에 초대를 받아 가면서 짜증을 내다니. 거울에 바짝 다가서서 얼굴을 찡그리며 억지로 웃은 다음 혀를 쪽 내밀고 뺨을 찰싹찰싹 때리다가 2층에 사는 이웃이 문을 여는 바람에 귀여운 척을 그만두었다. 그 좁은 엘리베이터에서 서 있자니 서로 몸이 바싹 닿을 수밖에 없다. 2층에 사는 남자는 끔찍한 냄새를 풍기지만 아주 친절하다. 나는 숨을 꾹 참고 엘리베이터에서 내린다. 우편함 앞에서 우편물을 꺼낼까 말까 망설인다. 마지막으로 우편물을 꺼낸 게 언제였더라. 나는 우편함을 매일 열지 않는다. 까치발을 하고 우편함 틈으로 안을 들여다보니 갖가지 우편물이며 광고전단이 한 무더기다. 봉투들을 한 아름 안고 택시를 탄다. 외곽순환도로가 꽉 막혀 운전사는 욕을 하기 시작하고 나는 우편물을 분류한다.

청구서, 청구서, 세금고지서, 광고전단, 청구서, 불그스름한 색깔만
봐도 알 수 있는 은행 잔고 명세서, 타라네 학교, 사회보장보험, 벤츠에
서 날아온 봉투, 혹시 컨버터블에 당첨됐다는 거 아닐까? 아무 생각 없
이 봉투를 열어본다. "독촉장…… 10,294유로를 청구함!" 두 번을 더 읽
는다. 10,294유로. 대체 왜? 이 빌어먹을 봉투를 판도라의 상자에 그냥
놔뒀어야 했다. 20여 년 전, 내가 에이즈 바이러스에 감염되었다는 소
식도 우편으로 받았었다. 그래서일까, 나에게는 우표도 없이 투명한 비
닐 뒤로 내 이름이 죄수처럼 갇혀 있는 희끄무레한 봉투에 대한 일종의
공포증이 있다.

"신용 불량으로 10,000유로 손실!" 나는 이렇게 좋은 소식을 알려준
편지를 얌전하게 접어 가방 안에 넣는다. 나중에 보자. 지금은 태양을
찾아 도망치자. 파리 사람들이 날 좀 놓아주길. "손님, 아직도 멀었네
요. 도착하려면 아직도 멀었다고요." 택시 운전사가 했던 말을 자꾸 한
다. 무슨 일이 일어나더라도 마음을 편히 갖겠다고 마음먹는다. 팔다리
를 약간 뻗자 팔꿈치가 좌석 위에 던져놓은 내 초라한 우편물을 스친
다. 빠끔히 내밀린 사진 한 장이 나의 관심을 끈다. 엽서…… 그것도 파
리 엽서! 진짜일 리 없는 파란 하늘을 배경으로 멋지게 서 있는 에펠탑.
이거 참 재미있다. 엽서를 뒤집어 읽는다. 〈샤를로트, 당신이 내 진료실
에 왔던 날, 내가 워낙 말재주가 없어서 당신을 잡아두려고 아무 말이
나 나오는 대로 지껄였습니다. 나를 원망하고 있나요? 6개월 후의 약속
전에 당신을 다시 만나고 싶습니다. 스티븐 르루.〉 내가 온몸을 떨며
꺅 소리를 지르자 이미 신경이 곤두설 대로 곤두선 택시 운전사가 백미
러를 통해 걱정스러운 눈초리로 나를 째려보며 고개를 절레절레 흔든
다. 운전사가 무슨 생각을 하는지 상상하며 나는 또 깔깔 웃는다. "히스
테리 환자로군. 내가 히스테리 환자를 태웠어." 엽서에 찍힌 소인을 확
인한다. 8월 7일이면 무슨 요일이지? 수요일. 그저께 부친 거로구나. 이

틀을 꼬박 고민하다가 토요일이 되기 전에 배달되도록 수요일에 부친 것이다. 그는 이번 주말에 날 만날 기대를 했겠지만 난 코르시카로 가는 중이다! 그의 명함은 내 책상 위에 있고…… 이제 와서 되돌아갈 수는 없다. 그건 토니의 성의를 무시하는 짓이다. 스티븐에게 전화를 해서 코르시카로 오라고 해야지. 틀림없이 올 거다. 프랑수아즈 도를레악이 했던 말 중에 이런 말도 있다. "태양이 빛나는 곳으로 날 만나러 와요, 당신을 기다릴게요……."

나는 병원에 전화를 했지만 앙리에트는 비번이어서 모르는 간호사에게 닥터 르루의 휴대폰 번호를 가르쳐달라고 사정을 해야 했다. 안 된다는 대답을 연거푸 듣던 와중에, 상대가 나를 기억해 낸다. 앙리에트와 친한 동료라면서. 나는 스티븐에게 전화를 걸었다. 전화벨이 두 번 울리기도 전에 그가 재빨리 전화를 받았다. "샤를로트예요. 에펠탑이 예쁘네요, 하지만 코르시카 섬은 더 예쁠 거예요……." 나는 말을 멈추지 않았다. '그럴 수 없다'는 대답을 두시하고 그를 안심시켜 가며, 와준다면 내가 정말 기쁠 거라고, '아무 부담 없이' 그냥 편하게 지낼 수 있을 테니 오기만 해달라고 부탁했다. 그는 별다른 얘기 없이 웃더니 잠시 말을 아꼈다가 이렇게 대답했다. "갈게요."

신을 믿으시는지. 나는 더러 회의적일 때가 있어서 어쩌다가 신을 찾을 뿐이다. 때로는 신이 나를 포기한 게 아닐까, 신은 인간들이 고통을 견디려고 만들어낸 존재가 아닐까라는 생각을 한다. 가끔은 세상의 폭력과 신의 무능력으로 인해 슬퍼진다. 희망을 버리지는 않았지만.

오늘은 내가 확실히 알게 된 이것을 여러분과 나누고 싶다. 천국이 있었다. 저기 저 하늘 위나 내세에 있는 게 아니라, 코르시카에!

토니는 비행기를 놓쳤다. 나는 코르시카에 도착해서 그녀를 기다리기로 한다. 비행기 안에서 통로 쪽으로 배정받은 내 자리로 바꿔 앉을 분이 계신지 물어본다. 통로 쪽 좌석은 넌덜머리가 난다. 이미 반쯤 잠에 취한 나이 지긋한 어떤 부인이 친절하게도 자리를 바꿔주겠다고 한다. 언제나 단정하게 차려입은 여승무원들이 지나다니는 것을 잘 볼 수 있고 화장실 가기도 편하다며. 나는 부인에게 고맙다는 인사를 하고 창가 자리로 들어간다.

폐소공포증이 있는 나는 비행기가 무섭다. 거대한 비행기의 두꺼운 문에 달린 금고문 손잡이 같은 손잡이가 돌아가고 문이 잠기면, 소리를 지르고 싶어진다. "살짝만 열어놔요, 내가 뛰쳐나가고 싶어지면 어떻게 해요." 하지만 나는 이성을 되찾고 동그란 창 밖으로 펼쳐지는 풍경을 바라보며 기분을 바꾼다. 비행기 동체가 짜증스럽게 몇 번 떨린 다음 두꺼운 안개를 뚫고 올라가 무지갯빛으로 빛나는 날개 위에 찬란한 햇빛이 쏟아지는 그 순간은 은총으로 가득하다. 여기, 이 보이지 않는 공기 속에서 비행기는 나처럼 잠잠히 공상에 잠기는 것 같다. 나는 쩨 벌린 입이 비행기 창 플렉시글라스에 닿을 정도로 창에 딱 달라붙어 눈을 크게 뜬다. 날이 맑으면 점점 멀어져 가는 땅을 바라보며 사람들이 만들어 놓은 것과 패치워크 조각처럼 이어져 있는 땅덩어리들을 관찰할 수 있다. 땅덩이 하나하나에 액자 같은 울타리가 쳐 있고 거의 모두가 자연으로서는 낯선 형태인 사각형이다. 조각조각 나뉜 세상을 바라보며 나는 생각에 잠긴다. 인간은 대지를 믿기 어려우리만치 잡다한 조각으로 나누어버렸다. 모노폴리 게임을 하다가 운이 좋으면 저 거대한 녹황색 네모 땅의 주인이 바로 옆 작은 황토색 네모를 사들여 초록으로 바꾸어놓겠지. 땅 조각의 모양과 크기는 계속 변할 것이다. 둥근 지구 위에 그려진 바둑판무늬를 지울 수는 없는 걸까.

"음료 드시겠어요?"

"네, 콜라 주세요."

"땅콩이 있고 쿠키가 있는데, 어느 걸로 드릴까요?"

"그냥 콜라만 주세요. 고마워요."

다시 햇빛에 눈이 부셔서 눈을 감는다. 인간들과 땅 나눠먹기는 잊어버리고 로맨스와 야생의 땅을 꿈꾸려고 한다. 나는 지금 미지의 고장을 향해 날아가고 있다. 컨디션이 좋다. 마음도 차분하다. 만끽하고 싶은 희망과 가벼움으로 가득한 감미로운 순간이다.

포르토 베키오. "우리 포르토 베키오 마을은 해적 소굴이었어요." 토니가 없을 때 집을 봐주는 무뚝뚝한 털북숭이 본토박이 이웃집 남자가 설명을 해준다. "어머, 왜요?" 이웃집 남자는 나의 유머를 탐탁지 않아 한다. 나는 나이가 한창 젊은데도 느릿느릿 움직이는 그를 가만히 바라본다. 이곳에서는 삶의 리듬이 느리고 자연스럽다. 낄낄 웃으며 내 옆에서 흐느적거리며 걷는 그의 어깨를 두드리다 보니 곧 광대한 만이 내 눈앞에 펼쳐진다. 하늘보다 훨씬 더 진한 청색 바다의 잔잔한 수면이 반짝반짝 빛난다. 황토색 바위를 어루만지는 잔잔한 파도와 미동도 하지 않는 소나무 숲과 하얀 백사장이 또렷이 구분된다…… 산타 기울리아, 파롬바기아, 베네데튀, '신의 축복을 받은' 모래로 이루어진 반도들의 이름이다.

공기는 후텁지근하고 태양빛이 넘치는 하늘은 거의 하얀색이다. 한가로운 날벌레들이 날아다닐 뿐, 휴대전화 통신망도 없는 이곳에서 나는 타라를 생각하며 미나리아재비를 꺾는다. 몇 시간 후면 스티븐이 이 낙원으로 나를 만나러 오겠지.

2005년 12월, 파리

코르시카 섬에서 조심스럽게 시작된 우리의 러브스토리는 아직도 진행 중이다.

내가 타라를 데리고 있을 때를 피해 우리가 일주일에 몇 번씩 만나온 지도 곧 6개월이 된다.

스티븐은 부드럽고 듬직하나 약간은 길들여지지 않은 면이 있는 내성적인 사람이다. 처음부터 그는 말을 많이 하는 것을 좋아하지 않는다고 내게 털어놓았다. 말이야 얼마든지 할 수 있지만 실행에 옮기는 것은 또 다른 문제라고. "사랑은 없고 사랑의 증거가 있을 뿐……." 이것이 스티븐의 좌우명이다. 사랑한다는 말을 거의 하지 않는 그는 믿을 수 없는 말보다는 침대에서 사랑을 나누는 것을 더 좋아한다. 우리는 남의 눈을 피해 주로 스티븐의 집이나 레스토랑이나 우리 집에서 만난다. 우리의 관계는 안정적이었고 마음의 평온을 가져다 주는 동시에 격정적이다. 나도 혼자 있는 시간이 필요하지만, 그 정도가 더 심한 그의 성향을 나는 존중한다. 가끔씩 나의 본성이 마구 되살아나서 그를 독점하고 싶고 그의 인생의 중심이 되고 싶은 욕구가 불타오르는데도 나는 스스로도 놀랄 만큼 잘 참아내고 있다. 피곤하리만치 강렬했던 열정은 내 첫 심장과 함께 떠나버린 것 같다.

나는 조화와 균형을 원한다. 형태가 일정한 행복을. 존재하지도 않는 영원한 상태보다는 행복한 순간들의 연속이 좋고 서로의 이야기에 귀 기울이며 기쁨과 따뜻한 마음으로 엮어나간 우리 둘 사이의 유대감이 좋다. 내가 나이를 먹어 현명해진 걸까? 연애에 열을 올릴 시절이 지나 갔다는 사실을 결국 깨닫게 된 걸까?

스티븐이 말이 없거나 오늘 저녁에는 만나고 싶지 않다는 이야기를 할 때면 가끔 겁이 덜컥 난다. 그가 감추고 있는 것, 말하지 않는 것, 나 없이 사는 그 세상이 두렵다. 우리 부모님도 그처럼 과묵했고 말 없는 것을 미덕으로 삼는 분들이었다. 천성적으로 그런 것을 참을 수 없었던 나는 말을 많이 하고 마구 웃고 춤을 추고 문제를 일으켰다. 침묵만 아 니면 뭐든 좋았다. 내가 바라는 삶은 조용한 삶이 아니었다. 나는 소리 와 빛을 원했다. 부모가 보여주는 본보기라는 것이 참 신비해서, 사람 은 부모에게서 벗어나려고 애쓰지만 결국에는 자기도 모르게 제자리로 돌아오고 만다. 자기와 무관하다고 믿었던 것이 자기 안에 각인되어 있 는 것이다. 침묵으로부터 도망쳐 소음과 로큰롤에 심취하고 디스코텍 과 영화판을 전전하던 내가 침묵으로 돌아왔다. 스티븐과 함께, 혹은 내 집에서 나 홀로 침묵 속에 잠긴다. 침묵은 두렵기도 하지만 매력적 이기도 하다. 어렸을 적에 보았던 본보기로부터 아주 멀어지려 하는 것 은 헛된 노력이다. 우리를 만든 것이 바로 그 본보기이기 때문에. 그것 은 이미 우리의 일부이므로.

침묵에 대한 나의 태도는 모순적인 내 성격을 그대로 보여주는 증거 이기도 하다. 고요해지면 마음이 평온해지고 자신감이 생기기도 하지 만 나의 고독과 너무 급작스럽게 대면할 때면 사람들이 나를 잊었나, 관심이 없나, 나를 버렸나 하는 생각에 온몸이 얼어붙는다.

나는 스티븐을 이해하고 그의 방식을 받아들인다. 나는 우리의 러브스토리가 계속되기를 바라고 미래가 있는 관계를 원한다. 그뿐이다. 영원한 약속은 소설에나 나오는 이야기이다. 환상이다. 건강 때문에 아주 먼 미래의 계획을 세울 수는 없지만, 나는 결혼을 꿈꾼다…… 나는 내게 딱 어울리는 삶의 철학과 결혼했다. 매순간을 충실하게 살 것. 가능하다면 내일도. 그러나 언제나 꿈을 꿀 것.

주변에 '영원한' 것이 드물어진다. 모든 것이 사라질 것만 같다.

책이 성공을 거두는 바람에 홍보 일정이 연장되었다. 주간지 《파리 마치》가 내 사진을 표지에 싣고 싶다고 한다. "혼자 찍는 건 아니고." 토니가 알려준다. "샤를로트와 되찾은 사랑, 뭐 이런 종류의 사진을 찍고 싶대. 뭔지 알겠지?" 안다, 잘 알고 있다. 나는 썩 내키지 않는다는 뜻을 비친다. 토니는 나를 이해한다면서도 고집을 꺾지 않았다. "《파리 마치》 표지 모델 제안을 거절하는 사람이 어디 있어? 이 사람아, 그 잡지 표지에 실릴 수만 있다면 살인도 서슴지 않겠다는 사람이 얼마나 많은 줄 알아!" 나는 아니에요, 나는 자이나 교도거든요. 비폭력 무살생, 그리고 자기중심적인 생각에서 점점 더 멀어지고 있어요. 그래도 스티븐에게 같이 사진을 찍자고 말해본다. 좋은 추억이 될 거라고. 사진도 예쁘게 뽑아주는 편이라고. 그는 망설인다. 스티븐도 쇼 비즈니스의 맛을 조금 보았다. 덕분에 그의 '약한 심장'이 강해졌다. 방송이나 인터뷰를 하러 갈 때 자주 같이 가주는데 유명한 사람을 만나면 별로 티를 내지 않으면서도 굉장히 좋아한다. 심사숙고 끝에 스티븐은 《파리 마치》 표지 사진만큼은 안 되겠다고 거절한다. 그의 대답에 나는 당황한다. 안 되겠다는 말이 머릿속에서 자꾸만 윙윙거린다. 나와 커플이라는 것을 공개적으로 밝히기 싫다는 뜻으로 들린다. 나를 거부하는 느낌이다. 스티븐은 그게 아니라면서 그저 이목을 끌고 싶지 않을 뿐이라고 변명한다. 자기는 원래 폐쇄적인 사람이라고. 그는 병원에서 나와의 관계를 알게 되는 것을 원치 않는다. 뭐가 두려운 거지? 노출이 되면 동료들이 이해를 하지 못할 거라고, 질투를 하고 입방아를 찧을 거라고 그가 조목조목 설명을 한다. 스티븐은 '승진하려면 처신을 잘 해야 하는' 경력상 중요한 시기에 와 있었다. 서열이 엄격한 병원에서의 승진은 복잡하다. 하지만 진짜 두려운 게 뭐냐고? 말해 줄 수 있어? 그가 곤란해하는 것이 느껴지고 진실은 따로 있는 것 같다. 의사가 에이즈 바이러스 보균자와 연인관계라는 것을 알리는 것이 2005년 당시에도 가능했을까? 의사는 건강의 상징이며 사람들의 무의식에 병을 낫게 해주는 훌륭한 사람으로 각인되어 있다. 의사는 에이즈 바이러스와 싸워야 한다. 에이즈 바이러스와 결혼을 한다는 것은 말도 안 되는 일이다.

"《파리 마치》 표지는 나 혼자 찍거나, 애 아빠가 허락한다면 타라와 함께 찍겠어요. 아니면 우리 집 고양이랑 같이 찍거나 혹시 〈프리즌 브레이크〉 남자 주인공의 연락처를 알고 있다면 그 사람하고 같이 찍을게요. 하지만 되찾은 사랑은 안 되겠어요……."

대답을 목이 빠지게 기다리던 토니에게 이렇게 전하자 결국에는 그녀도 그 일에 그리 큰 비중을 두지 않는다. 나도 마찬가지.

나는 스티븐이 내 사랑이라고 밝히고 싶다.

하루는 그가 내 피검사 결과를 보고 싶다고 하기에 그건 불가능하다고 한다. 나는 그런 쓸데없는 서류를 보관해 두지 않는다. 그러자 내 상태가 어떤지 이해하도록 돕고 싶다며 다음번 검사 때 같이 가면 어떻겠느냐고 제안한다. 나도 좋다고 대답한다. 피검사 결과지를 읽으며, 그는 세 개의 항바이러스제를 결합한 에이즈 치료 덕분에 내 바이러스 수치가 아주 낮다고 설명해 준다. 거의 검출이 안 될 정도라고. 면역체계가 약화되어 발병하는 기회주의성 감염의 위험이 전혀 없다는 것이다. 나의 면역 체계는 제대로 작동하고 있다. 여전히 나는 에이즈 바이러스 보균자이고 잠재적 감염자이지만 내 몸에 존재하는 바이러스는 극히 적다. 물론 콘돔 사용은 필수다. 스티븐은 안심하는 것 같다. 정말 안심하는 걸까? 나는 안 그런데. 아무리 극소량이고 검출이 되지 않을 정도라 해도 내 몸 안에 들어 있는 한, 이 빌어먹을 바이러스는 얇고 투명한 라텍스와 함께 완전한 사랑을 나누지 못하게 하는 장벽으로 작용할 것이다. 사랑을 느끼기는 하겠지만 완전한 사랑을 느낄 수는 없겠지. 영원히.

　나는 사랑하는 스티븐의 분석을 머릿속에서 떨쳐내 내 안의 어딘가에 쑤셔박고 지금 이 순간에 집중하며 달력에서 우리가 다시 만날 날짜를 즐겁게 확인한다. 내일이다.

오늘, 도움을 청하며 걸려온 전화다.

"안녕하세요, 저는 마리안느라고 해요. 담당 편집자에게 부탁해 발랑드레 씨의 연락처를 알았어요. 저는 장기 기증 운동 기관, 〈생명의 이식〉 협회장입니다. 한 번 만나 뵙고 싶어서 연락 드렸어요."

마리안느는 몇 분 동안 격정적이고도 열띤 목소리로 언론에서 접한 나의 사연에 감동을 받았다는 이야기를 한다. TV 미니시리즈 〈레 코르디에 판사와 경찰〉에서 당찬 여기자 미리암 역을 맡아 열연하는 나를 보고는 나의 삶을 전혀 상상하지 못했다고. 당연하다, 나는 배우니까. 항상 웃는 낯을 보여주지만 천천히 죽어가고 있는 사람들도 주위에 여러 명 있었다. 계속 사랑을 받고 계속 살아나가기 위해 유쾌한 척, 우아한 척하며 고통을 감추는 사람들도 있었다. 누구든 감추는 부분이 있게 마련이니까.

그녀가 말해준 숫자 몇 개로 인해 나는 장기 기증이 잔인할 정도로 부족한 현실을 깨닫는다. 자신의 투쟁에 함께 해달라고 부탁하는 그녀의 정열적인 목소리에서 문득 어떤 슬픔이 느껴진다. 그녀는 내가 장기 기증의 중요성에 대한 사람들의 관심을 높이는 홍보대사로서의 역할을 훌륭히 해낼 것이라고 확신하고 있는 듯하다. "사람들의 관심을 끌어야 해요…… 의료 통계치보다 훨씬 더 효과가 있을 거예요. 온 국민이 장기 기증 증서에 서명을 하고 생명을 구하겠다는 의지를 공개적으로 나누어야 해요. 지금 상황이 절박하답니다.”

마리안느의 이야기를 열심히 듣는 중, ‘절박’이라는 단어에 이자벨라가 떠오른다. 다른 사람들처럼 나도 그녀의 이야기를 모른 척 감추어 두고 있었다……

이식 수술을 받고 나서 나는 파리 근교 음산한 곳에 위치한 재활센터에 입원을 했다. 그곳의 정적과 고독과 밤은 너무나도 견디기 힘들었다. 나는 고통을 겪고 있었다. 그 막다른 골목에서, 약하지만 명랑한 이탈리아 아가씨 이자벨라는 나의 빛이 되어 주었다. 처음 본 순간, 우리는 곧 공감대를 형성했다. 나보다 몇 살 아래였던 그녀와 나는 공통분모라고는 이식 수술밖에 없는 생면부지들이었다. 나는 운이 좋은 편이었던 것이, 나를 샤를로타라고 불렀던 그녀는 피부며 눈이 햇빛 한 번 쬐어보지 못한 것같이 누런 오줌색깔이었다. 이자벨라는 간 기증을 기다리고 있었으나 연락은 오지 않았다. 우리가 만난 지 몇 주가 지난 어느 날 밤, 그녀는 자기 집에서 멀리멀리 떨어진, 그러나 내 병실 바로 옆에 있는 재활센터의 병실에서 홀로 죽음을 맞이했다. 해가 질 무렵, 헤어질 때마다 그녀는 밤에 대한 두려움을 감추며 미소와 함께 손가락을 꼬고 아름다운 억양을 섞어 이렇게 말하곤 했다. “못 볼 수도 있겠지만 아무튼 내일 만나!” 그러면 나는 내 방문 앞에 서서 가능한 큰 소리가 나도록 손가락에 입을 맞추어 대답을 해주었다. 정적을 깨보려고.

잘 지내길, 이자벨라.

나는 확신에 찬 마리안느를 만나 홍보대사직을 맡기로 했다. 장기 기증을 장려하고 사람들의 관심을 끌기로 약속했다. 단, 병원에는 가지 않는 조건으로. 그 끔찍한 기다림을 다시 겪고 싶지는 않았다.

너무 밋밋한 우리 집 소파의 분위기를 바꿔보려고 'STAR'라는 글자가 찍힌 빨간색 인조가죽 쿠션을 두 개 샀다. 쿠션 덕분에 재미가 난다. 적어도 내 야망을 알려주는 녀석들이다. 새 장식품을 어디에 놓으면 제일 어울릴까 고민하던 중에 닥터 블랑쇼처럼 '이 물건을 산 행위의 진정한 의미'를 생각해 본다. "왜 '스타'라는 단어를 골랐죠, 샤를로트?" 나는 외로워서 머리가 돈 여자처럼 큰 소리로 이렇게 말해놓고는 깔깔깔 웃는다. 영화나 텔레비전 드라마가 그립긴 그리운가 보다. 이게 다 일이 없다는 부담 때문이다. 그럼, 거실에서 대사 연습이나 해볼까. "그래요, 왜 '스타'죠?" 나는 닥터 블랑쇼의 말투를 흉내낸다. 그리고 나서 약간 겉멋 든 말투로 대답한다. "섹시하고 예쁘고 쓸데없으니까요……." 내 사랑에게 보낼 문자도 상상해 본다. "오늘 밤 이 소파 위에서 나를 포옹하는 사람이 바로 진정한 스타!" 아니면 불안한 내 상황을 긍정적으로 보는 개인적인 격려의 메시지는 어떨까. "스타가 되기에 늦은 때란 결코 없다!"

소파에 의미가 듬뿍 담긴 쿠션을 올려놓고 우리 집 바로 앞에 있는 단골 포도주 집에서 사온 좋은 보르도 포도주 병을 연다. 주인의 지시를 충실히 따르는 것이다. "한 시간 전에는 따 놔요." 그 말에 대한 내 대답이다. "그럼 레스토랑에 가서는 어떻게 해요?" "거기선 물을 마시고 우리 집에 와서 포도주를 사 가야죠. 좋은 포도주에는 사람을 사귀듯 시간을 들여야 해요." 이 남자, 나한테 약간 반한 것 같다. 나는 그를 조른다. "10유로로 살 수 있는 제일 좋은 포도주를 골라줘요, 전문가 선생님!" 그러자 14.99유로짜리를 주더니 10유로만 달라고 한다. 우리 동네 신문 가판대에서 신문을 파는 아저씨도 엄청 친절하다. 주인은 아니고 고용된 사람인데 심심한 나머지 나를 볼 때마다 붙잡고 수다를 떤다. 하루는 이러는 게 아닌가. "요즘엔 영화에 잘 안 나오던데, 그래도 잘 지내죠?" 그날 아침 이유 없이 그냥 슬펐던 나는 대답을 하지 않았다. 그러자 아저씨가 분위기를 만회해 보려는 듯이 이렇게 덧붙였다. "읽고 싶은 게 있으면 아무거나 가져가서 읽고 저녁때 도로 가져와요. 잡지는 이삼일 후에 가져오면 되고요."

스티븐은 맛있는 포도주를 좋아한다. 나는 술이라면 입에도 대지 않고 그저 콜라만 고집하는데 요즘에는 이름과 가지가지 색이 예뻐서 비타민워터를 탐닉하는 중이다. 역시 나는 예쁜 것들을 내세우는 마케팅에 약한 50세 미만의 주부 카테고리에 들어간다.

오늘의 DVD는 〈프리즌 브레이크〉. 스티븐에게 고백하지는 않았지만 만약 저 미니시리즈의 남자주인공이 화면에서 튀어나온다면 나는 사랑과 욕망 사이에서 심각한 고민을 할 것 같다.

마리안느의 전화는 내가 이식받은 심장과 그 심장을 준 사람에 대해 깊이 생각하기 시작한 때에 맞춰 걸려왔다. 이식 수술을 받은 후 2년이 흘렀다. 내 몸은 천천히 회복되었고 나는 사는 법과 움직이는 법을 다시 배우고 에너지를 되찾았다. 이식 수술을 받기 전 몸이 쇠약했던 때는 먼 옛날 일같이 느껴진다. 거의 실감이 나지 않을 정도로. 몸이 침입한 장기를 마침내 받아들이자, 이제는 정신이 질문을 던진다. 사람들이, 내게는 이미 오래 전 일이 된 에이즈 얘기를 하면 할수록, 내 인생을 송두리째 뒤집어놓은 나의 새 심장에 대해 혼란스러워지며 고민이 깊어진다. 스티븐에게는 그의 진료실에서 검사를 받을 때조차 이런 이야기를 절대 꺼내지 않는다. 그럼에도 불구하고 나의 의문은 자꾸만 구체화되어간다.

"〈생명의 이식〉이라고, 장기 기증을 독려하는 협회에서 연락이 왔었어. 장기 기증을 하는 사람이 왜 그렇게 적은 거야?"

스티븐이 DVD를 집으려고 팔을 뻗는 순간 나는 불쑥 묻고는 이런 심각한 얘기를 너무 직접적으로 한 게 미안해서 재빨리 그의 잔에 포도주를 따른다.

자세를 고쳐 앉은 스티븐은 조금 놀란 표정으로 아무 말 없이 내 눈치를 본다. 대답을 준비하는 것이다. 이런 주제는 가끔 이식 수술에 참여하는 그에게 아주 중요한 문제다. 그리고 병원에 관련된 일은 모두 심각하다. 그의 인생 자체다.

"장기 기증이 부족한 이유는 여러 가지야. 우선 가족들이 동의를 해야 하는데, 기증자가 서약서를 작성했거나 장기 기증 의사를 분명히 밝힌 경우를 제외하고는 대부분 주저하지. 그리고 장기가 완벽하게 건강해야 함은 물론이고 크기며 여러 가지가 이식받을 사람과 맞아야 해. 거리가 너무 멀어도 안 되고. 피가 공급되지 않는 상태에서 장기가 버틸 수 있는 시간은 서너 시간이야. 운송시간이 아니라 적출하는 순간에서 이식하는 순간까지. 결코 길지 않은 시간이지. 마지막으로, 기증자가 뇌사상태여야 해."

스티븐이 불편해하며 다른 이야기를 하려 하지만 호기심이 발동한 나는 이야기가 나온 김에 해버리는 것이 낫다는 생각으로 밀어붙인다.

"뇌사?"

"〈프리즌 브레이크〉는 이제 보고 싶지 않아?"

"나중에……."

"그래, 뇌가 심장보다 먼저 죽는 수가 있어. 그래 봤자 10분이지만.

그 후에는 적출 때까지 몸을 인공적으로 살려 놓는 거야. 뇌사는 큰 사고를 당하거나 해서 머리에 외상을 입어 일어나는 수가 많아. 뇌 사망률은 극히 드문 편인데, 프랑스의 경우, 전체 사망률의 0.3%쯤 될걸. 이런 이유들 때문에 장기 기증이 많을 수가 없고, 결과적으로 수백 명의 사람들이 장기를 기증받지 못해 죽어가고 있지…….”

“나도 알아. 그래서 환자들을 상대로 일종의 선택을 하는 거잖아.”

“맞아…….”

나는 입양 신청을 하는 부모처럼 테스트를 받았던 기억을 떠올린다. 비관적인 나의 아버지는 장기 기증 자체가 흔치 않은데, 나 같은 에이즈 바이러스 감염자에게 이식을 해줄 리가 거의 없으며 이론적으로 예상 수명이 더 긴 사람에게 우선순위가 있지 않겠느냐고 했다. 하지만 나는 테스트를 통과했다. 강철 같은 나의 정신을 증명해 보여야 하는 과정이었다. 기력이 하나도 없었지만 정말 있는 힘을 다 짜냈다. “네, 네, 싸워 이기겠어요. 제가 보기보다 강해요. 나는 한 아이의 엄마고 싸울 각오가 되어 있는 전사예요. 우울증이나 자살 같은 건 염려하지 마세요. 배에는 복수가 찼고 체중은 35킬로그램밖에 나가지 않지만 지금 컨디션은 최고예요. 철인3종 경기에도 나갈 수 있어요. 저요, 오래오래 살고 싶어요. 약도 꼬박꼬박 챙겨 먹고 있어요. 그렇지 않았다면 지금 이 자리에 있지도 않을 거예요. 에이즈 치료약을 얼마나 열심히 먹었는데요…….” 나는 이렇게 검사관을 설득했다. 과묵하지만 활동적인 아버지 역시 사방으로 뛰어다니며 하늘과 땅을 감동시켰다. 우리의 노력으로, 나는 장기 이식 대기자 공식 명단에 이름을 올릴 수 있었다. 내가 새로운 심장을 입양할 자격이 있다는 판정을 받은 것이었다. 그 심장을 잘 돌볼 수 있으며 다시 한 번 주어진 기회를 망치지 않을 것이라는.

스티븐은 망설이는 표정을 짓지만 나는 우리의 대화를 계속 이어나간다. 좀더 민감한 방향으로.

"장기를 기증해 준 사람의 신원은 왜 비밀로 하는 거야? 요즘 들어, 내게 심장을 준 사람을 많이 생각해. 그 사람의 가족을 만나서 감사하다는 말을 하고 내가 잘 살고 있다는 걸 보여주고 싶어. 덕분에 내가 더 살 수 있게 되었고, 어떻게 보면 나에게 심장을 준 그 사람의 생명 역시 조금쯤은 연장된 거라는 얘기도……."

"그러지 말라고 하고 싶군. 당신 마음은 알겠지만…… 그건 불가능해, 내가 이해할 수 있는 한계를 넘어서는 문제일 뿐더러 생명 윤리에 관련된 문제야. 또, 기증자의 가족들이 이식받은 사람의 신원을 알고 싶어 하지 않을 수도 있어. 아주 복잡하다고. 그 사람들 앞에 나타나면 사랑하던 사람의 죽음을 다시 슬퍼하게 될 수도 있고……."

스티븐이 말을 멈췄다가 주저하는 목소리로 다시 이야기를 한다.

"정말 궁금하면, 당신에게 연락을 했다는 그 협회장이나 병원 원무과에 물어봐. 나보다 대답을 더 잘 해줄 거야."

마침내 스티븐이 나에게 미소를 지어준다. 이 대화를 마무리짓고 아침까지 의사라는 직업을 잊고 싶은 것이다. 그가 자리에서 일어나 DVD를 플레이어에 밀어 넣는다. 그리고 양팔을 벌려 나를 안고 소파로 간다.

"그런데 지금 뭐 하는 거야? 안 마시던 술을 다 마시네?" 그가 마시던 포도주를 한 모금 마시는 나를 보며 스티븐이 놀란다.

"응. 당신 생각을 읽고 싶어서."

자동차, 자동차 안, 밖은 밤이다. 운전대를 잡은 사람은 나다. 차가 빨리 달린다. 알레그로로 맞추어 놓은 메트로놈처럼 규칙적으로 움직이는 와이퍼의 속도는 최고 속도이지만 빗물을 닦아내기에는 역부족이다. 앞이 잘 보이지 않는다. 반대 방향으로 달리는 다른 자동차의 헤드라이트 때문에 눈이 부시다. 양 손은 운전대를 꼭 쥐고 있다. 왜 이렇게 빨리 달리는 거지? 나답지 않은 일이다. 내 손가락에 끼워진 반지도 내 것이 아니다. 백미러를 보아도 아무것도 없다. 그래서 걱정이 된다. 내 모습이라도 보여야 하는 것 아닌가? 얼굴을 거울 가까이로 가져가 보지만 역시 아무것도 보이지 않는다. 까만 거울이 무섭다. 주변을 둘러보다가 자세를 고치고 앉아 굵은 빗방울이 튀는 넓은 도로에 집중한다. 백미러가 빨갛게 변한다. 핏빛이다. 곧 빨간색이 사라진다. 다시 다른 차의 헤드라이트에 눈이 부시다. 눈을 감아야겠다. 눈을 다시 떴더니 이제는 거울이 온통 광택 없는 검은색이다. 그러다가 눈을 꼭 감은 그 아기의 모습이 나타난다. 나는 비명을 지른다. 섬광! 거대한 빛이 모든 이미지들을 불태워 버린다. 내 손이 불에 타고 다이아몬드가 녹는다.

비명을 지른다. 스티븐이 깜짝 놀라 깨어나 나를 끌어안는다.

"샤를로트…… 샤를로트! 정신 차려. 자, 진정하고……."

나는 몇 초 동안이나 탈진해 있다. 말도 못하고 흐느껴 운다.

내가 죽던 꿈에서 보았던 것과 똑같은 후광이 보였고, 같은 아기가 다시 나타났다.

"악몽을 꿨어? 그런 거야?"

"……응…… 끔찍한 꿈이었어. 불안한 채로 차 안에 있었는데 막 서두르면서…… 밤이었어…… 비가 퍼부었는데…… 사고가…… 이미지들마다 후광이 있었어……."

"후광?"

"전에도 다른 꿈을 꿨는데, 아주 생생하고 이상한 꿈이었어. 당신한테는 말을 안 했지만, 죽는 꿈이었어……."

"아까 한 얘기 때문이야…… 이식……뇌사……사고…… 저녁을 먹으면서 할 만한 얘기는 아니었지…… 진정해, 내가 있잖아……."

물을 마시고 얼굴에 찬물을 끼얹으려고 몸을 일으킨다. 아직 시간이 이르다. 침대로 돌아왔더니 스티븐은 이미 잠이 든 것 같다. 그가 한 팔을 내 위에 얹고 나를 끌어당긴다.

나도 눈을 감으며 어둠 속에서 속삭인다.

"그런데 그 차는 내 차가 아니었어…… 반지도……."

아침, 은도금이 벗겨진 티스푼으로 힘없이 차를 젓는다. 물 위에 동동 떠오른 차 이파리 몇 개를 손가락으로 건져낸다. 머리를 어지럽히는 어젯밤의 꿈이 생생하게 기억난다. 지난번 꿈도 그랬다. 놀라운 일이다. 몇 년 전부터 나는 거의 꿈을 꾸지 않았고 기억이 난다 해도 잠시뿐, 곧 머릿속에서 완전히 지워지곤 했는데.

이 꿈이 날 집요하게 괴롭히겠지! 어쩌지, 나의 치료사 목록에 엑소시스트는 없는데. 자연요법사, 지압사, 소프롤로지 지도자, 스포츠마사지사, 최면술 치료사, 요가, 필라테스, 스트레칭 지도자, 침술사, 이침 전문가…… 이렇게 나는 보다 나은 삶을 위한 준비를 다 해놨는데.

전화가 울린다. 내 편집자의 비서 나탈리. 휴대폰에 메시지를 몇 개나 남겨놓았는데 내가 답을 하지 않았다고 한다. 미안하다는 사과와 함께 타라가 인형보다 내 휴대폰을 가지고 노는 것을 더 좋아해서 메시지와 전화번호의 이름들을 지우고 공처럼 튀어 오르나 보겠다고 바닥에 던지곤 한다고 털어놓는다. 가끔은 딸애가 너무나 자주 나를 독점하는 그 이상한 기계를 정복하고 없애 버리려는 게 아닌가 하는 생각이 든다. 타라는 내 응답기에도 자기 목소리로 녹음을 하고 싶어 한다.

"샤를로트, 당신 앞으로 편지가 천 통도 더 와 있어요!"

나탈리는 편지를 배달된 달별로 분류하고 몇 통인지 대충 세었다고 한다.

"독자들이 보낸 편지가 적어도 천 통은 된다니까요! 굉장하지 않아
요? 두고 봐요, 그 중에 결혼해 달라는 편지가 한 통쯤은 있을 테니. 언
제 들를래요?"

"미안하지만, 우리 집으로 보내주면 좋을 텐데…… 천 통이라니……
가능할까요?"

닥터 블랑쇼의 진료실에 가는 길에, 우편함에 들어 있는 인간미라고
는 없는 우편물들을 처리한다. 진짜 편지, 사람 냄새 나는 편지를 받으
려면 기계가 작성한 이 종이들을 치워야 하니까. 덥석 집어낸 우편물들
을 재빨리 훑어본다. 언제나처럼 청구서, 광고, 은행, 세금…… 벤츠에
서 보낸 편지가 또 있다.

새 에이전트 앙투안의 전화. 어쩌면 내가 연극에 출연하게 될 수도
있단다. 나를 끔찍이 아끼는 든든한 전 에이전트 도미니크 베스네하르
가 제작자로 나섰는데, 검토용 대본을 보낼 거라고 한다. 이어 약속이
넘쳐나는 다이어리며 다른 배우들과의 프로젝트를 들먹이며 자기 얘기
를 실컷 늘어놓아 내 얼을 빼더니 마지막으로 새로 소개받은 '명품' 점
쟁이가 큰 성공을 예언했다고 자랑한다. 12월이 되면, 앙투안은 새해
운세를 알아보러 점쟁이 집을 꼭 찾아간다. 내가 지난번에 만난 점쟁이
가 형편없었다고 하자, 그가 얼른 맞받아친다.

"근데 이 사람은 달라, 사차원을 본다니까, 당신도 홀딱 반하게 될
걸. 피에르는 정말 명품이야……."

"생긴 게?"

"아니, 정말 탁월해, 상상 초월이야!"

"전화번호 알지? 비싸?"

"그렇게 비싸지는 않아. 그럴 만한 이유가 있거든. 보크레송에 살아.

피에르는 자연인이야, 쇼 비즈니스가 절대 아니야. 전화해서 내가 소개했다고 해. 그럼 이만 끊을게, 안녕."

보크레송…… 거기까지 어떻게 가라는 거야. 전화를 끊으며 직관으로 운명을 알려주는 나타샤를 떠올린다. 그녀의 예언이 자세히는 생각이 나지 않지만 의사를 보았고 꿈 얘기를 했던 것 같다…….

닥터 블랑쇼 진료실

"자아, 그러니까……."
"또 꿈을 꿨어요, 선생님."
"그녀의?"
"그녀라뇨?! 그것 봐요, 선생님은 영매라니까요!"
"아니에요, 노래 제목이에요. 난 점쟁이가 아니에요, 다행이죠……
미래를 보는 건 정말 무시무시한 일일 거예요……〈또 그녀의 꿈을 꾸
었네〉라는 노래가 있는데, 그 노래가 유행할 때 샤를로트는 너무 어렸
을 테니…… 당신이 긴장한 것 같아서 농담을 한 거예요."

닥터 블랑쇼가 나보다 머리가 더 이상한 것 같다는 나의 느낌을 확인
하는 순간이다. 틀림없다.

"그룹 '옛날 옛적에' (Il était une fois, 1972년에 결성된 6인조 혼성그룹. 1979년
해체될 때까지 프랑스에서 큰 인기를 누렸다)는 저도 아주 좋아했어요……."

"그러니까 그 꿈이……."
"녹타미드, 자낙스, 이모반…… 그런 약들 아시죠……."
"그럼요. 그걸 다 섞어 먹지는 않길 바랄 뿐이에요……."
"네, 매일 먹지만 섞지는 않고 번갈아가며 먹어요. 그 약들 덕분에 제

가 잠을 아기처럼 자거든요. 몇 년 전부터 꿈을 기억하지 못해요."

"아기라……."

종종 그렇듯, 닥터 블랑쇼는 내 이야기에서 '의미작용을 하는' 단어를 찾아 되풀이한다.

"깊이 잔다는 뜻이에요. 그 꿈이 어떻게 이렇게 오래도록 기억에 남아 있는지 알 수가 없어요. 꼭 제 안에 새겨진 것 같아요…… 제가 차를 몰았는데, 엄청 빨리 달렸고……."

나는 열을 내며 꿈 이야기를 자세하게 한다.

"현실과 연결시켜 보자면?"

"그날 밤, 스티븐이 뇌사 얘기를 했어요. 외상, 사고……."

"그걸로 다 설명이 되는군요."

"꿈의 주인공은 저였는데, 차는 제 차가 아니었고 반지도 제 것이 아니었어요. 차 안에 그 갓난아기가…… 제가 죽었던 꿈에서처럼 앉아 있었어요."

"꿈의 주인공이 샤를로트라는 걸 어떻게 알았어요? 자기 모습을 봤나요?"

"아니요. 선생님 말이 맞네요. 하지간 저라는 느낌이 정말 강하게 들었어요. 그리고 지난번에 잊어버리고 두 가지를 말씀드리지 않았는데, 제가 죽는 꿈에서 이미지들마다 후광이 있었거든요. 종교화에서 성자들을 둘러싼 둥그런 금색 빛 같은…… 그리고 또 한 가지는 사람들이 웃고 있었다는 거예요. 제가 죽었는데 사람들이 웃고 있으니 저는 기가 막혀서……."

"이미 죽었는데 뭐가 두려웠죠?"

"설명하기 힘든 느낌이었어요. 막연하게 뭔가가 두렵고 깨어나도 꿈이 현실일까 봐 불안하고 그 꿈대로 될까 봐 너무나…… 그런데 전에도 말씀드렸지만 그 두려움이라는 감정은 제게 정말 새로운 느낌이에요.

살면서 뭔가를 무서워해 본 적이 거의 없었거든요. 특히 죽는 건 무섭
지 않았어요."

"당신이 죽는 꿈과 자동차 꿈을 어떻게 연결시킬 수 있을까요?"

"공통점이 있어요. 무섭고, 죽음에 관한 것이고, 보기만 해도 무서운
눈 감은 아기가 나오고요."

"아기를 보고 어떤 생각이 들었나요? 당신의 현실과 연결짓는다면?"

"저, 낙태수술을 두 번 했어요. 어쩔 수 없었어요. 아기가 에이즈 바
이러스 보균자일 확률이 반반이었으니까. 잊고 있었는데. 애써 지워 버
린 기억들 중 하나예요. 낙태는 정말 고통스러운 거예요, 특히 그럴 수
밖에 없을 땐. 그런 상황에 처하는 여자가 아무도 없길 바랄 뿐이에요."

"지워 버렸다고 믿는 기억들이 꿈으로 나타나기도 하죠. 우리 뇌의
기억능력에는 한계가 거의 없어요. 뇌는 아무것도 잊지 않아요. 서랍이
여러 개 달린 책상에 보관되듯 다 저장이 돼요. 그 서랍들 중 몇 개는 비
밀의 서랍이죠. 우리가 살아가도록 하는 것이 주요 임무인 우리의 뇌는
그 기억들을 잊지는 않지만 우리를 보호하기 위해 기억을 분류해서 그
중 받아들일 수 있는 것들, 이로운 것들만 의식 속에 간직해 두는 거예
요. 하지만 가끔 비밀의 서랍이 열리는 경우가 있죠…… 그런데, 이해
할 수가 없네요, 콘돔을 쓸 텐데 어떻게 임신을……."

"애인이 흥분하면 콘돔이 찢어질 수도 있으니까요. 지금은 제 몸이
개구리 같지만, 그땐 저도 매력적이었거든요……."

"왜 과거형으로 말하죠?"

"이젠 매력적인 것 같지 않아서요. 그렇게 말씀해 주셔서 감사하지
만 저는 냉정한 사람이에요. 괴로운 일이죠…… 육체적 욕망의 연금술
을 알고 있지만…… 스티븐은 예외예요. 그의 기적적인 욕망 덕에 제가
버티는 거예요. 두 번째 임신은 사랑에 미친 애인이…… 다 상관없다
고, 제 안에서 녹아버리고 싶다고 하는 거예요. 안 된다고 했지만 한 번

인가 두 번인가 그가 이겼어요. 에이즈 바이러스가 옮지는 않았고요."

"당신의 그 미친 애인, 운이 좋았군요. 이런 말을 해서 미안하지만 그건 사랑이 아니라 어리석은 짓이어요. 자, 꿈 이야기로 돌아갈까요…… 인생을 만끽하는 걸 두려워하지 말아요. 신이 정해준 운명 같은 건 존재하지 않아요. 우리의 꿈은 무의식의 탐험이에요. 그런 점에서 꿈이 아주 재미있다는 것이죠. 꿈은 우리 안에 억류된 메시지들을 의식에 전달하는 일을 해요. 그래서 해석을 하는 것이고요. 우리의 정신은 근거 없이는 아무것도 만들어내지 않아요. 심장처럼 중요한 장기를 이식받으면 자신의 정체성에 대한 고민이나 장기 기증자에 대한 생각을 하는 등 심리적인 변화가 일어날 수 있어요. 정상이에요. 다시 거듭난 거니까…… '거듭났다'는 말에서 어떤 생각이 떠오르나요?"

"새 생명, 새로운 사랑, 새로 태어난 아기, 새로운 역할…… 행복…… 지금 겪고 있는 것과 같은 근본적인 변화. 스티븐과 함께 포도주도 한잔 마셨다니까요."

"그래요?"

"마지막으로 술을 마셔본 건 베를린에서 〈붉은 키스〉로 받은 여우주연상 축하파티에서였어요. 거의 20년 전이에요…… 독일제 샴페인에 입술을 살짝 담갔었죠."

"심장 이식을 받고서 거듭나는 경험을 하고 있는지도 모르겠군요. 근본적인 것들이 변하는 경험을 하는 거예요. 몸이 좋아지고 정신이 깨어나고…… 오늘은 이쯤에서 마무리할까요, 샤를로트?"

크리스마스가 다가온다. 타라가 점점 더 신이 나고 있는 게 그 증거다. 타라가 산타할아버지에게서 받고 싶은 선물 목록은 자꾸자꾸 바뀐다. 화려하게 장식한 쇼윈도 앞에서 나는 크리스마스 장식에 고정된 딸아이의 휘둥그레진 눈에 어린 반짝임에 취한다. 크리스마스는 내가 유일하게 지키는 전통으로 절대 놓칠 수 없는 순수한 노스탤지어다. 엄청난 쇼윈도에 비추어 보이는 두 배로 커진 타라의 빛나는 눈빛은 나의 눈빛을 꼭 닮았다. 기억이 난다…….

이상한 나라에서 튀어나온 금색 은색 무지개색 방울들, 반짝거리는 별들, 갈색 종이 위에 붙인 가짜 눈, 구유, 우리 어머니가 다시 만든 그 사랑의 둥지, 짙은 색 나뭇가지에서 깜박거리는 작은 전구들. 내 동생 오드가 내 목에 걸어주면 그렇게 간지러울 수가 없던 커다란 화환. 크리스마스는 아이들의 축제였다. 우리들의 축제. 뫼니에 가에 있던 우리 아파트에도 조명이 환하게 밝혀졌다. 피아노 솜씨가 훌륭했던 어머니는 흥겹게 크리스마스 캐럴을 연주했고 아버지는 감탄하는 우리 앞에서 미소를 지었으며 모두들 부끄러워하거나 숨기지 않고 단것들을 실컷 먹었다. 우리 부모님들 역시 식탐의 죄를 지었다. 연어, 굴, 거위 간…… 하지만 그 전에 이웃 사랑을 실천해야 했다. 나는 아버지를 따라 밤을 혼자 보내야 하는 노인들을 시에서 마련한 지하 예배소로 모셔다 드렸다. 집으로 돌아와서는 동생과 함께 곧 들려올 문 두드리는 소리를 기다렸다. 똑똑똑, 세 번의 문 두드리는 소리는 흥분의 극치였으며 우리가 방에서 나와도 좋다는 신호인 동시에 곧 이 열광의 순간도 끝이 난다는 의미이기도 했다. 우리는 방에서 달려나가 선물들을 풀었다. 내용물을 알 수도 없고 누구의 것인지도 알 수 없는 선물들. 이건 누구 걸까? 이 번쩍거리는 커다란 네모 상자는 누구 선물이지? 자전거일까? 자전거?! 아냐, 자전거라면 두 개가 있어야지, 내 거 하나, 오드 거 하나. 트리 맨 아래쪽 가지 밑에 숨긴 중간 크기의 저 둥그런 상자 속에는 무엇이 감추어져 있을까? 내 것 같아 보이는데. 작은 상자가 대체 몇 개야? 엄마가 우릴 응석받이로 만들려는 건가? 나는 부모님이 선물을 나누어줄 순간을 기다린다. 답이 나올 순간을. 나는 선물을 많이많이 받고 싶었다. 내가 원한 것들 외에도 더 많은 선물을. 아이들은 만족할 줄 모르는 법이니까. 선물 포장으로 감싼 사랑을 끝없이 받고 싶었다.

자정이 되면 가족 모두 미사를 드리러 갔다. 평소에는 구경도 못하던 늦은 시간의 거리로 나서는 것이 나는 좋았다. 계속 노래를 부르는 아버지와 어머니를 놀란 눈으로 바라보며 나는 잠자코 두 분의 노래를 들었다. 목소리가 참 듣기 좋았다. 간간이 졸린 표정으로 내 손을 잡고 걷는 오드를 살피다가도 내 시선은 노래를 부르는 부모님의 입술로 향했다. 이따금씩 두 분은 서로를 쳐다보았고 행복해 보였다.

이제 내가 아이들의 꿈을 이루어주고 내 딸에게 빛나는 추억을 만들어 주며 신비로운 전통과 하루뿐인 축제의 날을 영원히 전해야 할 차례가 되었다. 타라와 타라가 낳을 아이들을 위해.

가끔 환자 특유의 이기주의나 이혼녀 특유의 우울한 기분을 이기지 못할까 봐, 명랑하게 행동하지 못할까 봐 겁이 난다. 산타엄마가 되지 못할까 봐, 기대에 어긋날까 봐.

내 편집자의 비서 나탈리가 전보 투의 재미있는 메시지를 남겼다.
"마음을 담은 편지들이 16시 배송될 예정임. 충분한 공간 확보 바람. 메
리크리스마스, 샤를로트!"

올해 사들인 크리스마스 트리가 지나치게 커서 거실을 치우느라 애
먹었다. 트리를 고를 때 정신이 어디에 가 있었는지. 아마 우리 집이 궁
전만 하다고 생각했나 보다. 그리고 책상에서 편지를 열 통쯤 집어 들
고 천 통이면 부피가 얼마나 될지 가늠해 본다. 이만큼의 백 배면……
모르겠다. 내가 워낙 수치개념이 없다. 게다가 그냥 백 배를 해서 될 문
제가 아니다. 이건 순전히 내 바람이지만, 내 은행잔고 명세서와는 달
리 네다섯 장이 넘는 편지도 있을 테니까.

나는 편지들을 다시 내려놓고 가엾게도 꼭지가 세 개밖에 없는 별 마
크와 함께 메르세데스-벤츠 로고가 자랑스럽게 찍힌 봉투를 열기로 마
음먹는다. '2차 통보'라는 상냥한 말이 우아하게 적혀 있다. 내가 첫 번
째 통보를 못 본 모양이다. 다섯 줄의 편지를 읽자마자 코르시카로 여
행을 떠나기 직전에 받았던 '독촉장'이 퍼뜩 떠오른다. 나의 러브스토
리 때문에 현실을 잊고 있는 동안 시간이 훌쩍 지났지만 나는 여전히
벤츠에 '10,294유로'의 빚이 있었다.

어떻게 된 이야기인지 도무지 이해할 수가 없다…….

지금으로부터 10년 전쯤, 나는 전복사고로 전 세계 언론을 들끓게 한 가엾은 소형 메르세데스 벤츠에 마음을 빼앗겼다. 미운 오리새끼의 에피소드가 재미있어 보였다. 나는 그 차를 할부로 구입했다. 나의 휴식처이자 충실한 캠핑카인 벤츠에 나는 오만 가지 물건들을 담아 가지고 다녔다. 그때는 내가 TF1 미니시리즈 〈레 코르디에 판사와 경찰〉에 출연하고 있어 수입이 상당했던 시절이었다. 내 납세고지서가 증명해주 듯이! 그러다가 몇 가지 자잘하게 손봐야 할 것들에 무심했다가 엔진오일 교환하는 것을 몇 번 잊었더니 결국 나의 캠핑카는 에뜨왈 광장 한복판, 개선문 그늘 아래에서 쿨럭쿨럭 기침을 하고는 그만 운명을 달리하고 말았다. 어마어마하게 차가 막히는 가운데…….

현장에 있던 경찰관이 오도 가도 못하는 나를 보고 친절하게 다가와 혹시 소피 마르소가 아니냐고 물었다. 가끔 그런 일이 있었다. 얼굴은 익숙한데 이름이 덜 알려져서. 그래서 그땐 소피가 되었다.

흥분한 경찰관을 보자니, 오해라고 말할 엄두가 나지 않았다. 실망시켰다가 다른 차들이 난리치며 울리는 경적 소리와 "벼엉신, 빨랑 차 빼!"류의 욕이 난무하는 가운데 나를 두고 가면 어쩌나 싶었다.

곧 나는 구원을 받았다. 자동차들은 경찰관의 지시에 따라 우회를 했고 견인차에 오르기 전에 나는 경찰관이 부탁하는 대로 주차위반 딱지 묶음 뒤에 붙은 딱딱한 종이 위에 사인을 해주었다. "당신의 친절에 정말 감사드려요. 우정을 담아, 소피." 그리고 활짝 웃으며 나를 안는 그에게 몸을 맡겼다. 그러면서도 대스타의 명예를 훼손했다는 생각을 했다. 나를 그녀로 착각하게 했으니. 반가운 소식을 듣고 급하게 달려오는 제복 차림의 동료 경찰관들을 발견한 나는 사기죄로 체포될까 두려워 견인차 운전사에게 빨리 출발하 달라고 했다. 트로카데로에 있는 자동차 정비소로 가는 내내 나는 터져 나오는 웃음을 참지 못하고 미친 듯이 웃었다. 긴 하루 내내 고된 일로 지친 기색이 역력한 옆자리의 운전사가 왜 이러나 할 정도로. 그리고는 커다란 견인차의 흔들리는 차창에 이마를 대고 세련된 동네의 줄지어 선 반듯반듯한 건물들을 바라보며 소피 마르소로 사는 것은 멋진 일이겠다는 생각을 했다.

차를 재빨리 검사한 다음, 벤츠측에서는 나의 캠핑카의 사망을 선고했다.

"이상하네요, 믿을 만한 찬데…… 차량 관리증 가지고 계세요?" 꼼꼼한 기사가 내게 물었다.

"차량, 뭐요?"

나는 중고차 시장에서 놀란 척, 슬픈 척을 하며 지금까지도 나의 캠핑카 2호 역할을 해주고 있는 작은 중고차를 할부로 사기 위해 협상을 했다.

그런데, 일이 마무리된 지로부터 3년이나 지난 이 시점에, 메르세데스 벤츠 재정팀에서 나에게 10,294유로를 요구하고 있는 것이다! 뭔가 착각을 하고 있는 것 같다. 할부가 끝났는데, 자동차 등록증이 처리되지 않은 것이다. 융자 잔액이 이렇게 불어났다니…… 컴퓨터상 오류 때문에 이제야 뜬금없이 이런 소식을.

"여보세요, 샤를로트 씨? 컴퓨터가 고장 났었어요. 아무튼 당신, 우리에게 갚아야 할 돈이 10,000유로입니다…… 그럼, 메리크리스마스!"

뭐 이런 일이 다 있나! 그래도 매달 날아오는 고지서대로 돈을 꼬박꼬박 냈는데. 나는 자동차 회사 요직에 있는 사촌에게 전화를 걸어 자문을 구한다.

"신용거래에는 만기가 없지만 3년은 실수로 보기에는 긴 기간이야. 특히 ISO 9001 인증을 획득한 회사라면."

"ISO, 뭐?"

"고객에게 제공되는 제품, 서비스 체계의 품질을 보증해 주는 일종의 적색 라벨, 즉 검사증이라고 할 수 있는 거야! 그런 회사가 동정표를 줄리는 없지만 그래도 편지를 써서 네 사정을 설명해. 변호사도 고용하고. 아무래도 그 정도의 노력을 기울여야 하는 일인 것 같아."

좋아. 나는 맞서 싸울 준비를 한다. 선택의 여지가 없다. 나, 샤를로트는 막강한 다국적 핑크 라벨을 상대로 전쟁을 선포하겠지만 지금은 선물을 기다리고 있는 중이니 잠시 후에. 마음을 담은 첫 편지들이 우리 집으로 배달되고 있다.

매력적인 타입의 잘생긴 근육질 청년이 우체국에서 내 편집자에게 빌려준 커다란 마대 세 개로 우리 집 카펫을 점령한다.

"자루를 도로 갖다 주실래요?" 그가 묻는다.

"그럼요, 비워서 갖다 드릴게요."

친절한 편지가 천 통, 어마어마하다. 이게 다 나에게 온 거란 말이지? 이렇게 놀라울 수가. 눈물이 난다. 예기치 못한 감동이다. 감히 어떻게 해볼 생각도 못한 채 그저 쳐다만 본다. 배달부에게 팁을 주고 문을 재빨리 닫은 다음 내 재산을 향해 돌아선다. 자루는 꽉 묶여 있지 않고 양 끝을 오므려 돌돌 말아둔 상태다. 임시로 붙여둔 넉넉한 사이즈의 라벨들로 '10월', '11월', '12월' 편지가 구별되어 있다. 첫 번째 자루에 덤벼들었는데 심장이 마구 뛰어서 도저히 앉아 있을 수가 없다. 약간 현기증이 난다. 나에 대한 관심을 증명해 주는 이 편지들을 보니 마음이 뒤흔들린다. 몇 초 동안 마음 속으로 내 책의 페이지 하나하나를 다시 읽는다. 이미지들이 떠오른다. 내가 사랑했던 사람들, 검진센터에서 온 편지, 세자르 상, 엄마, 이식 수술…… 그리고 진정하려고 눈을 감자 처음으로, 펄떡펄떡 뛰는 이식받은 나의 심장이 3D 영상으로 떠오른다. 멈출 줄 모르고 흐르는 붉은색, 오렌지색, 핑크색 피가 혼잡한 고속도로를 달리는 자동차들의 불빛처럼 긴 자국을 만들어낸다. 눈을 뜨고 얼른 편지를 한 줌 집는다. 이상하게도 심장 박동을 늦출 수가 없다.

내 눈 앞의 편지로 구체화된 대중의 사랑이 내 마음을 흔들어놓는다.

이 사랑이 그리웠다. 내가 텔레비전에 자주 나올 땐, 레스토랑에 갈 때마다 사람들의 시선을 피할 수 없었고 식사 중에도 정중하게 사인을 부탁해 오는 사람들이 있었다. 나는 그게 좋았다.

편지 100통을 읽느라 이틀을 꼬박 보낸다. 크리스마스 선물 개수가 많을수록 사랑을 많이 받는다고 믿는 아이처럼 나는 편지가 몇 통인지 세어본다. 거의 부담스러울 정도의 정적이 흐르는 가운데 나는 소파 위에 누워 편지를 읽으며 울고 웃는다. 나를 압도하는 감정을 다스리기 위해 자주 비타민워터와 녹차를 마시며 쉬어준다. 강렬한 음악을 잠깐씩 듣고 다시 읽기에 몰입하는 식으로 자루를 비워 나간다. 정성을 다해 써 내려간 글씨, 고심해서 고른 봉투와 편지지, 우표, 그리고 단어들을 열심히 본다⋯⋯.

따뜻한 초대의 글이 많다. 조제 보베 근교의 라르작에 사는 한 농부가 자기 방 옆에 내 방과 타라의 방을 준비해 두었으니 자기 집에 와서 있고 싶은 만큼 머물다 가라고 초대를 했다. 나는 쇼 비즈니스 체질이 아니라면서 우리 같은 브르타뉴 출신들은 자연 속에서, 그러니까 그의 곁에서 더 활짝 피어날 수 있다는 말과 함께 타라와 나의 기차표까지 대신 사 주겠다고 한다. 안타깝게도 사진은 동봉하지 않았다.

남편과 이혼하고 두 아이를 혼자 키우는 엄마가 열정적인 비밀 연애 끝에 에이즈 바이러스에 감염된 사실을 알았다는 편지가 있다. 에이즈는 호모나 사회에서 소외된 사람들이 걸리는 병인 줄로만 알았다는 그녀는 점심시간에 검사를 받고 청천벽력 같은 소식을 접한 후 직장 동료에게 그 사실을 털어놨는데, 바로 다음날부터 볼에 뽀뽀를 하는 아침인사를 하지 않더라고 한다. 부끄럽고 두렵다는 그녀. 딸들은 너무 어려서 엄마가 어떤 병에 걸렸는지 알 수가 없다. 아이들이 없었으면 스스로 목숨을 끊었을 거라면서 '고속전철이 역에 들어올 때마다 자살을 생각한다'고 고백한다. 그녀의 글씨는 고르지 않고 편지지에는 잉크가 번진 동그란 자국들이 있다. 내 책을 늘 가까이 두고 있다는 그녀는 나와 함께라면 더 강해진 느낌이 들고 외롭지 않다고 말하고 있다. 서명은 읽기 힘들고 주소도 없다.

고뇌와 무력함과 고독과 가까운 사람들로부터도 따돌림을 당하는 외로움을 토로한 편지들을 읽고 있자니 마음이 아프다. 그렇지만 이 편지를 다 읽고 이들의 사연을 다 알아주는 것이 내가 할 일이라는 생각이 든다. 편지를 소파에 던지고 벌떡 일어나 욕을 퍼붓는 때도 있다. "젠장, 2005년에 이런 일이 어떻게 가능하다는 거야!"

이런 현실의 파도 속에 아무리 들어도 질리지 않는 내가 제일 좋아하는 말이 가끔씩 나타난다. 그것은 바로 사랑, 사랑. "당신을 사랑해요."라는 고백과 함께 내 옛날 사진, 최근 사진들을 모아 붙여놓고 나의 포동포동 살이 오른 얼굴과 수척한 얼굴에 화살표를 그리고 "이런 모습까지 사랑해요."라고 써 놓고, 다음 페이지에는 "언제나 당신을 사랑합니다."를 열 번쯤 반복해 적어 놓고 갠 마지막에는 빨간색으로 "당신은 내 피 속에 있어요."라고 써 놓은 몇 페이지에 걸친 편지를 넘겨본다.

백 통째 편지에서 고통과 기쁨을 느끼며 두 손을 든다. 내 이야기가 사람들에게 도움이 되었다. 행복하지만 녹초가 되어 힘이 하나도 없다. 읽어야 하는 편지가 저렇게 많은데.

며칠 있다가 크리스마스를 보낸 후에 다시 천천히 읽어야겠다. 모두들 사인이 들어간 사진을 보내달라고 한다. 편집자에게 전화를 걸어 사진 백여 장을 인쇄해 주겠다는 약속을 받아낸다. 곧 받아볼 수 있게 해 준단다.

결국 《파리 마치》 표지 사진은 나 혼자 찍었다. 그런데 사진이 너무 이상하게 나왔다! 우리 동네 신문 가판대 아저씨조차 표지 사진의 주인공이 나라는 것을 알아보지 못할 정도다. 슬프고 지친 표정을 기가 막

히게 잡아 놓았다. 토니에게 전화를 건다. "있는 그대로를 보여줘야 하는 거예요, 알겠어? 리얼리티. 책 내용과도 관련이 있어야 하니까." 토니는 나를 격려하려고 한다. 하지만 나는 동의할 수가 없다. 온 세상 여자들을 다 젊고 예쁘게 만들어주는 '뽀샵'을 왜 나한테만 안 해주는 거야? 아무도 나를 알아볼 수 없다면 그건 있는 그대로가 아니다. "리얼리티, 좋아, 좋다고. 하지만 못생기게 찍어놓으면 어떻게 해? 내가 그렇게 못생겼단 말이야?!"

근엄해 보이기까지 하는 외모에 충격을 받은 나는 새해에 돈이 생기면 여기저기를 좀 뜯어고치리라는 결심을 한다. 대대적으로 공사를 벌여야지! 이렇게 살 수는 없어. 눈도 좀 고치고 볼과 배도 손을 봐야지. 남들이 놀릴지도 모른다, 몸에 손을 댔다고 손가락질을 할지도. 하지만 상관없다. 그렇다고 뜻을 꺾을 수야 없지.

답장으로 보낼 사진들을 받았다. 이번 사진은 좀더 그럴싸하다. 5년 전 사진인데 내가 직접 골랐다. 약간 사기성이 있지만 나는 이 사진이 마음에 든다. 내 매력을 강하게 어필하는 사진이다. 나는 즉시 우체국으로 달려가 예쁜 우표를 100장 산다. 선택의 폭이 넓지 않았다. 분홍색 아기, 소년, 소녀, 혹은 프랑스의 각 지방. 각 지방의 풍경 사진이 들어간 것으로 고른다. 아기 사진은 그 이상한 꿈이 떠올라서 싫다. 부르고뉴에 코트다쥐르 우표를 붙여 보내게 되어도 할 수 없다. 이상하겠지만 색깔만큼은 예쁘다. 크리스마스에서 새해 첫날까지의 일주일을 내 사진 뒷면에 짤막한 글귀를 넣고 스마일과 함께 샤를로트라는 서명을 하며 보낸다. 릴리는 스마일이 유치하다고 했지만, 나는 그렇게 생각하지 않는다. 그건 하나의 암시다. 읽을 수 있는 주소들은 베껴 쓰고 스티븐의 도움을 받아 알아보기 힘든 글씨체를 해독한다. 그는 역시 의사답다. 그리고 31일 정오, 나는 기세도 등등하게 세브르 가 중앙 우체국의 철제 우편물 투입구 앞에 섰다. 그런데 예기치 못한 난국에 부딪혔다. 편지들을 제대로 된 투입구에 넣지 못하면 어떡하나. '파리, 수도권', '기타 지방'. 분류를 하고 보니 내 팬들은 지방 사람이 대부분이다. 내 고향도 시골인데. 샤를로트 발랑드레는 '발-앙드레'라는 브르타뉴의 멋진 바닷가 마을에 기원을 둔 예명이다. 어린 시절 휴가를 보낸 그곳의 모래투성이 이미지들은 잊을 수가 없다. 됐다, 다 보냈다! 감사의 말을 전했다. 이제 900통이 남았다. 곧 시작해야지.

새해맞이는 즐거웠다. 나는 단골 포도주 가게 주인이 권한 고급 보르도 산 포도주를 맛본다. "정말 섬세한 포도주예요. 마셔보고 어땠는지 말해줘요." 그는 꼭 예술가의 에이전트처럼 말을 한다. 포도주는 '섬세'했다. 한밤중에 스티븐이 해준 키스 역시.
　"새해 복 많이 받아, 나의 샤를로트. 어떤 소원을 빌고 싶어?"
　"그런 거 없어. 다시 키스해 줘……."

2006년 1월, 파리, 우리 집

한 해의 시작이 나쁘다. 바보짓을 해놓고 울고 있다. 방금 장바구니 안에서 프랑스의 각 지방의 사진이 담긴 우표들을 발견했다.

사인한 사진 100장을 우표도 붙이지 않고 보내 버린 것이다.

울면서 전화를 했더니 릴리가 불난 집에 부채질을 한다.

"너다운 짓이다!"

"내 잘못이 아니야! 포도주 때문에 머리가 이상해진 거야. 진정제, 항우울제, 수면제…… 며칠 전에 사촌이 우리 집에 왔는데 다음 날 중요한 회의가 있다면서 긴장을 좀 하기에 아타락스(Atarax, 항히스타민 성분의 신경안정제, 수면제)를 반 알 줬더니 다음날 정오까지 일어나지를 못했어. 깨어나면서 하는 말이 '다시는 안 먹을 거야, 완전히 취했어.' 그러는 거야. 내가 먹는 양의 반밖에 안 먹었는데. 나는 아타락스에 녹타미드, 라록실을 더 먹어야 잠을 자는데…… 내 머리가 이상해진 건 다 이 약들 때문이야…… 그런데 약을 안 먹을 수가 없어……."

"왜?"

"잠이 안 오니까지. 별 생각이 다 떠올라, 타라, 장기 이식받은 사람들의 수명, 돈, 일이 없는데 올해를 어떻게 보내나……."

릴리가 내 말을 자른다. "진정해, 내가 너희 집으로 갈 테니까, 같이 우체국에 가자. 아직 늦지 않았을지도 몰라……."

우체국 창구에 가서 우편번호를 하나하나 꼼꼼하게 확인하면서 편지 백 통을 보냈는데 깜빡하고 우표를 안 붙였다고 설명을 한다. 릴리가 옆에서 미친 듯이 웃는다. 얘가 가끔 이런다. 내가 째려보아도 릴리는 더 크게 웃을 뿐이고 우체국 직원의 얼굴에는 경악한 표정이 떠오른다. 잠시 웃음을 가라앉힌 릴리가 나를 변명하겠다고 끼어든다.

"내 친구가 원래 '행정적인' 일처리를 잘 못해요, 이해하시겠죠?"

나는 릴리를 팔꿈치로 꾹 찌르고 내 행동을 보편화시켜 보려고 냉담한 우체국 직원에게 다시 말을 한다.

"가끔 이런 일이 있죠, 그렇죠?"

"편지 한 통에 우표를 안 붙이는 경우는 있지만, 백 통은 아닙니다."

"제가 어떻게 하면 되죠?"

"봉투에 고객님 주소를 쓰셨어요?"

"아뇨."

"'긴급' 우편물로 취급되지 않아서 좀 늦어지겠지만 배송은 됩니다. 수취인 부담으로."

"받는 분들이 나 대신 우표 값을 내야 한다고요?!"

"네."

"창피해서 어떡해!"

돌아서서 보니 릴리가 이제는 눈물까지 흘리면서 웃고 있다. 그러거나 말거나, 나는 비탄에 빠져 우체국 직원에게 다시 묻는다.

"혹시 아직 여기 어디 한 구석에 내 편지들이 있는지 확인해 주실 수 있어요?"

"여기에는 '구석'이 없습니다. 언제 부치셨는데요?"

"일주일 전에요."

"너무 늦었어요. 다른 용무는 없으세요? 좀 비켜주세요, 기다리는 분들이 많으니까요."

내 뒤에 서서 우리 대화를 죄다 들은 남자가 비관적인 말을 한다.

"나도 그런 적이 있는데, 편지들이 없어졌다고 보면 돼요. 하기야, 우표를 붙여도 없어지는 판에……."

우체국을 나오면서 릴리는 괴로워하는 나를 보더니 안됐는지 서서히 동정 모드로 돌아가 미안하다며 좋은 생각이 있다고 한다.

"네가 너한테 우표 안 붙인 엽서를 보내봐, 어떻게 되는지 알 수 있을 거야!"

즉시 실행에 옮긴다. 나는 모퉁이 카페에서 에펠탑이 그려진 엽서를 한 장 산 다음 우리 집 주소를 또박또박 써 넣고 당장에 엽서를 부치러 가려고 일어선다. 웃음을 참으며 내가 엽서 쓰는 것을 보고 있던 릴리가 깜짝 놀라며 묻는다. "아무것도 안 써?"

"내가 나한테 무슨 얘길 써? 안 그래도 툭하면 혼자 중얼중얼거리는데 이제 엽서까지 쓰라는 거야?"

"내용도 없고 우표도 없으면 분명히 배달이 안 될 거야. 이리 줘 봐, 내가 한 마디 적을게."

2006년 1월 6일, 다이어리에 이렇게 적었다. 〈오늘은 우리 집에서 백 미터 떨어진 우체국에서 우리 집으로 우표를 붙이지 않은 엽서를 부쳤다. 엽서에 적은 메시지는 이렇다. '친구야, 넌 안 미쳤어!' 〉

엽서는 오지 않았다.

새해를 맞아, 에이전트에게 전화를 걸어 일거리가 있는지 알아본다.

"좋은 더빙 일이 있는데 (보통 미국 영화에 프랑스어 대사를 녹음해 덧입히는 일이다.) 관심이 있는지 모르겠네. 그리고 전에 말했던 연극 대본을 기다리는 중이야, 기억나지?"

2006년 한 해는 우울한 해가 될 것 같은 예감이다. 책 홍보 관련 방송이 몇 개 있을 뿐, 남은 스케줄이 하나도 없다. 책 성공이 일로 이어지지는 않았다. 영화 쪽에서도, 텔레비전 쪽에서도 제안이 들어오지 않는다. 아무래도 나를 좋아하는 농부와 함께 라르작에서 남은 생을 토내야 할 것 같다.

무기력한 나의 이야기를 착실하게 들어주는 릴리, 언제나 아이디어가 넘치는 릴리가 나를 신비주의의 길로 몰아낸다.

"네 에이전트가 소개한 '명품' 점쟁이 있지?"

"안 돼, 나는 구체적인 게 필요하지 모호한 건 필요 없어. 그리고 그 사람은 보크레송에 산단 말이야."

"보크레송이 세상 끝에 붙은 건 아니잖아. 기껏해야 한 시간 거리인데, 정말 명품이라면야……."

릴리의 한 해 시작은 괜찮다. 이번 주에 디스코텍에서 만난 '너무 쿨한' 남자를 나에게 소개시켜 주고 싶다고 난리다. 1990년대에 그 당시 유행하던 팝 록 그룹의 일원이었단다. 릴리는 느닷없이 오늘 저녁에 스티븐과 나를 초대하겠다고 한다. 빨리 내 의견을 듣고 싶다고.

"너는 남자 보는 눈이 있잖아."

"그래, 남의 남자들만."

자유분방하고 엉뚱하고 의리 있는 릴리를 나는 참 좋아한다.

어젯밤, 스티븐이 맛있는 볼로네즈 소스를 완벽하게 만들어냈다. 대가족 출신인 그는 손이 무척 크다. 냉장고 한 자리를 차지한 소스가 그득 든 샐러드 볼을 쳐다보다가 나는 릴리네 집에 갈 때 이 맛있는 소스와 포도주 한 병을 가져가기로 한다. 소스를 커다란 타파웨어에 붓고 슈퍼마켓에서 받은 재생용지로 만든 종이 가방에 넣는다. 출발, 릴리네 집은 몇 발자국 떨어진 곳에 있다.

대문 몇 미터 앞에서 스티븐이 대화에 대비해 주최측에 대해 묻는다.

"릴리의 새 남자는 뭐 하는 사람이야?"

내가 대답할 새도 없이 그가 평소답지 않게 심한 욕을 한다.

"제기랄!"

싱크대에서 물이 묻었는지, 종이 가방의 밑이 빠져 내 타파웨어가 세브르 가 인도 위에서 대인폭탄처럼 터져 버렸다. 볼로네즈 소스가 상당한 반경으로 튀었다. 내 다리, 스티븐의 다리, 고상한 건물의 벽이며 길가에 주차한 자동차들의 옆구리에까지. 12인분이 4인분으로 줄어들었다. 릴리의 집에 도착해서도 우리는 낄낄거린다. 설명할 겨를도 없이 나는 뻘겋게 된 팔다리를 씻어야겠다고 한다. 스티븐은 짙은 색 청바지를 입어서 붉은 얼룩이 덜 도드라져 보인다. 그가 계속 웃다가 겨우 진정을 하고 소스를 뒤집어쓰지 않은 포도주병을 릴리에게 건네며 소스는 버리라고 하는데, 전직 가수가 들어온다. 그는 들뜬 목소리로 자기소개를 하더니 소리를 지른다.

"그걸 왜 버려요, 난 먹어보고 싶어요!"

식탁에 앉아 나는 릴리의 새 애인의 밑도 끝도 없는 이야기에 흠칫흠칫 놀라는 스티븐의 표정을 보고 히죽히죽 웃는다. 척 보기에도 그가 즐기는 약은 나의 비타민워터보다 더 강력한 효과를 발휘한다. 그가 내

에이즈 바이러스 문제를 거론하며 횡설수설하자 분위기는 정점을 찍는
다.

"에이즈 바이러스 보균자라죠? 나도 그런데!"

"뭐야?" 릴리가 경악을 한다.

"사실이지 뭐. 샤를로트도 에이즈, 나도 에이즈, 우리는 모두 조금쯤
에이즈 보균자들이야. 케네디가 베를린에서 '나는 베를린 시민입니
다.' 라고 했던 것과 마찬가지야. 샤를로트, 내가 곁에 있잖아요. 난 당
신을 이해해요. 우리는 모두 연결되어 있어요, 관계가 있다고. 알겠어
요? 그런 거예요, 인류라는 건. 그런 게 아니면 아무것도 아니지……."
스티븐은 잠자코 약에 취한 상대의 비정상적인 행동증상을 관찰한다.
손떨림, 동공확장, 입비틀림, 이마의 땀. 나는 간신히 릴리를 부엌 한 구
석으로 데려간다.

"저 사람, 미쳤어. 더 할 말 없음이야."

"약간 별나다는 건 나도 알아. 근데 정말 잘생겼지, 그치? 정말 끝내
줘……." 릴리가 내 귀에 대고 속삭인다. "저 사람은 아티스트야, 넌 이
해할 수 있잖아, 그룹이 해체된 걸 못견뎌하고 있단 말이야……."

"아무것도 못 견디는 사람이야! 말해두는데, 저 인간은 약물중독자
야. 너, 조심해. 예술과 노이로제를 혼동하면 안 돼."

"하지만 예술가들은 다들 약간 노이로제 아니니?"

"아냐! 민감할 뿐이지."

가수양반이 빈 포도주병을 들고 부엌으로 들어와 공격적인 말투로
묻는다.

"릴리한테 무슨 얘길 했어요?"

"여자들의 비밀 얘기요."

그가 눈을 희번덕거리며 내게 바싹 다가선다. 스티븐이 다가오는 소
리가 들린다.

"정말 알고 싶어요? 당신이 돌았다고 했어요!"

"돌았다는 말의 뜻은? 그 말에는 아무 의미도 없어! 당신이 뭘 알아! 나, 무대 위에 나타나기만 하면 팬들이 아우성을 치던 사람이야. 팔을 쳐들고 라이터를 켜고 흔들며 박자에 맞춰 내 이름을 외쳤어, 나에게 몸을 바치겠다는 여자들이 밤이고 낮이고 대문 앞에 진을 치고 있었지. 당신이 뭘 안다고 그래?! 그래, 나, 돌았다, 돌지 않고 배기겠냐!"

스티븐이 분위기를 진정시켜 보려고 한다.

"우리는 모두 조금씩 돌았어요. 니체가 이런 말을 했죠. 방법은 하나밖에 없다. 일부러 미치는 수밖에."

"그리고 그 말을 실천했지." 릴리가 보충설명을 한다. "니체는 말년 10년 동안을 정신병원과 어머니의 품안을 오가며 보냈어. 마치 어린아이처럼."

릴리는 가수에게 다가가 이마의 땀을 닦아주며 부드러운 말로 결론을 짓는다.

"스티븐이 옳아. 우리는 모두 약간씩 미쳤어. 난 상관없어."

가수는 포도주 한 병을 더 따더니 갑자기 진정을 하고 부엌에서 나간다. 흥분이 완전히 가라앉은 것 같았다. 릴리가 내 팔을 끌고 부엌 한 구석으로 가더니 너무한 것 아니냐고 비난을 한다.

"너무하다고? 저런 사람을 그냥 둬? 내가 너무한 게 아니야. 예술가로 산다는 건 다른 사람들의 욕구를 먹고 사는 것이기도 해. 이건 너무나도 분명한 거야. 더 이상 사랑받지 못한다는 걸 인정하되 쓰러지진 말아야지. 물론 더 이상 관심을 받지 못한다는 건 고통스러운 일이야. 그건 누구보다 내가 잘 알아. 하지만 정말 힘든 건 뉴스에 내 얘기가 나오거나 병원으로 실려 가는 거야. 누구든 자기 삶을 망치는 거, 그게 난 정말 싫어."

"이제 그만 돌아가 볼까, 샤를로트?" 스티븐이 권한다.

“……응, 가자. 초대해 줘서 고마워, 릴리, 조심하고. 오늘 고마웠어, 내일 봐.”

우리는 눈을 반쯤 감은 채 소파에 주저앉은 불행한 가수에게 작별인사를 하려고 거실로 간다. 볼에 입을 맞추어도 그는 꼼짝하지 않는다. 모든 게 잘 끝났다.

스티븐은 건물을 나오면서 아무 말 없이 검지를 관자놀이에 대고 돌리는 것으로 오늘 저녁 모임에 대한 평을 하고는 아직도 인도 위에 흘러 있는 우리의 볼로네즈 소스를 맛있게 핥고 있는 비쩍 마른 검은 고양이를 가리킨다. 고양이를 보고 터진 나의 웃음이 스티븐에게 전염된다. 나는 마구 웃으며 쓸데없는 긴장을 풀어버린다. 조심스럽게 중립을 지키던 스티븐도 빵 터진다. 우리 둘 다 웃음을 참을 수 없다. 나는 숨쉬기가 힘들어 허리 단추를 풀어가며 웃는다! 아픈 가슴을 움켜잡고 웅크리고 앉아 깔깔거리자 고양이가 내 웃음소리에 놀라 달아난다. 스티븐도 내 옆에 쪼그리고 앉는다. 우리는 손을 높이 들고 건배하는 시늉을 하며 웃는다. 인생을 위하여! 우리를 위하여! 우리가 이런 식으로 함께 웃은 것은 이번이 처음이다. 한데 섞인 우리 목소리의 메아리를 상상한다. 밤바람 속에 원을 그리며 고요한 길목 저 끝까지 달려가는 보이지 않는 두 개의 리본을.

나는 아직도 고개를 흔들며 웃고 있는 스티븐의 머리를 양 손으로 감싸 내 어깨에 묻는다. 여기, 지금 이 순간 나는 행복하다.

내 목에 행운의 부적 같은 작은 황금 심장이 걸려 있다. 불안한 손동작으로 그 심장을 더듬어본다. 뜨겁다. 캄캄한 밤이다. 자동차의 속도가 너무 빠르다. 무거운 빗방울이 차 지붕을 때린다. 저 멀리 큰 광장과 기둥, 아니면 동상 같은 것이 보인다. 내 옆에는 눈을 꼭 감은 갓난아기가 앉아 꼼짝도 하지 않는다. 아기가 왜 움직이지 않는 걸까? 왼쪽으로는 끝없이 이어지는 꽃 장식 같은 헤드라이트의 행렬. 백미러! 백미러로 내 모습을 봐야 한다. 나는 한 손으로 백미러를 잡아 내 쪽으로 돌린다. 까만 거울에서 두 개의 점 같은 불빛이 나오고 있다. 어둠 속에 웅크린 늑대의 눈같이 번득거리는 두 개의 작은 원. 그 원이 붉은색으로 변했다가 사라져 버린다. 광장이 가까워지고 헤드라이트들이 휙휙 지나간다. 이어지는 마찰음, 뭔가가 찢어지는 소리, 그리고 희미한 소음. 갓난아기는 산산이 부서진 차 앞 유리 저 너머로 내동댕이쳐 있다. 나는 팔을 뻗으며 비명을 지른다.

침대에서 벌떡 일어난다. 스티븐이 나를 꼭 껴안고 손가락으로 내 얼굴에 흐른 땀을 닦아준다.

"진정해, 진정해."

"무서워. 나를 놓지 마."

"다시 잠을 자도록 해봐. 내가 곁에 있잖아."

"자고 싶지 않아. 더 이상 꿈을 꾸고 싶지 않아."

다음날, 닥터 블랑쇼 진료실

"계속 같은 이미지들이 나오는데 역시나 금색 후광이 둘러 있고요, 이번에도 너무나 무서웠어요. 이런 느낌은 정말 처음이에요. 이제 다 끝났구나 하는 느낌이 들었고 몸이 뒤틀렸는데 다시 펴지지를 않았어요. 눈을 꼭 감은 갓난아기가 옆에 앉아 있었고 고막이 터질 것 같은 소리가 들렸고, 백미러에서는 늑대의 눈이 보였고요. 선생님, 이 꿈이 계속된다면 전 미치고 말 거예요."

"꿈 때문에 미치는 경우는 없어요. 이런 꿈을 마지막으로 꾼 게 언제였죠?"

"한 달 전쯤요."

"그럼 매달 꾸는 거네요."

"네, 심장 이식 수술을 한 지 딱 2년째 되는 날부터…… 매달."

"논리적인 연상이로군요."

"그게 무슨 말씀이세요? 죽을 때까지 이렇게 악몽을 꿀 수는 없어요. 어떻게 해야 하죠?"

"이식과 관련된 모든 의문에서 벗어나도록 해요…… 이제 때가 되었어요."

"하지만 이 꿈의 의미가 뭘까요?"

"샤를로트, 전에도 말했지만 나는 꿈 해석 전문가가 아니에요. 나는 프로이트 같은 재능을 타고나지 못했어요. 그리고 모든 해석은 주관적인 거예요. 꿈은 상징이죠. 당신이 의식적으로 표현하지 않는 것을 표현하는 것이 꿈이에요. 이 꿈의 의미와 꿈이 상징하는 바는 당신이 찾아내야 해요. 통제할 수 없는 자동차, 속도, 밤에 대한 적대감, 갓난아기⋯⋯."

"저는 제게 심장을 기증한 사람을 알고 싶어요."

"왜요?"

"감사를 하고 싶어서, 이 심장이 어디에서 온 건지⋯⋯ 알고 싶어서요. 사람들이 자기 뿌리를 찾는 것처럼⋯⋯."

"그건 아무 관계가 없어요. 당신에게 심장을 기증한 사람은 당신의 꿈과 아무런 연관이 없고 당신의 뿌리와는 더더욱 관계가 없어요. 샤를로트는 지금 길을 잘못 든 거예요. 당신의 정체성, 당신의 뿌리는 이식된 심장에 있는 게 아니에요. 그건 환상이에요. 심장은 물론 놀라운 것이지만 하나의 기관일 뿐이에요. 샤를로트는 그 기관을 이식받은 거고요. 그 심장은 다른 몸에서 뛰고 있었지만 이제는 당신의 몸에서 뛰고 있죠. 그 수술로 당신 안의 뭔가가 확실히 바뀌었어요. 증거도 있고요. 하지만 열쇠는 당신 머릿속에 있는 것이지 심장 안에 있는 게 아니에요. 창조력이 풍부한 당신의 정신이 아무리 방랑을 해도 소용없어요, 당신의 뿌리, 당신의 정체성은 이식받은 심장에 있지 않아요⋯⋯."

"이상하게도 저는 그 반대의 생각을 해요, 모르는 사람의 심장이⋯⋯ 느껴지거든요."

릴리와 점심을 먹으며 악몽을 꾼 이야기를 하느라 꿈을 떠올리니 다시 두려움이 가슴을 압박한다. 릴리가 꿈 해몽 사전을 사주겠다고 하다가 나를 안심시키려고 즉흥 꿈 해몽을 한다.

"과속으로 달리는 자동차, 차들이 줄지어 선 도로, 네가 갇힌 자동차는 너의 본성이나 욕구와는 반대로 가고 있는 네 삶을 상징하는 거야. 캄캄한 밤은 네 일이지, 너를 잊은 영화계 사람들이고. 갓난아기는 너에게는 기회가 없는 둘째아이, 백미러는, 음……."

릴리가 잠깐 틈을 두었다가 자신감 넘치는 목소리로 결론을 내린다.

"아무튼 너의 과거가 꿈으로 자꾸 나타나는 거야. 곧 40년 인생을 결산해 봐야 하잖니. 이상할 것 하나 없어."

아무리 봐도 릴리는 닥터 블랑쇼의 수제자 같다.

"뭐, 꿈 해몽 사전은 필요 없겠네."

내 에이전트 앙투안이 전화를 걸어와 항상 그렇듯 어떻게 지내냐고 묻는다. 평소에 하던 대로 "잘 지내!"라고 하는 대신 나는 "그냥 그래……"라고 답한다.

"밤에는 매일 밤 똑같은 무시무시한 악몽을 꾸고 낮에는 밤을 기다리면서 살아."

"불쌍해라…… 꿈 해몽해 주는 사람을 만나봐. 꿈 해몽 사전도 있는 것 같던데. 내가 전에 말한 점쟁이, 피에르한테 가봐. 정말 굉장해. 그냥 점쟁이가 아니라 치료사 같은 사람이야. 통찰력이 있다니까."

"다른 소식은? 나에게 전해줄 소식 없어?"

"토니를 우연히 만났는데, 샤를로트에게 부탁할 일이 더 있대. 토니가 전화할 거야. 책 홍보가 아직 끝나지 않았나 봐."

방송을 하러 방송국에 간 길에, 유머감각이 고약하기로 유명한 한 시평 담당자를 우연히 만났다. 그는 내게 간단하게 인사를 했다. 뚱뚱한 그가 움직이는 게 힘겨워 보였다. 몇 주 후 우리 동네의 한 서점에서 나는 그가 최근에 낸 책을 몇 장 넘겨보다가 깜짝 놀랐다. 얼른 내용을 훑어보니 비만 환자들 사이의 난교 파티를 묘사해 놓은 것이 아닌가. 그 장면을 상상하기가 힘들다. 게다가 그 크기에 스스로 만족하는 듯한 자기 성기에 대한 이야기도 들어 있다. 이만 책을 덮으려는데 내 이름이 눈에 확 들어온다. "샤를로트 발랑드레나 여배우 X(다른 여배우 한 명을 더 거론했다)는 햄 가게 주인이나 다름없다. 이들은 자신들의 불행한 이야기를 늘어놓고 돈을 챙긴다."

나는 미소를 짓는다. 햄 가게 주인을 떠올렸단 말이지, 이거 마음에 드네. 물론 내가 햄 가게를 하는 게 아니니 햄 가게 주인이 어떤지 개인적으로 알지는 못하지만, 즐겁고 활기 넘치고 아주 프랑스다운 사람들이 아닐까 싶다. "돈을 챙긴다……." 당연하지, 밥을 벌어먹고 살아야 하는 다른 사람들과 똑같은 입장인걸. 그가 체중 고민으로 사람들의 관심을 끄는 것과 뭐가 다른가. 책에 사용된 단어들은 거슬리지 않았다. 내가 기분 나빴던 건 나를 음해하려는 의도와 사실이 아닌 내용을 사실인 양 써 놓았다는 점, 그리고 그의 그의성이었다.

책이 나오기 전에 원고를 읽고 또 읽었을 텐데. 단어들이 신랄하고 무겁다. 그쪽 사정을 좀 아는 토니는 이렇게 말한다. "말 한마디로 살인을 할 수도 있고 말 한마디 친절하게 하면 천 냥 빚을 갚을 수도 있다."고. 저런 말로 천 냥 빚을 잘도 갚겠다.

며칠 후, 우연히 텔레비전에 나온 그 평론가 양반이 '요즘 이자벨 아자니를 보면 복어가 생각난다.' 는 발언을 하는 장면을 목격한다. 거기서 나는 빵 터진다. 화면 속의 그를 자세히 본다. 그런 당신은 뭐같이 생긴 줄 알아? 뚱보 왕재수! 저 왕재수가 늘어놓는 거지 같은 얘기를 들으려고 돈을 낸단 말이야? 게다가 모두가 잡스러운 얘기를 더, 더 해달라고 하다니. 왜 뚱뚱한지 알겠다, 몸에 악의가 가득 차 있는 거다. 가짜로 점잖은 척, 관대한 척, 친절한 척해서 자기의 잔인한 성격을 꾸역꾸역 살찌우고 있는 인간.

그 이후에 우연히, 지금은 프로듀서로 활동하는 나의 전 에이전트 도미니크 베스네하르가 예전에 소개한 이자벨 아자니를 만나 요정 같은 그녀의 여성미 넘치는 아름다움과 아이들의 눈 같은 비현실적인 파란 눈을 직접 확인할 수 있었다. 사진과 실물이 똑같았다. 이자벨은 분명 방송 다음날 멋진 장미꽃다발과 함께 사과의 편지를 받았으리라. 그게 새로운 방법이다. 주로 여자들을 골라 실컷 모욕을 해 시청률을 올린 다음 고소당할까 봐 사과를 하는 것. 상스러운 수법이다. 우리가 쓰레기통인 줄 아나. 이자벨도 나의 언니, 햄 가게 주인이 되었다. 하지만 평론가 양반, 조심하는 게 좋을걸, 우린 당신 같은 남자들을 가지고 햄을 만들거든.

가끔 모든 것이 완벽한 균형을 이루고 칭찬을 받고 행복을 맛보는 생활에 현기증을 느낀다. 분명 그 다음에는 정반대의 상황이 기다리고 있을 텐데. 정반대의 힘, 최악의 상황, 양 다음에는 음이니까.

활기찬 생활을 하려는 내 노력에도 불구하고 오늘은 지루한 날이 될 가능성이 농후하다. 다른 날들과 다름없는 날. 타라가 아빠의 집에 가고 없는 날들, 릴리가 좀 잠잠해진 것 같은 가수와 사랑의 주말을 보내러 떠나고 없는 날들, 스티븐이 당직을 서는 날들, 먼 브르타뉴에 칩거한 아버지와 동생이 무척 보고 싶은 날들, 메시지도 계획도 목표도 없이 정적이 흐르는 나날들. 이런 날들을 보내던 나는 앞으로는 절대 혼자 있지 않겠다고 결심을 했다. 그리하여, 무가지에서 광고를 오려낸 다음 뱅센느 숲 부근에 있는 순종 페르시아 친칠라 고양이 분양소를 찾아간다.

나를 맞아준 여자는 사랑스럽고 열정이 넘치는 동시에 특이하기도 하다. 발목까지 오는 원피스와 색을 맞춘 얼룩덜룩한 리본을 머리와 함께 정성껏 땋아 길게 늘이고 있다. 대규모 애완동물 분양소를 혼자 운영하는 것 같다. 그녀가 검지를 치켜들고 자기가 하는 일을 장황하게 설명한다.

"분양은 동물들의 먹이 값을 충당하느라 하는 일이고, 내가 원하는 건 동물들의 생명을 구하는 일이에요! 동물들은 내 낙이고 기쁨이에요, 이 일도 그래서 하는 것뿐이에요! 동물들이 죽을 때만큼 슬플 때가 없어요……."

그러더니 커다란 헛간 문을 연다. 놀라우리만치 깨끗하고 환한 그 헛간 안에서 요란한 소리가 난다. 신선한 짚더미 위에서 열 마리쯤 되는 새끼고양이들이 왔다 갔다 하며 야옹거리고 그 바로 위에는 극도로 흥분한 앵무새들이 잔뜩 들어 있는 새장이 걸려 있다. 고양이들이 펄쩍펄쩍 뛰며 새들을 노리는 모습이라니. 뿐만 아니라, 반짝반짝 빛나는 커다란 어항도 있고 '유기농 계란'을 낳는다는 닭도 몇 마리 있고 '개보다 집을 훨씬 더 잘 지키는' 오리들이 마구 돌아다니고 높은 철책을 둘러놓은 쥐 우리도 있다. 결국 나는 쥐 우리에는 가까이 가지 못한다.

"잘못된 인식을 갖고 있군요. 쥐들은 믿는 상대에게는 아주 사랑스럽게 구는 동물이고 아주 영리한 친구들이랍니다. 아인슈타인이 이런 말을 했어요. 쥐의 몸무게가 60킬로그램이었다면 인간은 세상을 장악하지 못했을 거라고요."

이 동물들의 용광로에서 나는 황갈색과 갈색이 섞인 고상한 고양이 카비아를 산다. 주인여자로부터 족보를 받아 든 나는 그게 진짜인지 확인하기 위해 한참을 들여다본다.

떠나기 직전, 여자가 얼이 빠진 빨간 금붕어를 넣은 투명한 비닐봉지의 입구를 꽉 묶어 내게 건넨다.

"행운을 가져다 줄 거예요. 풍수적으로, 흙, 물, 공기 이 세 가지 요소를 집에 함께 두어야 하죠."

"고마워요…… 행운을 가져다 주는 금붕어는 잘 받겠는데 앵무새는 주지 마세요, 부탁이에요!'

"공기를 상징하려고 새를 기를 필요는 없어요. 그냥 환기를 잘 시키세요. 창문을 열고 에너지와 곤충들을 들어오게 하세요. 특히 어항 청소를 잘 해야 해요. 그렇지 않으면 기가 역행해서 나쁜 기를 받게 되니까요……."

이리하여 풍수에 따라 금붕어 한 마리와 고양이 한 마리, 물과 흙이 우리 집에 모이게 되었다. 그 이후로 나는 되도록 창문을 자주 열어 행운을 불러들이기 위해 필요한 모든 조건을 갖춘다. 우리 금붕어의 이름은 코코. 코코 샤넬의 코코가 아니라 내 데뷔작 〈붉은 키스〉처럼 몸이 붉다는 점에서 착상한 코뮤니스트, 즉 공산주의자의 코에서 따온 이름이다. 쉽고 재미있는 이름이다. 놀랍게도 금붕어 코코는 고양이 카비아보다 더 시끄럽다. 녀석이 물에서 첨벙대는 소리가 별것 아닐 것 같지만 정적 속에서는 강박증을 일으킬 정도이다. 알고 보니 고양이 카비아는 신경쇠약 증세가 있었다. 하루 종일 욕조 밑에 숨어 살고 그 긴 털도 엄청 빠진다. 밤에만 밖으로 기어 나와 내 소파를 찢는다. 수의사 말이 녀석이 정신적으로 외상을 입었단다. 어렸을 때부터 키운 아이라고 했는데. 아마 앵무새들이 난리를 쳤기 때문인 것 같다. 어둠만 좋아하는 불쌍한 카비아. 사방에 노이로제 환자로구나.

금붕어 코코는 알코올 중독이다. 하루는 몸도 피곤하고 나쁜 기를 피하겠다고 일주일에 한 번 냄새나는 어항 청소하기에도 지쳐 코코와 헤어지기로 결심했다. 녀석의 매력을 열심히 떠벌렸는데도 데려가겠다는 사람이 아무도 없어서 고민 끝에 크코를 조용히 떠나보낼 방법을 생각해 내고는 부엌 찬장 구석에서 찾아낸 50도짜리 해묵은 오스트리아산 증류주를 어항에 쏟아 부었다. 몇 분 후, 어항을 들여다보니 코코 녀석이 완전히 취해서 배를 드러내고 물에 둥둥 뜬 채 미친 미역처럼 빙글빙글 돌고 있는 것이었다. 한 시간이 지나도록 코코는 배영을 즐겼고 나는 죄책감이 극에 달한 상태에서도 깔깔 웃을 수밖에 없었다. 실컷 웃고 난 후에는 코코를 알코올에서 구해주기로 결정하고 어항의 물을 갈아주었다.

오늘, 코코는 힘이 넘치고 카비아는 어딘가에 처박혔으며 나는 오늘 하루 예정된 단조로움을 깰 방법을 고민한다.

이 무미건조한 날을 승리의 날로 바꾸고 말리라! 하여, 휴대폰 이용 무제한 요금제를 믿고 힘차게 전화 마케팅을 시작한다. 지치지도 않고 뱅글뱅글 맴을 도는 코코의 모습을 재미있게 바라보며.

일로 관계된 사람들에게 거의 다 전화를 돌린다. 에이전트들, 전 에이전트들, PD들, 프로그램 감독들, 텔레비전 계와 연극, 영화계에 영향력이 있는 사람들……. 몇 시간 동안 했던 말을 종합하면 이렇다. "안녕하세요, 샤를로트 발랑드레예요. 기억하시죠? 제가 요즘 힘이 넘치거든요, 그리고 아시겠지만 사실 실물은 《파리 마치》 표지 사진보다 훨씬 더 예뻐요. 제가 할 만한 일이 없을까요?"

　다들 내 책에 대한 이야기를 많이 한다. 나로서는 용기를 내서 한 일이 아니었는데, 용기가 대단하다며 축하를 해준다. 결국 약속을 두 개 따낸다. 어쩌면 제니퍼 애니스톤이 주연한 영화의 더빙을 맡을 수도 있을 것 같다.

　이것이 맥빠진 전화 통화를 결산해 본 결과다. 전화번호부 목록 하나하나를 짚어가며 혹시나 빼먹은 사람이 없나 확인하다가 이런 이름을 발견한다. '명품 점쟁이, 피에르'.

　이것이 오늘의 마지막 전화가 될 것이며, 맹세컨대 피에르가 나의 마지막 점쟁이가 될 것이다. 피에르의 목소리는 맑고 친절하며 젊다. 그렇게 멀리 사는데도 한 달 예약이 꽉 찼단다. 나는 미소를 지으며 부탁을 한다. 미소 짓는 소리가 상대에게 들린다는 말을 들은 적이 있다. 앙투안에게 소개받았다는 이야기도 빼놓지 않는다. 약속이 잡힌다.

　그날 하루는 TV 리모컨으로 채널을 이리저리 돌리는 것으로 마감했다. 나는 뉴스를 너무 많이 보지 않으려고 노력한다. 인간들의 터무니없는 폭력을 감당해 내기가 힘들어서다. 채널을 휙휙 돌리다가 자세한 제목은 모르지만 어떤 간호사가 등장하는 다큐멘터리 프로에 정착한다. 그녀의 낭랑한 목소리와 얼굴에서 풍겨 나오는 차분한 분위기가 좋았다. 나는 그녀의 메시지에 귀를 기울였다.

　"10년 동안 죽음을 면전에 둔 환자들을 돌보았는데, 이제 끝이라는 것을 알게 된 환자들 중에 자동차나 집이 얼마나 근사했는지 모른다는 말을 하는 환자는 아무도 없었습니다. 마지막으로 기억하는 건 그런 게 아니에요. 사람들, 사랑했던 사람들, 사랑과 관련된 기쁨, 혹은 후회를 떠올리지요. 마지막으로 눈을 감기 전에, 환자들은 모두 누군가를 찾아요, 손을 뻗고 사랑을 이야기하지요, 모두들……."

　반갑게도 방송 제목이 화면 아래에 나온다. 〈우리는 죽기 전에 무엇

을 생각하는가?〉

멀쩡히 살아 있는 나는, 흰옷을 입고 다리를 꼬아 연꽃 자세를 취한 여자가 등장하는 광고를 부옇게 흐린 눈으로 바라보는 나는, 지금 무엇을 생각하고 있는가? 스티븐. 스티븐의 아파트 열쇠가 내게 있다. 내 안의 목소리가 시키는 대로라면, 오늘 밤 그의 아파트를 찾아가 그를 깜짝 놀라게 해야 한다. 하지만 스티븐은 깜짝 놀라는 것을 싫어한다. 자기 생활을 침해당했다고 생각하겠지. 병원에서 아픈 심장들을 살피며 수 시간을 보냈으니 혼자 조용히 쉬고 싶은 그의 뜻을 나는 존중한다.

다이어리를 보니 우리의 만남이 좀 뜸해진 것 같아 손가락을 꼽아가며 못 본 날들을 세어본다. 그런 느낌은 있었지만 날짜를 계산해 보기는 처음이다. 그렇다고 스티븐이 변했다는 건 아니다. 나에 대한 애정은 한결같고 그의 변함없는 행동은 나에게 영원할 것 같은 포근함을 준다. 우리의 관계는 만난 지 단 며칠 만에 굉장히 빨리 안정되었다. 정상 상태, 스티븐이 싫증을 내는 것 같은 징후는 전혀 보이지 않는다. 다만 함께 보내는 시간 사이사이 오늘 밤 같은 순간이 있을 뿐이다. 그런데 그가 나를 사랑한다고 마지막으로 말했던 게 언제였더라? 기억이 나지 않는다. 이 질문은 내가 너무 오래 전부터 너무 많이 해온 질문이다. "날 사랑해?"라고는 이제 묻지 않는다. 대답 역시 없다. 거짓이든 덧없든 "당신을 사랑해"라는 격렬한 고백도. 절대로 오래 가지 못하는 하루살이의 사랑에서 비롯된 그런 고백은 이제 없다.

나는 여러 가지 형태의 사랑을 경험해 보았다.

고요한 사랑으로 치자면 스티븐은 나의 첫사랑이다.

2006년 2월

오늘로 불로뉴 비앙쿠르에 있는 녹음 스튜디오에서 친절한 제니 제라르가 제안한 더빙 일이 끝난다. 한 번뿐인 일이지만 기쁜 마음으로 일을 맡았다. 이제 대중이 내게 원하는 건 내 목소리뿐인 걸까? 뭐, 그럴 수도 있지.

오늘은 〈그녀가 모르는 그녀에 관한 소문〉에 출연한 활달한 미국 여배우 제니퍼 애니스톤의 목소리를 연기할 예정이다. 아침에 진한 차 한 잔과 비타민 C를 물에 녹여 마셨다. 제니퍼의 에너지는 놀랍다. 말투를 따라가기는 어렵지만 나는 코믹한 역할들에 생기를 불어넣는 이런 빠른 대사를 좋아한다. 제니퍼는 나를 꿈꾸게 한다. 그녀의 생기 덕분에 내가 미니시리즈 〈레 코르디에〉에서 연기한 미리암이 떠오른다. 번역한 사람이 문장을 끊어야 했을 것 같다. 영어는 길게 늘어지는 아름다운 우리말보다 훨씬 간략하다. 대본을 읽은 다음 귀에 헤드폰을 쓰고 녹음실에 들어갔더니 가라오케처럼 붉은 조명이 점점 밝아진다.

마침내 우리의 여주인공이 입을 다물자, 그제야 나는 그녀를 쳐다본다. 사생활이 언론에 많이 노출되어서일까, 잘 아는 사람 같은 느낌이다. 하지만 오늘 이렇게 대면을 하고 같은 일을 한다는 공감대를 형성하고 보니 금발을 멋지게 빗어 내린 그녀가 참 신비로워 보인다. 저 열정적인 제스처, 장난기 넘치는 미소토도 나를 속일 수는 없다. 익살스러운 코미디에 뛰어난 그녀지만 사생활은 비극적이지 않을까. 얼굴에 주름 하나 없어서 20대인지 40대인지 분간할 수가 없다. 제니퍼는 맡은 역할보다 더 두꺼운 가면을 쓰고 있다. 집중해서 가만히 보면, 그녀의 고통과 고독과 방황이 느껴지는 것 같다.

휴식시간에 제니퍼의 약혼자 역을 맡아 더빙을 하는 동료 배우에게 그런 이야기를 한다. 그 친구는 탑벌이용 작업을 서둘러 끝내고 싶어 하는 것 같아 보인다. 그가 놀란 눈으로 나를 처다보더니 신경질적으로 담배 한 개비에 불을 붙이며 대꾸한다.

"휴가를 좀 가지 그래?"

"그런 게 아니야, 난 여자들의 고뇌가 안타깝단 말이야!"

나는 기침을 하며 손으로 담배연기를 쫓는다. 그 친구는 천천히 고개를 가로저으며 몇 발자국 물러나면서 실실 웃는다.

"아무래도 샤를로트는 점쟁이를 하는 게 낫겠어. 돈도 더 잘 벌 것 같은데."

"안 그래도…… 내일 점 보러 가는데, 직업 훈련이나 받아볼까 봐."

‘명품 점쟁이’ 피에르는 파리 서쪽 교외에 위치한 작은 마을 보크레송에 산다. 내키지는 않지만 아무래도 차를 몰고 가야 할 것 같다. 나의 캠핑카 2호는 우리 집에서 10미터 떨어진 곳에 있는 음산한 지하 주차장에 주차해 두었다. 거리로 나섰더니 뜻밖에도 공기가 따뜻해서 기분이 좋다. 일기예보에서 일시적 온난현상이 있을 거라더니. 아침에 아프가니스탄 염소 가죽으로 만든 넉넉한 크림색 코트로 몸을 꽁꽁 감싸고 나왔는데 온도가 딱 맞다. 한데, 가죽이 너무 뻣뻣해서 수시로 지퍼를 열고 말려 올라간 털스웨터나 소매를 끌어내려야 한다. 머리 위에서 들려오는 날카로운 소리에 위를 올려다본다. 꽤 높은 오래된 건물 위, 연한 회색빛 하늘 아래 갈매기 한 마리가 헤매고 있다. 마치 저 위에서 나를 따라오는 것 같다. 이따금 점심을 먹으러 가는 레스토랑 프티 루테시아 앞을 지나는데 조개껍질 벗기는 일을 맡은 친절한 웨이터 아저씨가 인도 위에 서 있다.

“저 새가 갈매기 맞죠?” 나는 팔을 뻗으며 그에게 묻는다.

“맞아요, 가끔 이런 일이 있어요. 무리에서 떨어진 갈매기가 북풍을 타고 왔다가 센 강을 따라오는 거예요…….”

“우리 집에서부터 저를 따라왔어요. 재미있죠?”

웨이터 아저씨는 대답 없이 빙그레 웃으며 어마어마한 해물 모둠 요리 접시에 기술적으로 해물을 쌓는다.

"좋은 하루 보내세요."

갈매기가 봉마르세 백화점까지 따라온다. 차고 앞에 잠시 멈춰 서서 고개를 들고 새를 올려다본다. 녀석은 나를 중심으로 단조로운 하늘에 원을 그리고 있다. 그 일정한 움직임이 나의 시선을 사로잡는다…….

"날아가렴, 날아가렴, 작은 날개야……." 어머니가 돌아가셨을 때 고통이 너무 커서, 그 뿌리가 너무 깊어서, 나는 울지 못했다. 나의 슬픔은 말로 다 할 수 없었다. 현실을 거부한 채 움직이지 않았다. 다 나 때문인 것 같았다. 힘든 사랑을 했고 영화계에서는 더 이상 나를 받아주지 않았다. 나의 생은 단절의 연속이었고 어머니도 내 곁을 떠났다. 성당에서 나는 장자크 골드만의 이 곡을 불렀다. "날아가렴, 날아가렴, 작은 날개야, 아무도 너를 붙잡지 않아……." 아픈 어머니가 떠오른다. 머리카락이 다 빠졌어도 미소를 잃지 않고 끝까지 우리를 안심시켰던 어머니의 모습이 다시 보인다. 어머니의 몸은 비쩍 말라 배만 볼록한 것이 이식 수술 직후의 내 몸과 비슷했다. 차분한 어머니의 얼굴이, 그 큰 두 눈이 부연 하늘에 나타났다. 갈매기가 아직도 저 위에 있다. 믿기지가 않는다. 이게 꿈일까? 나는 손가락에 부드럽게 입을 맞춰 갈매기를 향해 팔을 치켜든다. "날아가렴, 날아가렴, 작은 날개야……." 지나가던 남자가 내 옆에 서더니 무슨 일인가 하는 표정으로 고개를 들고 내 시선을 좇는다. 그리고 깜짝 놀라 나를 쳐다본다. 나는 그에게 힘차게 인사를 하고 주차장으로 들어간다.

여자들에게 지하 주차장은 언제나 괴로운 곳이다. 그 정적, 후미진 구석들, 시커먼 그림자들, 사방을 장악한 회색. 나는 무섭지 않은 척 노래를 흥얼거리며 누가 있나 살펴본 다음 최대한 빨리 걸음을 옮긴다. 아프가니스탄 염소가 핸드백을 꼭 끼고 종종걸음을 친다. 나는 언제나 차문을 쾅 닫아야 안심이 된다. 다시 한 번 다른 주차장을 찾겠다고 굳게 다짐한다. 재빨리 차 문을 걸어 잠그고 주위를 둘러본 다음 시동을 건다.

모터가 정적을 깨자 내가 들어앉은 커다란 양철통이 부르르 떨린다. 양철과 플라스틱으로 만든 통. 한 손으로는 핸들을 잡고 한 손으로 기어를 잡은 순간, 머릿속에서 어렴풋하게 소리가 들려온다. 휘둥그레 뜬 눈으로 아무것도 보이지 않는 앞유리를 뚫어져라 바라본다. 비디오 게임에서처럼 길이 움직이고 저 멀리 대로 끝에 높은 기둥 두 개가 보이더니 커다란 광장이 나타난다. 내가 아는 곳이다. 목에 건 금목걸이가 반짝거리고 헤드라이트 때문에 눈이 따가운 가운데 비가 천장을 마구 때린다…… 나는 잡고 있던 것들을 다 놓아버리고 깨어나려고 양 손으로 눈을 비빈다. 눈을 잠깐 감았을 뿐인데 분홍색 갓난아기가 나타난다. 나는 비명을 지른다.

미친 듯이 자동차를 뛰쳐나온다. 주차장을 마구 달려 빠져나오다가 옆으로 지나가던 남자와 어깨를 부딪친다. 그가 고래고래 소리를 지르는 건 알겠는데 무슨 소리인지는 알 수가 없다. 나는 도망을 친다. 거리로 나와 고개를 들고 목을 펴본다. 눈물이 흐르는 게 느껴진다. 텅 빈 하늘을 쳐다보며 숨을 들이쉬고 내쉰다. 어머니에게 기도를 한다. 이제는 밤낮으로 나를 지배하는 이 환상에서 놓여나게 해달라고.

천천히 루테시아 호텔까지 걸어간다. 택시를 타야겠다. 요금이 어마어마하게 나오겠지만 더 이상은 운전을 하고 싶지 않다. 택시 안에서 차창을 내렸더니 얼굴을 때리는 강한 바람에 속눈썹까지 떨린다. 부들부들 떨리는 양 손을 움직일 수가 없다. 택시는 요리조리 끼어들기를 해가며 일정한 속도로 막힘없이 달린다. 갑자기 운전사가 급브레이크를 밟는다. 하마터면 자전거를 칠 뻔했다. 나는 비명을 지른다. 차에서 내리고 싶어서 운전사에게 멀미 핑계를 대며 잠깐만 차를 세워달라고 한다. 아무 말 없이 머릿속에서 이미지들을 지워 버린다. 내 안의 화면에 아무것도 떠오르지 않도록 해본다.

"불편하세요, 손님?"

"제가…… 최근에 차 사고를 당해서요, 무서워서 그래요."

"그렇군요."

운전사가 차에 시동을 걸고 목적지까지 편안하게 데려다준다.

피에르가 젊어서 깜짝 놀란다. 마술사처럼 머리끝부터 발끝까지 흰 옷을 차려입고 있다. 나를 쳐다보는 눈을 보니 내가 누군지 모르는 것 같다. 내 에이전트 앙투안과 근처 조용하고 녹지가 많은 외딴 동네에 사는 그의 어머니를 특히 잘 아는 모양이었다. 파리에서 45분쯤밖에 달려오지 않았는데도 시골에 온 느낌이다. 나는 본명을 대며 앙투안의 친한 친구라고 내 소개를 한다. 안느 샤를로트 파스칼. 외투를 벗어도 상대가 눈치챌 만한 것은 아무것도 없다. 청바지와 앞에서는 안 보이지만 등 쪽에 천사날개가 달린 회색 스웨터를 내의 없이 입었는데 목이 약간 파인 디자인이다. 장신구는 걸치지 않았고 머리는 질끈 묶었으며 화장도 하지 않고 평범한 가방을 들고 왔다. 점쟁이에게 힌트를 줄 만한 것은 아무것도 없다. 피에르는 1층에 있는 사무실로 나를 안내한다. 온통 흰색으로 장식된 사무실 앞에는 꽃이 핀 마당이 있다. 나무와 머나먼 은하계 그림으로 멋지게 꾸민 벽을 관찰한다. 피에르는 투시력을 발휘한다. 속을 꿰뚫을 것처럼 집중해서 나를 본다. 오래 그러지는 않았다.

"반갑습니다, 파스칼 양, 쉽게 찾으셨나요?"

"네, 택시를 탔거든요."

"파리에서 기차를 타셔도 되는데…… 요금이 덜 나오죠. 앉으세요, 편하게 계시고요."

그가 나의 기색을 하나하나 자세히 살피다가 막 웃는다.

"제가 못미더우세요?"

"네?"

"당신처럼 행동하는 고객들이 더러 있어요. 비밀요원이라고 해도 좋을 정도로 아무런 단서를 주지 않으려고 애를 쓰죠. 성격, 직업, 사회에서 차지하는 위치 등등을 드러내지 않으려고 해요. 나의 통찰력을 시험해 보고 싶은가 봐요. 장신구도 달지 않고 결혼반지도 끼지 않고 평범한 옷차림에…… 가능하다면 벌거벗고 왔을 거예요. 앙투안의 친구인가요, 아니면 앙투안과 함께 일하는 배우인가요?"

"어떤 것 같아요?"

"당신은 배우예요. 그런데 내가 영화 쪽은 잘 모르기 때문에 난 당신이 누구인지는 몰라요. 나는 나의 세계 안에 머무는 것을 좋아하지요. 긴장을 하신 것 같은데, 무슨 난처한 일이 있나요?"

"너무 무서웠어요……."

"사고가?"

"비슷한 거예요……."

"손을 줘보세요. 예명이 어떻게 되시죠? 음……."

그가 수첩을 펼친다.

"안느 샤를로트 파스칼, 맞죠? 해변이 보이는군요, 넓은 해변에 아이들이 있고 당신이 놀고 있어요, 어머니가 멀리서 당신을 부르네요……당신의 일과 무슨 상관이 있을까요?"

"샤를로트 발랑드레. 내 예명이에요. 아주 어렸을 적부터 방학을 보내던 브르타뉴 바닷가 마을에서 따 온 이름이에요. 그 바닷가에서 놀던 어느 날 오후에 어머니가 방파제에 서서 나의 첫 캐스팅 소식을 알리는 전보를 읽어주셨어요…… 놀랍네요……."

그가 나의 손을 꼭 잡자 온기가 느껴졌다. 그리고 그는 눈을 감았다.

"임신하셨어요?"

"아뇨."

‘이번에는 틀렸네.’ 라고 생각하며 나름대로 가리느라 가린 배를 슬쩍 내려다본다.

“틀림없어요. 임신 중이거나 앞으로 임신을 하게 될 거예요. 갓난아기가 보여요.”

“임신하지 않았어요, 그럴 수가 없어요. 둘째를 낳고 싶긴 하지만 이제는 좀 늦었고 위험하기도 하고…….”

“이상하네요, 당신 안에서 다른 생명이 느껴지는데…….”

피에르가 속을 꿰뚫어보는 듯한 맑은 눈을 활짝 뜨고 나를 관찰한다.

“심장 이식 수술을 받았는데…….”

피에르가 다시 내 말을 끊는다.

“그래요, 지금으로부터 약 2년 전에. 당신에게 심장을 준 분은 당신보다 좀 젊은 여자분이에요. 그분이 당신 안에 있는 거예요…….”

피에르가 깊게 숨을 들이쉬고 다시 눈을 감는다.

“무슨 꿈을 꾸죠? 무엇을 두려워하나요?”

“내가 죽는 꿈을 꿨고 사고가 나는 꿈…… 같은 꿈을 계속 꾸고 있어요. 아까 여기 오기 전에는 대낮인데도 환영이 보였어요.”

“꿈에서 죽는 사람은 당신이 아니라 그 여자분이 아닌가요?”

“하지만 첫 번째 꿈에서는 내 이름이 불리는 걸 들었는걸요.”

“음, 그렇다고 해서 그 꿈이 당신의 죽음을 의미하는 건 아니에요. 다시 태어나려면 죽어야 하죠. 죽은 건 그 여자분이에요. 당신이 관에 누워 있지는 않았을 거예요, 그렇죠? 꿈에 분명 관이 있었을 텐데…….”

“맞아요, 하얀 관이었는데 닫혀 있었어요…….”

“흰색은 환생의 색이에요. 꿈은 거짓말을 하지 않아요, 앞일을 알려주거나 뭔가를 상징하죠. 꿈을 다시 떠올려 보세요. 당신이 관에 누워 있지 않았다는 것을 증명하는 다른 단서가 있었을 텐데요?”

“모르겠어요…… 아, 있어요! 사람들이 웃었어요. 나와 가까운 사람들이 즐거워하는 것 같았어요."

"당연하죠, 다른 여자가 당신에게 새로운 생명을 주어 당신이 되살아났으니까요. 그 꿈들을 두려워하지 마세요. 꿈을 따라가다 보면 행복한 일이 생길 거예요. 꿈을 통해 그 여자분이 당신에게 이야기를 하고 있어요."

"하지만 너무나 무서운걸요. 내 안에 있는 이 존재와 내 꿈이 아닌 그 꿈들이……."

"그분이 당신을 데려가고 싶은 곳으로 데려가고 나면, 더 이상 그 꿈을 꾸지 않게 될 거예요…… 편지가 많이 보이네요, 그리고 봉투가 하나…… 중요한 봉투예요. 그 편지를 여세요…… 파란색이에요."

"내가 책을 냈어요. 그 책을 읽고 독자들이 편지를 많이 보내주셨죠. 시간이 날 때마다 읽고 있는데 감정적으로 너무 힘들어요. 아직 열어보지 못한 편지가 8백 통쯤 남아 있어요……."

"파란색 편지가 한 통, 아니면 두 통 있어요. 특별하고 우아해요…… 그 편지를 읽으세요. 연극 무대에 서겠네요, 내년쯤, 이 작품이 당신에게 특별한 의미가 될 거예요. 연극은 성공을 거두겠어요. 영화도 찍을 거예요, 독특한 역할을 맡겠네요…… 당신 자신을 연기해요…… 그럴 수도 있나요?"

"안 될 것도 없죠……."

"당신의 인생을 화면에 옮긴 것 같은데요……."

"자서전! 확실한가요? 자서전을 각색하기는 어려운데."

"틀림없어요, 몇 년 후에 속편에 출연한 당신의 모습도 보이는군요. 사랑은 기복이 있겠어요."

"기복이 심하다면, 나쁠 때도 있다는 건가요?"

"그래요, 곧 당신 주위에 제복을 입은 누군가가 나타나는데, 뭔가를 감추고 있어요, 그 사람이 떠나는군요, 손에 피가 묻어 있어요……."

"손에 피가 묻어요?! 끔찍해라!"

"심각한 건 아니에요. 당신을 토막내거나 하는 건 아니니까 안심하세요. 그냥 손에 피가 묻은 게 보일 뿐이에요…… 알게 될 거예요…… 하지만 다른 사랑이 찾아오네요, 더 강한 사랑이…… 다시 연극 무대에 선 당신이 보이는군요. 당신의 어머니가 연극에…… 어머니는 돌아가셨죠?"

"네."

"아아…… 당신 건강이 나빠져요, 미안하지만 숨기지 않고 이야기하고 싶네요, 그렇지만 회복을 하게 될 거예요, 그건 당신에게 맡겨진 임무 같은 거예요……. 편지를 읽으세요, 샤를로트, 그리고 1년 후에 다시 나를 찾아오세요…… 아! 잊고 있었어요…… 당신의 어머니는 천사예요…… 어머니가 날고 있네요, 오늘 당신 가까이에 있었는데 어머니가 곁에 있다는 것이 느껴졌나요?"

나는 겨우 잡아탄 기차를 타고 보크레송을 떠난다. 생라자르역에서 집에 곧장 가는 기차로 갈아타면 꽤 빠르게 도착할 수 있다. 굽이굽이 철로를 달리는 기차 안에서 나는 이상한 환상이 보이고 매연까지 풀풀 뿜어대는 자동차를 팔기로 마음먹는다. 자동차는 이제 그만, 자동차가 유행하던 시절도 지났다. 빨리 집에 가서 편지를 읽고 싶은 마음이 굴뚝같다…….

기차가 생클루를 지날 때, 나는 파리의 태양이 지는 모습을 가만히 쳐다본다. 단조로운 회색 하늘은 부옇게 흐려 있었는데 바로 그때, 다른 쪽으로 넘어가기 직전에 태양이 그 두꺼운 솜을 뚫었다. 저 멀리 언덕에 닿을 듯 말 듯, 거의 수평의 광선이 레이저처럼 뿜어져 나와 파리의 하늘을 덮은 연보라색 혹은 분홍색 거대한 구름의 둥글둥글한 가장자리를 물들였다.

"저것 좀 보렴, 대기오염 때문에 저렇단다." 격분한 한 어머니가 아들의 손을 꼭 쥐며 말한다.

　기차를 좀더 자주 타야겠다. 요람처럼 흔들리는 이 진동이 좋고 주변의 세계를 자유롭게 관찰하며 여행하는 게 좋다.

　스티븐에게 전화를 건다. 음성사서함으로 연결될 줄 알았는데 그가 전화를 받는다.

　"별일 없지? 일하는데 내가 방해한 거 아니야?"

　"아냐, 좀 쉬는 중이야. 오늘 아침 당신 생각을 했어, 이식 수술을 참관했거든, 합병증이 생겼어……."

　"걱정이 많이 되나 봐, 괜찮은 거야?"

　"응, 그냥 피곤해."

　"당신하고는 관련이 없는 수술이었어?"

　"응, 나는 외과의가 아니니까. 참관의사로 들어갔어."

　"당신은 가슴을 고치는 사람이야, 아니면 가슴을 다치게 하는 사람이야?"

　"왜 그런 질문을 해?"

　"그냥, 웃어보려고. 우리 언제 만나?"

　"참, 오늘 점쟁이를 보러 간댔지. 그런데 그런 바보 같은 소리들을 정말로 믿는 거야?"

　"재미삼아 가는 거야…… 오늘 만난 점쟁이는 아주 용했어."

　스티븐의 목소리가 갑자기 짜증 섞인 목소리로 변한다.

　"삶을 그렇게 사랑하는 당신이 그런 걸 믿다니 정말 놀라운 일이야. 앞일을 내다볼 수 있다면 인생이 더 이상 의미 없다는 걸 모르겠어? 예측할 수 없다는 게 인생의 속성이야. 로또 당첨번호를 알아맞히는 점쟁이가 있으면 나와보라 그래, 그런 점쟁이가 있다면 나도 당장 달려가겠어. 아니, 자기가 로또를 사겠지. 테러나 참사를 예측하는 점쟁이 봤어? '2012년에 지진이 납니다.' 이런 거 말고 아주 정확하게 내다보는 점쟁이 말이야. 투시력은 존재하지 않아. 그건 직감이야, 기껏해야 텔러파시라고…… 두려움을 벗어나고 싶은 사람들의 약한 마음을 이용하는 거야……."

"알았어, 알았어, 진정해. 말했잖아, 기분전환삼아 보러 가는 거라고. 선생님, 우리 언제 만나요?"

"오늘 밤이나 내일은 안 돼. 전화할게, 이만 가봐야 해. 끊어."

"그래, 안녕. 건투를 빌어."

스티븐이 예민하게 나와서 깜짝 놀랐다. 흥분할 일이 아닌데! 나는 언제나 신비주의에 매력을 느꼈다. 인생에 신비가 없다면 어떻게 견디라고. 인생은 그 자체가 신비로운 것이다.

피에르의 예언이 맞는지 확인해 볼 생각이다…… 릴리에게 전화를 걸어 구조를 요청한다. 열어보아야 할 편지가 8백 통이다. 릴리가 오늘 밤에는 약속이 있다며 미안하다고 한다. 가수 애인이 한 시간 후에 데리러 온다고. 오늘 자기를 깜짝 놀라게 해주겠다고 했단다. 내일은 틀림없이 도와주겠다고 약속을 한다.

"몇 시간 있다가 해도 되잖아? 급한 것도 아니고. 참, 오늘 만난 점쟁이 얘기는 안 해줘?!"

"훌륭하긴 한데 좀 무서웠어…… 내일 얘기해 줄게. 이제 내려야 해, 기차가 역에 들어가고 있어."

"안 돼, 적어도 두세 가지는 말해 줘야지!"

"파란색 봉투를 찾고 꿈을 따르래…… 두려워하지 말고…… 스티븐이 떠나려나 봐. 괜찮아."

"불쌍해라…… 솔직히 스티븐이 재미있진 않아."

"너랑 나랑 취향이 다르잖니. 이제 끊을게, 빨리 내려야 해."

"내일 봐."

타라의 할머니가 나를 기다리고 있다. 학교까지 찾아가 아이를 데리고 오셔서 간식을 챙겨주셨다. 타라와 놀아주려고 했으나 아이가 비디오 게임과 DVD를 더 좋아하더라는 말씀을 하신다. 나는 전 시어머니께 심각하게 생각하실 것 없다고 대답한다. 나도 어른들과 노는 것을 좋아하지 않았으니까. 타라는 세상을 삼등분해서 살고 있다. 같이 노는 친구들의 세상, 입을 다물고 얌전히 참여하는 어른들의 세상, 그리고 도망쳐 숨어버리는 가상의 놀이 세상. 타라는 내 입술에 쪽 뽀뽀를 하고 아무 말 없이 텔레비전에 빠져든다. 나는 짧게 대화를 마무리하고 작별 인사로 타라 할머니의 부드러운 볼에 입을 맞춘다. 그리고 나를 기다리는 일거리에 살짝 흥분한 채로 현관문을 닫는다.

"타라, 엄마 좀 도와줄래?"

"무슨 일인데?"

"파란색 비밀 편지를 찾는 거야."

"좋아. 여기 이 큰 자루 안에 들어 있지?"

"응. 어떻게 알았어?"

"내가 뒤져봤어."

'10월' 라벨이 붙어 있는 첫 번째 자루를 가까스로 들어 올려 바닥 카펫 위에 내용물을 쏟아 붓는다. 빈 자루는 둘둘 말아 책상 옆에 던져두고 타라에게 보물찾기를 하자고 한다.

"있지, 파란색 봉투를 찾는 거야, 비밀의 메시지가 들어 있는……."

"누가 쓴 편지야?"

"엄마를 사랑하는 사람."

"엄마를 사랑하는 사람은 벌써 있잖아."

"맞아…… 그런데 엄마도 아직 모르는 다른 사람이 또 있어."

"어렵다."

"도와줄 거지?"

퍼즐 맞추기를 시작할 때처럼 편지들을 모두 바닥에 쫙 흩어놓는다. 타라와 나는 모자이크 작품의 네모를 하나하나 유심히 검사한다.

"파란색 봉투는 없는데." 타라도 나도 같은 의견이다.

여섯 살 아이의 신경회로망은 아주 빨리 반응하나 보다.

"그러네, 파란색 봉투는 없네."

"분홍색 봉투가 아닌 거 확실해? 사랑하는 사람한테는 분홍색이 더 나은데. 분홍색 편지는 두 통이나 있어."

"아냐, 파란색이야."

몇 분에 걸쳐 천천히 다시 확인을 한다. 가슴이 쿵쾅거리는 소리와 내면에서 속삭이는 목소리가 들린다. "너, 흥분했어, 샤를로트, 심하게 흥분했어."

"다른 자루도 뒤지자!"

찾기 놀이에 신이 난 타라가 발딱 일어나 '11월'과 '12월' 라벨이 붙은 자루들을 끌고 오려고 한다.

우리는 바닥에 흩어진 봉투들을 첫 번째 자루에 다시 넣고 새로운 작업을 두 번 더 한다. 다른 자루들에도 파란 봉투는 없다. 실망한 나는 아직 읽지 않은 편지들의 무게를 느끼며 나를 죄어오는 감정에도 불구하고 털썩 주저앉아 깔깔 웃는다. 쿵쾅대는 가슴을 안고 받은 숨을 몰아쉬며 한 시간 전부터 거실을 기어다니는 나는 정말 못 말리는 인간이다. 나야말로 '명품 영매'의 화신이다…… 하지만 스스로를 설득할 수가 없다. 찾아내고 싶다. 피에르가 한 이야기는 놀라우리만치 맞아 떨어져서 내 마음을 온통 흔들어 놓았다. 진심은 통하는 것 같다. 나는 다시 수색작업에 착수한다.

"큰 봉투들을 열어보자. 안에 작은 봉투들이 들어 있을지도 몰라. 사랑에 빠진 사람들은 가끔 메시지를 숨기거든."

타라는 비밀이 들어 있을지도 모르는 어른들의 편지를 열어봐도 된다는 것 자체가 좋은가 보다. 연필로 편지를 찢어도 혼나지 않는다는 것이. 큰 봉투 안에도 파란 봉투는 없다. 타라와 나는 받은 날짜를 헷갈리지 않기 위해 편지들을 원래 들어 있던 자루에 도로 넣는다. 피에르가 말해주었던 단서들을 다시 기억해 본다. '파란색 편지가 한 통, 아니면 두 통 있어요. 특별하고……'

"우아해!" 그 단어를 소리 내어 말한다.

"그게 무슨 뜻이야?"

"예쁘다는 거야!"

우리는 다시 첫 번째 자루에 든 봉투들을 쏟아놓고 열심히 찾는다. 종이를 만져보고 글씨체를 살펴보고 우표 그림을 들여다보고.

"엄마, 이거 예쁘지?"

타라가 규격 봉투가 아닌 흰 봉투를 내게 내민다. 우표는 내가 아주 잘 아는 프랑스의 각 지방 컬렉션 우표다…….

정성을 다한 글씨, 파란색 잉크, 고급 종이 벨렝지. 봉투 입구는 조각을 한 듯 세심하게 다듬어져 있다. 우아하지만 하얀색이다. 편지를 받아들자 배가 꽉 뭉치고 심장박동이 빨라지는 느낌이 든다. '너, 흥분했어, 샤를로트, 심하게 흥분했어.'

"그러네, 정말 예쁘다."

나는 일어나 봉투를 상하지 않을 적당한 종이칼을 찾으러 간다. 뜨거운 김을 쐬어 봉투를 열 수도 있지만, 오늘 밤만은 로마의 택시 운전사 같은 인내심을 발휘한다.

얼른 종이칼을 찾아 아름다운 흰 봉투를 급하게 연다. 파란색이 아닌 게 유감이다…… 봉투를 열고 내용물을 확인한 나는 즉시 봉투를 다시 닫는다. 가슴이 마구 두방망이질 친다. 나는 소파에 걸터앉아 타라에게 나도 금방 갈 테니 방으로 들어가 잠깐만 놀고 있으라고 한다.

"뭐라고 쓰여 있는지 얘기해 줄 거지?"

"그럼……."

봉투 안에 반들반들한 클라인 블루(프랑스의 화가 이브 클랭(Yves Kein, 1928-1962)이 즐겨 쓰던 깊은 바다, 푸른 하늘의 색조)가 연상되는 실크종이가 덧대어져 있다. 편지는 내 이름 앞에 등급이 매겨져 있는 사무적인 편지들처럼 삼등분으로 접혀 있는 것이 아니라 가운데 한 번, 그리고 또 한 번 접혀 있다.

단어들은 모두 대문자로 쓰여 있고 짧고 긴 획이 일정하며 자음을 둥글린 것이 편지의 주인공이 일부러 필체를 숨기려고 애쓴 흔적이 역력하다.

소파에 기대어 편지를 읽기 시작한다. 첫 마디를 읽자마자 너무 놀라 숨이 막혀온다…….

샤를로트,

당신 안에서 뛰고 있는 심장을 잘 알고 있습니다. 그 심장을 사랑했었죠.

당신에게 연락을 해서는 안 되는 것이었지만 가만히 있을 수가 없었습니다. 그러니 이름을 밝히지 않고 이렇게 편지를 쓰는 저를 용서하십시오. 다른 생명을 구하기 위해 내 아내의 심장을 적출하기로 결심했을 때만 해도, 이식받는 분을 알게 되리라고는 상상조차 하지 못했습니다. 가끔 알아보고 싶다는 생각을 했지만 불가능하다는 것을 잘 알고 있었죠. 그러다가 당신을 찾았습니다. 묘한 감정이 느껴졌지요. 아름다운 느낌이기도 했고요. 그 모든 것이 현명한 결정이었다는 증거가 당신 안에서 빛나는 것을 보게 되어 기쁩니다.

내 아내는 훌륭한 여자였습니다. 잘 웃었고 삶을 사랑했었죠. 당신의 책 표지에 실린 아름다운 사진을 보면 당신 역시 삶을 사랑하는 것 같습니다. 아내가 하고 다니던 그 목걸이, 금으로 된 작은 하트 목걸이를 당신이 하고 있는 것을 보았습니다. 아내는 그 하트를 자주 만지작거리며 그 하트가 나를 상징한다고 말하곤 했죠. 하지만 그 하트는 내가 아니라 바로 귀한 마음을 지녔던 내 아내였습니다.

그 목걸이가 당신을 오래도록 지켜주길.

X

PS

혹시 당신이 이 편지를 읽을 수 있다면, 매 순간 고통스럽게 당신을 그리워한다는 말을 하고 싶어. 당신을 따라가고 싶지만 망설이고 있어.

XXX

안달이 난 타라가 거실로 들어온다. 나는 가슴 앞으로 팔짱을 낀 채 천장에 시선을 박고 있었다. 편지가 손가락 사이로 흘러내린다.

"뭐라고 쓰여 있어?"

바로 대답을 할 수가 없다. 가슴이 아직도 두방망이질친다. 충격이 사라지지 않는다. 나는 타라를 안심시키려고 미소를 지으며 천천히 입을 뗀다.

"엄마가…… 예쁘다고 쓰여 있네…… 자, 엄마한테 와."

타라는 생각에 잠긴 눈을 하고 움직이지 않는다. 내 품에 안기기 전에 편지에 대해 더 알고 싶고 나의 혼란을 이해하고 싶은 것 같다. 아이들은 놀라우리만치 예민하다.

"편지 쓴 사람, 만날 거야?"

"모르겠어……."

오늘 아침, 특별 점심회동을 위해 릴리와 프티 루테시아에서 만나기로 약속을 잡았다. 털어놓을 사람이 릴리밖에 없다. 스티븐은 편지를 믿는 나를 비웃을 것이며 편지 때문에 안절부절 못하는 것 역시 한심해할 것이 분명하다. 아버지도 마찬가지. 닥터 블랑쇼는 아마 나를 가두려고 할 거다.

"오늘 아침에는 갈매기가 없나 봐요?" 조개 웨이터 아저씨가 큰 소리로 말을 건넨다.

"네, 안 보이네요."

삶이 보내는 신호는 덧없다. 여러 가지로 나타나는 것도 아니어서 순간에 잡지 않으면 영원히 달아나 버린다.

"멋지다, 터무니없긴 하지만 정말 멋지다…… 아무튼 판타야!(잠깐, 여기서 판타란, 환상적이라는 뜻이다.) 완전 판타! 나 좀 봐, 나 소름끼치는 거!"

요란하게 나타나자마자 내 손에서 빼앗아간 편지를 읽으며 릴리는 팔에 돋은 소름을 보여준다.

"이 편지, 완전 기욤 뮈소 소설 감이다!"

릴리는 편지에서 눈을 떼지 못한다.

"정말 끝내주게 멋져. 답장을 해야지!"

"하지만 주소도 모르는걸, 이름도 없어."

"목걸이 얘기는 뭐야? 누가 준 거야?"

"사촌이 책 홍보 시작하기 전에 선물해 줬어. 행운을 가져다 줄 거라며. 책 표지 사진 찍을 때 목에 걸긴 했지만, 눈이 정말 좋지 않고서야 그걸 알아볼 수는 없을 텐데. 게다가 흔한 디자인이거든. 자기 아내가 같은 디자인의 목걸이를 가지고 있었다는 거겠지……."

릴리가 큰 소리로 편지를 읽는다.

" '귀한 마음을 지녔던 내 아내였습니다' ……연락처를 꼭 알아내야 해. 그냥 지나쳐서는 안 돼!"

"이름을 안 밝혔잖아!"

"X 하나, 그 다음엔 X 세 개로 서명을 했네. 미국에서는 이게 '사랑을 듬뿍 담아' 라는 뜻이야…… 이 사람, 전 세계로 여행을 다니는 사람이야. 그런데 이상하네, 존대를 하다가 추신에서는 말을 놨잖아?"

"뭐야, 너 바보니? 추신은 나한테 남긴 게 아니라 내 심장에게……."

"아, 그렇구나…… 그래서 서명을 X 세 개로 한 거로구나…… '혹시 당신이 이 편지를 읽을 수 있다면' ……정말 그렇게 믿나 봐, 자기 아내가 네 안에 있다고 생각하나 봐. 미친 거 아냐?"

"무섭기도 해."

" '당신을 따라가고 싶지만 망설이고 있어'. 네 심장에게 하는 말이라고 쳐. 그럼 이게 무슨 뜻일까?"

"자살을 하고 싶다거나 나를 만나고 싶다는 거겠지. 아니 '우리' 를 만나고 싶은 것 아니겠어?"

"자살하겠다는 건 아닌 것 같아. 2년이나 지났잖아, 너를 만나보고 싶은 거야……."

"내가 아니라 자기 아내겠지!"

릴리가 편지를 자세히 들여다본다.

"만년필로 썼고 이 종이는…… 이것 좀 봐, 종이 질이 장난이 아니야. 어떻게 좀 해봐, 수사에 착수해, 같이 수사해 보자! 이 남자는 세련된 로맨티시스트야, 운이 좋은 거지 뭐니, 우울한 남자들이나 별난 남자들이랑은 차원이 달라!"

나는 대답 없이 그냥 웃는다. 릴리는 심리적으로 균형을 이룬 사람의 좋은 예라고는 절대로 할 수 없지만 그게 릴리의 매력이고 우리를 이어주는 끈이다. 넘치는 모성애와 삶에 대한 애정과 약간의 광기의 어울리지 않는 조합.

"로맨틱하긴 한데 조금 흥분한 것 같지 않아? 뭘 근거로 수사를 벌이겠다는 거야? 고급 종이, 파란색 잉크? 필체를 숨기려고 글자도 대문자로만 썼는데?"

"다시 한 번 말하지만 이런 종이는 흔하지 않아. 봐, 맨 아래에 'S'라고 작은 마크도 찍혀 있잖아."

"난 안 보이는데."

릴리가 벗어준 안경을 썼더니 종이 아랫부분에 지나치게 멋을 부린 글씨체로 'S'라는 글자가 도드라지게 박혀 있다.

"단서를 찾자는 거야?"

"아무튼 알아봐. 나도 고민을 해볼게. 분명 방법이 있을 거야."

"내가 이 남자의 정체를 알고 싶은 건지, 잘 모르겠어……."

"이해는 하는데, 이건 너무 새로운 거라 잘 생각해서 소화를 해야 해…… 디저트 먹을래?"

웨이터가 단조로운 말투로 오늘의 디저트를 소개한다.

"레몬타르트로 주세요!"

"레몬타르트? 너 그거 싫어하잖아!" 릴리가 깜짝 놀란다.

"나도 아는데 오늘은 그게 먹고 싶어. 닥터 블랑쇼 말이, 내가 다시 태어나는 경험을 할 거래. 새로운 느낌, 새로운 꿈, 새로운 입맛. 오늘은

레몬이야! 머랭그 입힌 레몬타르트가 먹고 싶어 죽겠어. 크리스마스 때
부터 포도주도 마시고 있어. 스티븐이 치매 발병을 늦춘다고 알려진 유
일한 방법이 포도주를 마시는 거라고 아주 진지하게 말하더라. 저명한
신경과 동료 의사들이 말해준 건데 비밀이래. 의사가 '매일 적포도주
를 한 잔씩 복용.' 이라는 처방을 내릴 수는 없잖니⋯⋯."

"알겠는데, 포도주를 마시는 게 치매 때문이라면 어째 좀 이른 감이
있다."

타르트가 나왔다. 나는 내 앞에 놓인 접시를 빙빙 돌려가며 타르트
위에 나선형으로 얹혀 있는 노란색 신선한 머랭그를 열심히 관찰한다.
그리고 한 입 먹어본다. 나는 레몬을 싫어했다. 신맛이 나는 것은 다 싫
었다. 그런데 이건 맛있다, 섬세한 맛이다. 바삭바삭한 파이가 입안에
서 바스라진다. 레몬 맛을 너무 희석시키는 머랭그를 걷어내기로 한다.

"머랭그가 마음에 안 드셨어요, 부인?" 웨이터가 내 접시를 치우며
묻는다.

"이봐요, 청년, 난 부인이 아니에요⋯⋯."

사람들이 나를 '부인' 이라고 부르면 백 살은 먹은 것 같은 느낌이 든
다. 사춘기를 탈출하는 데 20년이 걸린 나인데.

"머랭그를 장식으로는 좋아하는데, 내가 그 들척지근한 맛을 싫어해
서요."

흥분을 가라앉히지 못하는 릴리와 헤어진다. 릴리에게 행동 계획에
대해 고민해 보겠다고 약속한다.

집에 돌아와 편지를 다시 읽으며 그것이 심장에 미치는 새로운 효과
에 놀란다. 나는 현실로 돌아오기 위해 스티븐에게 전화를 걸어 음성
메시지를 남긴다.

"의사 선생님, 안녕하세요, 전화하신다고 했잖아요⋯⋯ 전화해 줘.
보고 싶어. 안녕."

스티븐의 전화는 오지 않는다. 오늘 밤에는 대답 없는 스티븐이며 익명의 편지며, 모두 잊어버리려고 수면제 양을 두 배로 늘린다. 이것이 나의 '정전' 치료법이다. 과다용량에 워낙 익숙해 있어, 열두 시간 후면 가뿐하게 일어날 수 있다.

오늘 아침, 스티븐이 전화를 했다. 오늘 저녁에 밥을 먹으러 온다고 한다. 만세!

나의 변호사가 가능하면 오늘 만나고 싶다고 한다. 그녀는 내가 혐오하는 알쏭달쏭한 스타일의 메시지를 남겼다. "좋은 소식 하나와 나쁜 소식 하나가 있어요." 전화연결이 되지 않아서 최대한 빨리 그녀의 사무실에 가기로 마음먹는다.

"좋은 소식부터 전할까요, 나쁜 소식부터 전할까요?"

"좋은 소식이요. 그리고 그 좋은 소식만 전해줬으면 좋겠어요."

"나도 그러고 싶지만 의뢰인이 꼭 알아야 하니 할 수 없어요. 우리가 메르세데스 벤츠를 이기긴 했는데, 그쪽에서 항소를 했어요. 내가 보기에 1심 법원 판사가 당신에게 호의적이었기 때문에, 그쪽에 승산이 없었던 거예요. 당신이 채무를 성실하게 갚았다는 사실이 충분히 납득되었거든요. 일단, 잘못은 저쪽에게 있어요. 계산을 정확하게 할 책임은 자동차 회사에게 있고 오류가 있었어도 3년 전에 찾아냈어야죠. 상대방 변호사가 내 동료인데 능력도 좋고 가차 없이 일처리를 하더라고요. 피도 눈물도 없는 지독한 친구죠. 이 말은 못 들은 척해 주세요, 아니 내가 무슨 소릴 하고 있는 거야…… 좋은 소식, 우리가 이겼다, 나쁜 소식, 저쪽에서 항소를 했다."

"그렇다면 우리가 질 가능성도 있다는 건가요?"

"네. 게다가 진술을 전부 다시 해야 해요.

"수임료도 다시 지불해야 하고요?"

"네."

실망했던 것도 잠깐, 나는 나의 전투정신을 되찾는다. 나의 좋은 예감과 변호사의 미소에 희망을 건다.

"이게 무슨 시간 낭비인지 모르겠네요. 에너지도 그렇고 돈도 그렇고…… 〈다윗과 골리앗〉 2편 같잖아요! 아무튼 우선 축하드려요. 하지만 두 번째에는 더 잘 해야 해요. 저쪽에서 작정하고 달려들 테니까."

거의 1년 후, 우리는 항소심에서 이겼고 상대는 파기 상소를 했다!

"이렇게 계속 가는 거예요? 도대체 저쪽에서 원하는 게 뭐래요? 내 가죽이라도 벗겨 가겠다는 건가요? 만약에 내가 불치병에 걸려서 돈을 못 갚는 상황이 되면 일이 어떻게 되죠?"

"재산 압류를 하겠죠."

"뭐라고요? 캠핑카 2호는 이미 팔아버렸어요. 뭘 가져가겠다고! 고양이가 물어뜯어 너덜너덜해진 소파? 타라의 DVD? 내 금 하트 목걸이?"

마침내 우리가 이겼다. 깨끗하게. 파기 상소까지 갈 필요는 없었다. 정말 다행인 것이, 내 변호사가 자기 동료인 다른 전문 변호사에게 의뢰를 해야 한다고 했기 때문이다. 상담 한 번에 500유로를 받는다는…… 우리가 이긴 것은 메르세데스 벤츠가 파기 상소를 늦게 했기 때문이었다. 법적 유예기간이 한참 지났던 것이었다. 상대에게는 일종의 편집증이 있었다. 힘은 없지만 고집 센 여배우 샤를로트, 오류를 저지른 다국적 기업을 이기다.

우리 할아버지가 늘 하시던 말씀이 있다. "얘야, 모름지기 남에게 끌려 다녀서는 안 되는 법이니라."

오늘 밤에는 스티븐의 기분이 영 좋지 않다. 담당이 바뀌어서 이제는 내 담당의사가 아니라고 알려준다. 어떤 면에서는 잘 되었다고, 모르는 사람을 더 잘 치료할 수 있다고 한다. '그럼 사랑하는 사람은?' 속으로 이런 생각을 해본다.

"환자가 모르는 사람일 때 더 객관적일 수 있어. 과학은 주관적이어서는 곤란해."

담당 의사가 바뀐 이유를 묻자 스티븐은 주저하면서 잘 모르는 척한다. 그가 불편해하는 것이 느껴진다.

"나 때문은 아니지? 아무도 우리 관계를 모르잖아?"

"모르겠어. 아무튼 그렇게 되는 게 나아."

스티븐이 대화 주제를 바꾸고 싶어 한다. 그 이야기만 피할 수 있다면 아무 얘기나 좋다는 투다.

"지난번에는 내가 전화로 좀 짜증을 냈지만 내가 한 얘기만은 진심이었어. 인생의 매력은 예측할 수 없다는 점이야…… 그래, 그 점쟁이는 어땠어? 얘기해 줘, 재미있을 것 같아."

"예리했어……."

"사랑은? 당연히 사랑에 대해 물어봤겠지?"

"기복이 심하대……."

"아주 유익한 대답이로군! 그 말을 들으려고 돈을 왕창 줬어?"

"아주 괜찮았단 말이야. 그이 덕분에 이런 놀라운 걸 찾아냈어……."

나는 테이블에서 일어나 스티븐에게 하얀 편지를 건넨다. 편지를 읽는 스티븐의 입꼬리가 점점 올라간다.

"이런 엉터리 수작을 믿다니……." 스티븐이 내 손을 잡으며 말한다. "이 남자는 자신의 주장이 사실이라는 걸 어떻게 이렇게 확신할 수 있을까?"

갑자기 머릿속에서 내 인생의 양 끝을 차지한 스티븐과 릴리의 그림이 그려진다. 정반대, 강력한 자기장을 형성하는 +/-극, 그리고 그 안에서 이리 끌려가고 저리 끌려가는 나.

"몇 달 전부터 이상한 느낌이 들었어. 내 꿈이 아닌 것 같은 악몽도 꾸고 있고. 이 편지를 만지는 순간, 심장이 마구 뛰었어. 이제 나는 포도주도 마시고 안 먹던 것들도 먹고 있어. 화요일에는 대낮에 멀쩡히 눈을 뜨고 꿈에서 본 장면을 그대로 봤다니까…… 그 장면들이 나타나면, 설명할 수는 없지만 도저히 감당이 안 되는 불안감이 엄습해 와…… 이상하게도 이 편지가 내 가슴을 정통으로 때리는 느낌이었어……."

"예쁜 편지이긴 한데, 말이 안 돼. 눈에 띄려고 이야기를 마구 지어내는 사람들이 있어. 이 사람, 허언증 환자일 수도 있고 사기꾼일 수도 있다고…… 하긴, 이런 일을 예상했었어야 했어."

"왜?"

"잘 생각해 봐, 당연한 일이야. 당신은 유명한 사람이고 이식 수술을 받았다는 사실도 공개했어. 언론에 수술한 날과 장소도 공개되었잖아. 같은 날 비슷한 시간에 장기를 기증한 사람의 가족이나 친구들이 당신이 그 장기를 기증받았다고 상상하는 거야…… 그 사람들에게는 당신이 유일한 장기 기증 수혜자야, 신원이 밝혀진…… 그들은 사랑하는 사람이 다른 몸에 들어가 계속 살아 있다고 믿고 싶은 거야. 당신이 이런 식의 편지를 받는 것도 이상하지 않지……."

"난 그런 생각은 못 해봤어."

"당연한 결과야. 장기 기증에 동의하는 가족들 중에 그런 이유로 동의를 하는 사람들도 있어…… 장기 기증으로 다른 생명을 살린다는 생각보다는 죽은 사람에게 새 생명을 부여한다는 생각을 먼저 하는 거야…… 인간의 본성이지. 그런데 그 수퍼 점쟁이가 뭐라고 했기에 이 편지를 찾았어?"

"그냥 중요한 편지인데 파란색이니까 잘 찾아보라고 했어."

"그럼 틀렸잖아!" 스티븐이 흰 봉투를 흔들며 빈정거린다.

"봉투 안이 파란색이야."

"무슨 말을 해야 할지 모르겠네…… 다른 편지들도 다 열어봤어? 분홍색, 흰색, 초록색, 노란색 편지들도 읽어본 거야? 아마 당신의 심장이 어디에서 왔는지 아는 사람이 더 있을걸…… 당신이 사고나는 꿈을 꾸는 건 정상이야, 사고 없이는 이식이 불가능하니까, 뇌사하는 사람이 있어야 이식을 할 수 있으니까. 당신의 악몽을 부인하진 않겠어. 하지만 심장 이식 수술은 사람의 몸에 할 수 있는 가장 큰 수술이라고 할 수 있어. 심장에 손을 대는 거야. 그리고 사람들이 상상하는 심장의 모든 상징에 손을 대는 것이기도 하지. 당신이 고민할 수밖에 없어…… 알겠어? 이상한 건 하나도 없다고, 내가 보기엔 모든 게 정상이야…… 자, 진정해……그리고 이리 와……."

스티븐이 평상시와는 달리 부드럽게 나를 끌어안는다. 마치 방금 전 신랄하게 따지듯이 말했던 것과 전화를 하지 않았던 것과 오랫동안 함께 하지 못한 저녁시간을 보상하려는 듯 상냥하고도 따뜻하게.

나는 그의 품에 몸을 맡긴다. 많이 지쳤다. 머리로는 그의 말을 이해하지만 내 몸 어딘가에서, 마음 속 깊은 곳에서 본능적인 반항심이 치밀어 오르고 논리적이고 과학적인 설명이 아닌 어떤 직감이 떠오르는 것이 느껴진다.

모든 것을 설명할 수는 없다. 그것이 삶의 또 다른 매력이다. 나는 눈을 감으며 피에르를 다시 생각한다. 파리의 하늘을 무지갯빛으로 물들이던 일몰과 안개 속에서 원을 그리며 나를 따라오던 갈매기가 보인다.

그리고 스티븐의 따뜻한 몸에 내 몸을 꼭 붙인 채 스르르 잠이 든다.

아침, 팔을 뻗어 침대를 더듬으며 스티븐을 찾는다. 아무런 기대를 하지 않지만 기적을 믿고 싶어서. 지금쯤 우리의 의사선생님은 벌써 두 시간째 병원에서 근무를 하고 있겠지. 혼자 있는 아침이 저주스러울 정도로 싫다. 나는 건강 문제 때문에 가능한 한 오래 잠을 자야 한다. '쉬는 것이 가장 좋은 치료' 라는 말을 수도 없이 들었다. 하지만 많이 자면 그만큼 덜 사는 게 아닐까?

내가 잠으로 세월을 보냈다고 생각한다면 그건 오산이다. 젊었을 때는 정말 야행성이었다. 눈이 초롱초롱한 올빼미. 나는 어둠이 무서웠고 잠을 자는 것도 무서웠다. 깨어 있는 한 아무리 무서운 것이 나타나도 스스로를 지킬 수 있다고 믿었다. 그래서 요란한 곳을 찾아다니며 콜라를 마시고 무지갯빛 조명이 줄무늬를 그린 어둠 속에서 춤을 추었다. 조명을 받으면 치아며 눈이며 티셔츠가 푸른빛이 도는 재미있는 하얀색이 되었다. 마치 어둠이 네거티브 필름에 찍힌 것처럼. 나는 삶을 속이고 밤에도 낮처럼 살아 있었으며 잠을 거의 자지 않았다. 시간에 도전을 했고 늑대들과 함께 울부짖으며 잊으려 애를 썼다.

침대 속에서 몸을 움직이며 고양이 카비아에게 숨어 있지만 말고 어서 나와서 주인님께 인사를 하라고 애원을 한다. 크로켓을 주지 않겠다고 으름장도 놓아보지만 아무 소용이 없다. 나 혼자다. 타라가 보고 싶다. 타라가 친구 집에서 자고 싶어 해서 보내주었다. 벌써 이 엄마를 버리려는 걸까? 침대에서 나와 차를 끓이고 어젯밤에 준비해 둔 약을 삼킨다. 거실에서 코코가 첨벙거린다. 동그란 입을 물 밖으로 내놓고 뻐끔거리며 먹이를 기다린다. 녀석이 나를 보고 있다는 걸 알겠다.

바닥에는 정리하다 빠진 편지 몇 장이 흩어져 있다.

윈난 성에서 재배했다는 떫은맛의 녹차를 마시며 지난 며칠간을 떠올려본다. 뭔가를 놓친 기분이다. 어떤 단서를. 곰곰이 다시 생각을 한다. 점쟁이의 말이 내 안에 그대로 남아 있다. 릴리가 했던 말들, 편지, 스티븐이 했던 말들도…….

그리고 입구를 오므려 한 구석에 얌전히 세워둔 자루 세 개를 쳐다본다. 스티븐이 옳다! 편지를 모두 열어 읽어봐야 한다. '10월' 자루에서 하얀색 봉투를 발견하면서 더 이상 찾아보지 않았는데, 피에르는 편지가 '두 통'이라고 했다…… 다른 익명의 편지가 있지 않을까? 아니면 이름을 밝힌 편지를 찾을 수 있지 않을까? 편지가 들어 있을지도 모르는 자루들이 눈앞에 있다. 나는 차 거름망에 걸러지지 않은 차잎을 퉤퉤 뱉어가며 남아 있는 차를 단숨에 마시고 머리를 타라의 머리고무줄로 질끈 잡아맨 다음 정밀 탐색 작업을 시작한다.

정오쯤, 릴리가 전화를 해서 작업을 중단한다. 릴리는 너무 울어서 꽉 잠긴 내 목소리를 듣고 걱정을 한다. 나는 엠마뉘엘이라는 한 청년이 에이즈 치료제에 내성이 생겨 죽음을 기다리고 있다는 내용을 적어 내려다가 줄을 좍좍 그어 보낸 짧은 편지를 꽉 움켜쥔다. 그는 에이즈가 복수를 시작했다고 적고 있었다. 곧 시력을 잃게 된다고, 부신피질 호르몬제를 하도 써서 고통은 그다지 느끼지 못한다고도 했다. 곧 '표범처럼 반점으로 얼룩덜룩한 자신의 피부'와 어머니의 눈을 보지 않을 수 있어 마음이 놓인다는 그. 1980년대에 나병환자를 기피하듯 자신을 기피하는 사람들. 내가 이 편지를 읽을 때쯤이면 자신은 이미 죽어 있을 거라며 나에게 이 싸움을 계속해 달라고 부탁을 했다. 끝이 있을 것이라고 믿는 사람들이 많다며. 마지막에는 나에게 키스를 보낸다고 썼다. 울음을 그칠 수가 없다. 눈물이 나오는 대로 내버려 둔다. 그의 절망을 온몸으로 받아들인다.

나는 릴리에게 이따가 다시 전화하겠다고 대답한다. 혼자 있고 싶다. 세 개의 항바이러스제를 결합한 에이즈 치료법에도 한계가 있었다. 끝은 없었다. 나는 릴리에게 나중에 다 얘기해 주겠다고, 약속한다고 말한다. 그리고 슬픔을 억누르기 위해 자낙스를 삼키고 선잠을 잔다. 오늘은 타라가 아빠 집에 가는 날이라 시간은 많다.

오후가 다 지날 무렵, 두 번째 편지를 찾아낸다. 우표도 우체국 소인도 없는 아름다운 봉투 위에는 내 이름만 달랑 쓰여 있을 뿐 완벽하게 비어 있다. 그 봉투는 평범한 종이로 만든 봉투 안에 감추어져 있었다. 나는 그 섬세한 감촉의 벨렝지를 만져본다. 심장이 두방망이질친다. 릴리의 말이 맞다, 이 종이는 특별하다.

다른 편지를 모두 열어 본 다음에 그 편지를 읽기로 마음먹는다. 더 이상은 정보를 분산시키고 싶지 않다.

여전히 사인이 들어간 내 사진을 기다리고 있다는 라르작의 농부가 보낸 편지가 한 통 더 있다. 친절하게도 다시 한 번 자기 집에 오라고 초대를 하면서 이번에는 양떼 한복판에 서서 찍은 자기 사진을 동봉했다. 안타깝게도 사진 덕분에 그를 만나고 싶어지거나 하지는 않는다. 멋진 합성사진으로 만든 일러스트를 곁들여 왕족처럼 청혼을 해온 편지가 있기에 테이프로 벽에 붙여놓는다. 〈붉은 키스〉를 찍을 때의 내 사진과 편지를 쓴 사람의 사진을 합성한 것이었는데 남자가 좀 늙었다. 우리 아버지와 인상이 비슷하고 나이도 그 또래인 것 같다.

밤 몇 시가 되었는지 모르겠지만 마침내 작업이 끝난다. 흰 봉투는 아까 찾은 두 번째 편지 하나밖에 없었다. 이만하면 많이 기다렸다. 편지를 연다. 안에는 첫 번째 편지와 같은 파란색 실크 종이가 같은 식으로 접혀 들어 있다. 편지를 읽는다.

샤를로트,

당신이 건강하게 지내는 사진들을 보니 행복합니다. 당신 앞으로 배달되는 편지가 얼마나 많을까 생각해 봤어요. 나 말고도 이런 주장을 한 사람이 또 있을 것 같아 자세한 설명을 하려고 합니다. 내 아내는 2003년 11월 4일 파리에서 자동차 사고를 당했습니다. 나이는 스물아홉 살이었어요. 내가 병원에 도착했을 때, 아내의 몸은 살아 있었지만 뇌사 판정이 내려져 있었습니다. "다른 생명을 구하시겠습니까?"라는 질문을 받았지요. 충격으로 미칠 것 같은 상태였지만 아내의 생명을 연장시키고 싶다는 마음에 그러겠다고 대답했습니다. 아내는 마음이 고왔고 환생을 믿었어요. 언론에 실린 글들과 당신의 책에서 당신이 언제 수술을 받았는지 알게 되었습니다. 그리고 깨달았지요. 그날 아침 파리에서 진행된 이식 수술은 단 한 건뿐이었습니다. 텔레비전에서 당신을 보고, 당신이 말하는 것을 들으니 그 생각이 더욱 확실해지더군요.

다시 편지를 하기까지 많이 망설였어요. 확실하게 해두고 싶은 것은, 당신을 귀찮게 하려는 것이 아니라는 점입니다. 그리고 당신을 통해 어쩌면 더 이상 존재하지 않을지도 모를 인연의 끈을 연장시키려는 이기주의자가 되고 싶지는 않습니다.

이 편지가 마지막 편지일지도 모르겠네요. 당신의 용기를 높이 산다는 말을, 그리고 당신이 새 생명을 얻은 것을 아내가 본다면 무척 기뻐하리라는 말을 전하고 싶습니다.

부디 최선을 다해주세요.

X

PS

사랑해.

XXX

편지를 조심스럽게 다시 접는다. 눈앞이 부옇다. 아내에 대한 이 남자의 사랑이 내 마음을 흔들어놓았다. 한 번도 경험해 보지 못한 죽음을 초월한 사랑.

이 이야기가 진실이건 지어낸 것이건, 이 여자의 심장이 내 안에서 뛰고 있건 그렇지 않건, 죽음을 뛰어넘는 완전한 사랑만큼은 내게 남으리라.

릴리가 새 편지를 읽어보게 해달라고 난리다. 나는 선뜻 그러겠다
고 답을 하지 못한다. 내 대답을 듣지도 않고 릴리는 곧 우리 집에 오겠
다고 한다.

책상 위에 편지를 내려놓으며 릴리는 이 한마디밖에 하지 못한다.
"아름답다……" 그리고 묻는다.
"어떻게 할 거야?" 집요하기는.
"하긴 뭘 해."
"왜? 이 사람이 쓴 게 맞는지 확인이라도 해봐. 조사를 해보라구, 가
능할 거야. 이 날 파리에서 자동차 사고로 사망한 스물아홉 살 여자가
많지는 않을 거 아냐. 그날 아침에 이식 수술도 한 건뿐이었다며……."
"뭣 하러? 나는 내가 죽은 자기 아내의 심장을 달고 있다고 믿는 누군
가를 만나고 싶지는 않아. 이 사람도 말했지만, 난 그가 도움이 되었다
는 느낌을 받았고 장기 기증의 중요성을 알게 되었다는 것으로 만족해.
이 사람이 보고 싶은 사람은 내가 아니라 자기 아내야……."
"알겠어…… 봉투 좀 가져가도 돼? 돌려줄게. 이 굉장한 종이가 무슨
상표인지 알고 싶어서 그래. 참, 너 점쟁이 얘기 아직 안 해줬다."
"다음에 해줄게."

다음날, 닥터 블랑쇼 진료실

"자아, 그러니까……."

"같은 꿈을 계속 꿔요, 한낮에도요. 점을 보러 갔는데 점쟁이 말에 마음이 뒤흔들렸어요. 제가 자기 아내의 심장을 받았다고 주장하는 남자가 보낸 편지 두 통을 받았는데, 그 남자가 보여주는 사랑은 정말 감동적이었어요. 스티븐이 점점 멀어지고 있는 상황이라 더…… 편지 팔백통을 다 열어봤고요, 거의 다 읽었어요. 편지 때문에 울고 웃고…… 타라는 잘 지내고 있어요, 그런데 가끔 타라가 저와 있는 것보다 다른 데가는 걸 좋아한다는 느낌이 들어서 괴로워요."

"잠깐 진정하고…… 하나씩 되짚어 보기로 해요. 타라는 어린아이예요. 또래 친구들과 놀기 좋아하는 게 당연하죠. 약하고 아픈 엄마를 지켜보면서 많이 놀랐을 수도 있어요. 타라 역시 현실을 도피해 기분 전환을 하고 싶을 거예요. 점쟁이, 편지, 꿈 얘기를 해보죠. 그 이면에서 본질적으로 어떤 생각을 했나요?"

"제 생각을 되도록 확실히 말해볼게요. 새 심장을 통해 제가 이 심장을 기증한 분의 추억이며 느낌들을 경험하는 게 가능할까요? 입맛도 달라졌거든요."

"세포 기억설 말인가요? 과학자로서, 의사로서의 내 의견을 말하자면, 아니라고 대답하겠어요. 그런 현상은 이식 수술과 관련된 강력하고도 복잡한 심리적인 영향 때문에 일어나는 거예요. 그 느낌, 인상, 꿈들은 당신의 정신이 만들어낸 것에 불과해요. 그 점을 이해하려면 인간의 뇌가 가진 능력을 알아야 하고 뇌가 얼마나 복잡한지를 알아야 하죠. 추리력, 지능보다 더 우수한 무한하게 잠재된 감각능력, 스스로에 대한 믿음, 이런 것들을 '자성예언'이라고 해요…… 여러 연구를 통해 사람은 스스로에게 뭔가를 납득시키고, 그것을 굳게 믿으면 그 일이 실현될 가망성이 약 50% 증가한다는 결과가 나왔어요. 물론 이 수치는 주변 상황과 스스로를 얼마나 설득하느냐에 따라 달라지겠죠. 분명한 것은, 스스로에게 '할 수 있어!'라고 말을 하는 것으로 정신을 간단하게 조작하게 되면 성공 확률이 높아진다는 거예요. 그게 바로 심리학자 마틴 셀리그만이 입증한 낙관의 힘이죠. 사람들이 스스로에게 설득할 수 없는 것은 거의 없어요…… 당신은 다른 사람의 영혼이 당신 안에 있다고 스스로에게 확신을 심어주고 있는 거예요…… 유도는 또 다른 것인데, 투시력에서 흔히 이용하는 메커니즘이에요. 상대방의 약한 마음과 의심을 이용해 그 사람의 정신에 어떤 확신, 어떤 관념을 주입하는 거죠. 예를 하나 들어볼게요. 사랑을 하고 싶은데 사랑하는 사람을 못 만났다고 상상해 봐요. 그럼 다른 많은 사람들처럼, 실망하고 해결책을 찾으려 하겠죠…… 그런데 그때, 어떻게 얻었는지는 모르겠지만 내가 다른 세상에서 얻은 어떤 초월적인 힘을 가졌다며, 당신이 키도 크고 우아하고 나이도 당신 나이와 비슷한 금발 남성을 곧 만나게 될 거라고 말을 한다면, 당신은 나의 영향을 받게 되고 내가 주입한 예언은 하나의 믿음이 돼요. 유도란 바로 그런 거예요. 그리고 당신의 자기 확신에 더해진 나의 영향력이 작용을 해서 당신은 무의식적으로 내가 말한 그 남자의 조건에 맞는 남자들을 쳐다보게 되겠죠. 당신은 나의 예언에 완전히 적응을 해버려요. 당신에게 그 예언은 당신이 추구하는 사랑, 불행의 끝에 대한 희망이자 해결책이니까요. 다시 한 번 말하지만 뇌는 성능이 아주 좋고 기본적으로 우리가 행복해지고 잘 살기를 바라는 기관이어서 당신을 행복하게 해줄 수 있다면 얼마든지 상상의 나래를 펼 수 있어요. 하던 얘기를 계속 하자면 사람의 행동은 어떤 예언, 어떤 믿음에 깊게 영향을 받을 수 있기 때문에, 당신은 내가 묘사한 타입의 남자들을 만나 사랑에 빠질 모든 기회를 이용하고 다른 남자들은 무시해 버리게 되죠! 이게 유도의 힘이고 우리 뇌는 그렇게 복잡한 거예요. 그 모든 일이 우리의 머리, 감각 중추, 기억 속에서 일어나요. 내가 보기에 앞으로도 절대 밝혀지지 않을 진정한 미스터리는 우리 뇌가 가진 능력의 한계예요. 어때요, 설명이 되었나요?"

"네…… 무슨 말인지 이해했어요. 이식받은 심장과 연관된 기억이나 세포의 기억 같은 건 존재하지 않는다. 모든 게 해결책을 찾는 나의 정신이 만들어낸 결과물이다…… 이식 수술의 심리적인 영향이다…… 그럼 꿈도 마찬가지인가요?"

"당신의 꿈 역시 이식 수술이 정신현상에 미친 영향에 의해 만들어진 산물이죠. 이식 수술을 받은 사람들 중에 세포 기억을 체험했다는 당황스러운 증언을 하는 사람들이 있다는 얘기는 들었어요. 특히 사람들이 자신의 경험을 자유롭게 표현하는 미국에 그런 예가 많더군요. 하지만 내가 아는 한, 과학적으로 입증된 경우는 한 번도 없었어요. 내가 관심 있는 건, 그 모든 것에서 당신이 자신의 욕구, 바람, 두려움, 힘, 나약함을 찾아낼 수 있다는 점이에요. 그런 것들을 알고 극복하면, 더 잘살 수 있게 되니까요."

2006년 3월

남부로 가서 며칠 쉬다 오기로 결정한다. 칸느의 언덕에 칩거하고 있는 브르타뉴 출신의 사촌을 만날 예정이다. 내 사촌은 고급 양복을 입고 거대한 관용차를 타면서 누리던 파리 생활을 버렸다. 그런 선택을 설명하겠다고 그는 라퐁텐의 우화 「늑대와 개」를 즐겨 인용한다.

안락한 지붕 아래에서 매일 배불리 얻어먹으며 애완견으로 사는 편안한 생활을 위해 목에 목줄을 매고 주인에게 충성을 해야 하는 삶보다는 배가 고프지만 자유로운 야생의 삶을 선택한 늑대의 이야기이다. 즉, 내 사촌은 칸느 언덕의 '늑대'가 되기로 했던 것이다! 그는 심리학 공부를 해서 '트레이너'로 거듭났다. 나는 '직관력을 갖춘 트레이너' 나타샤를 떠올린다. 사촌은 그냥 '트레이너'다. '직관력을 갖춘' 트레이너가 아니라 '자격증을 취득한' 트레이너라고 그는 강조한다. 무슨 트레이닝을 해주냐고 물었더니 '자신의 모든 가능성을 개발하고 가장 나은 자기 자신이 될 수 있도록 도와주는 트레이닝'을 해준단다. 프로그램을 짜서.

우리는 관광객들을 거의 찾아볼 수 없는 화려한 도시의 주변 지역을 유유히 돌아다닌다. 겨울 하늘을 아름다운 여름 하늘처럼 밝혀주는 태양의 힘이 나를 도취시킨다. 코르시카 섬과 스티븐, 그리고 낙원을 다시 떠올려본다. 맛도 훌륭하지만 나쁜 콜레스테롤이 쌓이지 않아 몸에 좋은 올리브유를 사고 싶다. 그라스(Grasse, 칸에 인접한 프랑스 남부의 도시) 부근의 굽이굽이 굽은 길을 달리던 중에 우연히 만난 옛날식 올리브 압착기 앞에서 차를 멈춘다. 올리브유를 닫드는 주인은 사진에서 막 튀어나온 것 같은 모습인데 프로방스 지방의 수도승 같은 차림이다. 무성한 그의 수염과 웅얼웅얼 쏟아내는 수다가 이채롭다. 자신이 정말 웃긴다는 것을 스스로도 잘 알고 있다. "상상이 가쇼, 이 맷돌 나이가 1,700살이라는 게?" 피부가 갈라터진 두꺼운 손가락으로 녹슨 철제 몸통을 한가운데에 박은 채 여기저기가 갈라진 거대한 카망베르 치즈 모양의 밝은 색 돌덩어리를 가리키며 그가 말한다. "그만큼 나이 먹어 보이는데요. 근데 돌들은 전부 옛날부터 있었잖아요?" 내가 말한다. 파리는 멀지만 눈에 콩깍지가 덮인 나는 그 집에 있는 물건을 거의 다 산다. '고대 로마의 기술을 이용해' 짜낸 엑스트라버진 올리브유, 혼자 먹는 저녁을 위한 마늘 타프나드(양각초의 꽃봉오리, 검은 올리브, 으깬 멸치 등으로 만드는 프로방스의 샐러드용 소스), 아무것도 첨가하지 않은 올리브 찌끼, 먹는 것을 좋아하는 타라에게 줄 아몬드 쿠키, 그리고 감미로움. 주인은 값을 깎아 주는 대신 나를 한 번 안아주겠다고 한다. 자기는 '파리지엔들을 무척 좋아한다' 면서. 달리 어쩔 수도 없고 해서 내게 편지를 보낸 친절한 라르작의 농부를 생각하며 그러라고 대답한다.

재미를 들인 사촌이 관광 여행을 계속한다. 겨우 보이는 좁고 긴 구릉 저 아래, 군사 전략 기지처럼 감춰진 곳에 세상에서 가장 비싼 꽃이 재배되고 있었다. 샤넬 장미. 저 장미꽃잎에서 짜낸 달콤한 피가 농축과 증류 과정을 거쳐 전 세계 우아한 여인들의 목에 뿌려지겠지.

해가 저물 무렵, 우리는 영화제 기간이 아닌 한적한 칸의 크루아제트 거리를 한 바퀴 돈다. 나는 청바지와 물 빠진 농구화 차림으로 레드카

펫도 깔리지 않은 평범한 콘크리트 계단을 올라 보이지 않는 관중들에게 손을 흔든다. 사촌이 큰 소리로 해설을 한다. "여러분, 유명한 여배우 샤를로트 발랑드레가 등장했습니다. 우아한 아르마니 빈티지를 입었군요. 속옷을 입지 않은 것이 딱 샤론 스톤이네요."

나는 이렇게 늘 즐겁게 놀았다. 언제나, 쓸쓸한 곳에서도, 인생에서 가장 고통스러운 순간에도.

이식 수술을 받은 후에 머물렀던 재활센터에서 옆방의 이자벨라와 나는 약해진 몸을 이끌고 통증을 참아가며 문어발처럼 뻗어나간 건물의 다른 쪽 끝까지 다녀오곤 했다. 몇백 미터 떨어진 곳에 새콤한 사탕을 파는 자동판매기가 있었다. 우리는 서로를 격려해 가며 겨우 걸음을 옮겼다. 자동판매기까지 왕복 몇 시간이 걸렸는지 모른다. 때가 낀 회색 복도 벽, 불빛도 없는 그곳을 나름대로 꾸며보겠다고 센터에서는 몇 군데가 찢긴 데다가 심하게 컬러풀한 포스터 몇 장을 붙여놓았다. 아직도 기억이 난다. 진초록 바탕을 배경으로 가죽 반바지를 입고 머리를 세 갈래로 땋아 늘인 살집 좋은 바바리아 여인, 빨간 배경의 늠름한 소방관들, 파란 바탕의 리본을 단 새끼 고양이, 요리 도구들, 그리고 사랑의 영묘 타지마할. 이자벨라와 나는 사진 하나하나에 손을 흔들어 인사를 하고 포스터에 등장하는 것들을 한데 모아 시나리오를 만들었다. 모르핀에 취한 이자벨라는 상상력이 넘쳐났고 만족할 줄 모르는 불쌍한 바바리아 여인의 모험에는 끝이 없었다. 미친 듯이 웃다가, 나는 가슴 통증을 가라앉히려고 이자벨라에게 그만 좀 하라고 애원했다. 울어야 할 순간에 나는 이렇게 크게 웃곤 했다.

파리에서 연락 온 것이 있나 해서 휴대폰을 확인해 본다. 스티븐의 메시지는 없다. 타라가 학교에서 좋은 성적을 받았다고 전화를 했고 에이전트가 전화를 해달라는 메시지를 남겼다. 내 편집자의 비서인 나탈리가 '1월, 2월' 편지를 배달시키겠다고 전했고 요즘 내가 미스 마플이라는 별명으로 부르는 릴리는 익명의 남자가 보낸 편지지의 상표를 알아냈다고 했다. "귀하고 비싼 종이야. 너, 운이 좋은 거야, 이 남자는 세련된 데다가 부자라고!" 내가 돌아오기를 애타게 기다린다며 오는 대로 자기가 심혈을 기울여 연구한 행동 계획을 알려주겠단다.

예정대로 내일 파리로 돌아갈 계획이다. 장 뤽 들라뤼의 방송에 게스트로 출연을 해야 하고 마리안과 함께 장기기증 홍보 행사에도 참가해야 한다.

아쉬움을 안고 계절을 잊은 평온한 남부를 떠나며 다시 오겠다고 마음을 먹는다.

약한 진동에 잠을 깬다. 비행기가 오를리 공항에 막 착륙했다. 휴대폰에 중독된 다른 승객들처럼 나도 '비행기가 완전히 멈출 때까지 기다려 달라'는 승무원의 안내를 무시한 채 휴대폰을 다시 켠다.

"새로운 메시지가 없습니다." 천 번도 더 들은 이 인공적인 목소리가 내 가슴을 아프게 찌른다. 스티븐에게 몇 번이나 전화를 건 끝에, 택시 안에서 겨우 연결이 된다. 며칠 동안 연락을 하지 않은 이유는 묻지 않는다. 그저 그가 보고 싶다. 결국 내일 저녁 약속을 얻어낸다.

릴리를 만나는 건 훨씬 쉽다. 내가 돌아오기만을 기다렸던 친구니까. 봉마르셰에서 만나 녹차를 마시며 수다를 떨기로 한다.

"잘 지냈어? 안색이 좋네. 얼른 앉아봐, 뉴스가 있어. 'S'는 스태퍼드의 머리글자였어, 18세기부터 영국 귀족들이 사용하던 유서 깊은 종이야. 색깔은 여러 가지인데 뭔가 비밀스러운 종이 같아. 파리에 이 종이를 파는 가게는 딱 두 군데뿐이야. 하나는 마레지구에 있고 하나는 트로카데로에 있어. 그리고 네가 이식 수술을 받을 당시에 나온 《파리지앵》 신문을 다 주문해 뒀어."

"그건 왜?"

“이 사람 아내가 파리에서 일어난 대형 교통사고로 사망했다면, 분명 신문에 났을 거 아냐, 안 그래? 참, 너, 인터넷에서 ‘장기 이식과 세포 기억’을 찾아서 읽어봐. 정말 굉장해, 지금 네 증세랑 똑같아…… 그리고 생각해 봤는데, 다음번에 텔레비전에 나가면, 이 정체불명의 남자에게 신호를 보내봐.”

“뭐?”

“페기 로슈를 미치도록 사랑했던 프랑수아즈 사강이 재미로 그런 신호를 보냈다더라. 텔레비전에 출연하게 되면 사강은 무례한 말이나 행동을 해서 자기 동성 애인을 위해 그녀만이 알 수 있는 특별한 신호를 보냈대. 자기들만의 암호였던 거지. 네가 항상 걸고 다니는 그 목걸이가 떠오르더라고. 그 남자 아내도 걸고 다녔다는 금 하트 목걸이. 그 사람이 보낸 편지를 받았다거나 만나보고 싶다는 뜻으로 그 하트를 눈에 띄게 만져보면 어떨까.”

“또 다른 건 없어?! 너 정말 굉장하다, 미스 마플. 하지만 말했잖아, 내가 그 사람을 정말로 만나고 싶은 건지 잘 모르겠다고.”

“실수하는 거야. 네 꿈의 의미가 뭐겠니. 성의를 보여야지, 그 사람은 너한테 편지를 두 통이나 보냈어, 그것도 고급 종이로. 목걸이 몇 번 만져주는 건 얼마든지 할 수 있잖아! 그 사람이 연락해 주길 바란다는 뜻을 전해야 한다고.”

“다른 편지 자루가 올 텐데, 아마 그 안에 그 사람 편지가 더 들어 있을 것 같아. 텔레비전에까지 나가서 신호를 보낼 필요는 없을 거야.”

그리고 시계를 보며 릴리의 말을 끊는다. 타라의 할머니 댁으로 아이를 데리러 가야 하는데 시간이 이렇게 지난 줄도 모르고 있었다.

부랴부랴 릴리에게 작별 인사를 한다. 열을 올리는 친구의 모습이 재미있다. “얼른 타라를 데리러 가야 해. 다음에 다시 얘기하자.”

“내일?” 릴리가 안달을 한다.

"그래, 내일. 안녕."

짧은 휴가 동안 잠깐이나마 나의 세포 기억도 잠잠해졌었고 이런저런 미스터리에서 멀어져 있었던 것 같다.

타라가 평소 같지 않게 나를 꼭 끌어안는다. 아이가 그래 주니 안심이 된다. 타라는 제 선물을 찾으려고 내 가방을 뒤져 너무 딱딱해진 크로캉 과자와 소니야 리키엘 스타일의 인조 보석이 달리고 'I love Cannes'라는 문구가 새겨진 검은 티셔츠를 꺼낸다. 인조 보석 덕에 잘 팔리기는 하는 것 같다.

나는 타라를 데리고 동네 일본 식당으로 간다. 타라는 그 식당을 좋아한다. 그리고 늘 녹인 치즈를 덮어씌운 뭐라 딱 집어 말할 수 없는 맛의 기름진 꼬치요리를 고른다. 그런 타라의 모습을 보며, 나는 다이어트에 대한 아이들의 본능적인 반감을 확인하고 재미있어 한다. 즐겁게 저녁식사를 한 후, 타라를 내 큰 침대에서 재운다. 아이의 머리를 오래도록 쓰다듬다가 눈꺼풀이 감기자마자, 얼른 거실로 나간다.

최근에 컴퓨터 사용법을 익혔다. 우리 아버지가 TGV 제동장치의 매개변수를 규정하기 위한 수만 줄짜리 컴퓨터 프로그램을 프로그래밍하는 분인데도, 나는 어디를 클릭해야 하는지도 모르고 있다. 피는 못 속인다던데, 그럼 난 돌연변이?! 그래도 인터넷 검색은 할 줄 안다. '구글' 쯤이야. 나는 검색창에 '이식 수술과 세포 기억설'을 입력한다.

밤이 깊도록 검색한 내용을 읽으며 흥분과 놀람과 감동과 두려움에 휩싸여 있었다.

심장 이식 수술 현장을 찍은 영화를 봤다. 마치 현실에 맞서는 나의 새로운 능력을 시험해 보기라도 할 기세로, 끝까지 눈을 떼지 않았다. 천천히 돌아가는 이 정밀한 장치를 이해하고 싶었고 몇 시간이 걸리는 심각한 이식 수술의 신비를 알고 싶었다. 동맥 하나하나, 혈관 하나하

나를 절단하는 장면, 심장을 제거하는 동안 피가 돌 수 있도록 절개한
혈관들을 관으로 거대한 기계에 연결하고 절개로 활짝 벌린 가슴에서
심장을 서서히 들어내는 장면을 가만히 지켜보았다. 기다렸던 새 심장
이 도착하면, 의사들은 아직도 약하게 뛰고 있는 연분홍색 병든 심장과
움직임이 없는 새빨간 새 심장, 두 장기를 절개부 위에 나란히 놓았다.

닥터 블랑쇼와 릴리가 언급한 세포 기억의 놀라운 사례들도 읽었다.
미국 여자의 증언이었는데 법원에서 진위여부를 조사했다고 한다. 그
녀는 꿈에서 자신에게 장기를 기증한 젊은 남자를 보고 그의 이름을 들
었다. 여자에게 그 젊은이의 식성, 습관, 말투 등이 많이 나타났는데, 마
침내 여자를 만난 젊은이의 가족들은 여자 안에서 아들의 영혼을 다시
발견하고는 큰 충격을 받았다. 정신과 병원과 법원의 감시를 받고 있는
한 소녀는 자신에게 장기를 기증한 사람의 죽음을 보는 악몽을 꾸었는
데 그 상황이며 배경이 실제와 똑같았다. 이 사람들은 모두 이식 수술
이후 자신의 성격과 삶이 근본적으로 변하는 경험을 했다. 형편없는 소
설 같은 사례들도 있었다.

정통의학은 세포 기억설을 인정하지 않지만 과학적이라 할 수 있는
설명들이 속속 등장하고 있다.

최근, 뇌에만 집중되어 있다고 믿어왔던 신경펩티드가 온몸에 퍼져
있다는 사실이 확인되었다. 이 신경펩티드는 전기적, 자기적 자극에 의
해 메시지를 전달하는 '전달물질' 로, 사람의 성격이나 외상의 기억, 혹
은 중요한 순간을 비롯한 여러 정보를 세포에 저장할 수 있도록 해주는
'수용체' 에 작용한다.

또한 심장 세포에는 신경펩티드가 집중되어 있는데 이런 세포들은
보통 혈액으로 방출되어 마치 암세포가 퍼지는 것처럼 온몸을 순환하
며 뇌까지 타고 올라갈 수 있다. 심장이나 다른 중요한 장기의 신경펩
티드와 뇌의 신경펩티드는 어떻게 보면 와이파이처럼 서로간의 소통이

가능하다. 육체와 정신의 경계는 명확하게 규정할 수 없으며 그 둘을 분리하는 것도 불가능하다. 감정이 몸에도 배어 있을 수 있다. 그리고 정신처럼 육체도 기억을 할 수 있는 것이다.

나는 몸이 기억을 할 수 있다는 것을 느낀다.

세포 기억설은 중요한 장기를 이식할 경우, 기증자가 가지고 있던 기억의 단편들이 수혜자에게 전달된다고 설명한다. 이런 전달이 체계적으로 일어나는 것은 아니며 체세포, 뇌세포의 소통능력과 호환성에 따라 전달이 일어날 수도 있고 일어나지 않을 수도 있다.

검색결과를 읽으며 나는 육체와 영혼 사이의 일치, 병합을 뜻하는 단어와 표현들이 옛부터 전해져 왔다는 사실을 깨달았다.

화신이니 강생이니 심신일원 같은 단어가 생겨난 이유가 분명 있을 텐데, 혹시 우리의 현실을 규정하기 위해 생겨난 것이 아닐까?

몸이라는 단어가 감정과 영혼을 설명하기 위해 사용되는 경우가 많다. 나는 스티븐에게 보낼 '육화'와 '세포'의 선언문을 만든다.

내 피가 얼어가네, 당신은 전화를 하지 않고
손바닥 위에 심장을 얹어놓았네, 상처를 주지 말길
당신은 나의 살, 나의 피, 나는 당신을 속속들이 알고
육체와 영혼을 맡기네, 당신을 내 피부에 품었으므로
나는 피 안에 당신을 향한 사랑과 고통을 담았네.

몇 시간 동안 컴컴한 데서 검색을 계속했더니 모니터에서 나온 강렬한 빛 때문에 눈이 피곤해서 책상을 떠나 타라 곁에 눕는다. 그리고 딸아이의 규칙적인 숨소리에 나를 맡긴다.

잠을 깨면서 놀란다. 피범벅의 이미지들과 당혹스러운 중언들을 보고도 이렇게 푹 잘 수 있었다니…… 잠에 취한 내 귀에 휴대폰 알람 소리가 어렴풋이 들린다. 강렬한 토카타의 소리가 점점 커지도록 맞춰 놓았기 때문에 그냥 놔두었다가는 이웃들을 깨우게 된다.

휴대폰 벨소리는 아시아의 영감을 받은 잔잔한 소리로 설정해 놓았지만 수면제를 먹고 거의 코마상태로 잠을 자기 때문에 알람은 일부러 요란한 소리로 골랐다. 알람 소리에 놀라 잠을 깬 타라가 몸을 비틀며 요란한 소리를 내는 물건을 찾는 나를 보고 깔깔 웃는다. 침대 속에 숨은 휴대폰을 찾아낸다. 몸을 부르르 떠는 것이 거대한 매미 같다. 눈을 크게 떠 보아도 초점이 잘 맞지 않는다. 돋보기를 사야지 안 되겠다. 자꾸만 물건을 멀리 놓고 보게 된다. 집중을 해서 '알람 끔' 버튼을 누른다. 이제 됐다. 내가 좋아하는 식으로 잠을 깬다. 모든 것이 조화를 이룬 사랑 가득한 부드러운 분위기 속에서. 나는 매일 아침, 잠에서 깨어나는 방식에 집착한다. 어떻게 깨어나느냐에 따라 그날 하루의 기분이 좌지우지되므로.

오늘 저녁에는 타라 아빠가 아이를 데리러 온다. 나는 딸애의 가방에 일주일을 지낼 소지품들을 넣는다. 전남편과 번갈아 아이를 데리고 있는 집의 현실이다. 법으로 정해놓았기 때문에 타라를 보낼 수밖에 없

다. 타라를 학교에 데려다주고 그 동안 못해줄 뽀뽀를 다 해주었더니
아이가 난처해한다. 돌아오는 길에 잠시 걸음을 멈추고 신문 가판대 아
저씨에게 인사를 하며 오늘의 특종을 묻는다. 그 다음에는 바로 옆에
있는 카페에서 핫 초콜릿을 마시며 신의 섭리로 우리 집이 있는 건물 1
층에 자리 잡은 가게가 문을 열기를 기다릴 생각이다. 그 가게는 바로
냉동식품 전문점 피카르.

　솔직히 고백하자면 나는 요리에 취미가 없다. 맛있게 만들지도 못하
지만, 그보다는 A4용지 크기의 싱크대에서 뭔가를 썰고 휘저어 두 개짜
리 전기 열판 위에 올려놓고 익히는 것보다 더 가치 있는 일이 많다는
생각이다. 요리는 타라를 위해 모성본능을 발휘할 때 외에는 하지 않는
다. 요리하는 데에 들어가는 시간을 친구들과 이야기하는 데 쓰거나 사
랑하는 사람과 함께 하는 데에 쓰는 것이 좋다.

　카페에 앉아 잔 밑바닥에 남은 코코아 가루를 천천히 저으며 저쪽에
있는 젊은 남자와 바로 옆에 붙어 있는 키 크고 날씬한 여자를 몰래 훔
쳐본다. 두 사람은 카운터에 서서, 이른 시간인데도 백포도주와 키르(백
포도주에 리쾨르를 가미한 식전주)를 주문한다. 남자의 약간 인위적이고도
단발적인 웃음소리가 멀리까지 울린다. 반면 고개를 숙이고 말을 아끼
는 여자의 눈 주위에는 짙은 그림자가 드리워져 있고 입가에는 주름이
깊었으며 잔을 들고 입으로 가져가는 손은 파르르 떨리고 있다. 여자는
겁먹은 아이가 옆사람의 손을 꼭 붙잡고 있듯 잔을 놓지 않는다.

　드디어 피카르가 문을 연다. 오늘 저녁에는 스티븐과 함께 식사를 하
기로 되어 있다. 새로운 메뉴를 시도해 볼 수 있게 해주는 이달의 선택
을 관심 있게 보고 물건을 고른 다음 쉴새없이 여닫히는 냉동고에서 나
오는 한기 때문에 서둘러 가게를 나온다.

　출판사에서 보낸 사람이 편지가 든 자루를 가지고 건물 현관문 앞에
서 나를 기다리고 있다는 인터폰이 온다. 그 연락을 받자마자 가슴이

죄어온다.

지난번에 왔던 잘생긴 근육질의 갈색머리 청년이 현관 앞에 서서 하얀 이를 드러내며 미소를 짓는다. 예전 같았으면 그가 풍기는 남자답고 싹싹한 분위기에 반해 그 자리에서 당장 커피나 콜라 한 잔 하고 가라고 권했을 텐데. 그러다가 살짝 키스로 발전하고. 그러나 나는 누군가를 사랑할 때에는 그 사람에게 충성을 다하고 다른 사람은 거들떠도 보지 않는다.

헝겊자루를 쳐다봤더니 이번에는 좀 홀쭉하다. 자루 하나에 두 달치 편지들이 한꺼번에 들어 있다. 지금은 3월이고 내 책은 작년 9월에 나왔으니까 편지가 줄어든 것도 당연하다.

"우리 출판사 최고 기록이 깨졌어요. 지난번에 가져다 드린 편지는 다 읽으셨어요?" 척 보기에도 얘기하기 좋아할 것 같은 아폴론의 전령이 묻는다.

"그럼요, 답장도 했는걸요. 거의 다 읽었어요. 시간이 엄청나게 걸렸죠. 꽤 많은 편지를 다시 써야 했거든요, 우표를 붙이지 않고 보내는 바람에……."

"그런 어이없는 일이!"

"바보짓을 한 거죠. 당황했었나 봐요…… 좋은 하루 보내요! 한 달 후에 다시 만나겠죠?"

문이 닫히자마자 나는 급한 마음을 억누르지 못해 자루에 든 내용물을 바닥에 단번에 쏟아 붓고 서둘러 편지들을 펼친다. 백 통? 이백 통? 이젠 기술이 생겼다. 팔을 규칙적으로 돌리면서 내 주위에 편지들을 깔아 원을 만드는 것이다. 어린 시절, 브르타뉴 해변에서 축축한 모래로 둑을 쌓아 편편하게 만들던 것처럼.

두 번이나 확인해 봤지만 스태퍼드 종이는 없다. 실망을 하다니, 좀

우습다. 익명의 편지를 다시 꺼내 읽는다. 벌써 몇 번째 읽는 건지도 모르겠다. "그 하트는 내가 아니라 바로 귀한 마음을 지녔던 내 아내였습니다…… 매 순간 고통스럽게 당신을 그리워한다는 말을 하고 싶어…… 당신을 따라가고 싶지만 망설이고 있어……." 이 사람이 더 이상 편지를 쓰지 않을 것 같다는 예감이 든다. 참을 수 없는 슬픔이 딜려온다. 말도 안 돼. 내가 이 남자 때문에 울다니, 말도 안 되는 일이다. 잠시 드러누워 마음을 가라앉히고 소맷자락으로 눈가를 톡톡 두드려 닦으면서 끝도 없이 중얼거린다. "말도 안 돼, 말도 안 돼……."

현관 한 구석에 서 있는 그를 보자마자 가슴이 죄어온다. 스티븐이 왔다. 언제나처럼 정확한 시간에. 그의 어깨에 머리를 댄다. 그를 가까이 느끼고 싶다. 쿵쿵거리며 냄새를 맡는다. 그에게 의지한다. 그의 등을 움켜잡는 손이 아침에 카페에서 보았던 키르를 마시는 여자의 손처럼 떨리는 것이 느껴진다.

스티븐의 스웨터에서는 공기에 닿아 변한 향수냄새가 아직도 희미하게 나고 있다.

"무슨 일 있어?" 그가 내 태도에 약간 놀라며 묻는다.

"아니…… 당신을 보니까 행복해서…… 고급 포도주를 사 났어, 그라브산 포도주야, 마셔 봤어? 그리고 피카르에서 층층이 케이크도 샀고. 한 잔 따라줄까? 그런데 마개를 못 열어 뒀어. 좋은 포도주일수록 마개가 꽉 막혀 있는 것 같아, 그런 것 같지 않아?"

스티븐이 경건한 자세로 포도주 맛을 보고는 포도주가 샤토 오 브리옹 2등급 크뤼라는 사실을 알고 곤란해한다.

"이걸 왜 샀어…… 제정신이 아니군……."

"사고 싶었어…… '베스트'로 달라고 했지! 좀처럼 보기 힘든 특별한 남자를 위한 특별한 포도주……."

스티븐이 내 말을 끊는다.

“그게 무슨 소리야?”

“농담이야!”

그리고 흥얼거린다. “약간의 유머와 약간의 장난, 그것이 샤를로트의 인생이라네!”

“나한테 반한 단골 포도주 가게 주인이 많이 깎아줬어. 내 매력을 이용했지⋯⋯.”

“너무 마시지 마.” 스티븐이 걱정을 한다.

감미롭게 두 잔, 더 이상은 못 마시지만 모든 게 훨씬 가벼워진다. 저녁을 먹다가 스티븐이 느닷없이 자기 아파트 열쇠를 돌려달라고 한다. 지방에 사는 여동생이 오기로 해서 며칠 필요하게 되었다는 것이다. 잊어버리지 않기 위해, 그리고 열쇠를 달라는 소리를 다시 듣기 싫어서 바로 테이블에서 일어나 열쇠를 가져온다. 그에게 아무것도 묻지 않는다. 스티븐은 새로 배치받은 부서에 잘 적응하고 있다는 이야기를 한다. 부서장인 교수가 카리스마가 넘치는 데다가 경험이 아주 많을 뿐더러 까다로운 케이스를 진단하는 직관도 뛰어나다고 한다. 그는 첨단 의학에서 직관이 큰 역할을 하고 있다는 사실이 놀랍다는 의견이다.

그의 말을 들으면서, 나는 일에 관해서는 아무것도 할 말이 없고 가슴 설레는 계획이 하나도 없다는 생각을 한다. 더빙 일 외에, 전화 걸기 작전으로 아무것도 건진 게 없었다. 하지만 오늘 밤만큼은 신경 쓰지 말아야지. 생각에 잠긴다⋯⋯ 마음속으로 스티븐에게 질문을 던진다. 일 얘기 말고는 할 얘기가 없어? 우리는? 단조로운 우리 관계는 앞으로 어떻게 되는 거야? 앞으로는 한 달에 몇 번이나 만나줄래? 만남이 점점 더 뜸해질까?

예전에 고집 센 남자친구를 어떻게 차버릴지 고민하면서도 갑작스럽게 헤어지는 것은 두려워하던 친구에게 이런 충고를 해준 적이 있다. “띄엄띄엄 만나봐. 단계적으로 천천히, 하루씩 건너뛰다가 그 다음에는 이틀…… 아기 젖 떼는 것처럼 네가 없어도 아무렇지 않도록 남자를 길들이는 거야.”

우리가 가까워지도록 하려면, 이 밋밋할 정도의 단조로움을 피하려면 내가 뭘 어떻게 해야 하나. 우리 사랑이 계속될 수 있을까? 초조해진다. 사랑이라는 관계, 구속, 단단한 결속, ‘우리’라는 말을 두려워하는 스티븐, 순간을 살고 순간적인 기쁨을 느끼는 것 외에는 관심이 없는 그에게 이런 질문을 하면 뭔가를 강요하는 것 같아 이 모든 의문을 혼자만 간직한다. 그는 자유를 원하고 아무 구속 없이 경력을 쌓고 자기 리듬대로 성장해 나가기 위한 시간을 필요로 한다. 사랑을 원하지만 선택을 해야 한다면 그 무엇보다 자유를 포기하지 않으리라는 것을 나는 잘 안다. 하지만 그가 원하는 자유는 어떤 걸까? 고독으로 이어지는 자유? 이런 질문들이 나를 고문했지만 나는 입을 꾹 다물고 심각한 생각을 피하기로 한다. “우리는 사물의 본질을 찾다가 늘 제자리로 돌아온다!” 학교 다닐 때, 국어선생님이 늘 하시던 말씀이다. 나는 고급 포도주를 한 모금 마시고 장난스럽게 아무 말이나 막 하기로 마음먹는다.

“피카르에서 파는 레몬타르트, 맛있지 않아? 나는 냉동음식 녹이는 데 정말 탁월한 재능이 있는 것 같아. 그치?”

“맞아, 정말 잘 녹여…….”

잠시 정적이 흐른다. 스티븐은 주먹 쥔 손으로 턱을 괴고 가볍게 미소를 지으며 나를 바라보다가 생각에 잠긴다. 인터넷에서 찾은 것들이 떠올랐다. 대화에 다시 활기를 불어넣어 보기로 결심한 나는 테이블 위에 놓인 스티븐의 손을 부드럽게 감싸쥐고 다짜고짜 말을 시작해 정적을 깬다.

“세포 기억설 말이야, 당신은 그걸 어떻게 생각해?”

“아무 생각 없어…….”

스티븐은 할리우드 스타보다 인터뷰하기가 더 힘들다.

나는 포기하지 않는다.

"뭐야, 아직도?!"

그리고 그의 잔을 채운다.

"난 직업상 입증이 되지 않은 것들에는 관심이 없어. 내가 알기로 세포 기억설은 가설일 뿐이야. 나는 병든 심장을 고치는 데에 온 힘을 기울이고 있어. 생명을 유지하는 그 펌프가 제대로 작동하게끔 하는 것이 내 일이야. 나머지는……."

"그런데 왜 심장이야? 당신은 왜 심장에 관심을 가졌어? 심장이 왜 그렇게 특별한 거지? 심장이 피를 돌리는 펌프일 뿐이라면 심장에 관한 그 많은 전설들과 표현들은 다 뭐지?"

스티븐은 의외라는 표정으로 나를 쳐다보더니 심각한 표정으로 자신이 심장 분야를 선택하게 된 동기와 심장의 기능을 설명하기 시작한다. 그에게는 가장 중요하고도 근본이 되는 주제였다.

"왜 심장이냐고? ……내 말이 믿기지 않겠지만, 난 한 번도 스스로에게 그런 질문을 해본 적이 없어. 인턴 말년에 시험을 보는데 심장병학이 인기였지…… 심장은 다른 장기와 마찬가지로 생명 유지에 아주 중요한 장기인 동시에 인간들의 상상을 키웠다는 특성을 가지고 있어. 생명의 추진 장치 격이고 피를 공급하는 데다가 뛰는 게 느껴지니까. 췌장이 느껴지지는 않잖아? 심장은 사람이 느낄 수 있는 유일한 기관이야. 심장에는 심근 세포라는 독특한 세포가 있어, 결절 조직인데 특히 동방 결절을 구성하고 있지…… 쉬지 않고, 그래, 쉬지 않는 게 좋아. 전기신호를 보내는 자율세포야. 그리고 심근이 수축하면서 동방결절이 박자를 만들어내는 거야, 일종의 생명이 되는 것이지…… 이 지구상에 마술이 존재한다면, 그 마술은 생명 안에 있을 거야, 생명의 한복판에, 심장에…… 그래서 심장이 생명을 상징하고 생명과 연관시킬 수 있는 모든 것을 상징하는 거야…… 힘, 용기, 감정, 자기희생……."

“사랑……”

“그래, 사랑도…… 하지만 난 철학자가 아니라 전문의일 뿐이야.”

스티븐은 침착하고도 진지하게 설명한다. 자세를 고쳐 앉은 그와 나 사이에는 선생과 학생 같은 사회적인 괴리가 있다. 어느새 그는 내가 잡고 있던 손을 빼 자신의 이야기를 강조하는 제스처를 한다. “힘, 용기……” 꽉 움켜쥔 주먹. “감정……” 여전히 꽉 쥔 주먹, 누군가에게 맞설 때처럼 차갑게 굳은 표정. 갑자기 심장이 두방망이질치기 시작하는 바람에 집중이 되지 않는다. 그것은 그에게 동의하지 않는 내 심장의 소리였다. 혼란의 소리. 나는 대화를 이어나간다.

“어젯밤에 인터넷에서 처음으로 심장이식 수술 장면을 봤거든…… 정말 놀라웠어…… 이식할 심장 바로 옆에 병든 심장이 있었는데, 절단을 했는데도 뛰고 있었어…….”

“당연해, 혈액 공급이 중단되어도 한동안 결절조직과 수축성 세포들이 심장을 뛰게 하니까, 맡은바 일을 계속하는 거지…… 자료를 찾고 있어? 뭘 찾는데?”

“그냥, 알고 싶어서…….”

“맨 처음에 했던 질문으로 돌아가자면, 세포 기억설에 대해 인터넷에 떠도는 얘기들을 다 믿지는 마…… 실제로 심장은 생명을 유지해 주는 놀라운 펌프지만, 그게 다야…… 답을 한 거지?”

“일반적인 심장에 대해서는 답을 했지만 당신 심장에 대해서는 대답하지 않았어.”

“뭐라고?”

나는 또 장난을 친다…… 그리고 사랑을 담아 녹인 타르트의 마지막 남은 조각을 권한다. 그는 타르트를 조금 먹더니 잠시 생각에 빠진다. 그러더니 오늘의 영화를 고르기 위해 DVD로 쌓은 피사의 사탑으로 간다. 그를 쫓아가 팔로 껴안는다. 그의 곁에서 잠들고 싶다. 그의 심장이 뛰는 소리를 듣고 싶다.

사랑을 나눈다. 내가 그의 욕망을 불러일으킬 수 있다는 이런 증거로 나는 힘을 얻는다. 우리의 포옹은 평소보다 더 기계적이고 우리의 몸은 서로에게 반응하지만 예민해진 우리의 머리는 각자 딴 생각과 자기만의 비밀에 빠져 있다. 각자가 생각하는 심장의 상징에 몰두해 있다.

절정에 오른 후, 스티븐은 재빨리 침대를 빠져나가 화장실로 달려간다. 나는 약간 구겨진 축축한 침대 시트를 쓰다듬으며 그가 돌아오기를 기다린다. 다시 그의 몸을 만지고 싶은 생각이 간절하다.

잠시 후, 스티븐이 펄펄 뛰며 욕실에서 뛰쳐나온다.

"당신 미쳤어? 콘돔에 피가 묻어 있잖아!"

"뭐라고?"

"피가 묻어 있다고. 이 핏자국을 봐!"

"아무것도 안 보이는데. 콘돔에 구멍이 났어?"

"천만 다행으로 그건 아니야! 대체 뭐야, 생리 중이야?"

"아니, 끝났어."

"언제?"

"그저껜가, 어젠가, 모르겠어……."

"모른다고? 미쳤군, 완전히 미쳤어!!"

스티븐은 고래고래 소리를 지르며 콘돔을 바닥에 내던지고 소지품을 챙기기 시작한다.

"뭐 하는 거야?"

"가려고."

공격적인 그의 태도에 나는 온몸이 마비된다. 스티븐이 떠나는 것을 그냥 보고만 있다가 멍하니 몸을 일으킨다. 소리도 나오지 않는다. 핏자국이 거의 보이지도 않는 콘돔을 집어 쓰레기통에 버리고 로봇처럼 약을 넣어둔 통이 있는 곳으로 걸어간다. 용량을 약간 높인다. '정전'

치료법. 일단, 내일 생각하자.

　한낮의 뜨거운 햇빛이 방 전체를 하얗게 덮었다. 불가사의한 빛이다. 내가 깨어난 게 맞나? 이 세상에서? 창문을 통해 비스듬히 들어오는 태양 볕을 받은 시트가 따뜻하다. 공기 중에 빙글빙글 도는 먼지 위에 빛이 새겨진다. 그리고 커다란 프로젝터에서 쏘는 듯한 빛줄기가 만들어진다. 마침내 정신이 들어온다. 시간은 늦었고 나는 혼자다. 그리고 밖으로 내다보이는 하늘은 못 견딜 정도로 맑다.

　머리가 멍했지만 견딜 만하다. 약 기운에 어젯밤의 기억이 잠깐 떠오른다. 침대에서 몸을 웅크린 채 모로 누워 하늘을 곁눈질한다. 모로 누운 안정적인 자세. 갑자기 뭔가가 등을 누르는 느낌이 나서 소스라치게 놀란다. 처음으로 카비아가 내 몸에 대고 제 몸을 비비고 있다. 오늘이 기적의 날인가? 지난밤은 곧 잊힐 거다, 스티븐이 기분 좋게 전화를 걸어 점심을 같이 먹자고 할 거다…….

　카비아를 끌어안은 채 녀석의 몸에 귀를 바짝 대고 끊임없이 가르랑거리는 소리를 듣는다. 소라껍질에 귀를 대고 바닷소리를 듣던 것처럼. 머릿속을 울리는 이런 윙윙거리는 소리가 나는 참 좋다. 카비아가 내 곁을 떠나지 않고 고개를 돌리더니 머리를 내 옆구리에 파묻는다. 동물들은 주인의 감정을 그대로 느끼는 것 같다. 갖가지 동물들로 가득한 창고에 서 있던 애완동물 분양소의 그 독특한 여주인이 떠오른다. "동물들은 내 낙이고 기쁨이에요."

　오늘은 특별한 날이 될 것 같다. 뭔가 새로운 일이 일어날 거다. 나는 스스로를 다그쳐 마침내 침대에서 일어난다. 휴대폰을 쳐다보다가 그냥 꺼두기로 마음먹는다. 타라 아빠가 연락할 일이 있어도, 우리 집 전화번호를 알고 있으니까. 아무에게도 가르쳐 주지 않는 전화번호. 휴대폰을 꺼두니까 기분이 좀 나아졌다. 모르는 게 낫다. 눈 가리고 아웅 작전이다. 눈을 가렸으니 모두 사라진다. 무소식이 희소식. 집에서 나가 바깥바람을 쐬어야겠다. 무대를 바꾸어봐야지.

목적지는 정해져 있다! 거리로 나선 나는 앞만 똑바로 보면서 의연하게 걷는다. 내가 걷는 길 외에는 아무것도 쳐다보지 않는다. 한낮의 태양빛에 길 가는 사람들의 기분이 가벼워 보인다. 사람들이 기분 좋아하는 것이 느껴진다. 봉마르셰 백화점 모퉁이에서 왼쪽으로 90도를 꺾어 박 가로 접어든다. 거의 다 왔다. 마구 흥분이 된다. 종종걸음으로 몇 미터를 더 가서 예배당 입구로 들어선다. 내가 가장 좋아하는 작은 예배당이 여기에 있다. 예쁜 성당은 아니지만 이 예배당에 있는 기적의 성모상은 정말 완벽하다. 100년 전에 이곳에서 성모님이 발현하셨다. 이 자리에 서서 묵상을 하던 순례자들의 열정과 그들의 원대한 소망과 기도의 힘으로 이곳은 정말 감동적인 곳이 되었다. 나의 어머니는 기적의 성모님이 새겨진 목걸이를 늘 목에 걸고 계셨다.
예배당 안은 그야말로 각 인종이 한테 뒤섞인 용광로 그 자체다. 기적의 성모 예배당은 국제적인 성당이고 신앙도 전 세계적이다. 나는 옅은 색 나무문을 열고 들어가 허리를 굽히고 성호를 그은 다음 축복을 받는다고 알려진 제단 아래로 간다. 나는 옆의 형제자매들처럼 닳고 닳아 각이 둥글게 변한 불편한 대리석 계단 위에 무릎을 꿇고 기도를 올린다. 인류의 고통과 하느님은 살아 계시고 능력 많으신 분이라는 개념이 양립할 수 없다는 생각 때문에 신앙을 의심하는 나로서는 드문 일이다. 인 트리스탕 베르나르가 이런 말을 했다. "하느님이 사람을 창조하셨다면, 그 사람들을 살아가게 하는 존재는 악마다." 왜 사람들이 죽는 제일 큰 원인이 종교일까?
하지만 오늘만큼은 신을 믿고 싶다. 나는 성모 마리아에게 기도를 올린다. 어딘가 슬퍼 보이는 잔잔한 얼굴의 어머니 같은 성모의 이미지가 나는 좋다. 이 세상을 이롭게 할 능력을 갖지 못한 상상의 신을 향한 터무니없는 나의 신앙을 구체화해 주는 고개를 약간 숙인 성모의 그림. 그리고 성모님이 입으신 주름이 잡힌 우아한 옷도 좋다. 하얀 테두리가 있는 하늘색 옷, 금박, 그리고 활짝 편 양 손에서 끝없이 퍼져 나오는 숭고한 빛은 내가 꿈에서 보는 후광과 비슷하다. "원죄 없이 잉태하신 성모 마리아, 우리의 기도를 들어주소서." 이런 기도문이 성모 주위에 새겨져 있다. 나는 고민하지 않고 속으로 그 기도문을 되뇐다. 전에도 그랬듯이 이 사랑이 떠나간다면, 다시 사랑이 찾아오게 해주세요. 그리고 새로운 사랑을 기다리는 동안, 다시 사랑할 수 있다는 믿음을 잃지 않게 해주세요. 더 이상 고통 받지 않게 해주세요. 고통은 받을 만큼 받았으니까요. 기적의 성모님, 제가 바라는 건 이게 다예요. 그 다음으로는 하느님께 깨어나시라고 기도를 올린다. 모든 사람을 위해, 내가 사랑하는 이들, 사랑하지 않는 이들, 평화가 없는 이들, 내 딸이 자라나는 것을 지켜볼 이들을 위해.

음울한 하루가 될 것 같았던 오늘을 밝고도 생기 있게 보냈다는 생각과 나의 기도에 한껏 들뜬 채로 나는 예배당을 나온다.

여러분께 비결을 하나 알려주겠다. 다이어리에 커다란 X표를 하는 우울한 날, 비밀스러운 일기장에 '슬픔'이 표시되는 날에는 뭔가 특별한 일을 하라는 것이다. 평소에는 절대 하지 않는 일. 이런 식으로 하나의 위업을 기록해 놓으면 그 우울한 날을 특별한 날로 만들 수 있고 시간이 지나면 좋은 기억만 간직할 수 있다.

예배당 문을 나와 박 가로 나서며, 나는 오늘의 위업을 달성하리라 결심한다. 휴대폰은 켜지 않는다. 이것 자체가 나에게는 하나의 위업이다. 하지만 진짜 공을 세워야 한다. 시간은 거의 두 시, 날은 아직 완벽하게 밝다.

뤽상부르 공원으로 갈 작정이다. 뛰어가는데도 숨이 차지 않다. 주위를 둘러보며 뭘 할까 생각한다. 아무나 끌어안아? 아냐, 여배우한테는 너무 쉬운 일이다. 예배당으로 돌아가 수녀가 되겠다고 지원해? 좋은 생각이지만 좀더 있다가, 더 나이를 먹고 나서. 지하철 운전실에 한 번 가볼까, 파리의 어두침침한 구멍 안에 무턱대고 들어가 볼까? 괜찮긴 한데 썩 재미있진 않다. 이 계획은 비 오고 흐린 날을 위해 남겨 두자. 그럼 뭘 하지? 자, 샤를로트, 잘 생각해 봐, 눈을 크게 떠 보란 말이야!

찾았다! 바로 눈앞에 벨립(파리의 구인 자전거 대여 시스템) 정거장이 나타났다.

파리에는 자유롭게 빌릴 수 있는 자전거들을 매어두는 대여소들과 새로 닦은 자전거 길이 많다. 차를 팔기 전에는 나도 그 자전거 길을 만드는 데에 반대를 했었다. 빌려주는 자전거는 훔쳐갈 마음이 생기지 않도록 카키색에 약간 구 소련 분위기가 나는 복고풍으로 밉게 만들어 놓았다. 아마 거의 모두가 그 자전거를 타 보았을 것이다. 내 에이전트가 그 자전거에 올라앉은 것도 봤을 정도니까. 이게 요즘 최신 유행이다. 페달을 밟읍시다! 그래도 익숙하지 않아 비틀거리는 사람이 몇 있다. 소심한 나는 사람들이 지나가는 것을 쳐다본다. 내 다리는 탄력을 잃었고 운동을 피하라는 의사들의 조언이 있었지만, 오늘은 나도 벨립을 타 보겠다. 가까이 가 보니 안장이 굉장히 높고 바퀴 조정 톱니도 뻑뻑한 것 같다. 하지만 이미 나는 흥분으로 안달이 났다.

오늘 저녁, 타라가 전화를 해서 "엄마, 오늘은 뭐 했어?"라고 물으면 이렇게 대답을 해줄 생각이다. "벨립을 탔지! 엄마는 유행의 첨단을 걷는 사람이거든."

자전거에 올라타기 전에 티켓을 뽑아야 한다. 이틀짜리 정기권이면, 뤽상부르 공원까지 충분히 갈 수 있겠지. 걸어서 가면 15분 안에 도착하겠지만. 지불방법에 대한 끝도 없는 설명은 무시하고 5번을 꾹 누르고 다른 사람들이 보지 않게 조심하면서 티켓 번호를 누른 다음 비밀번호를 누른다. 나의 비밀번호는 언제나 내가 잊어버릴 리 없는 타라의 생년월일. 그리고 다행히 카드로 긁어도 결제 승인이 나지 않는다는 보증금. 이제 모험을 떠난다. 그런데 기어를 바꿀 수가 없다. 옆에 있는 사람에게 물어봤더니 손잡이를 돌려야 한단다. 그럼 아무것도 만지지 말고 그냥 타야겠다. 자전거를 망가뜨리면 안 되니까.

"이 자전거는 왜 이렇게 삐걱거리는 걸까요?"

"다 그래요." 옆 사람이 대답한다.

오케이, 출발이다! 처음에는 속도를 내지 못해 갈지자로 달린다. 힘들구나…… 그래도 멈추지 않고 페달을 밟는다. 금방 숨이 차 온다. 나는 이식받은 심장을 응원한다. 힘을 내, 샤를로트! 하지만 힘들다! 빨간 불, 다행이다, 나는 멈춰 선다. 내 옆에 벨립교 교도가 한 사람 더 있다.

"너무 힘들어요! 이렇게 힘든 걸 어떻게 그렇게 잘 타세요?"

"당연해요. 기어를 3단에 놓으셨잖아요."

"그게 왜요?"

"1단으로 하세요. 3단까지 있거든요."

"아! 네, 손잡이를 돌려야 하는 거죠?"

정말 그렇게 하니까 훨씬 낫다. 이제 자전거가 알아서 달려주는 것 같다. 직진, 앞으로. 줄지어 달리는 벨립 기차. 핸들을 꽉 잡는다. 그리고 과감하게 얍! 두 다리를 들어올린다. 얍! 페달이 허공에서 돌아간다. 얍! 발을 디딜 수가 없다. 얍! 무슨 영문인지 앞에서 달리던 자동차가 급브레이크를 밟는다. 얍! 내가 소리를 지른다. 얍! 최악의 상황에 대비하려는데 앞차가 다시 출발한다. 얍! 한 발을 땅에 딛고 멈춰 서서 한 손을 심장에 얹는다. 낄낄거리는 소리가 들린다. 지나가는 사람들이 아무도 이해하지 못하는 위업을 쌓은 나를 돌아다본다.

자전거로 무사히 뤽상부르 공원을 한 바퀴도 더 돌았다. 기분 좋은 봄날의 산책을 마치고 집으로 돌아왔다.

2006년 다이어리 3월 27일에는 이렇게 적혀 있다.

아름다운 태양/ 스티븐하고는 끝일까? / 기적의 기도/ 벨랍을 타고 곡예를 함.

오후 다섯 시에 두려운 마음으로 휴대폰을 켠다. 사람들이 아직도 내게 관심이 있음을 알리는 신호음을 기다린다. 별로 중요하지 않은 메시지 몇 개, 그리고 내일 저녁에 타라를 돌려보내겠다는 타라 아빠의 메시지, 다음 번 세미나 참석차 파리에 온 김에 나를 만나면 좋겠다는 아버지의 메시지, '정말 걱정하고 있다' 는 릴리의 전화가 세 번, 이게 다이다. 스티븐하고는 끝일까? "안녕, 전화해 줘, 고마워." 나는 그날 이후 그에게 처음으로 메시지를 남긴다.

릴리가 내 전화를 받고 안심하더니 곧 우리 집으로 오겠다고 한다.

"왜 전화 안 해?" 두 시간 후, 스티븐에게 두 번째 메시지를 남긴다.

기다림은 시간을 무한으로 늘여놓는다. 열 시간 같은 두 시간 동안 혹시나 벨소리를 못 들을까 봐 다른 소리를 모두 죽인 채 정적 속에서 휴대폰 화면을 뚫어져라 바라본다. 그날 밤과 스티븐 말고 다른 생각을 하려고 애쓰며.

병원으로 전화를 걸어 앙리에트를 찾았지만 벌써 퇴근을 했다. 닥터 르루를 바꿔달라고 한다. "지금 진료 중이세요. 누구십니까?" "다시 걸게요, 고맙습니다."

릴리가 왔다.

"무슨 일 있어?"

"응, 별로 안 좋은 일이야."

그날 밤의 일을 자세하게 이야기하자 릴리가 내 손을 꼭 잡는다. '피' 라는 단어 이후로 나는 더 이상 말을 잇지 못한다.

"의사가 그런 반응을 보이다니 믿을 수 없네. 네 몸에 있는 바이러스는 거의 검출되지 않고 콘돔을 쓰면 위험할 게 아무것도 없는데……."

릴리의 말이 귀에 들어오지 않는다. 나는 '피'라는 말을 되풀이하다가 소리를 지른다.

"점쟁이!"

"뭐? 점쟁이가 왜?"

"스티븐의 손에 피가 묻어 있다고 했어……."

"그게 무슨 소리야?!"

나는 릴리에게 내가 완벽하게 기억하고 있는 피에르의 예언을 자세하게 말해준다. "제복을 입은 남자, 뭔가를 감추고 있어요, 두려워하는군요, 손에 피가 묻어 있어요……."

릴리가 경악한다. 나도 마찬가지다. 긴장을 좀 누그러뜨려 보려고 낮에 자전거를 타고 모험을 했던 이야기를 한다. 릴리의 관심을 다른 데로 돌려놓았다고 생각하는 순간, 릴리가 다시 피에르 얘기를 꺼낸다.

"정말 믿을 수가 없어, 앞을 내다보다니…… 스티븐이랑 피 얘기라면 그건……."

릴리가 잠시 생각을 한다.

"……수술이라고 볼 수도 있잖아. 스티븐은 네가 이식 수술을 받은 생폴 병원 심장전문의니까…… 그 사람이 너 모르게 이식 수술을 참관했을 수도 있고……."

"응, 그럴지도 몰라…… 아무튼 모든 게 놀라워…… 이렇게 끝낼 수는 없어, 그렇지 않아? 피에르가 틀렸겠지, 응?"

내 안의 뭔가가 무너져 내린다. 나는 울음을 터뜨린다.

"그럼…… 진정해. 스티븐이 전화할 거야. 그건 사고야, 두려웠겠지…… 그 남자, 널 얼마나 좋아하는데."

"그래, 네 말이 맞아, 날 좋아해…… 그게 다야. 그 사람은 거의 검출되지도 않는 내 HIV를 무서워해, 콘돔이 있어도……."

눈물이 흐른다. 피곤하다. 릴리는 오늘 밤 우리 집에서 나와 함께 자고 가겠다고 마음을 먹고 아들을 맡겨놓은 보모에게 전화를 건다. 어거니처럼 나를 돌보아주는 릴리. 나를 꼭 안아주는 친구의 온기에 마음이 가라앉는다. "난 괜찮으니까, 집에 가." 내 말에 릴리는 아들이 벌써 잠들었다고, 아이가 깰 때쯤 가면 된다고 한다.

잠들기 전에 스티븐에게 마지막 메시지를 남긴다. "전화해 줘. 얘기를 해. 두려워하지 마. 사랑해."

릴리는 나를 깨우지 않고 새벽에 돌아갔다. 악몽을 꿨는데, 이번에는 진짜 내 꿈이었다. 결별, 말다툼, 피를 뒤집어쓴 스티븐······.

정오경에 앙리에트를 만나러 병원으로 간다. 앙리에트도 나를 스티븐과 직접 연결시켜 줄 수는 없다. 그가 부서를 옮긴 후 거의 못 보고 있다고 한다. 앙리에트가 스티븐의 비서와 전화 연결을 시켜주었는데, 그녀는 또다시 '선생님은 진료 중' 이라고 한다.

"어제 전화하셨던 분인가요?"

"네, 내일도 전화할 사람이에요."

다음날 또 전화를 했더니 비서가 스티븐에게 내 메시지를 분명히 전달했다고 했다.

마지막으로 그의 휴대폰에 전화를 했다. 아무 말도 하지 않았다, 할 수가 없었다. 그냥 울다가 전화를 끊었다. 내용 없는 메시지.

2006년 3월 29일, 다이어리에 이렇게 쓴다. "스티븐하고는 끝."

스티븐은 전화를 하지 않았다. 한 번도. 한 마디도 없었다. 아무런 소식도.

결별 중에서도 최악의 결별이다. 침묵. 갑작스럽게, 무관심으로 일관된 침묵. 이래서는 안 되는 건데. 비인간적인 결별.

침묵에는 모든 말을 갖다 붙일 수 있다. 모든 시나리오가 상상 가능하고 다 내 탓이라고 믿게 되며 자신이 벌레만도 못하게 느껴진다. 전화 한 통 할 가치도 없는 사람으로. 의심하는 영혼에게 침묵은 그 어떤 것보다 가혹한 고문이다. 고통을 원하는 몸에 아픔이 자리 잡고 의심이 마음을 좀먹어간다. 대답이 없다니. 변명도 없이 사랑하는 사람이 떠나버렸다.

이유도 알 수 없이 떠난 사람을 슬퍼하는 것은 힘들다. 차라리 말을 해줬으면. "샤를로트, 이제 그만 끝내자…… 두려워서 그래…… 나는 아이를 낳고 싶어…… 당신과 더 이상은 사랑을 나누고 싶지 않아…… 다른 여자가 생겼어…… 당신을 사랑하지 않아……."

2006년 4월

　일주일 내내 악몽에 시달린다. 우리의 만남을 영화의 한 장면처럼 다시 본다. 병원, 너무나 맑은 코르시카의 하늘, 토니의 바닷가 별장에 도착한 스티븐, 창백한 얼굴의 파리 남자, 사람들 앞에서 자연스럽게 내 입술에 키스하는 그. 피검사 결과와 심장 검사 결과를 진지하고 믿음직스럽게 설명해 주던 그에게서 느꼈던 보호받고 있다는 느낌. 원만하고 잔잔했던 우리의 만남을 다시 본다. 그와 함께 있으면 편안했다. 절정에 오르며 황홀해하던 그의 얼굴, 우리 이야기의 처음부터 끝이 보인다. 〈붉은 키스〉의 팬에서부터 말이 없는 의사 선생님까지.

　저녁이 되면 황량한 마음으로 다른 이상한 악몽을 꾼다. 전에 꾸었던 꿈들보다 더 강렬한 꿈을.

　갓난아기는 내 무릎에 앉아 있고 조수석에는 아기 대신 머리 없는 남자가 자리를 차지하고 있다. 그가 손을 뻗어 내 목걸이를 만지려고 한다. 그 모습은 무섭지 않았지만 아기가 핸들에 눌릴까 봐 무섭다는 생각이 뇌리를 떠나지 않는다. 자동차가 충돌하기 직전, 그 눈부신 하얀 빛이 쏟아지면서 옆자리의 남자가 사라지는데 남자가 앉았던 자리에 남았던 핏자국도 온데간데없다. 목걸이에 불이 붙고 살이 타들어가는 것 같은 느낌에 나는 소스라치게 놀라 잠을 깬다. 고양이가 침대에서 뛰쳐나간다.

아침이 되면 나는 기계적으로 다이어리에 '차사고 악몽' 이라고 적어 넣는다. 다이어리를 넘겨보았더니 매달 이식 수술을 받았던 4일 전후로 같은 꿈을 꾸었다는 것을 확인할 수 있다. 확인을 하고 나니 매번 아무리 떨쳐버리려 해도 떨어지지 않고 몇 시간 동안이나 계속되는 불안감이 더욱 강해진다.

스티븐이 보고 싶다. 고통스러우리만치. 사랑이 없는 상태, 내가 잘 알고 있는 그 금단현상이 두렵다. 나를 어디로 끌고 갈지 모르므로.

나는 약을 꽤 많이 먹는다. 아침저녁으로 쌓여 있는 갖가지 약을 물끄러미 쳐다본다. 하나하나 다 알고 있는 약들이다. 내가 가지고 있는 약으로 우리 아파트 사람 전부를 다음 날 아침까지 잠재울 수 있을 것 같다는 생각을 한다. 나 혼자 다 먹으면 영원히 깨지 않겠지.

노파처럼 몸을 간신히 움직인다. 이식 수술을 받기 전처럼, 동방결절이 없어 심장이 뛰지 않는 사람처럼. 아무런 생리적 자극이 없는 사람처럼.

나는 고통을 굉장히 잘 견디는 편이지만 이번에는 나도 무르게 위험구역으로 빠져들어간다. 정체불명의 암흑지대로. 어떤 잠재되어 있던 감각이 내 안에서 무너져 내리는 것 같다. 아무것도 없어서 다시 쌓아올릴 수가 없다. 주변에 잡을 만한 것이 하나도 없어서 그냥 넘어진다. 내가 사라진다. 모든 것이 떠난다. 믿음, 희망, 판단력, 삶에 대한 집착. 나는 또다시 버림받았다. 살게끔 태어나지 않은 존재, 고집을 부릴 이유가 없다. 살아야 할 이유가. 뱃속 깊은 곳에서부터 고통이 밀려온다. 몸이 반으로 접힌다. 살아남겠다는 반사적 행동인가. 내 자신보다 훨씬 강할지도 모를, 다 끝났다는 이런 느낌을 억누르고 싶다.

릴리가 나를 꼭 껴안고 달래준다. 나를 위해 생각해 낸 문구를 계속 속삭여주며 나를 쓰다듬는다. "그게 인생이야, 사랑은 바람처럼 오고 가는 거야, 내 손을 잡아, 마음이 가라앉을 때까지 놓지 마……."

아침, 릴리가 우리 집 현관문을 들어서며 한숨 쉬는 소리가 들린다. 친구는 내 볼에 재빨리 입을 맞추고 창가로 달려가 창문을 활짝 연다.

"이렇게 컴컴한 것, 지긋지긋해! 오늘 해가 얼마나 좋은데! 아프지는 않지? 됐어. 청승떠는 건 잠깐 쉬었다가 다시 해. 일어나서 옷 입고 화장해. 나가서 놀자. 자, 어서 일어나! 오늘 저녁에는 잘 수 있을 거야."

둘이서 하루 종일 파리를 돌아다닌다.

저녁 때, 우리 집 앞에서 내가 고맙다는 인사를 건네자 릴리가 나를 다정하게 끌어안는다. 나는 괜찮을 테니 염려 말라고 친구를 안심시킨다. 집으로 향하던 릴리가 나를 향해 큰 소리로 외친다. "아무 생각도 하지 말고 네 심장이 뛰는 소리에 귀를 기울여!"

침대에 누웠는데 신기한 생각이 든다. 사랑의 고통은 어마어마하게 크지만 몸으로 느껴지지는 않는다. 몸에 뿌리를 둔 고통이 아니다. 내 몸은 아무렇지도 않다. 다만, 생각 때문에 마음이 아픈 것이다. 단순히 생각 때문에. 그 생각들을 지우고 다른 생각을 하려고 애쓴다. 완벽하게 건강한 내 몸 안을 자세하게 시각화한다. 그리고 타라를 떠올린다. 모든 곳을 배경으로 아기 때부터 지금까지, 놀고 웃고 울고 나에게 뽀뽀를 하는 타라를. 그렇게 타라에게 오랫동안 집중을 한다. 기분이 조금 나아진다. 뜻밖에도 고양이가 갑자기 내 옆구리에 몸을 바짝 붙인다. 이번에는 이 따뜻한 느낌과 고양이의 털을 쓰다듬는 내 손가락에 집중한다. 고양이의 가르랑 소리를 주의 깊게 듣는다. 그리고 어머니를 생각한다. 아름다운 얼굴을 한 이십대의 어머니, 걱정 하나 없는 환한 미소, 내 서랍장 위에 올려둔 흑백 사진 속 어머니의 모습, 그 모습들만 본다. 나는 어머니에게 집중한다. 잠들기 직전, 심장이 규칙적으로 뛰는 소리가 들린다. 심장에서 흘러나오는 피를 상상하며 타라를 다시 떠올린다. 타라밖에는 보이지 않는다. 딸아이의 커다란 이미지가 내 안에 굳어진다. 나는 괜찮다. 다 괜찮아졌다.

다음날, 굳게 닫힌 문을 열고 혼자 집을 나선다. 카페에 앉아 릴리에게 전화를 걸고 갓 짜낸 오렌지 주스를 주문한다. 내 앞에는 색깔도 다양한 온갖 종류의 즉석 복권이 펼쳐져 있다. 고백하자면, 피에르의 말을 다시 떠올렸다. "그 꿈이 당신을 행복하게 해줄 존재에게로 이끌어 줄 거예요…… 더 큰 사랑이 찾아와요……." 정말 터무니없지만, 이런 터무니없는 것이 아픔을 치료해 주지 않을까? 이성으로 설명할 수 없는 이별은 이성으로 설명할 수 없는 점쟁이의 말로 치료해야 하는 것 아닐까? 손에 묻은 피와 파란색 편지가 검증되지 않았다면 피에르의 다른 예언은 생각해 보지도 않았을 것이다.

나는 내가 소망할 수 있도록 허락된 모든 것에 매달린다.

하루를 릴리와 보냈더니 기분 전환이 확실하게 되었다.

저녁에 잘 되어 가고 있는 일들을 시각화하며 다시 '긍정적인 생각' 훈련을 한다. 행운을 가져다 주는 나만의 리스트와 에너지, 얼마나 귀한지 잘 알고 있는 내 몸의 건강에만 집중한다. 닥터 블랑쇼가 했던 말도 떠올리면서 나는 괜찮다고 내 자신을 설득한다. 모든 게 잘 될 거라고 믿고 싶고 이 모든 것에 의미가 깃들어 있다고 믿고 싶다. 아니, 그렇게 믿는다.

내가 대모 역할을 해야 하는 '생명을 위한 이식'의 행사날짜가 주최 측의 요구로 미루어졌다. 잘 됐다, 명색이 홍보대사인데 하마터면 비참한 모습으로 참석할 뻔했다.

토니에게 스티븐과 헤어졌다고 했더니, 혼자만 처박혀 있지 말고 예정된 대로 장 뤽 들라뤼의 방송에 나가라고 나를 설득한다.

"박차고 나와요! 자신을 드러내, 샤를로트, 잘 지내고 있는 모습을 모든 사람들에게 보여줘. 스티븐에게 다 이겨냈다는 걸 보여주란 말이야. 연기를 해요, 계속 살아야 할 것 아냐, 다른 사람들이 어떻게 하는지 봤지? 슬퍼하지 말아요. 남자 때문에 슬퍼하면 안 돼. 부탁이니까 그런 바보들 때문에 슬퍼하지 마. 사십대에 그럴 못써."

"전 아직 마흔이 안 되었는데요!"

"알아, 알아! 봤지? 훨씬 나아졌잖아, 소리도 지르고. 자, 나와요!"

릴리가 방송 전에 짧은 지시를 내리며 고집을 부린다. 릴리는 사건을 포기하지 않았다. 하긴, 나도 그렇지만. 릴리는 확신을 가지고 천천히 수사를 진행했다. 들라뤼 방송이 끝나면, 마레 지구에 있는 르 칼리그 라피라는 가게로 날 데리고 가겠다고 한다. 의문의 스태포드 종이를 파는 곳이다. 그리고 '목걸이 만지기'로 신호를 보내는 전략을 다시 설명한다. 릴리는 익명의 편지를 쓴 의문의 남자가 나를 만나고 싶어 하지만 내 입장을 알 때까지 기다리고 있는 것이라고 굳게 믿고 있다. 나보고 카메라를 똑바로 쳐다보며 공공연하게 의문의 남자가 편지에 적은 대로 그의 아내가 늘 목에 걸고 다니며 쓰다듬곤 했다던 내 금 하트를 만지작거리라고 한다. 언론에 내가 방승에 출연할 것이라는 예고가 나갈 것이고, 의문의 남자는 내 소식에 관심을 곤두세울 것이다. 릴리는 그 사람이 꼭 방송을 볼 것이며 메시지를 이해할 것이라고 단언한다. 그는 '예민하고 섬세한 눈'을 가졌으니까. 이상하게도 릴리는 그 남자를 이미 아는 것처럼 말한다. 그 남자를 만나는 것이 내게 일어날 수 있는 최상의 일이라도 되는 것처럼.

"할 거지? 목걸이를 만져줄 거지?" 릴리가 자꾸 다짐을 받으려 한다.

"네가 나랑 같이 가 준다면, 할 수도 있지……."

방송 전에 분장실로 가는 길에 만난 들라뤼가 짧게, 아니 거의 냉랭하게 인사를 한다. 뭐, 공감대는 방송을 위해 아껴두어야 하니까. 그는 우리가 TV6에서 같이 일을 하고 주말이면 다 함께 스키를 타러 다니던 시절을 잊었나 보다. 그때는 그도 나처럼 일개 진행자였고 지금보다 더 친절했었다. 우리는 다른 길을 가고 있었다.

메이크업 담당자가 내 안색이 좋지 않다고 한다. 그런데 분명 아는 사람 같다. 그녀도 나를 알아본다. 하지만 언제, 어디서 봤는지는 우리 둘 다 기억하지 못한다. 시간이 많이 지났으니까. 그녀는 영화 쪽에서도 일을 했고 텔레비전 거의 모든 채널 출연자들의 메이크업을 담당해 왔다. TV6나 TF1에서 일할 때, 아니면 내가 출연한 영화 홍보 방송을 할 때 만났던 것 같다. 서로 어떤 일을 했었는지 돌이켜보며 열심히 찾았는데도 어디서 만났는지 도무지 알 수 없었지만 우리는 함께 웃으며 공감대를 형성할 수 있었다.

"샤를로트가 쓴 책을 읽고 정말 감동받았어. 나는 모르고 있었거든. 샤를로트가 아프다는 얘기는 들었지만, 왜 알잖아, 촬영 중에는 시간을 때우느라 이 얘기 저 얘기가 많이 오간다는 거…… 내가 메이크업을 해줬을 때, 그때 샤를로트 나이가 스물다섯 살쯤이었을 거야. 정말 예쁘고 에너지도 넘치고 웃음소리도 크고 거리낌이 없는 사람이었는데, 믿을 수가 없어…… 요즘도 몸이 좋지 않아?"

"일주일 내내 울었어요. 가슴이 아파서…… 하지만 괜찮아질 거예요. 예쁘게 해줘야 해요, 보는 사람들이 반할 정도로…… 날 떠난 그 사람이 죽도록 후회할 만큼…… 최고로 부탁해요!"

방송은 엉망이다. 직감대로 집에서 카비아를 껴안고 잠이나 잘걸.

내가 왜 이 자리에 있는지 알 수가 없다. 주제도 나와 관계가 없었을 뿐더러 제작진이 나를 계단식 좌석 한가운데, 청중들 위로 불쑥 솟은 우스꽝스러운 박스 석에 올려 앉혀놓았다. 나 혼자 고립된 것 같고 정신은 딴 데에 가 있으며 뭔가 단절된 느낌이다. 방송이 끝날 때쯤, 카메라가 내 쪽으로 온다. 저 아래에 손가락으로 목을 가리키며 나에게 마구 신호를 보내는 릴리의 모습이 보인다. 누가 보면 릴리가 내 목을 잘

라버리겠다고 하는 줄로 착각할 것 같다. 장 뤽 들라뤼가 나에게 곤란한 일을 시킨다. 한 마디로 정리를 하고 내 의견을 말하라고…… 내가 한 말은 편집되었고 내 기억에도 남아 있지 않지만 내가 화면에 잡히고 있다고 알려주는 카메라 아래의 표시등이 꺼지기 직전, 나는 거의 본능적으로 목걸이를 움켜잡는다. 나도 나를 말릴 수가 없었는데 그 동작이 내게 마지막으로 말을 할 수 있는 힘을 준다. 그래서 "흥미진진한 토론이었습니다." 등의 말을 할 수 있었다. 적어도 이 말과 내 전략적 동작만큼은 편집되지 않으리라는 확신이 든다.

릴리가 마구 흥분을 하며 잘했다고 한다. 나의 임무완수에 만족했지만 북쪽 변두리에서 파리 한복판으로 향하는 택시 안에서 나는 나도 모르게 내 안에 다시 뿌리 깊이 박힌 슬픔에 빠진다. 고속도로를 달리는 차창에 이마를 대고 빠르게 지나가는 아스팔트 위에 그어진 하얀 선들을 멍하니 바라본다. 가는 내내 아무 말 없이 나를 가만히 내버려 두던 릴리가 내 무릎을 톡톡 친다. 다 왔다고.

르 칼리그라프는 파리 마레 지구의 꼬불꼬불한 골목길 안에 들어앉아 있다. 우아하게 손으로 직접 쓰는 편지에 관련된 모든 것을 파는 가게다. 인터넷 시대에 이 가게가 유지되고 있다는 것이 신기했다. 요즘 편지 쓰는 사람이 어디 있나? 아름다운 원목 선반에 스태퍼드 종이 전종이 잘 정리되어 있다. 사이즈는 세 종류, 그러나 색깔은 하얀색 하나뿐이다. 안타깝군.

흥분한 미스 마플이 나를 부른다.

"하얀색밖에 없는 줄 알았지? 여기, 라벨을 봐!"

라벨을 읽어보니 파랑, 빨강, 노랑…… 세 가지 기본 색이 있다. 이상하네, 다 하얀색인데…… 우리가 궁금해하는 것을 눈치 챈 주인이 다가온다.

"스태퍼드 종이에 관심이 있으십니까?"

"제가 이 종이에 쓴 편지를 받았거든요."

"무슨 색이죠?"

"물론 하얀색이죠…… 그런데 봉투에 파란색으로 속지가 대어져 있었어요……."

"스태퍼드 종이에 대해 모르고 계시는군요…… 보기에만 하얀색이에요. 이 종이는 18세기 영국 귀족들이 처음 사용하기 시작했고 이후로 전 유럽에 퍼졌죠. 원래 봉투도 두 겹이 아니었고 실크 종이도 존재하지 않았습니다만, 종이에는 햇빛에 비춰볼 때에만 나타나는 가로줄이 있었어요. 파랑은 사랑, 노랑은 사무적인 내용이나 소식, 빨강은 대립과 전쟁을 의미했답니다!"

"파란색이 사랑을 의미했다고요?"

"네, 불륜관계에서 간접적으로 마음을 전달하는 방식이었죠."

"그럼, 지금은요?"

"가로줄 색깔로 봉투에 속지를 댄 것 외에는 변한 게 없지만 순수한 것을 고집하는 고객들을 위해 우리 가게에서는 하얀 봉투도 준비해 두고 있어요."

릴리가 끼어든다.

"그러니까, 그 편지를 햇빛에 비춰보면 진짜 색깔이 나타난다는 거네."

"로맨틱하다……."

"로맨틱하고 신비스럽지. 고객들은 어떤 분들이에요?" 미스 마플이 주인에게 묻는다.

"단골손님들이 있어요, 로맨틱하고 신비스러운……."

"그리고 부자겠죠……." 릴리가 한마디를 거든다.

나는 색깔별로 세 장씩, 스태퍼드 종이를 모두 아홉 장을 샀다. 앞으로 일어날 수 있는 일에 대비하기 위해.

집에 돌아오자마자, 릴리는 자기가 직접 확인해 보겠다고 나선다. 해가 졌기 때문에 릴리는 편지를 할로겐램프 전구에 비추었고, 빛에 비추자마자 멋진 색깔이 나타난다. 파란색.

"아직 놀랄 일이 더 남았어……."

"뭐?"

"전에 말했지, 기억나? 내가 《파리지앵》 지난 신문들을 주문했다그. 두 주일치를 샅샅이 뒤져서 드디어 찾아냈지!"

"뭘?"

"사고. 의문의 그 남자의 아내. 네가 이식 수술을 받기 바로 몇 시간 전에……."

"기사에 뭐라고 나왔는지 자세히 말혀봐!"

"내일 보여줄게. 우리 집에 있어. 이제 좀 쉬어, 피곤해 보인다. 그리고 그 '긍정적인 생각' 훈련도 꼭 해라!"

"잠깐만 더 있다가 가……."

다음날, 나의 전 남편이 전화를 걸어온다. 벌써 며칠 앞으로 다가온 봄방학 계획을 세우고 싶다며 타라를 2주 동안 올레롱 섬에 데려가겠다고 한다. 거기에 가면 시끌벅적한 사촌들도 만나고 승마 수업도 받을 수 있다고. 그 얘기만으로도 타라는 뛸 듯이 기뻐할 것이다.

좋은 생각이네. 나도 여기, 이 아파트를 탈출할 수 있다면.

도미니크 베스네하르가 드디어 연극 대본을 부쳤으니 곧 받아볼 수 있을 것이라는 소식을 전해온다. 제작은 이미 많이 진전되었고, 상연은 2007년 초로 잡고 있는데 작품이 마음에 든다면 역할을 맡으라고 한다.

"연극 제목이 뭐예요?"

"물의 기억……."

미스 마플이 냉동식품점 피카르의 '이 달의 선택'으로 차린 점심을 먹고 싶지는 않다며(친구라는 게 나를 이렇게 비꼰다) 점심시간이 지나고 바로 우리 집에 온다. 2003년 11월 5일자《파리지앵》을 겨드랑이에 끼고 세기의 특종을 거머쥔 파파라치 같은 흥분된 표정을 한 채.

"여기를 읽어봐, 내가 손가락으로 짚은 데!"

짧게 몇 줄, 제목은 굵은 글씨체로 뽑아져 있다.

폭우 속 교통사고 : 파리 12구, 나시옹, 사망자 발생

토요일 밤과 일요일 새벽 사이, 트럭을 몰던 배달원의 운전 과실로 해당 트럭과 반대방향에서 달려오던 아우디 승용차가 충돌하는 사고가 발생했다. 의사로 밝혀진 30세 여성 피해자는 생폴 병원으로 이송되었으나 부상이 심해 코마 상태에 빠졌다. 사고를 낸 운전자는 현재 구류 중이다.

릴리가 나의 반응을 살핀다. 나는 잠시 꼼짝도 않고 침묵을 지킨다.

"어떻게 생각해?"

바로 대답을 할 수가 없다. 정신이 하나도 없고 목이 꽉 잠겨오는 데다 현기증까지 난다. 물을 마시러 자리에서 일어난다. 3년 전의 단신기사를 보고 이런 증상을 느낀다는 것이 당혹스럽다. 눈물이 차오른다. 아무 생각도 나지 않는다. 그냥 지쳐서일까? 약해져서일까? 산딸기맛 물을 꿀꺽꿀꺽 마시고 손으로 목을 문질러 따뜻하게 한다. 릴리에게 무슨 말을 해야 할지 모르겠다. 마음이 가라앉는 것 같아 거실로 간다.

"어떻게 하길 바라니? 경찰서를 찾아다니자고 한다면…… 난 그럴 만한 힘도 없고 그러고 싶지도 않아…… 그리고 그래 봤자야…… 고소장을 들고 가거나 법적인 근거를 제시해야 돼, 안 그러면 거들떠보지도 않을걸. 처리해야 할 더 중요한 일들이 있으니까…… 〈레 코르디에〉를 찍을 때, 진짜 경찰서에서 촬영을 몇 번 했는데, 경찰서라는 곳이 얼마나 수선스럽고 음산하고 우울하던지, 병원에서처럼 사람들의 온갖 비참한 모습을 다 보게 되는 곳이더라고…… 게다가 시간이 얼마나 많이 걸리는데…… 그리고 뭔가를 찾아냈다 해도, 우리한테 희생자의 신원을 알려줄 리가 있겠니?"

"알았어, 하지만 너한테 편지를 보낸 의문의 남자가 했던 말은 사실이야, 미친 사람이 아니라고. 편지는 진짜 그 사람 얘기였어. 그리고 점쟁이의 예언이나 네 꿈과도 일치하잖아."

"그건 그래…… 이러다가는 내가 미치고 말 거야…… 내 반응은 정상이 아닌 것 같아, 이 기사에 이렇게 정신이 없어지다니. 하지만 이런 기분을 잊고 싶어, 쉬고 싶고 내 삶을 좀더 가볍게 만들고 싶어. 스티븐이 그랬어. 심장을 생각해서 스트레스를 받지 말라고, 스트레스는 금물이라고. 스트레스가 사람을 죽인다고……"

"뭘 하고 싶은데?"

"스트레스를 날려버리고 고통이 지나가게 하면 좋겠어, 방수된 지붕 위로 물이 흘러가듯. 나를 지키고 구하고 싶어. 열흘이나 고통을 겪었어, 이건 너무 심해. 더 이상은 싫어. 이 결별을 받아들이고 계속 살아야 해. 오래 살기 위해서는 나를 보호해야 하잖아."

"지금 당장, 뭘 하고 싶냐고?"

"떠났으면 좋겠어. 멀리 도망을 가서 다른 추억으로 나를 채우고 싶어. 고통은 맞서 싸우면 안 돼. 다른 것으로 대신하고, 더 강하고 생기를 주는 다른 감정에 연결을 시켜야 해…… 그래서 타라를 계속 생각하는 거야…… 멋진 여행을 하면 좋겠어…… 떠나고 싶어 못 견디겠어, 여행을 하고 싶어……."

"NLP(Neuro-Linguistic Programming 신경 언어 프로그래밍)에서는 네가 말한 그런 것들을 계류효과라고 해. 네 고통스러운 기억에 이미 간직하고 있거나 새로 만든 다른 행복한 기억을 연결시켜서 그 기억을 바꿔버리는 거지······."

"그럴 수도 있겠네······ 그쪽에 대해서는 내가 아는 게 하나도 없거든······ NLP? 아무튼 나는 나를 편안하게 해주는 생각들에 집중하려고 노력하고 있어."

"신경 언어 프로그래밍이라는 거야."

"계류효과?" 그 말을 잠시 생각해 본다. "계류할 게 아니라 밧줄을 풀어야지! 너도 같이 갈 거지?"

"갈 수 있긴 해······."

"봄방학 때 뭐 할 거야? 아들을 봐줘야 해?"

"아니, 애 아빠가 산에 데려간댔어. 어디로 가고 싶은데?"

"아직 몰라. 하지만 곧 떠날 거야, 멀리, 그리고 의사들이 말릴 만한 곳으로."

다음날

아직도 스티븐이 불쑥불쑥 생각난다. 정말이지 여행을 가야겠다. 그가 없어진 환경을 바꿔야겠다.

스티븐과 이야기를 하고 그의 말을 듣고 이해를 하고 싶다. 적어도 그것만은 하고 싶다. 침묵을 깨고 정말 끝났는지 확인을 하면 내가 괜히 힘들었던 것이 아니라는 위안을 얻을 수 있을 것 같다. 병원으로 앙리에트에게 전화를 건다. 우연히 스티븐을 봤을 수도 있으니까······.

"달라진 점은 없어 보였어, 잘 지내는 것 같던데······ 겉으로 봐서는 모르겠지만, 샤를로트도 알잖아, 닥터 르루는 자기 감정을 드러내는 사람이 아니야······ 우리 꼬맹이, 상대적으로 생각해 봐야 해, 더 심각한 문제들이 있잖아······ 그건 누구보다 샤를로트가 제일 잘 알고 있을 거야…… 페이지를 넘겨야지……."

앙리에트의 말이 나를 더욱 슬프게 만든다. 가슴이 벅차오른다. 보이지 않는 화살이 깊이 박혔다. 또 눈물이 난다. 우는 게 너무 싫은데 울기만 한다. 앙리에트가 당황한다. 나는 미안하다고 말하고 전화를 끊는다. 마음이 가라앉으면 다시 전화를 해야지.

앙리에트가 잘 본 거다. 스티븐은 잘 지내고 있다. 그는 이미 '페이지를 넘겼다'. 내 고통 따위는 안중에도 없다. 내 탓이다. 어떻게 그렇게 사람 보는 눈이 없나? 그의 곁에서 그와 함께 웃으며 그의 몸을 쓰다듬고 이야기를 하고 데칼코마니처럼 밤새도록 살을 꼭 붙이고 있으면서, 그가 어떤 사람인지 모르고 있었다니.

스티븐은 잘 지내고 있다…… 어쩌면 잘 됐다고 생각하는지도 모른다…… 나는 '페이지를 넘기지' 못했는데. 이 단순한 표현이 혐오스럽다. 나는 아무것도 잊지 못한다. 리모컨으로 채널을 이리저리 돌리듯이 단순하게, 그가 존재하지 않았던 것처럼 내 삶을 리셋시킬 수는 없다. 삶은 내가 실로 짜 나가는 것이다. 나는 아무도 지우지 않는다. 나는 나의 모든 추억과 사랑으로 이루어진 존재니까. 나는 삶의 매 순간을 연결지어 만든 패치워크다. 사람들과의 추억으로 내가 이루어져 있고, 나 역시 그들 삶의 한 조각이다. 그들 각자가 나를 이루거나 상처를 주었다. 나는 페이지를 넘기지 않고 그 페이지를 글로 채워나간다.

릴리와 이야기를 나누면서 앙리에트에게 물어봐야겠다고 생각했던 것을 잊고 물어보지 않았다는 생각이 퍼뜩 든다. 생각난 김에 곧바로 전화를 다시 건다. 그럼 스티븐 얘기를 다시 꺼낼 필요도 없다.

"여쭤보려던 게 있었어요…… 스티븐하고는 아무 상관도 없는 일이에요…… 아니, 어쩌면 상관이 있을 수도 있겠네요…… 스티븐이 제 이식 수술에 참여했을 수도 있나요?"

"어디 보자……."

앙리에트가 잠시 생각을 해본다.

"그때가 언제야, 벌써 3년 전이잖아. 그때 닥터 르루는 다른 부서에 있었지만 같은 건물에 있긴 했으니까 확인을 해봐야 알 수 있어. 수술에 참여하는 의사들이 하도 많아서 말이야, 한 건당 열 명쯤 들어가게 되어 있거든. 그런데 샤를로트, 그럴 가능성은 별로 없어, 닥터 르루는 경험이 많지 않았으니까. 참관을 했다면 또 몰라, 하지만 참관 의사들은 기록에 남지 않아. 뭔가 알게 되면 전화해 줄게…… 그때까지 몸 잘 챙기고, 알겠지? 정보를 주는 대신 지켜줘야 할 조건이야. 몸 잘 돌보고 스트레스 받지 말아, 샤를로트."

"스티븐도 항상 그런 말을 했어요."

앙리에트가 내 이름을 부르는 것은 드문 일이다. "스트레스 받지 말아, 샤를로트……."

오늘은 발걸음도 당당하게 거리를 걷는다. 맡은바 임무가 있다. 릴리와 함께 떠날 여행지를 찾아낼 것.

임무를 완수하기까지는 몇 분밖에 걸리지 않는다. 우리 집 앞길 어귀, 뒤룩 지하철 역 바로 옆에 있는 여행사를 미리 점찍어두었는데, 그 앞에 도착하자마자 결정을 해버린다. 사실 염두에 둔 곳이 있었지만, 혹시 실망하게 될까 봐 일부러 그 생각을 안 하려고 하고 있었다. 그런데 이상하게도 다른 곳으로 가는 건 불가능해 보인다. 인도에 너무너무 가보고 싶었다. 명상으로 가는 길이자 나와는 전혀 다른 사람들과의 만남으로 이어질 다른 세계로의 여행이 나에게는 절실하게 필요했다. 걱정되는 것은 딱 하나였다. 바로 비용.

오늘은 양기가 충만한 날, 음기는 물러갔다. 여행사 유리에 붙은 작은 주황색 전단지에 눈이 휙 돌아간다. 원래 가격에 줄이 쫙쫙 그어져 있고 -40%라고 표시되어 있다. 이런 횡재를 만나다니. 〈라자스탄에서 마하라자의 저택까지〉 열흘 동안 돌아보는 프로그램이다! 〈마감 임박!) 여행사 안으로 들어간다. 직원이 의자를 권한 다음 컴퓨터로 조회를 해보더니 아직 몇 자리가 남아 있다고 한다. "빨리 예약하셔야 해요." 일주일 후 출발 예정인 상품이다. 막 흥분이 된다. 좋은 징조다. 나는 그 자리에서 릴리에게 전화를 걸어 이 거룩한 할인 소식을 알린다.

"그렇게 먼 데로 가겠단 말이야?!" 약간 걱정스러운 목소리로 릴리가 대꾸한다.

"하지만 정말 멋지잖아, 어디어디를 가게 되어 있냐면……(나는 직원이 건넨 안내책자를 읽는다.) 뉴델리, 자이푸르, 우다이푸르, 파테푸르 시크리, 아그라, 그리고 타지마할이야. 사랑의 영묘! 그런데 바라나시는 포함되지 않아, 아쉽네……."

"열흘 동안, 인도를 속속들이 볼 수는 없어요, 이 친구야. 어떻게 바라나시까지…… 갠지스 강에 둥둥 떠 있는 시체를 보려면 심장이 잘 붙어 있어야 해. 그 충격에서 아직도 벗어나지 못한 친구가 있어……."

"바라나시에는 안 간다니까. 호텔도 완전 일류호텔이야. 오케이지?"

"비행기 좌석은 비즈니스 석이겠지? 비자도 받아야 하나? 예방접종은? 출발은 언제야?"

"비행기는 당연히 일반석이야. 인도에 가는데 무슨 비즈니스 석이야. 비자는 필요 없고 예방접종도 할 필요 없어. 혹시 정글에서 길을 잃으면 알약으로 된 키니네만 먹으면 된다. 출발은 다음 주 화요일이야."

릴리가 한참이나 대답을 하지 않는다. 무슨 대답을 할지 몰라 나보다 설득을 더 잘 할 것 같은 여행사 직원에게 전화를 넘기고 싶은 마음을 꾹 누르며 행운의 표시로 손가락을 꼬고 다리를 떤다.

"응? 얼른 간다고 말해! 인도라니, 얼마나 멋져, 좋은 느낌이 온단 말이야. 꼭 가야 돼, 얼른 대답해!"

"좋아……."

2006년 5월

　파리—뉴델리. 아홉 시간 비행. 비행기 안에서 나는 릴리에게 나처럼 몸집이 자그마하면 일반석에 타고도 넉넉한 좌석에 편안하게 앉아 비즈니스 석에 탄 것 같은 기분을 느낄 수 있다는 점을 강조한다. 릴리는 시큰둥하게 계속 비행시간이 길다는 말만 되풀이한다.

　"아무리 그래도 아홉 시간이라니⋯⋯."

　비행기 공포증을 없애려고 호흡을 하던 릴리가 관심을 둘 만한 대상을 찾아낸다. 릴리의 오른쪽에 비스콘티 감독의 〈베니스의 죽음〉에서 해변을 성큼성큼 걷던 잘생긴 청년의 약간 더 남성적인 버전인 연한 푸른색 눈에 긴 금발에 키 크고 옆모습도 완벽한 굉장히 세련된 모델 같은 젊은 남자가 앉아 있다. 얼굴 가득 미소를 머금은 그는 자기가 잘생겼다는 걸 잘 알고 있는 것 같다. 뭔가를 찾는 척 끊임없이 주위를 둘러보며 사람들의 반응을 살피는 수법이 교묘하다. 그가 자리에 앉자마자, 릴리가 활짝 웃으며 말을 건다.

　"아홉 시간을 함께 보내야 하는데 이왕이면 즐겁게⋯⋯."

　지지리 운도 없는 내 앞에는 앞좌석 남자의 머리를 꽁꽁 싸맨 거대한 터번이 등받이 위로 불쑥 솟아 시야를 거의 가로막고 있다. 불평을 했더니 교태를 부리며 옆자리 청년과 대화를 나누던 릴리가 저 터번은 인도인들의 종교인 시크교를 믿는 사람들의 전통 방식이라면서, 내가 여행지로 티베트를 골랐다면 티베트 승려들은 삭발을 하니까 시야가 막히는 일도 없었을 게 아니냐며 퉁을 놓는다. 그 말에, 나는 다음번에 결별을 하면 티베트로 날아갈 테니 걱정 갈라고 대꾸한 다음 친구의 귀에 대고 복수의 한 마디를 속삭인다. 내 직관에 의하면 네 옆에 앉은 저 남자, 호모라고.

남자가 비행기 안의 전 승객들이 자기가 어디에 앉아 있는지 알고 있나 확인차 갑자기 벌떡 일어난 틈을 타 릴리가 대답을 한다.

"맞아, 그런 것 같아. 하지만 상관없어. 호모를 애인으로 두면 얼마나 좋은데, 상냥하지, 성가시지도 않지."

모델 같은 남자는 도로 자리에 앉았고 나는 몸을 비틀어 안전 수칙을 알려주는 여승무원들의 무언극을 감상한다. 항공기 압력이 저하되면 결과는 뻔하다. 나는 산소마스크가 내려오기도 전에 심장 박동이 멈춰 죽게 될 거다. 갑자기 머릿속이 복잡해진다. 이게 다 통계치를 신봉하는 나의 아버지로부터 비행기 추락사고로 죽을 가능성보다 교통사고로 죽을 확률이 훨씬 더 높지만, 만에 하나 비행기 사고가 난다면 생존 가능성은 거의 없다는 말을 여러 번 들었기 때문이다. 곁눈으로 농담을 하는 릴리를 쳐다보다가 인도 여행 안내책자에 집중하기로 한다.

프랑스 면적의 여섯 배, 11억 인구, 그리고 자기 자신, 자아…… 세계에서 가장 큰 민주주의 국가, 무정부 상태의 혼란 속에서도 기능을 하고 있는 나라, 문맹률 40%에도 불구하고 가파르게 성장하는 경제, 그리고 무엇보다 아무도 손해와 이익을 따지지 않는 나를 찾는 여행.

힌두교가 전통 국교다. 내 앞에 앉은 남자가 믿는 시크교에 관한 내용도 있는데, 터번이 아주 긴 머리카락을 감추는 용도라는 부분을 읽자 갑자기 눈앞의 작은 언덕이 그렇게 매력적으로 보일 수가 없다. 페이지를 넘기다가 내가 사랑하는 평화주의, 자이나교와 그 가르침을 따르고 싶은 불교에 관한 이야기를 만난다.

인도에는 유일신이 있는 게 아니라 여러 신성이 존재한다. 이 모든 종교며 환상적인 전설들이며 유쾌한 신성들을 읽다가 갑자기 의문이 든다. 누가 옳은 걸까? 살아 있는 신은 누구일까? 생명을 창조하고 그 마법이 계속되게 하는 존재는 누구일까? 어떤 존재가 파리에서 뉴델리로 향하는 이 비행기의 추락을 결정할까?

힌두교의 삼위일체설에 따르면 우주를 창조한 신은 브라마 신이다.

손이 여섯 개인 비슈누 신은, 바로 이 순간의 나처럼, 하얀 독수리를 타고 날아다니며 세상을 유지하는데 질서를 바로잡아야 할 때가 아니면 이 땅에 내려오지 않는다.

이마에 세 번째 눈이 박힌 시바 신은 의혹을 꿰뚫어보고 진실이 아닌 모든 것을 파괴한다. 비슈누 신과 시바 신은 정말 바쁘겠구나!

힌두교는 3천 년 전부터 여러 사상들을 기반으로 형성되어 왔다.

우리는 다르마(dharma), 즉 진리와 균형을 끊임없이 추구하며 성장해 나간다. 현세에서 행한 행위들로 이루어진 업(kharma)은 우리가 책임져야 한다. 그러니까 삼사라(samsara), 즉 윤회에서 더 높은 계급으로 다시 태어나 더 나은 삶을 누리려면 착하게 살아야 한다.

그렇다면, 나는 전생에 무슨 해괴한 짓을 했기에 이런 형벌을 받고 있나…….

공식적으로는 폐지되었지만 힌두교의 구성요소인 카스트 제도는 사회에 그대로 남아 있다. 이 제도는 인도 사회의 난제이며 민주주의를 표방하는 이 나라의 장애물이다. 카스트 제도로 엄격한 사회계급이 형성되고 체계화되어 있는데 그 경계를 넘기란 보통 힘든 일이 아니다.

전설에 따르면 성직자와 학자들로 이루어진 브라만들은 위대한 창조자인 브라마의 입에서, 크샤트리아 계급에 속하는 귀족과 무사들은 그의 팔에서 튀어나왔고, 바이샤 계급에 속하는 상인, 장인, 농민들은 그의 허벅지에서 탄생했으며 노예들로 구성된 가장 하층 계급인 수드라는 브라마의 발에서 나왔다고 한다.

그런데 수드라보다 더 천한 사람들이 있으니, 바로 접촉해서는 안 되는 '불가촉민(不可觸民)' 혹은 파리아(paria)로 불리는데, 계급으로도 분류되지 않는 사람들로 이들은 쓰레기 처리, 가죽 다루기, 오물 처리 등 가장 천시되는 일을 한다.

이들은 부정하기 때문에 가까이 가서도 안 될 뿐더러 그림자가 브라만에게 스치는 것마저도 금기시되어 있다.

이런 내용을 읽는 중에 차별의 대상이 되는 이 2억 명의 파리아, 불가촉민들에 대한 연민이 느껴진다.

얼마 전까지만 해도, 사람들은 에이즈 바이러스 보균자들과 같은 컵으로 물을 마시지 않으려 했고 몸이 닿거나 악수를 하거나 볼에 입을 맞추는 인사를 하는 것도 꺼려했다. 우리를 격리해 가두어 두어야 한다는 사람도 있었다. 끓어오르는 분노를 가라앉히기 위해 가이드 책자를 내려놓고 생각에 잠긴다. 그럼 지금은 모든 사람들이 에이즈 바이러스 보균자들과 같은 컵으로 물을 마시려고 할까? 기분을 돌리려고 나는 안중에도 없이 옆에 앉은 남자를 '가촉민' 내지는 '만져도 되는' 계급으로 분류한 릴리를 가만히 쳐다본다. 하긴, 어울리는 분류이긴 하다.

한 밤, 움직임 하나 없는 비행기 안에 무거운 정적이 내려앉자, 나는 내 앞에서 빛을 발하는 작은 화면 속에서 내가 해발 만 미터 상공에 떠 있다는 것을 확인하고 불안에 사로잡힌다…….

내가 앉은 자리 바로 아래에, 나와 땅 사이에 차갑고 가벼운 공기가 10킬로미터나 있다니. 공중에 붕 떠 하늘을 나는 이 거대한 물체가 언제라도 작동을 멈추고 수직으로 뚝 떨어질 수도 있다는 생각이 든다. 10킬로미터 아래로 떨어지다니, 그렇게 오랫동안 떨어져 본 적은 없는

데…… 호흡이 짧아지고 숨이 가빠온다. 옆자리 젊은 남자에게 머리를 살짝 대고 깊이 잠든 릴리를 깨울까 망설인다. 상비약 주머니를 뒤져 자낙스 한 알을 찾아내 혀로 녹인다. 좀 진정이 되는 것 같아 다시 안내 책자를 읽기 시작한다.

불교는 인도에서 생겨난 종교다. 석가모니는 기원전 5세기 인도 북쪽 나라 왕가의 혈통을 이은 왕자로 태어났는데 후에 '깨달음을 얻은 자'라는 뜻의 붓다라는 이름으로 불리게 되었다. 불교는 카스트 제도를 없애자고 한다고 하니, 그것 참 다행이다. 거지, 병자, 노인, 그리고 죽은 사람을 차례로 만난 후, 붓다는 네 가지 진리를 깨닫고 그것을 가르친다. 나는 속으로 그 사성제를 하나하나 따져본다.

—삶은 그 자체가 불만족이요 고통이다. —나도 같은 생각이다.

—모든 괴로움은 욕망과 집착에서 생긴다. —나는 사랑 때문에 괴로운데.

—고통은 끊을 수 있는 것이다. —반가운 소식이네.

—깨달음을 얻기 위해서는, 해탈에 도달해야 한다. 해탈로 향하는 길이 있으니, 그것이 바로 정의와 집착 없는 사랑과 생명 존중으로 이루어진 중도(中道)이다.

그리고 다라보살에 관한 내용이 나온다. 내 딸 타라의 이름과 표기가 같은 다라보살. 아! 나의 천사, 나의 유일한 신성, 모든 부처의 어머니, 강하고 탁월한 불교 유일의 여성. 다라라는 이름에는 '하늘의 별' 혹은 '해방'이라는 뜻이 들어 있다. 다라보살은 여러 가지 색으로 표현되는데, 가장 많은 숭배를 받는 녹색 다라보살은 모든 위험을 물리치는 최고의 능력을 가지고 있다. 나의 타라는 이 전설 그대로다. 늘 한결같고 언제나 웃는 아이. 타라는 제 침대에서 자지 않고 항상 내 옆에 꼭 붙어 잔다. 나도 소아과 의사의 조언을 무시하고 아이가 하는 대로 내버려 둔다. 밤이면 타라는 이불 밑에서 손을 더듬어 나를 찾는다. 엄마를 보호해 주고 싶어서. 아이 아빠와 나는 불교적 상징에 대해서는 전혀 모르는 상태에서 타라라는 이름을 골랐다. 우리에게 '타라'는 〈바람과 함께 사라지다〉였으며 스칼렛 오하라의 모험의 땅, 약속의 땅이었다. 나는 책을 덮고 꿈을 꾼다. 명상을 하다가 잠이 든다…….

고통 없이 사랑하자, 욕망을 버리자, 선을 추구하자, 자신을 정화하자, 균형을 찾자, 평온을 찾고…… 잠을 자자. 안내책자를 읽으며 가라앉은 마음에 자낙스가 효력을 십분 발휘한다. 나는 가볍고 평온한 새로운 생각 속을 헤매며 단단한 땅에서 멀리, 공중에 붕 뜬 채 스르르 잠이 든다.

뉴델리에 도착한 후, 릴리와 아당―어쩜, 이름도 멋지지 않니, 라고 릴리가 내 귀에 대고 속삭인다―은 전화번호를 교환한다.

호텔에서 보낸 자동차가 우리를 기다리고 있다.

인도는 엄청난 충격으로 다가온다. 해가 저물어 가는데도 습기와 열기가 얼마나 강한지, 나는 바로 압도되어 버리고 만다.

"여행 안내책자에서 읽었는데 5월, 6월이 제일 더운 달이라더라. 괜히 할인을 해주겠니?" 릴리가 살짝 비꼰다.

"그래도 운전사에게 물어봐. 이 기온이 정상이냐고. 이 상태로 욀흘을 보내고 나면 어떻게 되겠어?" 내 몸은 이미 땀으로 흠뻑 젖어 있다.

할리우드에서 영화를 찍으려면 영어 공부를 좀더 해야 하는 나와 달리, 릴리는 2개 국어를 한다.

운전사의 대답은 단호하다. "Yes, normal." 그리고 덧붙이는 말. "Monsoon, soon."

"뭐라는 거야?"

"곧 우기가 시작된다는데."

해가 지면서 형태들이 하나로 섞인다. 고속도로에서 보는 뉴델리 교외는 끊임없이 뻗어나가는 거대도시의 교외와 닮아 있다. 빈 공간 없이 빼곡히 들어찬 온갖 종류의 집들이 만들어 내는 무질서와 수많은 사람 외에는 이 나라만의 유일한 특성을 찾아볼 수 없다. 흥분이 되는 동시에 두렵기도 하다. 하늘이 빠른 속도로 어두워지더니 밤으로 넘어간다. 갑자기 천둥 번개가 치고 폭우가 쏟아진다. 다른 열대지방에서처럼 무겁게 내리는 비다. 잠깐 사이에 고속도로가 물에 잠기고 교통이 거의 마비된다. 나는 릴리에게 몸이 점점 더 불편해지고 있다고 말한 다음 양 손을 가슴에 대고 눈을 감고 긴장을 풀어보려고 한다. 자동차 지붕을 때리는 빗소리가 못 견딜 만큼 커지는가 싶더니 악몽에 나타났던 장면이 영화처럼 생생하게 보이기 시작한다. 통제가 안 되는 자동차, 마구 퍼붓는 비, 길 끝에 나타난 커다란 원형 광장. 넓은 기단 위로 솟은 동상과 핸들을 잡은 내 손이 보인다. 반대방향에서 끊임없이 달려오는 차들의 헤드라이트, 그리고 충돌. 쾅! 나는 비명을 지른다. 끊이지 않는 경적 소리의 합창에 내 목소리가 묻힌다. 눈을 번쩍 뜬다. 릴리가 나를 안심시키려고 내 어깨에 손을 얹고 있다. 그리고 마치 풍향계처럼 고개를 돌리더니 밖을 쳐다본다. 택시가 물에 잠겨 넘어진 자동차들과 흠뻑 젖은 채 도로변에 서 있는 사람들 사이를 힘겹게 헤쳐 나간다. 천둥번개가 그치고 쏟아지던 비도 멎는다. 잠깐 사이에 모든 것이 끝난다. 요란한 빗소리가 사라지고 검었던 하늘은 회색이 된다. 에어컨을 너무 세게 튼 택시 안에 서서히 정적이 내려앉을 즈음, 우리는 여전히 물에 젖은 수도에 입성한다.

　델리는 구시가지와 신시가지로 나뉘어 있다. 중앙역에서 그리 멀지 않은 우리 호텔은 이 두 지역을 가르는 모호한 경계선상에 위치해 있다. 택시가 구시가지를 천천히 통과해 나간다. 나는 눈동자를 바삐 움직이며 이 낯선 풍경을 만난다. 차 유리창에 이마를 대고 도시를 이루고 있는 것들을 바라본다. 아름답거나 짜임새가 있다거나 서로 어울린다거나 하는 것이 하나도 없는 풍경이다. 서양식 가게 옆에 지저분한 집, 그 옆에는 쇠창살이 달린 몇 층짜리 건물, 그 옆에는 또 볼품없는 주차장. 그리고 골목길에는 끊임없이 스파크가 일어나는 전선다발이 걸쳐져 있지만 길을 지나는 그 많은 사람들은 전기 스파크 따위에 관심도 두지 않는다. 사방에 사람이 득실거리는 것을 보자 어렸을 적, 돌을 들추고 꼬물거리는 개미떼들을 쳐다보다가 눈앞이 뿌옇게 되던 때의 느낌이 밀려온다. 신호등의 빨간 불은 꺼질 생각을 않고 우리 주위에는 차들이 잔뜩 밀려 있다. 누군가가 내가 이마를 대고 있는 차 유리창을 마구 두드리는 바람에 나는 비명을 지르며 뒤로 물러난다. 웬 남자가 손이 잘려 나간 팔로 유리창을 두드리더니 남아 있는 한 손을 뻗으며 놀라게 해서 미안하다는 뜻인지 미소를 짓는다. 그리고 다시 창을 두드린다. 나는 릴리에게 딱 붙어 꼼짝도 하지 않는다.

"아무것도 주지 마세요. 쳐다보지 마세요." 운전사가 무뚝뚝하게 이렇게 말한다.

자동차가 다시 출발한다. 인도 위로 올라간 남자의 모습이 천천히 멀어져 간다. 나는 고개를 돌리고 눈으로 남자의 모습을 따라간다. 까만색으로 번들거리던 그의 눈은 놀라우리만치 예리했다. 운전사가 저기를 보라며 손가락을 들어 조명으로 빛나는 우리 호텔의 간판을 가리킨다. 호텔 입구로 이어진 인도 한 구석에 한 가족으로 보이는 열 명 남짓한 사람들이 바닥에 천이며 박스 종이 같은 것을 깔고 널브러져 있다. 긴 천으로 몸을 감싸고 앉아 있던 여자들이 지나가는 우리를 무심한 눈으로 쳐다본다. 여자들 주위에 여러 명의 아이들이 누워 있다. 선 채로 말다툼을 하는 남자들 몇 명 뒤에서 잠을 자는 아이들도 있다. 가려주는 지붕도 없는데.

높은 보안용 장벽 안으로 들어가자 다른 세계가 우리를 환영한다. 인도는 넓기도 하지만 현기증이 날 정도로 대조가 심한 나라다. 우리가 들어간 공간은 놀라우리만치 화려하다. 환한 가로등이 짧게 깎은 잔디를 뚫고 나온 종려나무들을 비추고 있다. 정갈한 제복에 챙 달린 모자를 쓰고 장갑을 낀 남자 두 명이 허리를 숙이며 자동차 문을 열어준다. "땡큐, 땡큐 베리머치." 나는 이렇게 인사를 하고 차에서 내린 다음 로비로 들어가기 전에 고개를 돌리고 공원을 본다. 많은 사람들이 내는 떠들썩한 소리가 들려오지만, 그 사람들은 저 멀리에 있다. 마법의 장벽 하나로 쓰러져 가는 집들과 사람들로 가득한 골목길이 내 시야에서 지워져 버렸다. 더운 나라에 어울리는 종려나무들이 뜨거운 바람에 몸을 흔들며 살랑대는 소리를 낸다. 이 호텔은 비현실적인 작은 섬이요, 불쾌하리만치 아름답고 화려한 식민지 시대의 보루다. 어쩌다 보니 내가 부자 계급에 들어왔지만, 내일이면 다시 가난 속으로 돌아가리라.

부드러운 양고기 카레로 가볍게 저녁식사를 한다. 원래 나는 강한 향으로 재료의 맛을 가리는 음식들을 좋아하지 않는다. 하지만 카레가 먹고 싶었다. 릴리가 메뉴판을 훑어보며 한 마디 한다.

"어쨌거나 카레를 좋아하지 않는다면, 여기에 오지 말았어야지."

그렇지만 나도 치즈 난은 정말 좋아한다. 크레이프와 빵의 중간쯤 되는 동글납작한 얇고 부드러운 빵, 나무를 때는 화덕에 구웠기 때문에 검댕이가 군데군데 묻어 있다.

"이런 걸 기대하지는 않았는데." 릴리가 말한다.

내 머릿속에는 이 나라에 도착하면서 보았던 서로 어울리지 않는 이미지들이 여전히 지워지지 않고 남아 있다.

"인도에서 뭔가를 기대한다는 것 자체가 불가능하지……."

아침, 릴리가 짙은 푸른색 물이 가득한 수영장으로 가서 누워 있겠다고 한다. 인도 사람들을 다시 보고 싶은 나는 친구를 재촉한다. 유네스코에서 세계문화유산으로 지정한 후마윤 황제의 무덤이 1킬로미터도 채 떨어지지 않은 곳에 위치해 있다. 걸어갈 수 있을까? 호텔 관리인이 절대 그래서는 안 된다고 우리를 말린다. 모르는 땅에서 고집을 부릴 수는 없어서 우리는 호텔 자동차에 올라탄다. 대낮, 델리 구시가의 복잡하게 얽힌 골목길은 끝이 나지 않을 것만 같다. 인도 위에서 잠을 자던 사람들은 사라졌다. 길이 막혀온다. 이곳에 도로 안전이라는 것은 존재하지 않고 자동차를 타고 가는 사람들의 숫자만큼이나 속도에도 제한이 없다. 결연한 표정의 한 젊은이가 고개를 들고 몇 년식인지도 모를 오토바이를 타고 있다. 그의 앞, 안장과 짐 보관함 사이에 어린아이가 쪼그려 앉아 있고 뒤에는 아내로 보이는 여자가 노란색 사리자락을 휘날리며 강보에 싼 갓난아기를 안고 있다. 여자의 뒤에는 어린 여자아이가 엄마를 꼭 껴안은 채 머리를 등에 딱 붙이고 있다. 여자가 놀라우리만치 평온한 금빛 눈으로 나를 잠깐 쳐다본다.

호텔 운전사가 급브레이크를 밟았다가 핸들을 틀고 속도를 내며 신성한 소며 염소며 릭샤들을 요리조리 피해 결국에는 창문 대신 철책이 달린 버스를 추월한다.

드디어 정글을 빠져나와 인간적인 모습과 마주한다. 우리는 16세기에 지어진, 전혀 무덤 같지 않은 영묘에 도착한다. 끝없이 펼쳐진 정원들과 거대한 돔들, 그리고 쑥 들어간 입구가 인상적인 영묘 구역으로 들어간다. 전체가 하얀색 대리석과 붉은 사암으로 되어 있다. 하얀색은 순수를 뜻하기도 하지만 죽음을 상징하기도 한다. 붉은색은 이승에서의 삶, 피, 사랑, 그리고 살을 뜻한다. 영묘는 아름답고 단순하며 거대하다. 타지마할도 이 영묘에서 영감을 얻었을 것 같다. 내가 넋을 잃고 영묘 안을 거니는 동안 릴리도 매혹된 표정으로 아무런 말을 하지 않는다. 우리는 하양과 빨강, 소생과 사랑 사이를 헤맨다.

프랑스로부터 들려오는 소식은 적지만 좋은 소식들뿐이다. 바로 곁에 있는 것처럼 타라의 목소리를 듣는다. 아이는 세계지도를 펼쳐놓고 내가 어디에 있는지 찾아보고 있다며 엄마가 돌아올 때까지 '몇 밤을 자야' 하는지 세어본다. 그리고 내가 떨어져 있던 날만큼 선물을 사와야 한다고 말한다.

내 에이전트는 연극 대본을 잘 받았느냐고 묻는다.

스티븐은 내 인생에서 완전히 사라졌다. "난 이만 가볼게……" 또다시 문이 철커덕 닫히는 소리가 들리고 이렇게 멀리 떠나왔는데도, 그를 생각하는 것만으로도 속이 메어온다. 나는 눈을 크게 뜨고 나를 둘러싼 세상을 바라본다. 오늘 나를 가득 채운 인도의 풍경에 집중한다.

우리는 델리를 떠나 라자스탄 주 남부에 있는 우다이푸르로 향한다.

호숫가에 자리 잡은 호텔 방에서 내려다보니 지금까지 한 번도 본 적이 없는 것 같은 아름다운 전망이 펼쳐진다. 인도에서만 경험할 수 있는 장엄한 풍경이다. 저 멀리 우다이푸르 성벽, 그리고 높이 솟은 궁전, 황토색 도시. 양쪽으로 펼쳐진 초록이 섞인 누리끼리한 평야와 언덕에는 인적이 없다. 그리 깊지 않은 호수 한가운데에는 전체가 하얀색 대리석을 다듬어 만들어진 레이크 팰리스 호텔이 좌초된 대형 여객선처럼 떠 있는데 19세기에 지어진 이 호텔은 작은 섬 하나를 다 차지하고 있다. 반짝거리는 수면 위에 들쭉날쭉한 황토색 높은 벽들과 오렌지색으로 물든 하늘과 기울어가는 커다란 태양과 유령 같은 커다란 배의 모습이 비친다. 나는 감동으로 몸을 떨며 꼼짝도 하지 못한다. 릴리가 아유르베다 스파의 매력을 하나하나 설명하며 나의 최면상태를 깨보려고 한다. 나는 풍경에서 눈을 떼지 못한다. 이 영원한 아름다움과 사람의 가장 숭고한 면을 감상하며 앞으로 남은 생을 보낼 수도 있을 것 같다. 눈을 가늘게 뜨고 낯선 형태의 큰 새들이 호수에 몸을 담그는 모습을 바라본다.

"명상을 하는 거니, 리틀 붓다?"

나는 릴리의 말에도 대답을 하지 않는다.

"멋지긴 한데, 난 스파에 간다. 내면 성찰의 시간이 되길."

테라스에 누운 채로 몇 시간이 흘렀는지 모른다. 눈을 떴다가 다시 감기를 수차례. 나의 삶은 비현실적인 것이 된다. 미지근한 밤공기가 뜨거웠던 낮을 대신한다. 호수와 성벽이 반짝거린다. 감미로운 눈물이 내 얼굴을 적신다. 이곳은 내가 아는 곳이다. 전에 와 본 곳, 전생이었는지 꿈에서였는지는 모르겠지만 이 아름다움이 낯익다. 아름다운 풍경이 내 마음을 무한한 평화로 이끈다. 전에 보았던 그 어떤 아름다운 풍경보다 더 아름다운 풍경이다.

데자뷰, 전에 느껴본 느낌, 이미 보았던 풍경. 분명 전에도 이 아름다움을 보며 눈물을 흘렸다.

릴리가 소란스럽게 방 안으로 들어온다.

"말도 안 돼! 꼼짝도 안 했어?! 내가 마사지 받고 몸 불리고 각질 제거하고 때 벗기는 동안 넌 계속 여기 있었단 말이야?! 기분이 좋지 않아?"

가까이 다가온 릴리가 가로등 불빛 아래 흘러내린 마스카라로 줄무늬가 그려진 내 얼굴을 보고 화들짝 놀란다.

"우는 거야? 어머, 어머! 너 우니? 너무 감격했나 보구나…… 인도 때문이야? ……아님, 다른 것 때문에? ……눈을 떠 봐…… 날 보란 말이야. 인도를 봐. 괜찮아질 거야. 내 말을 믿어, 다 괜찮아질 거야……."

릴리의 동정 어린 표정이 나를 더 슬프게 만든다. 릴리가 벌떡 일어나 분위기를 바꾼다.

"배고파 죽겠어! 너도 마찬가지겠지. 자, 가자! 치즈 난을 먹어야겠어, 쇼핑도 좀 하고. 구시가에 있는 노점들이 밤 열두 시까지 하는 거, 알고 있지?"

우다이푸르, 그리고 핑크빛 자이푸르, 바람의 궁전, 라나크푸르와 너무나도 섬세한 밝은 회색의 자이나교 사원, 아그라와 그곳의 붉은 성벽, 그리고 타지마할…… 경이로움의 연속이다. 인도는 나의 감각을 깨우고 전기충격을 가한다.

아름다움은 절정에 달했지만 엄청난 더위와 비참한 풍경이 나를 짓누른다. 아무것도 할 수 없는 이런 상태가 혐오스럽다. 나는 언제나 앞에 있는 것들을 움직이게 만드는 것을 좋아했고 뭐든 변화시킬 수 있다고 믿었다. 아이들을 가난에서 구해낼 수 있다고 믿었는데. 운명에 도전하는 게 좋은데. 하지만 까맣게 때가 낀 이 아이들에게는 어떤 미래가 펼쳐질까? 정지 신호에서 마주치는 빛나는 눈동자의 주인공들, 만원 버스에 끼여 앉아 시원한 SUV 안에 앉은 나를 경멸의 눈초리로 쳐다보는 저 사람들은 무슨 운명을 타고났을까?

내가 뭘 할 수 있을까? 적어도 말은 할 수 있겠지. 하지만 인도의 모든 것들은 나보다 훨씬 강하다. 나는 그 비현실적인 아름다움을 간직하고 싶다. 감격스러운 아름다움을.

타지마할은 사진에서 보는 것처럼 아름답고 새하얗다. 영묘를 그림처럼 보이게 하는 입구를 지나면 갑자기 '상상을 초월하는' 웅장한 자태가 모습을 드러낸다.

정중앙에 우뚝 솟은 거대한 돔은 풍만한 사랑과 여성을 상징한다. 양옆으로는 유방 같은 좀더 작은 돔 두 개가 있다. 뾰족한 끝이 무한한 하늘과 영원을 향하고 있는 높은 기둥 혹은 작은 탑이 네 개. 전체적으로 풍겨 나오는 우아함이 나를 압도한다. 릴리도 입을 다물지 못한다. 그 찬란함에 머리가 어질어질하다. 나는 중앙 분수를 따라 놓인 벤치에 앉아 손에 얼굴을 파묻고 눈을 감는다. 릴리가 괜찮으냐고 묻는다. 나는 대답 없이 가만히 앉아 있다. 타지마할이 꼭 감은 나의 두 눈을 환하게 밝혀준다. 나의 모습이 보인다…… 돔을 향해 또박또박 걸어가는 나, 발밑에서는 자갈이 바스락거리고, 내 목에는 작은 금목걸이가 걸려 있다. 그리고 어떤 남자의 손이 내 손을 잡고 있다…… 남자의 손과 손가락에 끼워진 결혼반지밖에 보이지 않지만 온기가 느껴진다, 내 손을 꽉 잡고 나를 이끄는 그 손가락의 압력이. 행복하다, 더할 나위 없이. 우리가 영묘에 가까이 가면 갈수록, 나는 더욱더 행복해진다. 주변에는 사람이 많지 않고 덥지도 않은 것이 거의 시원할 정도다. 조금 더 나아가 타지마할을 마주하고 선 우리는 대리석에 섬세하게 새겨진 가녀린 새 위에서 우리의 손을 포갠다. 안으로 들어가는 대신 우리는 돔을 한 바퀴 돌고 잔잔하게 흐르는 연두색 강을 따라 걷다가 다시 입구로 돌아와 마침내 묘 안으로 들어간다…….

"샤를로트? 샤를로트!"

내 어깨를 흔드는 릴리의 손이 느껴진다. 눈을 뜨고 천천히, 아주 천천히 릴리에게 날 좀 내버려 두라는 몸짓을 한다. 그리고 영묘 내부의 아름다운 이미지에 잠깐 더 젖어든다. 그 이미지들을 간직하고 싶다. 그 이미지들이 오랫동안 나를 채워주도록. 릴리가 옆에 앉아 아름다운 풍경을 감상한다. 감미로운 느낌이 사라져 버리자, 엄청난 슬픔과 고독이 몰려온다. 아무도, 그 어떤 생각으로도 멈출 수 없다. 눈물이 솟구친다. 릴리가 걱정을 한다.

"뭐라고 말 좀 해봐. 왜 그래? 왜 자꾸 우는 거야, 응?"

내 안에 있는 것들을 이야기하고 싶지 않다, 아무튼 지금은 때가 아니다. 나 혼자서만 간직하고 싶은 추억이다. 나는 눈물을 닦고 벌떡 일어나 릴리를 향해 활짝 웃어 보인다.

"자, 가자. 아무것도 아니야, 괜찮아질 거야, 얼른 가보자."

"이해해…… 하긴, 눈물이 날 만도 하지…… 추억이란 추억은 다 떠오를 테니까……."

"맞아…… 하지만 괜찮아질 거야, 정말이야…… 가자, 가까이 가 보자, 가까이 가면 더 아름다울 거야…… 대리석에 꽃이랑 새들이 새겨져 있거든…… 뒤에는 초록색 강물이 흐르고 있고……."

릴리는 대답을 기대하지도 않는 나지막한 목소리로 중얼거리며 나를 따른다. "네가 그걸 어떻게 알아?"

한 단 높이 올라간 광장에서 돔을 마주하고, 나는 릴리가 우아한 연꽃, 장미, 튤립과 다리가 긴 새들을 감상할 시간을 준다. "이 새, 정말 아름답지?" 나는 꿈에서 보았던 새를 닮은 새를 가리킨다. 물가에 살면서 긴 부리로 물고기를 잡는 왜가리, 아니면 열대지방에 사는 황새같이 생겼다. 새를 다시 보니 행복하다. 나는 새를 쓰다듬는다. 심장이 마구 뛴다. 릴리와 함께 돔 주위를 천천히 걷다가 저 아래로 흐르고 있는 커다란 강을 발견한다. 릴리가 깜짝 놀란다. "이상하네, 아까는 안 보였는데. 안내책자에도 강이 있다는 얘기는 없었어……."

대리석에 새겨놓은 왜가리는 분명 저 강가에서 살던 아이였을 것이다. 장인들은 이곳에 상징과 자연을 혼합한 작품을 이루어내려 했던 것 같다. 릴리가 복잡한 표정으로 나를 쳐다본다. 계속 걷는다. 릴리가 영원의 상징인 연꽃 조각 위에 우리 둘의 손을 포개어놓고 사진을 찍자고 했는데 한 손으로 카메라를 잡은 릴리가 손을 부들부들 떠는 바람에 작업이 쉽지 않다. 어느 친절한 관광객이 우리를 도와준다. 돌에 손을 대고 내 손을 지그시 누르는 친구의 손이 느껴지는 순간, 가슴이 또다시 두방망이질친다. 어디에 가서 좀 앉아야 할 것 같다. 릴리가 내부를 구경하고 싶어 하기에 혼자 갔다 오라고 한다.

"별것 없었어. 어둡고 상갓집 분위기가 나는데 거의 텅 비어 있더라." 밖으로 나온 릴리가 이렇게 말하며 내 기분을 바꾸어주려고 타지마할에 얽힌 로맨틱하고도 잔인한 이야기를 들려준다.

타지마할은 17세기에 지어진 황제의 아내 뭄타지마할을 위한 묘로 건축 기간만 30년이 걸렸다. 아름다움의 뮤즈인 뭄타지마할은 견줄 수 없이 아름다웠지만 너무 이른 나이에 세상을 떠났다. 혼자 남은 황제의 고통은 아무도 이해할 수 없을 만큼 컸고, 인도에는 그가 받는 고통의 규모를 표현하는 건축물을 상상할 수 있는 건축가가 없었다. 황제는 천재라는 소문이 국경 너머까지 퍼진 페르시아의 젊은 건축가를 불러오기에 이르렀고, 아무도 모르게 건축가의 약혼녀를 살해해 그로 하여금 사랑을 잃은 고통이 얼마나 큰지 철저히 느끼게 만들었다. 타지마할은 그렇게 탄생한 것이었다.

거의 한 시간 동안이나 따가운 햇살을 받으며 사랑의 사원 앞에 놓인 벤치에 앉아 있었더니 피부가 빨갛게 달아오른다. 우리는 고 다이애나 황태자비가 바로 이 벤치에 앉아 찍은 사진이 얼마나 고독하고 우울해 보였는지를 떠올리며 가벼운 농담을 주고받는다.

다음날, 다시 길을 떠난다. 마지막 목적지, 파테푸르 시크리.

한 시간이 걸리는 길이다. 운전사가 미친 사람처럼 차를 모는데 아무리 해도 그를 말릴 수 없다. 영어로 그러지 말라고 해도 못 알아듣는 것 같고 계속 비명을 질러도 소용이 없다. 나는 눈을 감아버린다. 운전사는 속도를 줄이지 않고 비디오게임기 앞에 서 있는 꼬마나 반대편에서 튀어나오는 장애물들을 피해 계속 달린다. 무시무시한 크롬도금 범퍼를 장착한 트럭들, 뼈만 남은 신성한 소들, 역시 비쩍 마른 코끼리, 짐수레, 자전거, 그리고 우리 차처럼 급하게 달리는 자동차들. 대체 급한 일이 뭐가 있다고? 나는 비명을 지르고 기침을 하다가 두 손을 맞잡고 기도를 한다. 릴리가 깔깔 웃는다. 이제 다 왔다.

아그라 성벽을 지은 돌과 같은 붉은 사암으로 지어졌지만 덩그러니 버려져 있는 이곳의 성채는 아그라 성벽보다 더 아름답다. 이슬람, 힌두, 기독교 건축 양식의 영향을 모두 받은 건축물이다. 출입문이 그야말로 거대하다. 입구를 지나면 별 모양으로 배치한 포석으로 빙 둘러진 사원으로 이어진다. 탑이며, 아치형 천장이며 기둥, 뾰족한 아치, 모든 형태가 다 들어 있는 사원이다. 신성한 곳이다. 입구에서 신발을 벗어야 한다. 악사들이 바닥에 앉은 채로 투박한 바이올린처럼 생긴 사랑기와 피리로 연주를 한다. 거지들, 불가촉건들이 내게 손을 내민다. 나는 그들 옆에 앉아 텅 빈 주머니를 보여준다. 돈이 하나도 없다. 오는 길 내

내 엄지동자(Le Petit Poucet, 프랑스의 동화작가 Perrault의 작품)처럼 돈을 다 뿌려버렸다. 대신 그들을 향해 팔을 뻗는다. 그들을 만지고 싶다. 나는 낡아 해진 사리를 입은 아기 엄마의 손을 꼭 잡는다. 기분이 좋아진 아기 엄마가 웃기 시작하자 그 웃음이 불이 번지듯 나머지 사람들에게로 번져나간다. 이런 난리통에도 잠을 깨지 않는 사람들이 있다. 나도 따라 신나게 웃는다. "나마스테…… 나마스테……" 힌두어의 인사말, 내가 할 수 있는 유일한 말이다.

웃자, 더 웃자, 천한 사람들끼리 함께 실컷 웃자. 머리 위의 하늘이 갑자기 험악해진다. 함께 웃던 사람들이 바닥을 기어 재빨리 아치 밑으로 피한다. 나는 자리에서 일어났지만 움직이지 않는다. 비가 거세게 내린다. 비 때문에 구멍이 숭숭 뚫린 바닥에서 흙이 새어나와 내 맨발을 더럽힌다.

"더럽잖아, 샤를로트!"

다른 사람들처럼 몸을 피하며 릴리가 소리친다.

상관없다. 물기둥에서 튀는 이 더러운 물이, 구역질이 날 것 같은 이 흙냄새가 나는 좋다. 커다란 광장 위에 나 혼자 있지만 괜찮다. 연주를 멈추지 않는 악사들에게 경의를 표하고 싶다. 춤을 춰야지. 즉흥적으로 추는 춤, 아무도 춘 적이 없는 춤, 나의 춤, 우리의 춤, 비천한 사람들의 춤을.

나는 춤을 춘다. 제자리에서 뱅글뱅글 돈다. 머리카락과 가슴이 비에 젖도록 내버려 둔다. 내 몸 위로 빗물이 마치 새로 얻은 반투명한 피처럼 줄줄 흐른다. 음악은 더욱 강렬해지고 사람들이 손과 발로 바닥을 치며 나의 흥을 돋운다. 꼬마들이 내 곁으로 몰려와 나를 따라 손을 치켜들고 몸을 흔든다. 나는 아이들의 머리를 쓰다듬고 아이들은 휘휘 돌아가는 내 손을 잡으려고 한다. 나는 엄지와 검지를 마주 대고 시바 여신의 눈처럼 동그라미를 만든다. 손목을 돌리며 손가락으로 허공에 원을 그린다. 머리카락을 휘날리며 엉덩이를 흔든다. 나는 완전히 낯선 춤에 사로잡힌다. 이제 아이들이 나에게 딱 달라붙어 있다. 아이들과 둥글게 원을 그리며 돌고 있는데 시작될 때처럼 금방 비가 그친다. 나는 자랑스러운 표정으로 즐거워하는 댄서들에게 박수를 보내고 흐느껴 우는 릴리의 곁으로 간다.

"왜 그래, 무슨 일이야?"

"황홀했어. 넌 뭔가에 사로잡힌 것 같았고, 정말 행복해 보였고 성기 있어 보였어…… 그리고 그 춤……."

나는 넋을 잃고 감격에 겨워 인도를 떠난다. 이 나라의 화려함에 충격을 받아 겸허해진 마음에 새로운 색깔을 가득 채우고 새로운 시각을 얻고 생기 가득한 채로. 그리고 새로 경험한 혹은 다시 찾은 감동에 젖은 채로.

파리로 돌아와서

타라는 신이 나서 선물을 찾아낸다. 초록색 타라 여신을 그린 독특한 그림, 분홍색과 은색이 섞인 사리, 그리고 화려한 색깔의 멋진 가네샤 헝겊 인형. 고백하자면, 내 몫으로 가네샤 인형을 하나 더 사서 가방 안에 몰래 숨겨 두었다.

가네샤는 시바 신의 아들인데 코끼리 얼굴에 팔은 네 개, 배는 부처처럼 불룩한 귀여운 모습을 하고 있다. 시바 신과 파괴의 눈인 그의 세 번째 눈은 성질이 고약해서 불쌍한 아들의 일거수일투족을 관찰하는데, 가네샤는 신경쇠약에 걸리는 대신 아버지에게서 물려받은 성격과 정반대의 성격을 갖는 데에 성공한다. 정말 잘한 일이다. 가네샤는 갖은 구박을 잘 이겨 인류의 보호자가 되었다. 그는 새로운 모험으로 이끄는 길을 가로막는 모든 장애를 제거하는 힘을 가졌고 사람들의 계획을 돕는 동시에 공연의 신이기도 하다. 한 마디로, 가네샤는 타라와 나를 위한 신인 것이다.

부디 가네샤 신이 모험을 떠나는 타라를 오래도록 보호해 주길! 그래요, 가네샤 신이시여, 내 딸을 보호해 주시고 아이의 장래를 밝혀주시고, 그 아이가 미소를 간직할 수 있도록 해주세요. 타라가 조금이라도 불행해지면, 나는 그것으로 끝이거든요. 결국에는 미쳐 버리고 말 거예요. 아무 희망 없이 무너져 버리고 말 거라고요. 타라는 나를 버티게 해주는 유일한 힘이에요.

편지함이 넘쳐난다. 우편물들 중에 내 편집자가 다시 부쳐준 팬레터가 스무 통쯤 있다. 여러 통의 편지들 중에서 주로 예쁜 색깔의 우표가 붙어 있는 참신한 편지들이 우선 눈에 확 들어온다. 건전지처럼 애정으로 가득 충전되어 있는 이런 편지들이 나는 참 좋다. 편지 하나하나에서 인연이 느껴진다. 팬들은 아주 쉬우면서도 다정한, 편지라는 방법으로 자신의 마음을 표현할 수 있고 그것으로 현실적이고도 감동적인 기묘한 친밀감이 생겨난다.

편지에는 주로 듣기 좋은 말들이 적혀 있는데, 닥터 블랑쇼와 상담을 계속하고 있는데도 이런 칭찬을 들으면 나는 불편해 몸 둘 바를 모르게 된다.

나는 살기 위해 투쟁을 하는 재능이 없다. 닥터 블랑쇼가 자주 이렇게 말했다. "우리는 기본적으로 살아남기 위해 프로그램되어 있어요."

기본적으로 나는 특별한 재능 대신 내 자신을 비판하는 눈을 가지고 있다.

칭찬을 받아들이기 위해서는 그 칭찬의 흔적, 혹은 씨앗을 받아들일 만한 좋은 토양을 가지고 있어야 한다. 칭찬을 받아들이도록 해주는 줄기세포, 받아들인 칭찬들이 성장하고 빛을 발하도록 해주는 재능이 있어야 하는 것이다.

칭찬을 들으면 나는 칭찬을 받아들일 수 없다는 느낌에 사로잡힌다. 내가 그럴 만한 가치가 있나 하는 느낌. 칭찬은 내 안에 남아 있지 않고 빠져나간다. 내가 미소를 지으면 그대로 사라져 버린다.

닥터 블랑쇼는 개인적 가치라는 감정은 어렸을 적부터 가져온 자신에 대한 시각, 즉 '자신감'과 연결되어 있다고 설명한다. 그 감정은 자기 자신과 깊고도 은밀하게 연결되어 있으며 무의식적인 경우가 많다. 부모의 사랑이 자신감을 만들고, 어떤 삶을 살아가느냐에 따라 그것이 강해질 수도 있고 약해질 수도 있다.

나의 부모님은 나를 사랑했지만 사랑한다는 표현을 많이 하지 않았다. 두 분의 이런 조심스러운 태도에서 오해가 생긴 것 같다. 아이들은 예수님의 의심 많은 제자 도마와 같아서 사랑한다는 말이나 쓰다듬어 주는 행동 같은 사랑의 증거를 필요로 한다. 나는 부모님의 사랑을 잘못 해석했다. 다른 버전으로 이해했던 것이다. 그로 인한 상처가 남아서 나는 내가 사랑받을 자격이 있다는 느낌을 한 번도 받지 못했다.

게다가 내 삶마저 순탄치 않았다. HIV는 가족들을 파괴했고 공부를 계속해야 한다고 믿는 집안에서 태어난 나의 학업과 우연히 찾아온 성공을 막아버렸다. 마치 나는 그런 빛을 받을 자격이 없다는 듯이.

나는 편지들을 재빨리 살펴본 다음 책상 위에 둔다. 나중에 읽을 생각이다. 익명의 남자로부터는 소식이 없다. 들라뤼와 함께 했던 방송이 이미 방영되었는데도.

릴리가 펑펑 울며 전화를 걸어온다. 가수 애인이 떠났다. "글쎄, 저 혼자 열을 받아서 펄펄 뛰는 거야." 두 사람은 돈 문제로 서로 욕을 하며 싸웠다. 그 동안 혼자 돈을 다 대왔던 릴리가 신물을 낸 것이다. 하마터면 험한 꼴을 당할 뻔했단다. 릴리는 울면서 "다행히" 레스토랑에서 싸움이 났다고 한다. 그는 코카인, 술, 약에 취해 제정신이 아니었다. 저녁 데이트와 인생을 망칠 만한 훌륭한 칵테일이다. 둘이 헤어졌다는 소식에 안심이 되는 반면 그 사람에 대해 연민을 느끼지 않을 수 없다. 그는 목표도 가치관도 없이 자신을 망치고 있고 마음이 너무 여린 내 친구 릴리는 사랑한다는 말을 듣기 위해 모든 것을 견딜 준비가 되어 있는, 길 잃은 어린 양이다.

사람의 마음에는 이성이 모르고 있는 판단력이 있다…… 저명한 나의 조상 블레즈 파스칼이 남긴 말이다. 이혼 이후, 나의 친구 릴리의 마음에 있는 판단력은 그리 명료하지 않은 방향으로 커 나갔다. 내 소중한 친구가 너무나도 무너지기 쉬운 사람이란 건 누구보다 내가 잘 알고 있다.

예민한 사람들은 시련을 견딜 치료약으로 경쾌하고 좋은 기분을 이끌어 낸다는 특징이 있다. 나의 릴리도 상처를 경쾌한 성격으로 극복해 냈다. 요즘 세상에서는 이혼이 어쩌다가 별것 아닌 일이 되어버렸지만, 그 사건 때문에 릴리는 멍이 들고 자신감을 잃었다. 릴리는 남편을 깊이 사랑했었다. 두 사람은 그가 부자가 되기 훨씬 전부터 사귀고 있었다. 릴리는 그의 정열과 사람을 감탄하게 하는 능력을 사랑했다.

어느 날, 릴리의 남편은 차분하고도 차갑게 10년이 지났더니 더 이상 당신을 원하지 않게 되었다, 시간이 흘러 그렇게 된 거니까 이상할 것 없다고 했다. 그는 권태를 느꼈다. 서로를 너무 잘 알고 있었고 그 빌어먹을 신비감도 사라졌는데, 이런 상태로 결혼생활을 유지하기에는 인생이 너무 짧다는 것이었다. 백만장자가 된 그는 어느 날 갑자기 더 젊고 더 섹시하며, 잘 모르기 때문에 더 신비로운 다른 여자에게로 떠나버렸다. 남자들은 다른 항구가 확실히 눈에 보이지 않는 한 절대로 떠나지 않는다.

릴리에게 우리 집으로 오라고 하자 알겠다고 한다. 아들아이에게 이런 모습을 보이고 싶지 않다며. 아이의 할머니가 아이를 돌봐주러 오셨다. 나는 우리 건물 1층에 있는 중독성이 강한 합법적 마약을 파는 유명한 가게로 간다. 그것은 바로 초콜릿. 릴리는 거의 쓴맛이 나는 다크 초콜릿이라면 사족을 못 쓴다. 친구의 표현에 의하면 다크 초콜릿이야말로 '진짜' 초콜릿이다. 최고급으로 사고 싶어서 얇은 판 초콜릿을 넉넉하게 사고 나서 유혹을 견디지 못하고 내가 먹지 말아야 할 것들 중 하나인 헤이즐넛 크림이 든 밀크 초콜릿을 작은 포장으로 산다. 릴리를 위해 빨간 포장 상자를 골랐다가 생각을 고친다. "아니, 초록색 상자에 넣어주세요." 열정보다 희망이 좋아서.

릴리가 엉엉 울면서 고맙다고 한다. 머리도 빗지 않고 화장도 하지 않은 흐트러진 모습이다. 이제 아무래도 상관없단다.

"누구한테 잘 보이겠다고 꽃단장을 하겠니?"

"나한테 잘 보여야지, 당연한 걸 물어!"

"네 말이 맞아, 우리 레즈비언이 되자……."

내 말은 그런 뜻이 아니었는데. 초콜릿을 와구와구 먹는 릴리를 바라보며 나는 미소를 짓는다. 얼마나 열심히 먹는지 까만 초콜릿이 이를 온통 덮어 레미제라블에 나오는 테나르디에 같아 보인다.

애인과 결별한 친구를 위로하는 데에 도움이 되는 방법은 딱 하나다. 이야기를 들어주는 것.

나는 무한한 애정을 가지고 릴리의 이야기를 들으며 친구의 손을 꼭 잡아준다. 릴리가 나에게 해주었던 그대로. 나는 친구가 이 상태에서 빨리 벗어나 자기와 어울리는 남자를 찾으리라고 믿어 의심치 않는다. 제발, 자기를 행복하게 해줄 남자를 사랑할 수 있어야 하는데. 하지만 나는 아무 말도 하지 않는다. 대부분의 경우, 충고는 별 효과가 없다. 특히 이런 위급상황에서는.

몇 시간 동안 이야기를 들어주다가 닥터 블랑쇼와 약속이 되어 있어서 그만 나가봐야겠다고 한다. 우리 집에서 쉬다가 가라고 하는데도 집으로 돌아가겠다는 릴리의 볼에 입을 맞춘다. "네 덕에 기분이 훨씬 나아졌어." 현관을 나서며 릴리가 이렇게 말한다.

닥터 블랑쇼 진료실

"자, 그러니까, 샤를로트……."

"못 뵌 지 한참 된 것 같아요."

"정확히 3주죠."

"인도 여행은 정말 굉장했어요……."

나는 닥터 블랑쇼에게 야릇했던 데자뷔 경험을 털어놓는다. 있는 줄도 몰랐고 입구에서는 보이지도 않던 타지마할 뒤편의 강, 내 손을 잡은 어떤 남자의 손, 우다이푸르 호수 앞에서 흘린 눈물…….

"고집이 참 어지간하군요. 무슨 말을 하고 싶은지 알겠어요…… 대체 뭘 믿는 거예요? 당신에게 심장을 기증한 사람의 추억을 떠올렸다는 건가요? 세포 기억설을 로맨틱하게 경험했다는 거예요? 사랑을 해본 여자들 중에 타지마할 앞에서 데자뷔 느낌을 받지 않을 여자가 어디 있겠어요?"

"하지만 보기도 전에 타지마할 뒤에 흐르는 강의 색깔이며 위치를 정확하게 짚어냈다니까요. 그런 이야기는 어디에도 나와 있지 않아요, 제가 직접 발견한 거예요!"

"알겠어요, 많이 당황했을 거예요…… 어떻게 말해야 할까요…… 데자뷔는 사람들이 살면서 적어도 한 번쯤은 느껴보는 흔한 현상이에요. 몹시 감동적인 상황, 혹은 오랫동안 원했거나 두려워했던 사건을 대했을 때, 나타나게 되죠. 보기도 전에 강을 설명했던 건 묻혀 있던 기억, 잊고 있던 이미지가 되살아난 것일 수 있어요. 무의식의 기억은 빙산의 일각과도 같아요. 나는 점쟁이도 아니고, 세포 기억설도 믿지 않아요. 당신이 집착하는 것 같은 그 불가사의들도. 당신이 진짜로 관심 있는 게 그쪽이라면, 내게는 답변할 능력이 없다는 걸 이해해야 해요……."

“그럼 누구한테 얘기해야 하는 거죠?”

“ ‘불가해하다’ 고 하기 전에, 그게 정말 설명할 수 없는 것인지 확인 해야 해요. 잘 생각해 봐요, 당신이 어떻게 그 강의 존재를 알았을까요? 안내서, 사진, 책, 아주 오래 전에 보았던 어떤 것일 수 있어요…… 날 믿어요, 우리가 설명할 수 있는 모든 것들을 이해할 수 있다면, 나머지 설명할 수 없는, 혹은 비이성적인 부분들은 아주 근소해요…… 우리 뇌의 어마어마한 능력을 과소평가해서는 안 돼요. 모든 것을 연관시킬 수 있는 우리의 능력도 마찬가지고요. 잊어버렸다고 믿었던 몇 년 전에 보았던 특이한 사진이 당신이 경험한 것처럼 문득 떠오를 수 있는 거예요. 불가사의한 세포 기억설에 관심을 두기 전에 자신의 신비한 기억에 관심을 둬봐요…… 타지마할을 찍은 사진이나 그림 같은 걸 언제 처음 보았나요? 당신은 천성적으로 사랑에 빠지기 쉬운 성향을 가지고 있어요. 아주 오래 전에 사랑의 상징인 그 건물이 당신에게 강한 인상을 남겼을 거예요. 그때가 언제인가요?”

“그건…….”

“세포 기억설은 잊어버려요, 당신의 기억을 살펴봐요…… 기억을 되살려 보라고요…….”

“타지마할 사진을 처음 본 게 언제인지는 기억나지 않아요…….”

나는 잠시 입을 다물고 기억을 되짚어본다. 닥터 블랑쇼에게서 자극을 받아, 드디어 자세한 이미지를 기억해 낸다.

“처음은 아닌 것 같지만, 이식 수술을 받고 재활센터에 들어가 있을 때, 복도에 타지마할 사진이 걸려 있었는데, 그걸 보고 상상의 나래를 펼쳤어요…….”

“좋아요, 그 사진에 강이 있었을 거예요…… 다른 이미지들도 기억이 날 거고요…… 우리의 기억 능력은 놀랍답니다. 망각은 존재하지 않아요, 기억은 항상 깨어 있어요. 최면과 심리분석으로 그 점을 완벽하게

증명해 낼 수 있죠. 설명할 수 없는 것어 열중하기 전에 설명할 수 있는
모든 것들을 이해하려고 해봐요. 비이성으로 도망가는 것은 자신의 현
실로부터 도망치려는 의지니까요."

2006년 6월

잠에서 깨어났더니 메시지가 여러 개 도착해 있다. 도미니크 베스네하르가 〈물의 기억〉 대본에 관한 내 의견을 묻는다. 아직 읽어보지도 않았는데. 〈생명의 이식〉 협회의 마리안느는 파리 뤽상부르 공원에서 예정된 다음 행사 날짜를 알려준다. 6월 7일 오후 세 시, 풍선 날리기 행사가 진행될 예정인데 보건부 장관 로즐린 바슈로가 참석하기로 되어 있다고 한다. 앙리에트가 병원으로 전화해 달라는 메시지를 남겼다. 스티븐에 관해 할 이야기가 있다고. 그리고 내 편집자의 비서인 나탈리가 내 앞으로 온 등기우편을 받았는데 급한 편지 같아 보이니까 시간을 아끼기 위해 우리 집에서 그리 멀지 않은 출판사로 와서 찾아가는 게 어떻겠냐고 한다.

갑자기 마구 흥분이 된다. 누구에게 먼저 전화를 하지? 앙리에트? 나탈리?

앙리에트는 신호음 한 번에 대뜸 전화를 받더니 전화를 건 사람이 나라는 것을 알고는 목소리를 낮춘다.

"이따가 다시 전화할 수 있을까…… 아니, 내가 전화할게, 그게 낫겠어, 할 수 있을 때 바로 전화할게……"

내가 뭐라고 대답을 하기도 전에 전화가 끊긴다. 목소리를 낮추어 가면서 해야 할 이야기가 무엇일까? 대체 누가 옆에 있는 걸까?

나탈리의 전화는 응답기로 연결된다. 나는 서둘러 옷을 입고 출판사로 향한다. 15분 만에 도착한다.

수습사원이 상냥하게 웃으며 나탈리는 회의 중이지만 오늘 아침에 등기우편이 배달되었다는 이야기를 들었다면서 자기 앞에 놓여 있는 엄청난 서류더미를 권태로운 표정으로 가리키며 저기 어딘가에 있을 거라고 알려준다.

"실제로 뵙게 되어 기뻐요, 건강해 보이시는 것도……" 그녀가 수줍게 이렇게 말하며 나탈리의 책상을 뒤지지만 아무것도 찾아내지 못한다. 아무래도 나탈리가 회의에 가지고 들어간 파일에 들어 있는 것 같아서 잠깐 나오라고 해도 되는지 회의실로 가 보기로 한다.

휴대폰이 울린다. 앙리에트다. 나는 비좁은 대기공간에 책더미를 마주하고 앉는다.

앙리에트가 급하게 말을 쏟아낸다.

"오래 얘기할 시간이 없어, 전에 내가 알아보겠다고 했지…… 닥터 르루는 샤를로트의 심장 이식 수술에 참가하지 않았어……."

나탈리가 편지를 손에 들고 바삐 걸어오는 것을 보고, 나는 앙리에트의 말을 끊고 금방 다시 전화를 하겠다고 한다. 그녀가 내미는 편지봉투를 나는 즉시 알아본다.

"샤를로트, 안녕하세요, 잘 지내시죠? 여기, 등기우편이에요. 어떤 팬이 당신에게 분명히 편지가 전달되게 하고 싶었던 모양이에요, 중요한 편지인가 봐요! 그런데 주소가 엉터리 같아요. 봐요, 웃기지 않아요? 그리고 참, 답장으로 사용할 사진이 아직 남아 있으니까 부족하면 더 가져가세요."

"저쪽 주소요?"

"그래요, 발신인 주소, 등기우편이잖아요, 직접 읽어보세요!"

나는 편지를 건네받는다.

"'장 마레, 페 가 4번지, 75011 파리'. 말도 안 돼요. 페 가는 파리 11
구에 있는 거리가 아니에요!"

"주소가 엉터리일지는 몰라도, 뭔가 의미가 있을 거예요. 아무것도
없는 상태에서 뭔가를 꾸며내지는 않으니까요……." 수습사원이 한 마
디 거든다.

"맞아요. 이 편지를 쓴 사람이 아주 섬세한 사람이거든요."

수습사원이 자리에서 일어나 내게 다가오더니 어깨 너머로 주소를
읽는다. 나는 나름대로 해석을 해본다.

"장 마레? 미남 배우죠, 그 외에는 별 의미가 없는 것 같고…… 페 가?
모노폴리, 가수 자지의 노래, 비싼 보석들, 나랑은 아무 상관이 없는
데…… 파리 11구? 오래 전에 내가 살던 곳이고……."

"제가 오를레앙 출신이라서 파리는 잘 모르지만요, 페 가가 11구에
없다면, 11에 어떤 의미가 있을 것 같아요."

"11, 11월, 그것밖에 떠오르지 않는데요. 1년 중 가장 멋진 달, 내 생
일이 들어 있는 달!"

우리의 추리를 재미있게 듣던 나탈리가 회의에 다시 들어가봐야 해
서 이만 실례해야겠다고 한다. 재미가 붙은 나는 일명 미스 마플, 릴리
를 떠오르게 하는 또랑또랑한 수습사원과 함께 연구를 계속한다.

"하지만 날짜가 다른데, 내 생일은 29일이거든요. 11월 4일? 아, 알았
다! 알았어요. 기욤 뮈소보다 더해요, 이건 다빈치 코드예요! 11월 4일
은 내가 이식 수술을 받은 날이에요."

"이 편지가 이식 수술하고 무슨 상관이 있는데요?"

"설명하자면 너무 길어요…… 도와줘서 고마워요, 정말 예리하네요.
수습 끝까지 잘 해요!"

"제가 추리소설을 굉장히 좋아하거든요, 여기에 수습지원을 한 것도 그래서예요. 우연히 일어나는 일은 없어요."

"맞는 말이긴 한데, 이건 추리소설이 아니라 내 인생이에요. 좋은 오후 시간 보내요. 그리고 행운이 함께 하길. 이름이 뭐죠?"

"안-마리예요."

"우리 어머니 이름과 같네요."

"샤를로트 씨가 쓰신 책을 읽었는데요, 인생이 좀 추리소설 같더라고요." 안-마리가 다정한 목소리로 이렇게 말하고는 다시 서류에 고개를 파묻는다.

사무실을 나오면서, 앙리에트에게 전화를 걸었더니 서둘러 전화를 받는다.

"아, 그래, 우리 꼬맹이, 닥터 르루가 샤를로트의 이식 수술에 참가하지 않았다는 데까지 얘기했었지? 그런데, 다른 사람도 아니고 샤를로트니까, 그리고 아무에게도 이야기하지 않겠다고 약속을 했으니까 말해주는 건데, 샤를로트가 수술을 받던 날인 11월 4일 정확히 새벽 5시 19분에 심장 적출 수술에 참가했다는 닥터 르루의 서명이 들어 있는 서류가 있어."

"제가 받은 심장을 적출하는 수술이에요?"

"아니! 그냥 적출 수술이야. 적출, 이식 수술은 철저하게 익명이 지켜지고 있고 나도 이름을 알려줄 수는 없지만, 이 정도 정보는 알려줘도 괜찮거든. 샤를로트가 관심을 가질 만한 정보라고 생각했지."

"그럼요…… 요즘에도 스티븐을 브세요?"

"응, 가끔씩 마주쳐. 장담하지만 특이하다고 할 만한 건 없어. 헤어진 것도, 부서가 바뀐 것도 다 소화해 낸 것 같았어."

"헤어진 것에 대해선 틀림없이 그럴 거예요. 그런데 부서가 바뀐 걸 소화해 냈다니, 그건 무슨 말씀이세요?"

"내가 알아본 바에 의하면 닥터 르루가 원해서 다른 자리로 간 게 아니었거든…… 그건 그렇고, 샤를로트, 우리 꼬맹이는 어떻게 지내고 있어? 날 보러 언제 올 거야?"

"곧 갈게요, 앙리에트, 다음 조직검사가 한 달 후 예약되어 있어요."

앙리에트에게 인사를 하고 보니, 잠깐 동안 손에 들고 있던 하얀색 벨렝지로 만든 아름다운 봉투를 잊고 있었다. 스티븐이 내가 이식 수술을 받기 몇 시간 전에 진행된 심장 적출 수술에 참가했다…… 왜 나에게 그 이야기를 하지 않았을까? 서류에 표기되어 있기 때문에, 내가 언제 수술을 받았는지 빤히 알고 있을 텐데. 게다가 악몽을 꾸었을 때마다 그 얘기를 몇 번이나 했는데.

미세한 구멍이 송송 나 있는 스태퍼드지 봉투를 쓰다듬는다. 노란색 등기우편 딱지 때문에 겉면이 약간 상했다. 나는 가끔씩 유명한 사람들과 마주치는 건너편 아늑한 찻집으로 가기로 마음먹는다.

오늘은 스타도 없고, 고양이도 없다. 나와 썰렁한 분위기에 풀이 죽은 웨이트리스뿐이다. 나는 평소처럼 화이트 티 한 잔과 레몬타르트를 주문하고 특별히 오래된 럼주에 적신 미니 카스텔라도 한 조각 가져다 달라고 한다. 약간의 용기가 필요하니까. 그리고 편지를 연다.

샤를로트,

당신의 행동에 많이 당황했습니다. 물론 무슨 뜻인지 이해했습니다. 당신이 내 편지에 관심이 있고 감동을 받았다는 것을 알 수 있었어요. 당신의 메시지는 나만을 위한 것이었고 그 비밀스럽던 순간에 나는 당신의 힘과 의지를 느낄 수 있었습니다. 언젠가 당신을 마주하게 되는 날, 내가 당신의 강한 눈빛을 감당할 수 있을까요? 그럴 수 없을 것 같습니다.

나의 결정을 이해해 주리라 확신합니다.

후회가 되기도 하지만 이것이 우리를 위해 나을 거라는 확신하에, 당신에게 더 이상 편지를 쓰지 않겠다고 결심했습니다. 혼란스러운 감정을 갖고 싶지는 않습니다. 그러기에는 당신이 내게 너무 소중합니다. 당신 한 사람에게만 온 관심을 쏟아야 하는데, 당신을 보면서 내가 사랑했던 존재를 생각하지 않을 수가 없습니다. 그렇게 되면 나는 두 사람 모두에게 불성실한 사람이 되겠지요.

뭔가를 잃게 되더라도, 편지를 그만 써야 할 것 같습니다. 곧 외국으로 나가 그곳에서 몇 년간 머물게 될 거예요. 내 삶을 바꾸고, 혹시 가능하다면 또 다른 기회를 허락해 줄 이 때를 오래 전부터 기다려 왔습니다.

마지막으로 다시 한 번 어쩔 수 없이 이름을 밝히지 않은 것과 상징적인 주소에 대해 용서를 구하고 싶습니다. 그리고 특히 당신 안에서 피어난 새로운 생명 덕분에 내가 얼마나 행복한지 다시 말하고 싶네요. 당신은 앞으로도 계속 다른 사람들에게 용기를 줄 것이라 확신합니다. 어쩌면 그것이 당신에게 맡겨진 임무인지도 모르겠습니다.

그 일에 내가 일부분이나마 도움이 되었다고 생각하니 기쁩니다.

'아듀'라는 말은 한 번도 해본 적이 없습니다. 그 단어는 내가 모르는 단어예요. 그저, 안녕이라는 말만 남기겠습니다.

    X

나는 어떤 감정을 애써 억누르며 편지를 다시 접는다. 이 독특한 갓을 나는 잘 알고 있다. 쾌활해 보이는 나의 딱딱한 겉껍질에는 숨겨진 균열이 있어서 남자들이 나를 떠날 때마다 그 균열이 커진다. 견딜 수 없는 버림받았다는 느낌. 속이 텅 빈 내 몸과 입을 쩍 벌린 쓸모없는 나의 심장 안을 가득 채운 이 공허함과 함께 혼자 남겨진 느낌, 잊힌 느낌.

버림받은 느낌이라는 것이 아무 근거도 없고 현실적이지도 않은 무모한 느낌이라는 것을 알면서도 나는 오늘 다시 한 번 그 느낌을 받는다.

속으로는 내가 이 익명의 남자와 어떤 인연이 생겨나기를 바라고 있었고 겉으로는 내색하지 않아도 이 편지를 기다리고 있었다는 것을 깨닫는다. 혼자서 이 편지를 기다리며 편지가 오기를 바라는 마음으로 목걸이를 만지작거렸다. 처음부터 릴리의 말이 맞았지만 나는 이 남자를 만나고 싶은 내 마음을 인정하지 않았다. 나는 비현실적이고도 우아한 그의 편지들과 그 편지들이 주는 로맨틱한 환상과 따뜻함이 좋았다.

이 마지막 편지에 대해 아무에게도 이야기하지 않기로 마음먹는다. 다시 읽지도 않는다. 영원히 다시 펼치지 않겠다는 결심과 함께 편지를 접으며 주문처럼 되뇐다. "이 사람 결정이 옳아, 옳은 결정을 한 거야." 그리고 집으로 돌아간다.

저녁, 잠이 든 타라 옆으로 가기 전에 〈프리즌 브레이크〉의 마지막 자막이 지나가는 것을 보면서 스티븐을 생각하고 있었다는 것을 깨닫고 깜짝 놀란다. 그의 진료실에서 처음 만났던 때를 떠올린다. 팬으로서 의사로서 부드럽고도 열정적으로 내게 이야기하던 그의 목소리가 들린다. 그가 정확히 어떤 말을 했기에 이 밤, 나는 잠을 이루지 못하는 것일까?

"이식 수술을 이 병원에서 받으셨죠, 적출 수술도 마찬가지지만……" 잠들기 직전에 그가 했던 이 말이 문득 떠올랐다. 서류에 적혀 있지도 않은 사실에 대해 스티븐이 그렇게 확신할 수 있었던 까닭은 그가 내가 받은 심장의 적출 수술에 참가했었기 때문이다. 그 수술과 나의 이식 수술을 관련시키다 보니 적출한 그 심장이 나에게 이식되었다는 확신을 갖게 된 것이다.

같은 병원, 몇 미터밖에 떨어지지 않은 수술실에서 우리가 심장을 바꿔 달기에 적합한지 묻는 질문에 대답을 하고 내 수술을 집도한 의사들

을 만났을 수도 있는 그가 적출 수술 당사자의 신원을 모를 리가 없다
는 생각이 든다. 스티븐은 나에게 심장을 기증한 사람이 누구인지 알고
있었던 것이다.

마리안느가 나에게 〈생명의 이식〉 협회를 상징하는 분홍색 풍선 날리기 대회가 열리는 뤽상부르 공원으로 와 달라고 부탁했다. 보건부 장관과 기자들, 그리고 장기 이식을 받은 다른 사람 몇 명도 참석할 예정이다.

나는 언제나처럼 제시간에 도착한다. 시간 엄수는 내가 반드시 지키는 예의이자 교양이기도 하다. 마리안느가 나를 따뜻하게 반겨준다. 보건부 장관이 곧 도착할 거라면서 약간 긴장한 모습을 보인다. 하지만 관례는 지켜져야 하는 법. 장관이 누군가를 기다리는 일은 있을 수 없으므로, 누구보다 마지막에 도착해야 한다. 구청장은 벌써 와 있고 사복경찰들 몇 명도 사람들 틈에 섞여 있다. 모인 사람들의 숫자가 너무 적어서 나는 깜짝 놀라며 첫눈에 호감을 느낀 젊은 여자에게로 다가간다. 일어서 있는 그녀의 곁에 풍선 끈들을 모두 손목에 감으려고 낑낑거리는 어린 남자아이가 있다. 아이의 나이는 여덟 살. 여자가 자랑스럽게 자신의 아들이라고 아이를 소개한다. 그 아이가 1년 전에 심장 이식 수술을 받았다고. 나는 잠시 아무 말 없이 이 아이가 견뎌야 할 모든 것들을 생각해 본다. 아이 엄마는 재활도 빨리 끝났고 아이가 많이 고통스러워하지 않았지만 단 하나, 문제점은 거부반응과 신장에 생기는 합병증인데 심할 경우 얼마 지나지 않으면 신장이 마비되어 평생 투석을 해야 할 수도 있다는 이야기를 들려준다. 나는 아이를 보고 미소를 짓는다. 그 동안 이식 수술은 아픈 성인들이 남이 쓰던 장기를 받는 것이라고만 생각해 왔다는 것을 깨닫는다. 마리안느가 선천적으로 심장이 기형으로 태어나는 아이들이 있다고 말했는데도 그 현실을 까맣게 잊고 있었다. 아이의 키에 맞추어 몸을 낮춘 나는 아이의 천진난만한 미소에 감탄을 한다. 막 시작된 여름의 부드러운 바람을 맞으며 한 손에는 풍선을, 다른 한 손에는 엄마의 손을 잡고 이 자리에 서 있는 것이 행복하다는 표정이다.

"난 샤를로트라고 해, 넌?"

"마티외예요."

"풍선들이 정말 멋지다, 더 갖고 싶니?"

"네, 하지만 제가 날아가지 않도록 저를 잘 붙잡아 주셔야 해요."

"약속할게."

그리고 셔츠 단추를 풀고 마티외에게 우리의 공통점인 엷어진 나의 상처, 심장 위에 난 지퍼자국을 보여주며 묻는다.

"이게 뭔지 알지?"

"내 상처랑 똑같네요."

"그래. 이건 전사들의 표식이야."

"풍선은 언제 날려요?"

"전사들에게 인사를 하러 오는 중요한 부인을 기다리고 있단다. 정부에서 일을 하는 부인이야!"

나는 눈을 감고 아이의 이마에 입술을 댄 채로 잠시 가만히 있다. 아이에게 행운을 전해줄 수 있다면. 그리고 몸을 일으킨다. 풍선을 가지러 가야지. 나도 풍선을 갖고 싶다. 풍선 다발을 들면 메리 포핀스처럼 마티외와 함께 빛나는 하늘로 가볍게 떠올라 파리를 한 바퀴 돌아볼 수 있을까.

“샤를로트?”

마리안느가 나를 부른다.

별로 의욕이 없어 보이는 기자 몇 명이 모여든다. 로즐린 바슈로가 도착한 것이다. 너그러운 미소와 쾌활하면서도 단호한 표정으로 무장한 그녀는 내가 간직한 이미지 그대로였다. 마리안느가 나를 심장 이식 수술을 받은 이번 행사 참가자의 대모라고 소개한다. 장관이 마리안느의 말을 끊는다.

“네, 만나서 반가워요, 발랑드레 양. 당신의 이야기는 잘 알고 있어요…… 이식 수술을 받기도 했지만 에이즈 바이러스와 전투를 벌이고 있다고 들었어요…… 정말 용기가 대단해요! 이 일에 헌신해 주는 것도 고맙고요. 건강하시죠?”

마리안느가 세심하게 공감을 표시하는 장관에게 내가 프랑스에서 유일하게 에이즈 보균자로서 이식 수술을 받은 사람이라는 말을 덧붙인다. 사실이다. 얼마 전까지만 해도 나를 포함해 이식 수술을 받은 에이즈 보균자는 세 명이었는데, 한 명은 거부반응을 일으켰고 또 다른 한 명은 자살을 했다. 나는 호기심의 대상이 되고 싶지 않아 얼른 로즐린 바슈로의 질문에 대답을 한다.

“네, 건강하게 잘 지내고 있어요, 감사합니다. 장관님은요?”

장관이 미소를 짓더니 웃음을 머금었으나 진지한 눈으로 내 눈을 똑바로 본다. 참 호감이 가는 분이다.

“늘 그렇듯이 건강하답니다. 그렇게 보이죠? 건강해야 해요! 자, 협회장님, 풍선은 어디에 있지요?” 장관이 마리안느를 돌아보며 묻는다.

미리 작성된 연설문이었는지 모르겠지만 감동적인 장관의 연설 후에, 내가 한마디를 해야 할 차례가 온다. 이런 발언은 익숙지 않다.

“제 이야기는 삶을 너무나도 사랑했기 때문에 심장이 하나 더 필요했던 어느 젊은 여자의 이야기입니다. 3년 전, 두 번째 경색을 일으키고

치료경과가 좋지 않아 심장이 10%밖에 기능을 하지 못하게 되었죠. 배에 복수가 찼는데 심장이 기능을 못하니 복수가 빠져나가지를 않았어요. 심장이 지쳐 썩어가고 있었습니다. 제 나이는 서른네 살이었고요. 이식 수술 후에, 검사를 해보았더니 병든 제 심장으로는 한 달밖에 더 살 수 없었을 것이라는 결과가 나왔습니다. 제게 심장을 기증해 주신 분께 감사드려요.(이 말을 하며 가슴에 손을 얹는다.) 희망과 생명을 주신 모든 기증자들과 그분들의 가족에게 감사드립니다."

우리는 풍선을 날려 보낸다. 마티외에게로 다가가니 정부에서 일을 하는 부인과 인사를 하고는 득의양양한 표정을 짓고 있다. 헬륨으로 가득 찬 분홍색 풍선들이 공중으로, 하늘로, 기증자들을 향해 날아가는 모습을 바라보다가 갑작스럽게 덮쳐온 우울한 기분을 떨치기 위해 엉뚱한 생각을 해본다. 저 헬륨 풍선들은 어디까지 올라갈 수 있을까?

풍선들은 바람에 실려 빠르게 사라진다. 모두가 함께 하늘을 향해 팔을 든다. 장기기증을 해준 모든 분들에게 감사를! 그리고 용기와 지혜를 가지고 자비를 베풀어 기증을 허락해 준 그분들의 가족에게도 감사를 드린다.

로즐린 바슈로에게, 목숨을 구해준 기증자의 신원을 수혜자에게 알리는 것이 금지된 이유를 묻고 싶다. 왜 기증자를 거의 가상이라고 느껴지는 익명의 존재로 생각해야만 하는가?

그 이유를 이해하고 싶고, 기증에 동의를 함으로써 나의 생명을 연장해 준 기증자의 가족들을 직접 만나 감사를 하고 싶다. 하늘 위에서 곧 터질 풍선으로 감사를 대신해야만 하다니. 나와 밀접한 관계를 맺게 된 그 자비로운 사람들을 찾아 감사를 하고 친구가 되어 새로 이룬 가족처럼 지내는 것이 왜 불가능한 걸까? 사랑하는 사람의 몸의 일부가 누구에게 갔는지도 모른 채 빼앗긴 느낌을 받으며 괴로워하는 것보다 훨씬 낫지 않을까?

로즐린 바슈로는 장관답게 분 단위로 일정이 잡혀 있어 이만 가봐야 한다. 오토바이 대원 몇 명이 이미 사이렌을 울리고 있다. 떠나기 전, 인정 많은 장관이 내 볼에 따뜻하게 입을 맞춘다. 나는 그녀가 지붕 위에 파란색 회전 경보등이 깜박거리는 검은색 리무진에 올라타는 모습을 지켜본다. 다음에 다시 태어나면, 나도 장관이 되어야지.

2006년 7월 파리

　예상대로 릴리는 결별의 아픔을 빨리 털고 일어났다. 가수 애인이 몇 번 다시 찾아왔는데, 한 번은 꽃을 들고 건물 현관 앞에 서서 울고 있더란다. 릴리가 완강하게 나오자, 그는 욕을 하고 바닥을 발로 구르며 협박했다. 경찰차가 출동했고 그것으로 모든 것이 끝났다.

　햇볕이 잘 드는 어느 카페의 테라스에서 항산화성분이 많은 새로운 녹차를 맛보고 있던 중에, 멍하니 앉아 있는 나에게 릴리가 갑자기 심각한 표정을 짓고 혼자만 간직하고 있던 질문을 던진다.
　"양성애가 가능하다고 생각해?"
　"그건 왜? 내 안에 있는 심장 양쪽의 기억은 가능한 것 같지만…… 양성애는……."
　"너한테 말하지 않았는데, 아당을 다시 봤어."
　"누구?"
　"인도로 가는 비행기 안에서 만난 모델."
　"뭐? 그래서?"
　"얘기를 나누고 밤을 함께 보냈어. 자기가 양성애자라면서, 나한테 무척 끌리기는 하지만 사랑을 느낄 수는 없대. 그냥 나를 다시 보고 싶었대. 나랑 같이 있는 게 좋다면서.”

“아무튼지 간에, 확실하게 해두긴 했네…… 양성애자라…… 내가 만나본 양성애자들은 양성애자라기보다는 호모 같은 분위기였어. 어쩌면 양성애자는 너무 단순하게 분류되는 게 싫은 호기심 많은 호모나 게이일지도 몰라.”

“아당은 여자에게도 끌리고 남자에게도 끌리는데 어느 한 쪽으로만 만족할 수가 없대. 프로이트가 사람은 모두 양성애자인데 얼마나 실망을 하느냐에 따라 한 쪽으로 치우치게 된다고 했어…….”

“정말? 그렇다면 내가 남자들에게 아직 충분하게 실망을 하지 않았다고 믿어야겠네…… 난 내가 전혀 양성애자인 것 같지 않거든. 하지만 아당은 말이야, 여자와 남자에게 끌리는 비율이 50 대 50은 아니겠지?”

“별게 다 궁금하네! 섬유 혼용률을 따져보는 것처럼 몇 퍼센트냐는 질문을 할 수는 없어…… 그보다는 훨씬 더 복잡한 문제일 거야.”

“아냐, 꼭 물어봐야 해. 그게 아당의 현실을 좀더 정확하게 표현하는 데에 도움이 될 거야. 나도 호모 친구들이 많지만, 그 친구들은 다들 자기의 성 정체성에 대한 확신을 가지고 있지, 네 아당처럼 양성애니 뭐니 하는 소리는 하지 않아.”

“그럼 넌, 넌 한 번도…….”

내가 릴리의 말을 끊는다.

“그래, 그런 쪽으로는 한 번도 생각해 본 적 없어. 너, 대체 왜 그래, 커밍아웃이라도 하겠다는 거니?”

“얘가, 미쳤나 봐! ……하긴 미친 건 나다. 남자들에게 너무 실망을 해서 정신이 어떻게 된 것 같아…….”

릴리의 표정이 바뀌더니 정말로 슬픈 얼굴을 한다. 나의 릴리, 완전히 방향을 잃고 힘이 하나도 없이 무기력해졌구나. 다시 정신을 차리도록 도와줘야겠다. 갑자기 릴리가 고개를 들고 가슴을 부풀리더니 이 빛나는 여름의 한때를 망치기 싫다는 듯이 변함없이 푸르른 하늘을 쳐다보며 깔깔 웃다가 눈을 반짝거리며 나를 바라본다.

"여자한테 키스를 하고 싶다는 생각을 정말 한 번도 안 해봤어? 그냥, 어떤 느낌인지 궁금해서라도?"

"아니. 넌?"

"나도 마찬가지야…… 하지만, 만약에 내가 말이야, 지금 여기서 너한테 키스를 한다면 어떨 것 같아? 양성애자가 어떤 느낌인지 알아보기 위해서."

"지금, 이 많은 사람들 앞에서? 너 제정신이 아니구나." 내가 다정한 목소리로 이렇게 말한다.

"그래…… 지금 여기서."

천천히 다가오는 릴리를 보며 나 역시 마구 웃는다. 릴리가 눈을 감고 그림처럼 완벽한 입술을 내민다. 나는 릴리가 내 입술에 잠깐 입을 맞추는 동안 가만히 있는다. 그리고 나도 눈을 감는다. 잊고 있던 키스의 느낌, 다른 때와 별다를 것 없는 이 은밀한 접촉의 기쁨을 느낀다. 우정과 사랑이 한데 섞이고 서로의 입술을 구별할 수 없다. 지나가는 사람들이 수군거리지만 신경 쓰지 않는다. 특별한 순간이다. 고독한 두 사람의 결합. 잠깐 사이에 위반되어 영원히 그 경계가 허물어지고 산산조각나 버린 금기.

우리는 재빨리 이 순간, 다시는 없을 이 날과 상관없는 이야기를 시작한다.

아당과 관련해 나는 릴리에게 본능과 욕구를 따르되, 스스로를 지키고 집착하지 말라고 충고한다. 아당 같은 남자를 만날 땐 격렬한 감정에 휘둘리지 말아야 한다. 몇 번 더 만나다 보면 강렬하고도 덧없는 육체적 관능의 어렴풋한 추억을 남기고 사라질 사람이니까.

오늘은 파리의 본격적인 여름이 시작된 첫날이다. 더위 때문에 몸에 걸쳤던 옷을 벗어도 축축해진다. 코르시카 섬과 스티븐이 떠오른다. 그에 대한 생각을 덜 하고 있다는 것을 깨닫고 나는 깜짝 놀란다. 그와 키스하던 추억과 다른 기억들이 불현듯 떠오른다. 우리가 만난 지 1년이 되어가는 것 같다.

"1년이면 무슨 기념일이지? 면제품으로 기념하는 것이었나?" 내가 릴리에게 묻는다.

"1년? 하도 오래 되어서 모르겠는데…… 아, 고무 기념식이야! 익명의 남자에게서는 아직 답장이 없어?"

"응, 아무 소식도 없어." 나는 뻔뻔스럽게도 이런 대답을 한다.

"놀라운걸…… 분명히 네 메시지를 이해할 거라고 생각했는데……."

우리 자리에서 몇 자리 뒤쪽에 앉은 한 무리의 미국 청년들이 떠드는 소리가 점점 더 커지는가 싶더니 차례로 맥주잔을 치켜들며 미국 국기를 흔들어대면서 우리더러 합석을 하자고 한다. 우리가 키스하는 걸 본 건가? 왜 저렇게 흥분들을 할까?

이유인즉, 오늘이 미국 국경일이라는 것이다. 우리 프랑스 혁명 기념일보다 열흘 앞선 날이다. 릴리와 나는 정중하게 초대해 줘서 고맙다는 인사를 한다. 릴리는 그 청년들이 귀엽다지만 내가 보기에는 잔뜩 취했을 뿐이다. 우리는 예행연습이라도 하듯 라 마르세예즈(La Marseillaise, 프랑스의 국가)를 흥얼거리며 집으로 돌아온다.

7월 4일, 불안한 날이었다.

자동차 모터 소리가 쏟아지는 빗소리와 섞여 귀를 먹먹하게 만든다. 꼭 끼는 목걸이가 목의 살을 파고든다. 아픈 배를 누르던 손을 허벅지 사이로 가져간다. 피가 철철 흐르고 시뻘게진 내 손이 점점 커지는 모습에 나는 경악한다. 개처럼 숨을 헐떡인다. 옆에 앉은 남자는 얼굴이 없다. 그가 내 어깨에 손을 얹었지만 아무런 감각이 느껴지지 않는다. 꼭 닫힌 자동차 안에 울려 퍼지는 이상하게 변형된 그의 목소리가 들릴 뿐이다. "나와 함께 가자."

자동차를 통제할 수가 없다. 내 바로 앞에서 거대한 헤드라이트 두 개가 번쩍거린다. 요란한 자동차 경적 소리가 항구를 떠나는 대형 여객선의 기적소리처럼 울려 퍼진다. 나는 까만 밤 속으로 파고든 하얀 빛속으로 빨려 들어가 텅 빈 공간 안에서 산산조각이 난다.

순식간에 잠에서 깨어난다. 무서워 죽겠는데 곁에는 아무도 없다. 무릎을 세워 배 쪽으로 끌어당긴 다음 양 팔로 꼭 껴안는다. 턱을 가슴으로 당기고 등을 둥글게 말고 몸을 도사린 채로 눈을 감아 나를 보호한다. 꿈이 아니라는 것을 확인하려고 소리 내어 말을 해본다. 그리고 밤의 정적 속에서 낮은 목소리로 중얼거린다. "더 이상은 안 돼, 더 이상은 못 견디겠어……."

아침에 어젯밤의 꿈을 다시 생각해 본다. 방법을 찾지 않는다면 멈추지 않을 것 같다. 악몽도, 불안도, 이 강한 데자뷰의 느낌도. 제대로 된 생활을 하고 일을 하고 몸과 정신의 건강을 지키기 위해서는 마음의 평안을 찾아야 한다.

끝을 내야 한다. 나를 점령한 이 미스터리를 풀고 이 모순적인 해석들 중에서 빛을 찾아내야 한다. 두려움과 내 것이 아닌 이미지들을 사라지게 하고 싶다. 이 모든 것은 나의 상상이나 정신작용이 만들어낸 것들이 아니다. 아무리 애를 써도 이 꿈들과 느낌에서 아무런 상징들을 찾아낼 수가 없다. 나의 꿈이 아니고 나의 느낌이 아니다. 이 낯선 이미지들, 이 감각들은 분명 외부에서 온 것이다. 나의 직감을 따라야겠다.

오늘은 차분하게 혼자서 내게 심장을 준 사람을 찾아내겠다고 결심한다. 끝을 보겠다고.

앙리에트에게 전화를 걸어 내가 이식 수술을 받은 심장 혈관 센터의 센터장인 의사의 연락처를 알려달라고 한다.

"왜, 몸이 안 좋아?"

"나중에 말씀드릴게요."

약속이 잡힌다. 열흘 후에 그 저명한 교수를 생폴 병원 진료실에서 만나기로 한다.

점쟁이 피에르에게 전화를 건다. 나를 잘 기억하고 있다. 한 번 더 약속을 잡고 싶다고 하니까, 너무 이르다면서 올해 말쯤에 다시 보는 것이 좋겠다고 한다. 고객을 속이지 않는 그 태도에 그에 대한 신뢰가 더욱 강해진다. 나는 나에게 일어난 일들과 그의 예언이 맞았다는 이야기를 한다. 이야기를 하다 보니, 그가 내 건강이 나빠지지만 다시 회복하게 된다는 말을 했던 것이 기억난다. 그게 언제일까?

"샤를로트, 투시력의 가장 큰 한계는 바로 시간이에요. 내가 보는 것이 언제 일어날지, 정확한 시간을 예측하는 건 어려워요. 중요한 일일수록 보는 데에 시간이 많이 개입되죠. 자주 보이는 것들은 단기적인 일, 기본적인 일들이에요. 걱정 말아요. 모든 것이 정리되고 사랑이 찾아올 거예요, 놀라운 사랑이…… 내년에 다시 전화해요, 당신을 다시 보게 되면 기쁠 거예요."

전화를 끊기 전에 나는 마지막으로 묻는다.

"당신의 예언을 믿지 않는 사람들에게는 어떻게 답하고 있어요?"

"그들이 옳다고, 그들의 믿음을 존중해야 한다고. 하지만 나는 내가 본 것을 믿으라고 하지 않아요, 그저 확인을 하라고 하지요. 투시력을 가진 우리들은 사람들을 신비에, 이해할 수 없는 불가해한 인생사에, 우리를 묶어주는 에너지에 이어주는 매개체들이에요. 우리는 앞을 내다보고 느끼지만 우리가 시간을 인식하는 방법은 보통 사람들과 달라요. 삶의 신비에는 메시지가 들어 있어요. 하지만 사람들은 자신이 이해할 수 없는 것들을 거부하지요……."

셰라그 스테픈센 각본, 베르나르 뮈라 연출의 연극 〈물의 기억〉에 출연하기로 했다.

재미있고도 심각한 작품이다.

연출가는 재능이 풍부하고 스토리는 권모술수에 관한 것이다. 서로 다른 삶을 사느라 만나지 못했던 세 자매가 어머니의 장례식에 모인다. 죽은 어머니의 유령이 배회하는 집에서, 세 자매는 삶의 잔해와 과거, 어린 시절, 슬펐던 일과 기뻤던 일들을 더듬고 묻혔던 기억들을 끄집어 낸다. 제목과 주제도 그렇지만 내 삶과 너무나도 닮은 이야기에 마음이 복잡하다. 이런 감정을 숨기고 내 역할에 집중한다. 몇 달 후면 연습이 시작된다. 공연 시작은 2007년 초로 잡혀 있다.

무대에 설 생각을 하니 가슴이 부풀어 오른다. 관객들과 그들의 함성 과 열기와 나를 감동시키는 중독성 강한 그들의 사랑, 무대 위에 비현 실적인 빛을 던지는 눈부신 조명을 다시 만나게 되는 거다.

얼마 전까지만 해도 생생하게 젊었던 나의 얼굴과 몸은 이제 옛 모습 을 잃었다. 이식 수술과 에이즈 치료약의 부작용 때문에 체형도 완전히 바뀌어서 쌓이지 말아야 할 곳에 지방이 쌓이고 살이 있어야 할 곳은 홀쭉해졌다. 내 자신이 볼품없게 느껴진다. 이 상태로 무대에 오를 수 는 없다. 양 볼이 햄스터처럼 불룩하다. 광대뼈부터 턱까지 살이 붙어 얼굴이 얼마나 넙데데한지. 게다가 눈 주위에도 살이 쪄서 눈매도 둔해 보인다. 배는 임신한 여자 배처럼 불룩 튀어나왔다. 그런데 팔다리에는 살이 하나도 없어서 비쩍 마른 채로 근육이 불거져 나왔다. 단춧구멍만 한 파란 눈이 박힌 넓적한 얼굴로 배시시 웃는 한 마리 개구리 같다. 그나마 머리카락이 굵고 윤이 나는 데다가 색깔도 자연스러워서 머리로 얼굴을 가릴 수는 있다.

안 되겠다 싶어서 에이전트가 추천한 성형외과 두 곳에 예약을 한다.

첫 번째 병원의 의사를 보자마자 수술을 받겠다는 생각이 스르르 사라진다. 손에는 검버섯이 피었는데 얼굴은 내 어린 조카와 비슷하게 생겼다. 의사도 나보고 수술을 하지 말라고 한다. "수술을 해보았자 아무 소용이 없어요, 성공하리라는 보장도 없고 금방 원상복구될 겁니다." 나의 복부 지방은 피하에 쌓인 것이 아니라 내장에 쌓인 것이기 때문에 지방흡입술로 제거할 수 없단다. 아기 얼굴을 한 의사는 나를 달가워하지 않는 티를 팍팍 내며 위험한 환자에게 내줄 시간이 없다는 듯 바쁜 척을 하더니 내 건강을 감안하면 이 정도로 양호한 상태를 유지하는 게 다행이라며 외모에 너무 집착하지 말라고 한다. "직업이 배우니까, 예쁘게 보이는 법을 알고 있을 것 아닙니까. 하던 대로 하세요!"

나는 나이를 가늠할 수 없는 의사에게 당신은 심리적으로 문제가 있다, 당신 손은 얼굴과 전혀 매치가 안 된다, 신경을 좀 쓰시지 그러냐고 쏘아붙인다. 그리고는 불쾌하기 그지없는 그의 설교가 계속되는 동안 눈을 고정시키고 있던 현대적 감각의 석판화가 벽에서 떨어질 정도로 세게, 디자인에 심혈을 기울인 진료실 문을 닫고 나온다. 병원 문을 나서는데 자살하고 싶은 동시에 저 의사를 죽이고 싶다는 생각이 든다.

두 번째 의사는 괜찮다. 복부 지방에 관해서는 첫 번째 의사와 같은 소견이지만, 원상복구될 위험을 지적하면서도 내 얼굴의 지방을 제거해 주기로 한다. 아직 젊은 내 나이를 감안해 봐도 그렇고, 자신감이나 직업을 위해서라도 참을 가치가 있는 고통이라면서. 의사는 짧은 시간 안에 수술을 끝냈다.

　몇 주 만에, 나는 인간의 모습을 되찾는다. 눈매도 예전 같아졌고 얼굴형에도 균형이 잡혔다. 타라가 자꾸 놀리는 개구리 같은 몸은 그대로지만, 그 위에 그럭저럭 괜찮은 여자의 얼굴이 올라가 있다. 새로운 힌 두 여신의 탄생이다.

2006년 8월

몇 주 후에, 타라와 함께 발-앙드레 해변으로 가서 가족들과 함께 지내기로 한다. 오늘은 내가 이식 수술을 받은 심장센터의 센터장인 저명한 교수를 만나기로 되어 있다. 앙리에트에게 인사도 하고 두 주 전에 받았던 조직검사 결과도 보려고 약속시간보다 일찍 병원에 도착한다. 검사결과는 이미 며칠 전에 나왔지만, 결과가 어떻든 의학적인 내 몸의 상태를 서둘러 알 필요는 없었다.

"앙리에트, 안녕하세요! 전략적으로 여쭤볼 게 있어요."

"어서 물어봐……."

"은퇴랑 뜨개질 말고, 또 뭘 좋아하세요?"

"착한 사람들과 초콜릿. 아니, 그런데 얼굴에 그 상처는 뭐야?"

"예뻐지려고 수술을 했어요. 그럼 저는 착한 축에 드나요?"

"그럼."

"좋아요…… 제가 어떤 초콜릿을 선물하면 앙리에트가 제일 좋아하실까요, 다크 초콜릿?"

"그래, 난 바삭바삭한 알갱이가 박혀 있는 다크 초콜릿만 먹어. 내 은퇴 기념 선물을 하려고? 고맙기도 해라, 이제 삼백삼일 남았어."

"그럼, 만약에 제가 바삭바삭한 알갱이가 박혀 있는 다크 초콜릿을 선물해 드리면…… 제 의료기록 서류를 넘겨주실 수 있어요?" 이번에는 좀더 부드러운 목소리로 말한다.

"아이고, 우리 꼬맹이가 상식 밖의 이야기를 하네, 내가 은퇴를 삼백삼일 앞두고 쫓겨났으면 좋겠어? 그건 의료법으로 정해진 비밀 사항이야, 거의 특급 기밀이라고 할 수 있지. 프랑스에서는 그 부분이 아주 엄격하게 다루어지고 있어. 누구한테 부탁해도 알려주지 않아…… 그런데 그걸 왜 그렇게 중요하게 생각하는 거야?"

"다 설명해 드릴 수는 없어요, 아무튼 제게 심장을 기증한 분의 신원을 알고 싶을 뿐이에요. 제 이식 수술 몇 시간 전에 이 병원에서 제가 받은 심장 적출 수술이 진행되었다는 걸 알고 있어요. 앙리에트도 아시다시피 스티븐이 그 적출 수술에 참가했고요. 그 여자분의 신원을 알고 싶어요, 제발 부탁드려요……."

앙리에트가 한숨을 푹 쉬고 난처한 표정을 하더니 책상 위를 뒤진다.

"정말 못 말리겠네…… 자, 지난번 검사결과야, 우리 꼬맹이. 아무 문제없어, 심장도 잘 붙어 있고, 중요한 건 그거잖아?"

"그러니까, 저를 도와주실 수 없다는 거네요, 그럼 은퇴를 하신 다음에는요? 저, 기다릴 수 있어요……."

"나를 곤란한 입장으로 몰아넣지 마, 우리 꼬맹이. 게다가 2003년이면, 이미 바코드가 있었잖아. 아무것도 알아볼 수가 없어."

"바코드요?"

"그래, 2003년인가 2004년인가?"

앙리에트가 기억을 더듬는다.

"몇 년 전부터 이식 장기마다 바코드를 부여했어, 그런 식으로 완전한 익명을 보장했지. 샤를로트의 경우는 확인해 봐야겠지만. 아니, 내가 무슨 소릴 하는 거야! 난 아무것도 확인하지 않을 거야, 우리 꼬맹이,

아무것도!"

"적출된 심장이 제게 오지 않았다면, 왜 그 여자분의 신원을 알려주지 않으시려는 거죠?"

"여자라는 걸 어떻게 알았어? ……이것 봐, 난 샤를로트를 도와주고 싶어…… 그런데 아무것도 말해줄 수가 없어. 제발 다른 이야기를 하자고, 제발!"

"알겠어요, 죄송해요, 이만 가봐야겠어요, 심장 센터장님과 약속이 있거든요. 센터장님 사무실이 어디죠?"

심장 센터의 센터장은 경험이 많은 심혈관 내과 교수이다. 기품이 넘치고 나이 지긋한 멋진 신사인 그의 명철한 정신이 두 눈에 고스란히 나타나 있다. 어쩐지 약사로 브르타뉴 중심부에서 약국을 운영하시던 우리 할아버지를 보는 듯하다. 그가 입은 얼룩 하나 없는 새하얀 가운 위에는 지워지지 않는 잉크로 이름과 직함이 적혀 있다. "무엇을 도와드릴까요……" 나는 반 시간 동안 쉬지 않고 이야기를 한다. 나의 모든 힘과 감정을 총동원하여 거의 변론을 하다시피. 내가 원하는 정보를 얻지 못해도 세자르 상은 받을 수 있을 것 같다. 나의 연기에 내가 빠져든다. 울고 웃으며 지칠 때까지 에이즈 바이러스 감염 판정을 받은 이후의 삶과 어머니의 죽음과 심근경색, 이식 수술, 세포 기억설, 어젯밤에도 잠을 설쳐가며 꾸었던 반복되는 악몽, 내게 장기를 기증한 분에 대해 알고 싶고 감사를 표하고 싶은 마음, 슬픔에 잠긴 가족들을 위로하고 싶은 마음, 그들에게 그들 덕분에 떠난 분의 생명이 내 안에서 다시 시작되었음을 알리고 자랑스러워해도 좋다는, 어쩌면 행복해해도 좋다는 이야기를 전하고 싶은 마음…….

"아름다운 인생 역정이군요. 정말 용감하십니다. 해주신 이야기는 잘 알아들었습니다. 당시 에이즈 바이러스에 감염되었던 환자들 중 수

천 명이 죽음을 면치 못했지요. 그 때 이미 에이즈 감염 판정을 받으셨고, 심장 이식 수술을 받으셨고…… 한 사람이 감당하기에는 벅찬 일들입니다. 하지만 스스로를 바라보세요. 이렇게 살아 있는데 무엇을 더 바라십니까? 시간이 다 해결해 줄 겁니다. 장기 기증의 익명 보존은 깰 수 없는 벽이고 반드시 필요한 장치이기도 합니다. 감정적, 인간적, 주관적인 면을 보태지 않아도 여러 가지가 이미 충분히 복잡하지요. 그런 면까지 보태지면 애도나 기증, 기증 동의, 이식 과정 등이 훨씬 더 복잡해집니다. 요구하시는 것이 뭔지는 잘 알고 있습니다. 같은 요구를 하시는 분들이 더러 있습니다만 예외를 둘 수는 없어요. 이것은 규칙이고 저는 그 규칙을 지켜야 하는 사람입니다."

교수가 내 손을 잡고 손이 따뜻해질 때까지 아무 말 없이 그대로 있다. 그의 온정이 나의 마음을 움직인다. 이윽고 그가 차분한 표정을 짓더니 지혜로운 말투로 결론을 짓는다. "제 말을 믿으세요…… 다 좋아질 겁니다."

나는 펑펑 울며 그의 사무실을 나온다. 아주 오랜만에 마음을 비워냈다. 앙리에트를 찾아가서 위로를 받아야겠다. 나를 보자마자 앙리에트가 벌떡 일어나 양 팔로 꼭 안아준다.

"자, 자, 우리 꼬맹이…… 무슨 일이야……."

나는 앙리에트의 가운 위로 삐져나온 뜨개질한 카디건 옷깃에 얼굴을 묻고 계속 눈물을 흘리다가 화장품을 묻혀서 죄송하다고 말하며 고개를 든다. 마음을 진정시켜야 한다. 눈물을 닦고 손수건을 찾는다. "화장지를 줄게." 앙리에트가 서랍을 뒤지고 있을 때, 나는 몇 미터 떨어진 곳에 의연하게 서 있는 스티븐을 발견한다. 형광등 불빛에 얼굴색이 허옇게 보인다. 손에 서류를 들고 나를 잠깐 뚫어져라 쳐다보던 그가 갑자기 뒤로 돌아가 버린다. 앙리에트도 그를 보았다. 그리고 내게 미소를 지으며 화장지를 건넨다. 나는 울음을 멈추고 어머니의 살과 같은 느낌을 주는 앙리에트의 뺨에 입을 맞춘 다음 죄송하고 감사하다고 말하고 병원을 나온다.

택시 안에서 스티븐에게 메시지를 남긴다. "안녕…… 당신이 내게 했어야 했던 말이야." 그리고 대답 없는 몇 시간이 흐른 뒤에 남긴 두 번째이자 마지막 메시지. "심장 적출 수술에 참가했다는 사실을 왜 내게 숨겼어?"

발-앙드레에서 보내는 휴가는 평화롭다. 문제라고 해봐야 지하실에 물이 차는 것. 아버지는 그 일로 계속 투덜거리신다.

물이 지하실에 밀려들어 여러 인생들의 먼지 쌓인 추억들을 적시는 중에, 나는 〈물의 기억〉에서 맡은 나의 역할을 새삼 깨닫는다. 이런 비교를 하니 재미있다.

어느 날 아침, 내가 대본을 들고 바닷바람을 맞으며 햇빛 아래 앉아 있는데 아버지가 파리 생카트린 초등학교 시절에 받은 내 성적표 하나를 들고 집에서 나오신다.

'학습의욕이 강하고 가능성이 큰 매우 우수한 학생이나 공상이 많은 편임.'

미지근한 바람이 축축하게 젖은 종이를 말리고 나는 내 과거의 한 조각을 한 장 한 장 넘겨본다. 과거형은 내가 그리 좋아하는 시제가 아니다. 나는 현재가 좋다. 과거는 깊이를 알 수 없는 위험한 우물 같아서 수면에 비친 내 모습을 보려고 고개를 숙였다가는 빠져버리고 말 것 같다. 그런데도 넓은 바다에서 불어와 정원 저편에서 뛰어노는 아이들의 웃음소리를 실어다 주는 찝찔한 바람을 맞고 있자니 기분이 밝아지고 호기심도 생긴다. 그래서 페리몽 선생님의 칭찬으로 가득한 나에 대한 평가를 읽어본다. '가능성이 매우 큰…… 공상이 많은 편임……'

나는 축축해진 성적표를 닫는다. 습기에 종이들이 휘어 모양이 틀어져 버렸다. 일정하지 않은 이런 새로운 모양이 마음에 든다. 나는 흙냄새가 나는 풀 위에 누워 눈을 감는다. 자로 잰 듯 반듯하게 쓴 글씨 몇 줄이 떠오르고 페리몽 선생님이 기억 속에서 살아난다.

닥터 블랑쇼의 말이 맞다. 우리의 기억은 항상 깨어 있다.

좀처럼 없던 옛 시절에 대한 향수가 내 안에 흐른다. 담임선생님이었던 페리몽 선생님은 언제나 한결같이 칠판 색과 거의 비슷한 새카만 머리를 한데 묶어 동그랗게 튀어나온 뒤통수에 딱 올려붙인 머리형을 하고 다니셨는데 특히 수학을 열심히 가르치시던 헌신적인 선생님이었다. 가끔 나는 선생님의 인생도 선생님의 반들반들한 머리카락처럼 매끄럽고 한결같지 않을까 상상해 보곤 했다. 그랬다, 나는 학습의욕이 강하고 공부를 열심히 하면서도 공상이 많은 아이였다. 하지만 페리몽 선생님이 숫자를 잔뜩 써 놓은 칠판을 앞에 두고 어떻게 공상에 빠지지 않을 수 있단 말인가? "이게 수학이에요!" 선생님은 언제나 이렇게 말씀하셨다. 마치 인생이 엄격한 논리에 의해서만 지배된다는 듯이. 딱딱한 글씨체로 진행되는 선생님의 수업은 지겨웠지만 다른 선생님들의 수업은 재미있었다. 페리몽 선생님이 설명해 주는 것, 필기해 주는 것들은 내가 꿈꾸던 인생과 전혀 닮아 있지 않았다. 선생님의 칠판은 감성이 느껴지지 않는 선생님의 머리카락만큼이나 내 마음에 들지 않았다. 칠판이 기준 좌표라도 되는 듯, 선생님은 언제나 손가락을 들어 기계적으로 칠판을 가리켰다. 칠판이 비어 있을 때조차도. 나는 무채색의 칠판이 싫었고 딱딱한 그 모양이 싫었다.

수업 중에 나는 높은 창턱에 한쪽 팔꿈치를 얹고 손톱으로 금간 나무 책상의 칠을 긁었고 몸을 약간씩 흔들며 창문 밖 파리의 하늘을 바라보곤 했다. 구름이 흘러가면서 변해가는 하늘색과 하늘에서 움직이는 모든 것들을. 나는 꿈꾸었다. 끊임없이 모양을 바꾸는 구름들과 자유로운 새들과 가을의 나뭇잎들을 눈으로 따라가며 나도 떠났다. 문이 닫힌 교실을 빠져나왔다. 가끔씩 현실로 돌아와 천사 같은 미소를 지으며 페리몽 선생님을 바라보다가도 재빨리 다시 창 밖으로 시선을 돌려 하늘을 보았고 잠시 후 쉬는 시간이 되면 뛰어나가 웃고 놀게 될 복도도 흘끔흘끔 쳐다보았다.

나만의 칠판은 검지도 네모나지도 않았고 분필로 선을 그으면 삑삑 소리가 나는 바짝 마른 칠판이 아니었다. 커다란 그 칠판을 나는 방학 때마다 다시 만났다. 밝은 색 내 칠판은 축축해 부서지기 쉬웠고 마법 같았다. 모든 것을 담을 수 있었던 그 칠판은 내 놀이터이자 나만의 영역이었으며 내가 가장 좋아하는 필기도구였다. 그 칠판은 바로 끝없이 이어진 발-앙드레의 해변이었다. 나는 자유와 게임을 꿈꾸었고 환상적인 필체로 페이지를 채워나갈 모험 가득한 삶을 상상했다. 수업시간에 나는 파리의 지붕 너머로 보이는 하늘을 바라보며 아주아주 먼 곳에 있는 해변과 마법의 모래가 기다리고 있는 방학을 손꼽아 기다렸다. 모래가 어디에서 오는지 알 수가 없었다. 너무나 궁금해서 선생님께 질문을 했다. 선생님의 대답은 나를 더욱 헷갈리게 만들었다. "모래는 바다와 파도와 밀물썰물이 바위, 바닷가의 조개껍질을 변형시켜서 만들어지는 거예요!" 정말? 내 손에 거품을 남기는 바닷물이 바위를 빻을 수 있단 말이지. 그럼 모든 게 가능하겠네.

해변이 아니고서는 그 어느 곳에서도 만날 수 없는 독특한 물질, 모래를 나는 참 좋아했다. 썰물 때에는 그 위에서 숨이 턱에 찰 때까지 뛰어다닐 수 있을 만큼 단단해졌지만 자꾸만 넘어지는 나를 아프지 않게 받아줄 만큼 부드럽고 탄력 있고 섬세한 모래. 사촌들, 친구들은 열심히 모래성을 쌓았고 나는 그 성을 칼로 짓밟으며 즐거워했다. 해가 베르들레 섬 뒤로 사라질 무렵, 섬세한 건축가들이 작품을 두고 떠나면 나는 해변에 남아 체념한 표정으로 어린 양떼처럼 해변을 따라 집으로 돌아가는 아이들을 바라보았다. 아이들은 둑 위에서 손짓을 하며 자기들을 부르는 목자들에게 순종했고 아이들이 멀어질수록 나를 방해하던 그들의 힘도 약해졌다. "얘들아! 집에 갈 시간이란다! 날이 곧 추워지고 캄캄해지니까 어서 오렴……." 나는 이렇게 부르는 소리들을 못 들은 척 하며 즐겁게 범죄를 저질렀다. 탑과 도개교를 걷어차고 공주도 살지 않는 성들을 쓰러뜨리며 깔깔 웃었다. 그리고 무너진 모랫더미를 토닥토닥 두드려 매끈하고 있는 그대로의 모습을 해변에게 돌려주었다.

그런 다음에는 양 손을 번쩍 들어 곧 따라가겠다는 표시를 하고 마지막 순간을 이용해 갈퀴로 모래 위에 거대한 메시지를 남겼다. 나와 함께 놀아주는 부드러운 미소를 가진 어느 남자아이의 이름. 나의 사랑. 발-앙드레 해변의 반반하고 무른 넓디넓은 모래사장 위, 오늘 내가 선택한 아이의 이름 위에 나는 하트를 그렸다. 모래 위에 새긴 심장 모양. 멀리 둑에서도, 내가 머물던 우리 할아버지 할머니 집에서도 보일 정도로 큰 심장이었다. 나는 내 방에서 아무도 몰래 나의 심장이 어둠속에 사라질 때까지 바라보고 또 바라보다가 아침이 되면 잠이 깨자마자 동그란 창으로 달려가 밀물이 마법의 분필로 써 놓은 내 심장을 모두 지워버렸는지 확인을 했다.

어느 날, 나는 내 눈을 믿을 수 없었다. 내 심장이 그대로 있었던 것이다. 은으로 만든 보석처럼 반짝반짝 빛나는 한 줄기 물이 심장 주변을 흐르고 있었다. 아침도 먹지 않은 채 내 심장 안에 적어놓은 이름도 그대로 있는지 확인을 해보려고 바닷가로 달려갔다. 그것이 지상의 사랑이 이루어질 것이라는 신호인 것 같았다. 하지만 이름은 물에 반쯤 지워져 읽을 수가 없었다. 남아 있는 것이라고는 이름 없는 모래 심장 주위로 움푹 팬 자국뿐…….

타라와 그 애의 사촌아이들이 공을 마구 던지는 바람에 나는 회상에서 깨어난다. 아이들이 해변으로 가고 싶어 한다. 내가 방금 다녀온 그곳에…….

브르타뉴에서 나보다 다섯 살 아래인 내 여동생 오드를 다시 만난다. 나와 꼭 닮은 오드는 한적한 시골 생활을 즐기고 있다. 내 의지와는 상관없이 내게 집중되는 세간의 관심 때문에 동생이 고통을 받을까 봐 걱정되는 때가 많다. 자주 만나지는 못하지만 오드는 자신의 삶을 보호하는 동시에 나를 보호해 주고 있다. 가끔씩 보내주는 짤막한 편지로, 전화로, 부드러운 손길로 나를 지켜준다. 나는 언제나 나를 보호해 주는 동생의 존재를 느낀다.

해마다 여름이면 발-앙드레에서 매력적인 브르타뉴를 변함없이 지키고 있는 친구들, 가족들과 다시 만나는 기쁨을 누린다. 얼굴에 작은 멍이 몇 개 남아 있는데도 다들 나보고 '얼굴이 좋아 보인다' 고 한다. 평소 그런 쪽으로는 관심을 보이지 않는 동생이 묻는다.

"정말이야, 얼굴이 변했어. 나보다 더 젊어 보이네. 어떻게 한 거야?"

"볼 이식 수술을 받았지!"

타라는 테니스 레슨을 받는다. 나도 매일 따라가 코트 옆에서 딸아이의 모험을 지켜본다. 친절한 코치가 나를 보며 끊임없이 미소를 보낸다. 그리고 타라를 향해 공을 잘 치려면 공을 끝까지 잘 봐야 한다고 소리 높이 외친다. 키가 크고 단단한 그의 몸은 햇볕에 잘 그을어 광택 없는 구리 같아 보인다. 이두박근 주위로 벽을 타고 오르는 담쟁이 잎 같은 가느다란 문신을 하고 있고 체지방은 0%다. 그가 벤치에 앉아 있는 내게 다가오더니 타라의 재능이 특별하다면서 셋이 함께 둑으로 가서 음료라도 한잔하는 게 어떻겠느냐고 한다. 태양 아래에서 즐기는 음료 한 잔.

"이건 월계관이에요. 승자들에게 주는 월계관!"

그가 자기 팔에 그려진 그림을 가리키며 이렇게 말한다.

사생활에 관한 내 질문에 그가 대답한다. "그게 좀 복잡해요……"

결혼을 했고 아이가 하나 있는데 이혼 소송 중이라고. 그가 나를 다시 만나고 싶다고 한다. 난 그럴 마음이 없는데. 인생이 복잡하다면, 복잡한 일을 더 보태지 않는 게 낫다. 나는 휴가철 사랑을 즐길 나이가 지나 육체적 매력만으로는 만족할 수 없는 나이가 되었다.

내일은 파리로 돌아간다. 약한 비가 흩뿌려 해변이 텅 비었다. 하늘이 어두워지고 바람이 서늘해진다. 끝나가는 여름을 느끼며 나는 카지노 아케이드 아래에서 수평선에 시선을 고정시킨다. 연극 상연이 3월로 미뤄졌다. 그때까지 뭘 해야 하나? 이식 수술을 받은 이후로 텔레비전이나 영화 출연 제의를 전혀 받지 못하고 있다. 남들의 변덕에 의지해 살아가는 것이 힘들다. 세자르 상 시상식에서 울부짖으며 자신의 고통을 토로하던 아니 지라르도를 떠올린다. "어쩌면, 어쩌면, 내가 완전히 죽은 것은 아니었나 봅니다……." 나는 충격으로 초췌해진 여배우의 이미지를 쫓아버리고 어두운 하늘로 눈을 들어 수면을 스칠 듯 낮게 나는 갈매기 떼의 즐거운 서커스를 구경한다. 뱃사람들은 그 모습을 보고 한동안 비가 계속 내릴 것이라고 점을 친다. 떠날 때가 되었다.

2006년 9월 파리

이젠 익숙해졌을 법도 한데, 계속되는 이상한 꿈은 그 강도가 점점 더 강해져 깨어날 때면 몸이 마비되어 있기 일쑤다. 꿈을 꿀 때마다 처음에 느꼈던 강렬한 감정이 느껴지고 이미지들은 변함없이 무시무시하다. 생폴 병원장과 약속을 잡았다. 조사를 계속할 생각이다. 끝까지 가볼 작정이다.

오늘 밤에는 외출을 한다. 내가 새로운 사랑을 하게 될 것이라는 피에르의 예언을 믿고 사랑을 찾아 나선다. 이런 것이 바로 닥터 블랑쇼가 말했던 '유도'다. 점쟁이가 미친 영향.

신제품 핸드백 출시 기념으로 어느 고급 브랜드가 주최한 선상 파티에 초대를 받아 갔더니 새로 나온 아름답고 우아한 핸드백을 선물로 준다. 친절하기도 해라. 명사들이 와 있고, 명사들을 찍는 사진사들도 와 있고, 특히 명사들을 쫓아다니는 사람들이 모여 있다. 어디서들 왔는지는 모르겠지만 잘생기고 예쁜 데다가 차림새도 멋진 남녀들은 모두 연결이 되어 있는 것 같다. 만나는 사람들마다 큰 소리로 웃으며 거리낌없이 얼싸안고 볼에 입을 맞춘다. 마치 옛날부터 아는 사람을 만난 것처럼. 나도 누군지 모르는 사람들이 내 볼에 입을 맞추도록 내버려 둔다. 약간 흥분한 엄청 잘생긴 남자가 내 볼에 소리 나게 입을 맞추고 말을 걸어오기에 샴페인을 홀짝거리며 친절하게 대답을 한다. 남자가 배우라고 자기소개를 한다. 이상하다, 얼굴을 봐도 누군지 모르겠다.

"샤를로트, 두 분이 함께 계신 사진을 좀 찍을게요!" 사진사가 땀을 뻘뻘 흘리며 내가 대답을 할 틈도 주지 않고 셔터를 눌러댄다.

우리는 다시 대화를 이어나간다.

"어떤 영화에서 어떤 역을 맡았었나요?" 내가 묻는다.

"사실, 배우이기는 한데 진짜 영화를 찍기 시작한 것은 얼마 안 됐어요……."

"진짜 영화?……그럼 전에는 어떤 영화를 찍었는데요?"

"10년 동안 포르노 영화에 출연했어요. 거북하세요?"

"아뇨, 하지만 내 분야는 아니네요."

나는 살며시 양해를 구하고 배 안을 돌아다닌다. 나로서는 이런 파티에서 가장 어려운 것이 "요즘 뭐 해요? 특별한 계획이라도 있어요?" 같은 질문에 대답을 하는 것이다. 개인적 친분이 없던 발랄한 여배우와 우연히 이야기를 나누다 보니 그녀 역시…… 몇 년 전에 에이즈 바이러스 보균자로 판정을 받았다며 내 귀에 대고 속삭인다. "영화계에서도 다 알고 있어요." 들어오는 일이 없고 별다른 계획도 없어서 광고에 목소리 출연을 하거나 더빙을 한다고 한다. 에이즈 바이러스 감염 사실을 공개적으로 이야기하는 사람이 왜 나 혼자뿐인 걸까? 이런 생각에 우울해졌지만 오늘 밤만큼은 즐겁게 보내고 싶다. 그 여배우와 전화번호를 주고받은 다음 진짜로 즐겨보기로 마음먹는다.

다시 마주친 사진사에게 포르노 배우와 함께 찍은 사진을 아무 데나 뿌리지 말라고 당부한다. 그리고 무대로 올라가 춤을 추기 시작한다. 브르타뉴에서 보낸 휴가 동안 축적된 에너지 덕분에 한참 동안이나 신나게 춤을 출 수 있다. 음악이 마음에 든다. 나는 양 팔을 들고 빙글빙글 돌고 경중경중 뛴다. 아까부터 나를 주의 깊게 쳐다보던 남자가 다가와 힘들겠다며 함께 목을 축이자고 한다. 우리는 파티의 나머지 시간을 함께 보낸다. 그는 저명한 잡지의 편집장인데 교양이 있고 내가 말하는 모든 주제에 대해 해박한 것이 정말 인상적이다. 인도, 세포 기억설, 그리고 내가 가장 좋아하는 화가 로스코와 렘브란트까지. 유머도 넘쳐서 정말 재미가 있다. 내가 시간이 어떻게 흘러갔는지도 모르겠다고 하자 자기도 마찬가지라고 그가 정중하게 말한다.

파티가 끝나자 그가 나를 집에 바래다주겠다고 한다. 호화로운 자동차 안에서 그가 우아하게 손을 내민다. 나는 자동장치로 치과 의자를 연상하게 하는 좌석 등받이를 뒤로 젖히며 그의 손을 잡고 달리는 자동차에 몸을 맡긴다. 우리 집 앞에 도착하자 그는 가까운 곳에 막다른 골목이 있는 것을 알고 있다며 그곳에 잠시 차를 세우겠다고 한다. 차를 세운 그가 눈을 감고 몸을 기울이더니 내 입술을 피해가며 부드럽게 키스를 한다. 그리고 두 손으로 나의 가슴과 허벅지를 애무한다. 나도 그를 만지며 그의 욕구에 응한다. 그가 많이 흥분했다는 말을 되풀이하며 입으로 내 목과 어깨와 등을 훑어간다. 그리고 다시 나를 만지며 키스를 한다. 갑자기 그가 숨을 헐떡이며 동작을 멈춘다. 손으로 만져주었을 뿐인데, 그냥 그렇게 사정을 해버린 것이다. 그는 미안하다며 이번에는 좀더 부드럽게 키스를 한다. 폭풍우는 지나갔다. 그가 내 전화번호를 묻고는 내일 전화를 하겠다고 약속을 한다. 멋진 저녁이었다는 말을 덧붙이면서.

잡지 편집장의 젊은이 같았던 혈기를 다시 생각하며 잠이 든다. 그런 격정, 참 오랜만이다. 그런데 왜 내 입에 키스하지 않았을까?

약속대로 다음날 그가 전화를 걸어온다. 이미 저장해 둔 그의 이름이 휴대폰 화면에 뜨는 것을 보고 나는 기쁨에 사로잡힌다. 오늘은 그의 목소리가 좀 심각하고 뭔가 난처해하는 것 같다. 다짜고짜 그가 내게 묻는다.

"샤를로트, 솔직하게 말해줘요, 어젯밤에 우리가…… 그런데 내가…… 무슨 말인지 알겠죠…… 당신이…… 에이즈 바이러스 감염자인데, 내가 위험해지는 건 아니겠죠?"

나는 대꾸도 없이 전화를 끊어버린다. 2006년에, 빛나는 지성을 가진 잡지 편집장이, 내 몸을 만졌다고, 나를 살짝 스쳤다고 HIV를 옮는 것 아니냐고 묻다니…… 나는 소파에 누워 꼼짝도 하지 않고 내 곁에 바싹 붙은 고양이를 어루만진다. 에이즈 바이러스 감염자들은 '불가촉민'으로 남는다. 우리에 대한 공포는 사라지지 않는다. 언제까지일까? 키스를 기다렸는데, 따귀를 얻어맞은 기분이다.

저녁, 텔레비전을 틀어놓고 일기예보를 본다. 릴리가 사보아에 휴가 여행을 떠났는데, 9월 중순까지로 휴가기간을 연장했기 때문에 며칠 전부터 혼자만의 진실찾기 특공대를 준비하고 있다.

오늘 밤에 파리에 천둥번개를 동반한 큰 비가 예상된다고 한다. 창문가에 앉아 있는 내 곁으로 카비아가 다가온다. 대부분의 시간을 지붕 위에서 보내는 걸 보면 아무래도 녀석은 전생에 도둑고양이였던 것 같다. 6층에 있는 우리 집 창을 통해 보면 하늘이 잘 보인다. 회색이 짙어지더니 몽파르나스 타워가 있는 남쪽으로부터 시커멓고 거대한 먹구름이 몰려오는 게 보인다.

거의 밤 10시, 밤으로 완전히 접어든 시간, 첫 번째 빗방울이 지붕의 아연판을 두드리는 소리가 들린다. 이제 출발이다.

아까 불러둔 택시가 현관 앞에서 기다리고 있을 것이다.

"기사님, 나시옹 광장 근처로 가 주세요."

"나시옹 주위가 하도 넓어서요, 어디로 모실까요, 광장으로요?"

"기둥이 있는 곳이요."

"트론 대로 쪽으로 갈까요?"

"지리를 자세하게는 몰라요. 하지만 제가 기둥을 꼭 봐야 해요. 어서 가 주세요. 가까이 가면 알게 될 것 같아요."

나는 몇 년 동안 파리 동쪽에 있는 나시옹 광장에 가 본 적이 없다. 택시가 출발하고 자동차 지붕을 때리며 억수같이 퍼붓는 빗소리에 소름이 끼치며 몸이 떨려왔다.

"웬 비가 이렇게 퍼붓는지…… 더 퍼부을 모양이에요……."

비가 두 배로 더 세게 내리기 시작하자 운전사가 속력을 늦춘다. 생제르맹 대로는 텅 비었고 오스테를리츠 역은 어둠 속에 빠져버린 것 같다. 택시는 물이 넘쳐흐르는 강변도로를 따라 달리다가 천천히 센 강을 건넌다. 거세게 떨어지는 빗방울에 수면에서는 타닥타닥 소리가 난다. 몇 분 만에 도로가 물에 잠기고 자동차 바퀴가 깊은 웅덩이를 지나갈 때마다 물보라가 일어나 나는 소스라치게 놀란다. 와이퍼가 끽끽거리면서 열심히 물을 밀어낸다. 천둥번개가 친다. 택시 안에서도 소리가 얼마나 요란한지 당장 내리고 싶은 마음이 굴뚝같다. 빨간 불에서 나는 본능적으로 차 문고리를 잡는다.

"뭐 하시는 거예요? 지금 내리시려는 건 아니겠죠?"

"무서워요. 천둥번개가 무서워요……."

"리옹 역에서 내려 드릴까요? 비를 피하면서 좀 잠잠해질 때까지 기다리시겠어요?"

"아니에요…… 계속 가주세요. 겁이 나서 그래요, 몇 년 전에 큰 사고를 당했거든요…… 천둥번개가 치던 밤에……."

"그렇군요…… 하지만 저도 더 천천히 달릴 수는 없어요…… 날이 곧 잠잠해질 거예요."

나는 차창을 조금 열고 코로 공기를 들이마신다. 눈을 뜬 채로 빗줄기를 얼굴에 맞는다. 억수같이 퍼붓던 빗줄기가 조금 약해진다. 바스티유, 내가 잘 아는 동네다. 여기서 몇 년을 살았다. 포부르-생-앙두안, 그리고 저 끝에 나시옹 광장. 기둥들은 다른 쪽에 있다. 목이 메어 말을 할 수가 없고 심장이 쿵쿵거리며 가슴을 친다.

"다 왔어요. 저기, 기둥 두 개가 보이시죠? 저기가 트론 대로입니다. 이제 어떻게 할까요?"

나는 대답을 하지 않는다. 트론 대로는 잘 알고 있다. 전에 부모님이 그 근처에서 사셨다.

"손님, 이제 어떻게 하냐고요?!"

택시가 비상등을 켜고 멈추어 선다. 나는 아무 말도 하지 않는다. 기둥을 보지 않으려고 눈을 꼭 감고 빗소리를 듣지 않으려고 양 손으로 귀를 틀어막는다. 택시 운전사의 목소리와 비상등 소리가 멀어지더니 아예 들리지 않는다. 정적과 어둠 속에서 악몽이 되살아난다. 전 속력으로 지나가는 번들거리는 도로, 헤드라이트, 갓난아기, 위협적인 자동차 경적소리, 그리고 몇 발자국 앞의 광장, 충돌, 그리고 통증도 없이 내 머리가 으스러지는 느낌. 몇 초가 지난 후, 나는 내 무릎을 흔드는 택시 운전사의 손을 느낀다.

"괜찮으세요? 도로 집으로 모셔다 드릴까요?" 운전사가 걱정스럽게 묻는다.

"아니에요…… 여기서 내릴게요…… 괜찮아질 거예요……."

"여기서 그냥 내리시면 안 돼요. 아직 비가 오고 있는데요."

"괜찮아요. 날이 갤 거예요. 좀 걸어야겠어요……."

나는 가방 안에서 되는대로 잡아 꺼낸 지폐 한 장을 운전사에게 주고 택시에서 내린다. 천둥번개는 잠잠해졌지만 비는 계속 내리고 있다. 차가 한 대도 없다. 나는 신선한 공기를 깊이 들이마시며 눈을 부릅뜨고 현실을 직시하며 걷는다. 일부러 기둥을 보지 않는다. 광장을 한 바퀴 돌고 몸을 말릴 곳을 찾을 생각이다. 내 미션은 아직 끝나지 않았다. 깜박하고 우산을 가져오지 않았다. 몸이 흠뻑 젖었지만 춥지는 않다. 아직 따뜻한 9월의 공기에 두려움이 점차 사라진다. 직각 방향으로 뻗은 대로 저 끝에 불빛이 보인다. 가게 하나가 문을 열고 있다. 나는 가게 처마 밑에서 잠시 비를 피하다가 제일 가까운 경찰서가 어디에 있느냐고 물어본다. 가게 문 앞에 서 있던 남자가 말은 거의 하지 않은 채 손을 들어 경찰서가 있는 쪽을 가리킨다.

파랑, 하양, 빨강 삼색기 앞에서 나는 선뜻 들어가지 못하고 잠시 머뭇거린다. 지금 아니면 기회가 없다. 다시는 오지 못할 거다. 제복을 입은 친절한 여자경찰이 내 모습을 보고 깜짝 놀라며 나를 맞아 준다.

"안녕하세요, 방해해서 죄송합니다만 꼭 여쭤보고 싶은 게 있어요."

"우선 몸을 좀 말려야 하지 않을까요?"

"아니에요, 고맙습니다. 춥지 않아요, 제가 브르타뉴의 피를 물려받았거든요. 2003년 11월 4일, 저기, 나시옹 광장(나는 기계적으로 팔을 뻗는다)에서 사망자가 발생한 자동차 사고가 일어났어요. 사고 희생자의 신원을 알려면 어떻게 해야 하나요? 제게 굉장히 중요한 문제예요."

"2003년에요? 저는 라뮈르 반장입니다. 성함이 어떻게 되시죠?"

"안느 샤를로트 파스칼."

"3년이나 지난 시점에서, 그것도 밤 열한 시에, 사건 희생자의 신원을 알아야 하는 이유가 뭔지 설명해 주시겠어요?"

"설명하기가 쉽지 않아요…… 제가 아는 사람일 수도 있어서…… 그냥, 이름만이라도 찾아봐 주실 수 없을까요?"

"위임장이나 법적인 서류를 가지고 낮에 다시 오셔야 해요. 그냥은 아무것도 말씀 드릴 수가 없습니다. 사고 지점이 정확히 어디인가요?"

"기둥 옆, 트론 대로예요."

"트론 대로는 행정구역상 12구에 속해 있어서 우리 담당 구역이 아닙니다. 나시옹 광장은 11구와 12구에 걸쳐 있어요. 여기는 11구 경찰서

고요. 도와드리고 싶지만, 위임장을 가지고 사건을 담당했던 경찰서로 가서야 합니다. 아니면 아무것도 알려주지 않을 거예요. 생폴 병원에는 가보셨나요? 이 부근에서 부상자가 발생하면 우선 그 병원으로 후송되지요⋯⋯."

"그러니까, 법적인 절차를 거치지 않으면 아무것도 알 수 없다는 말씀이신가요? 확실히 해두고 싶어서요."

"네. 미안합니다."

비가 완전히 그쳤다. 미지근한 공기에서 여름 느낌이 난다. 나는 나시옹 광장을 떠나며 내 꿈 속의 사고가 이곳에서 일어났다는 확신을 한다. 저 멀리 트론 대로의 기둥들을 다시 보니, 확실한 증거를 보는 느낌이 든다. 익명의 남자는 거짓말을 한 것이 아니었다. 닥터 블랑쇼가 어떻게 생각하든, 다른 누군가의 기억이 내 안에 새겨졌다.

생폴 병원의 병원장과 약속을 잡아두었다. 병원장은 의사가 아니니까, 어쩌면 좀더 자유롭게 이야기를 해줄 수 있는지도 모른다.

첫눈에 호감이 가는 병원장이 나에게 정중하게 인사를 하고는 관련 서류에 붙은 메모를 정리해 읽어본다.

"무엇보다 건강해 보이셔서 기쁩니다. 제가 무엇을 도와드리면 될까요, 파스칼 양?"

"감사합니다. 2003년 11월 4일 이 병원에서 심장 적출 수술이 있었어요. 자동차 사고로 젊은 여자분이 사망을 했죠. 그분의 이름을 알 수 있을까요?"

"파스칼 양이 2003년 11월 4일에 심장 이식 수술을 받았다고 알고 있는데, 그분의 심장을 기증받았다고 생각하시는 겁니까?"

"네."

　"제가 그런 정보를 알려드릴 수는 없다는 말씀을 드려야겠군요. 게다가, 파스칼 양의 이식 수술 전에 해당 환자에 대해 심장 적출 수술을 실시했지만, 그 장기가 파스칼 양에게 이식되었다는 것을 확인해 줄 근거는 아무것도 없습니다. 두 환자간의 적합성에 따라 이식 여부가 결정되니까요. 적출된 심장이 외부로 이송되었을 가능성도 대단히 높지요. 파스칼 양이 이식받은 심장도 다른 병원에서 가져온 것일 수도 있고요…… 2004년 8월에 제정된 생명 윤리법에 의해, 장기 기증자와 장기 수혜자의 익명은 철저히 보장되고 있습니다. 기증자의 가족들이 원하는 경우에 한해, 장기 이식 여부에 관한 정보는 공개될 수 있습니다. 하지만 그게 전부지요. 익명을 지키는 것이, 파스칼 양이 새로운 심장에 대해 일정한 거리를 유지하는 데에 도움이 되고, 기증자의 가족들 역시 애도를 하는 데에 도움이 됩니다."

　"기증한 여자분의 남편이 제게 연락을 해왔어요……."

　병원장이 내 말을 가로막았다.

　"그럴 리가 없습니다."

　"사실이에요, 충격적인 익명의 편지로, 파리에서 일어난 자기 아내의 자동차 사고부터 제가 이식 수술을 받기 몇 시간 전에 아내의 심장을 적출하는 수술이 실시되었다는 것까지 모두 설명했어요."

　"하지만 당신이 수혜자라는 걸 그분이 어떻게 알 수 있었단 말입니까?"

　"2003년 11월 4일 아침, 파리에서 진행된 심장 이식 수술은 단 한 건밖에 없었어요. 바로 제 수술이었죠."

　"그건 확인이 필요한 부분입니다…… 좋습니다, 파리에서 그런 사고와 수술이 있었다는 정보가 정확하다고 칩시다, 하지만 그것으로는 아무것도 증명할 수가 없습니다. 적출된 장기는 전국으로 보내질 수 있고 외국으로 보내지는 경우도 있어요…… 파스칼 양은 유명한 분이고, 수술을 받으신 날짜 역시 분명 언론에 노출이 되었을 겁니다, 그렇지요? 같은 시기에 가족을 잃은 누군가가 편지를 보냈다고 보는 것이 논리적일 것 같습니다. 고인이 진짜로 죽은 것이 아니고 당신 몸에 그 사람의 심장이 남아 있다고 믿고 싶은 것이죠, 이해하시겠습니까? 정상적인 반응입니다. 소중한 사람의 죽음을 받아들이는 것보다 더 힘든 것은 없으니까요."

"제게 편지를 보낸 분은 확신을 하는 것 같았어요. 세포 기억설에 대해 알고 계세요? 2005년 11월부터, 저는 끔찍한 악몽에 시달리고 있어요. 꿈에서 그분의 사고를 다시 겪고 있고, 직접 사고지점에 갔을 때에는 견딜 수 없을 정도로 두려웠어요…… 식성도 바뀌었고요. 이런 현상들 때문에 하루하루가 혼란스러워요. 제게 장기를 기증한 분이 누군지 알게 되면, 모든 것이 멈출 것이라는 확신이 있어요."

"죄송합니다만, 좀 당혹스럽군요…… 무슨 말씀을 드려야 할지 모르겠습니다…… 수술 후 심리검사는 받으셨습니까?"

"정신과 전문의에게 정기적으로 상담을 받고 있어요. 누구에게 부탁해야 제게 심장을 기증한 분의 신원을 알 수 있을까요?"

"아무도 알려주지 않을 겁니다. 법으로 정해져 있는 사항입니다."

"적출 수술을 받은 여자분의 이름은요?"

"불가능합니다. 그분이 기증자라는 생각을 하지 말아야 합니다. 생폴 병원에서는 장기 적출 수술이 빈번하게 시행되고 있습니다. 우리 병원은 적출된 장기의 허혈을 방지하기 위해 필요한 최고의 시스템을 갖추고 있습니다. 몸 밖으로 나온 장기가 가장 최적의 조건에서 보존될 수 있도록 해주는 시스템이지요. 하지만 장기 적출, 이식 수술 전문 병원은 생폴 병원뿐이 아닙니다. 파리 지역에만도 열 개가 넘는 전문 병원이 있고 프랑스 전체에는 스무 개 정도가 있지요. 게다가 프랑스의 각 병원은 전용 시스템 없이도 적출 수술을 실시할 수 있게 되어 있습니다. 그 복잡성을 모르고 계시는 것 같은데, 다시 한 번 말씀드리지만 이식을 받는 환자의 체질과 적출된 장기의 호환성 여부에 따라, 적출된 장기는 기록적인 시간 안에 프랑스 전역으로 이송됩니다. 우리 병원에서 적출된 그 심장을 파스칼 양이 이식받았을 가능성은 3 대 1이라고 할 수 있습니다. 물론 확인을 해보아야 하는 사항이겠지요. 이식 수술을 받기 몇 시간 전에 같은 병원에서 적출 수술이 실시되었다는 사실로는 아무것도 증명할 수 없습니다. 아시겠습니까? 적출 수술을 받은 분의 신원에 집착하지 마십시오. 그분의 신원을 알게 된다 하더라도, 파스칼 양이 원하는 것으로 이어지지는 않을 겁니다. 그 점을 확실히 해두고 싶군요."

"네…… 하지만 제게 장기를 기증한 분의 신원을 아는 것에 제 사활이 걸려 있어요. 어떻게 해야 하죠?"

"장기 기증자의 신원을 이렇게까지 절대적으로 알고 싶어 하는 경우는 처음이네요…… 정말 의외입니다…… 파스칼 양은 유명한 분이지만, 그렇다고 해서 필요한 약속을 쉽게 잡을 수 있을 것 같지는 않습니다만……."

"누구에게 공식적인 요청을 해야 하는 거죠?"

"의사협회 산하 전국 심의회의 '의사윤리' 부로 편지를 보내실 수 있습니다만, 너무 큰 기대는 하지 마십시오. 충분한 답변을 해드리지 못해 죄송합니다. 다시 한 번 말씀드리지만 해당 적출 수술과 당신의 이식 수술간의 연관성 같은 것은 잊으십시오. 논리가 없습니다, 케이스 바이 케이스이지요. 확실한 증거가 없습니다. 아시겠습니까?"

"보건부 장관 로즐린 바슈로를 만난 적이 있는데, 장관님께 편지를 쓰는 게 도움이 될까요?"

"아무 소용 없을 겁니다. 장관님도 예의상 파스칼 양의 이야기를 들어는 주겠지만, 이것은 예외가 있어서는 안 되는 사안입니다. 기증자의 가족들은 법적으로 익명성을 보호받도록 되어 있어요. 위법을 해서는 안 되는 일이지요. 이제 그 이야기는 그만 해도 되겠습니까?"

"마지막으로 여쭤볼 게 있어요. 아주 중요한 질문이에요. 장관님께도 여쭤볼 거고요. 왜 기증자의 가족이 수혜자의 신원을 알고 싶어 할 경우, 혹은 그 반대의 경우에 대해서는 대비되지 않았나요? 양쪽이 모두 동의를 한다면 그럴 수도…… 그렇게 되면 많은 갈등과 의문이 풀릴 수도 있고, 기증을 허락한 측이나 수혜를 받은 쪽이 더 행복해질 수 있지 않을까요?"

나의 혼란과 결심을 파악한 병원장은 대답 대신 약간 난처한 기색으로 내게 미소를 짓는다. 그에게 시간을 내서 만나주어 고맙다는 인사를 하고 문을 나서는데, 나를 버텨주던 긴장감이 탁 풀리는 것이 느껴진다. 열이 나고 신경이 약해진 느낌이다. 내가 무너진 것이다. 병원 냄새가 혹 끼친다. 에테르 냄새가 아니다. 이 냄새를 어떻게 설명해야 하나. 아주 오래 전부터 느껴온 냄새. 확실한 향은 없지만 나는 이 향 없는 병원 냄새를 수천 가지 냄새 속에서도 구별해 낼 수 있다.

앙리에트에게 인사를 하러 간다. 스티븐이 일하고 있는 곳을 피해 빙 돌아서. 이곳에 있는 모든 사람들은 침묵과 비밀을 지키고 싶어 하는 사람들 같다. 나를 보자마자 앙리에트가 내게로 달려온다. 오늘 온다고 미리 이야기를 해두어서 나를 기다리고 있었나 보다. 앙리에트가 아무 말 없이 내게 팔을 두르더니 꼭 안은 채로 한동안 가만히 있는다. 마음이 약해지더니 천천히 눈물이 흐른다. 왜 이러는 거야, 지금, 여기서 울면 안 돼. 나는 스스로를 다그친다. 병원에서는 절대 울지 않기로 했잖아. 잘 참아왔으면서.

모두들 눈물을 보이는 이곳, 병원에서 우리 환자들은 절대로 울지 않는다. 그건 생존이 걸린 문제이다. 한 번 울기 시작하면, 멈추지 못할 테니까.

앙리에트는 내가 병원장을 만난 이유를 잘 알고 있다. 내 모든 노력이 허사로 끝날 것이라는 것도. 그래서일까, 어떻게 되었느냐고 묻지도 않는다.

"울지 마, 우리 꼬맹이…… 그 예쁜 미소는 어디로 갔어?"

앙리에트가 나를 다독이며 느닷없이 아이를 달랠 때처럼 명랑한 목소리로 차 한 잔을 권한다. 곧 휴식 시간이 된다면서.

우리 집

"로즐린 바슈로에게 편지를 보내려고? 그리고 이건……."
릴리가 내 책상 위에 올려놓은 편지봉투들을 집어 든다.
"자크 롤랑, 의사협회 산하 전국 심의회 회장 앞으로 되어 있네."
"물어볼 게 있어서."
"이식 수술과 관련한 거지……."
"응, 내 수술, 다른 사람들의 경우도 그렇고."
"비밀이야?"
"답장을 받으면 말해줄게. 아니, 우선 편지를 보내야 하는데, 아직 결심을 못했어."
"잊지 말고 우표 꼭 붙여라!"
예전의 모습을 되찾은 릴리는 떠들썩하게 아들, 엄마, 여동생과 함께 이탈리아와 샤모니에서 보낸 가족들만의 '아주 평화로웠던' 휴가 이야기를 들려준다. 한 달도 넘게 파리를 떠나 있었다. 나는 릴리가 그리웠다. 이번 여름의 가장 좋은 추억? '자살 산'이란다.
"앞으로 아무개가 자살을 기도했다가 실패했다는 소리에는 수긍이 가지 않을 것 같아! 절대로 실패할 리 없는 비밀 장소를 알아냈어. 샤모니 산 바로 맞은편, 에귀 뒤 미디(Aiguille du Midi, '한낮의 바늘' 이라는 뜻의 봉우리로 24킬로미터의 케이블카가 설치되어 있다)야, 어딘지 혹시 아니? 하발 3,300미터, 장엄한 파노라마가 펼쳐지는 곳인데 공중 케이블카가 다녀. 편도 17유로, 왕복은 30유로…… 한여름에, 충격적이지 않니? 편도 표를 끊고 올라가서 뭘 어쩌겠다고. 그 험한 3,300미터를 걸어서 내려오겠니? 아무튼 정상에 도착하니까 360도로 펼쳐진 전경이며, 찬 공기며, 엄숙할 정도로 고요한 분위기며, 새파란 하늘이며 눈 덮인 봉우리가 넋이 나갈 정도로 멋졌어. 그런데 저 끝에 나무 난간이 설치되어 있고 거기에 붉은색 표지판이 붙어 있지 뭐니. '위험' …… 그냥 위험이래, 글쎄! 어렵지 않게 넘어갈 수 있는 난간 뒤에 팔 하나 길이의 땅이 있고 그 다음은 허공, 낭떠러지인데. 한 번만 뛰면 3,300미터 아래로 곤두박질친다고. 17유로면 자살을 할 수 있는 곳이야! 고속철도보다 훨씬 효과적이고 교통도 막히지 않고."

"혹시 자살하고 싶은 거야? 아무래도 너, 닥터 블랑쇼를 만나봐야겠다. '기본적으로 우리는 살아남도록 프로그램되어 있어요.' 라고 설명해 줄 거야……."

2006년 10월, 파리

단조롭고 고요한 신학기에 들려온 반가운 소식. 도미니크 베스너 하르가 내 자서전을 읽고 감명을 받아 판권을 사서 텔레비전용 영화로 제작하고 싶다는 뜻을 알려왔다는 소식이다. 내가 작은 역할을 맡을 수도 있다는 이야기도 있다. 〈붉은 키스〉를 찍던 10대 시절을 연기하지는 못하겠지만 내레이션을 맡을 수는 있을 것 같다. 지금의 내가 음성 해설을 맡는 거다.

이렇게 피에르의 예언이 또 맞아떨어지려 하고 있다. 텔레비전용 영화 〈피 속의 사랑〉 제작은 아직 계획 단계이지만, 피에르에 대해 나는 다시 한 번 놀란다. 당혹스럽다. '놀라운 사랑'만 실현되면, 그의 예언이 모두 맞게 되는 것이다.

이달 초에 앙리에트가 전화를 걸어왔다. 비밀 요원처럼 목소리를 낮추고는 이틀 후에 생제르맹데프레 한복판에 있는 고급 호텔의 루테시아 바에서 만나자고 했다. 그 호텔에 한 번도 가본 적은 없지만, 그런 속된 곳이라면 병원 사람들을 만날 염려가 없을 것이라는 말을 덧붙였다. 앙리에트는 전화로 더 이상 이야기하기 곤란하다며 전화를 끊었다.

릴리가 새로운 치료 요법을 가르쳐 준다. 일명 '아트테라피'. 우리는 스스로를 편하게 해주어야 한다. 인생에는 시련이 너무 많고 우리는 무의식적이건 의식적이건 스스로를 어쩔 수 없는 상황에 끊임없이 몰아넣는다. 자신에게 스트레스를 주고 있는 것이다. 하여, 새로운 개념이 탄생되었다. 스스로가 자신의 가장 좋은 친구가 되는 것. 스스로를 편하게 해주는 릴리의 비법은? 우리가 잊고 있는 인간의 가장 훌륭한 면, 예술에 빠지기. 감동으로 마음을 뒤흔드는 예술은 우리를 벌거벗긴다.

내가 좋아하는 예술 분야는 미술과 음악이다. 내가 손꼽는 명작은 미셸 베르제(Michel Berger, 40대의 나이로 요절한 프랑스의 천재 작곡가), 알랭 바숭의 음악들, 그리고 나의 판테온 맨 꼭대기, 여신의 자리는 베로니크 상송이 차지하고 있다.

앙리에트를 만나기 전에, 렌 가에 있는 프낙에 다녀오기로 한다. 그곳에서 명곡 중의 명곡만 추려 만든 컴필레이션 앨범 몇 개를 할인된 가격으로 사고는 기분이 좋아진다. 이제, 없어진 디스크를 찾아 온 집안을 헤매지 않아도 된다.

집으로 돌아와 그 음반들을 무한 반복으로 듣는다. 이 음악들이 나의 아트테라피가 되어줄 것이다. 나는 어떤 아름다운 작품이 그 작품으로 비롯될 슬픔에 작용하는 효과가 좋다. 나는 아름다운 노래, 행복한 분위기의 노래들만 듣는다. 나에게 생명력을 주는 그 노래들의 느낌을 온몸으로 받아들이고 싶어서. 그것이 내 스스로를 편안하게 만드는 비법이다. 릴리의 말이 옳다. 슬픈 가사를 만날 때가 있지만 나의 귀에는 희망과 도움이 되는 의심과 사랑의 기다림밖에는 들어오지 않는다. 미셸 베르제가 우리 집 거실에서, 나 혼자만을 위해 노래를 한다. '침묵의 순간', '나를 이해하려면', '디에고', '당신 거기 있어줄래요?' ……나는 큰 소리로 기쁘게 그에게 대답한다. 네, 거기 있을게요!

다음은 베로니크. 그녀의 음악과 가슴을 후려치는 가사는 새롭고 특별한 메아리가 되어 내 안에 울려 퍼진다.

오 아니, 나를 짓누르는 꿈을 또 꾸었네.
오 아니, 내 심장이 또 한 번 죽었네.
곁에 아무도 없을 때, 내가 너무나 보잘것없는 것 같네.
가증스러운 것들이 보이네……
그러나 혼자 있을 때, 내가 나의 주인이요, 노예라네……

루테시아 바에 도착한 나는 아르 데코 풍 살롱의 깊고 넓은 자줏빛 소파에 자리를 잡는다. 소파가 얼마나 깊은지 앙리에트가 나를 못 볼지도 모른다는 생각이 들 정도다. 나는 허리를 꼿꼿이 세우고 의자 끄트머리에 걸터앉아 화이트 티를 한 잔 주문해 놓고 미스터리를 안고 나타날 앙리에트를 기다린다. 오래지 않아 어깨가 축 처진 앙리에트가 누가 볼세라 노심초사하는 표정으로 나타나 풍향계처럼 고개를 이리저리 돌리며 나를 찾는다. 나는 손을 번쩍 들려다 말고 미지의 땅을 탐험하는 앙리에트를 바라본다. 살롱 안의 모든 사람들이 그녀를 재미있다는 듯 쳐다본다. 남의 시선을 피하려고 쓴 1970년대식 선글라스는 화창한 날씨에 역효과를 냈고 집에서 직접 짠 화려한 색깔의 스카프는 멋쟁이들의 이목을 집중시키기에 충분하다. 그녀가 가까이 왔을 때, 나는 자리에서 일어나 그녀의 이름을 부르며 여기 모인 어떤 멋쟁이들보다 더 아름다운 나의 앙리에트에게 찬사를 보낸다. 앙리에트는 선글라스를 쓴 채로 더블 스카치를 시킨다.

"괜찮아, 우리 꼬맹이? 참 멋진 곳이네, 여기에서 만나자고 하길 잘했어. 자, 단도직입적으로 말할게. 나는 샤를로트가 헛수고를 그만 했으면 해. 장기 기증자의 신원을 찾아다니는 일을 그만두었으면 좋겠다는 말이야. 내가 도와줄게, 단, 아무하고도 연락을 취하지 않겠다고 약속을 해줘야 해…… 지금은 아무것도 말해줄 수 없어. 내가 너무 위험해져. 하지만 샤를로트도 알다시피, 2007년 6월 5일이면 내가 은퇴를 하잖아. 그 날, 샤를로트가 이식 수술을 받던 날 새벽, 적출 수술을 받은 장본인의 이름을 알려주겠어. 그리고 알아둬야 할 것이 있어. 병원장님이 뭐라고 말했는지 모르겠지만, 적출된 장기는 전국으로 보내질 수 있어. 그날 아침 적출된 심장이 샤를로트에게 이식이 되었다는 증거는 아무 데도 없다는 뜻이야. 하지만 내가 이렇게 이름이라도 알려주기로 약속하면, 샤를로트가 더 이상 헤매지 않을 것 같아서. 어쨌거나 샤를로트는 적출 수술에 참가한 닥터 르루와 한동안 함께 있었잖아. 닥터 르루에게는 그럴 권한이 없지만, 귀띔이라도 해줄 수 있었을 텐데. 자, 내제안이 샤를로트가 안정을 되찾는 데 도움이 되었으면 해. 서류와 서류 복사본이 내게 있으니까, 그 서류들을 직접 주지는 못해도 그 여자 이름은 말해줄게. 그래, 교통사고로 사망한 여자 환자였어. 확인을 해봤지. 2004년 법이 제정되기 전, 바코드가 붙기 전에 실시된 수술이었어. 내가 이런 일을 하려는 건 다 샤를로트를 위해서야. 내가 그만큼 샤를로트를 아끼고 믿기 때문에."

가슴이 뭉클해진 나는 아무 말 없이 앙리에트를 끌어안고 그녀의 뜻을 존중한다는 의미로 고개를 끄덕인다. 무거운 짐에서 벗어난 느낌, 어떤 희미한 평안이 내 안으로 들어오는 느낌이 든다. 심장이 천천히 뛴다. 사람들이 가득 들어찬 살롱의 웅성거리는 소리가 더 이상은 들리지 않는다. 나는 이제 안심한 듯한 앙리에트의 손을 쓰다듬다가 그녀가 남긴 스카치 잔을 쥐고 소파에 몸을 깊이 묻은 다음 호박색 귀한 위스키의 향을 음미하며 기쁜 마음으로 맛을 조금 본다. 그리고 내게 왔을 때처럼 슬며시 사라질지도 모를 이 새로운 미각을 생각하며 미소를 짓는다.

2006년에서 2007년으로 넘어가는 겨울이 전에 없이 느리게 지나간다. 걸려오는 전화도 거의 없고 외출할 일도 없다. 일이 없다. 겨우 일을 다시 시작하나 했는데, 불러주는 곳이 없다. 사랑도 늦어지고 있다. 나는 음악을 많이 들으며 아트테라피를 계속하고 가능한 한 타라에게 집중을 하려고 한다. 심근경색을 일으키고 이식 수술을 받기까지, 무의식적으로 우리 둘 사이에 있었던 거리감을 보상하려고 한다. 딸아이에게 너무 집착하는 것 같아 두렵기도 하고 영원히 계속되지도 못할 우리 둘 사이의 끈을 괜히 만들어내는 게 아닌가 싶기도 하다. 나는 타라를 보호하고 싶다. 혹시 내가 그 아이의 곁을 떠나야만 할 때, 나의 빈자리가 너무 크지 않았으면 좋겠다.

나는 모범적인 엄마의 역할을 하려고 노력하는 것으로 떨쳐 버릴 수 없는 나의 죄책감을 속인다. 온도가 충분히 올라가지 않는 미니 오븐으로 케이크를 굽는 과한 모험까지 감수하면서. 학교를 졸업할 때, 약혼자를 찾으라는 의미로 사랑의 케이크를 구워주면 타라가 얼마나 좋아할까.

나를 위한 마법은 일어나지 않는다. 케이크는 절대 부풀어 오르지 않겠다고 마음을 단단히 먹은 모양이다. 오히려 반죽이 줄어든 것 같다. 어떤 효모도 미지근한 내 오븐 안에서는 효과를 발휘하지 못한다. 시간을 너무 많이 잡았는지 오븐 용기 바닥에는 너무 달고 바짝 마른 누룽지가 달라붙어 있다. 우리 어머니는 과자를 참 잘 만드셨는데. 피는 못 속인다더니, 그것도 다 거짓말이다. 다음 날, 학교 앞에 도착한 타라가 신이 나서 케이크를 구운 모험담을 모두에게 이야기하던 순간, 나는 살짝 부끄러운 마음을 미소로 가린다. "우리 엄마가, 케이크를 만들다가 망쳐 버렸어." 그리고 감동적이게도 나를 보호하려는 마음에서 이렇게 덧붙인다. "하지만 괜찮아, 그게 뭐 어때서……."

변함없이 나의 곁을 지켜주는 친구들은 특이하기가 이루 다 말할 수 없는 릴리, 다정다감해진 고양이 카비아, 그리고 알코올 중독 금붕어 코코다.

코코는 모든 면에서 정상적인 금붕어가 아니다. 붕어의 나이를 아는 사람은 없다. 밖으로 드러나는 노화의 표시가 전혀 없다. 코코를 처음 데려왔을 때, 사람들은 나에게 이 아이가 몇 달밖에 살지 못할 거라고 했다. 천만의 말씀. 녀석이 어항 물을 찰랑거리며 들이마신 지가 2년이 넘는다.

릴리는 코코가 신기해서 어항 안을 뱅글뱅글 도는 녀석을 최면에 걸린 듯 눈으로 뒤쫓는다.

"어떻게 뱅글뱅글 돌면서 한 생을 보낼 수 있을까?" 그러던 어느 날, 자세한 정보를 입수한 미스 마플이 의기양양하게 이런 말을 한다.

"금붕어는 기억력이 없대. 어항을 한 바퀴 돌고 나면 다 잊어버리는 거야. 그래서 돌고 또 돌 때마다 새로운 모험을 하는 느낌을 받는 거지. 알겠니? 알츠하이머에 걸린 것처럼 말이야."

필요에 의해서지만 약을 그렇게 먹어대는데도 내 기억력은 아직 갈짱하다. 거실 안에서 한 바퀴를 돌아도 새로운 모험을 하는 느낌은 들지 않는다. 가끔씩 어항 속 삶 같은 내 삶의 단조로움과 고독이 뼈저리게 느껴진다. 그 단조로움을 깨뜨려주는 사람은 릴리와 타라뿐이다.

딸아이가 자라는 것을 바라보는 것은 말로 형언할 수 없는 하루하루의 기쁨이다. 무럭무럭 자라는 타라의 성장 속도는 거의 폭발적이다. 매일매일 새로운 단어를 쓰고, 새로운 질문을 하고 새싹을 틔운다. 몸도 나날이 변해가고 있다. 타라를 보면 시간이 흐른다는 것이 새삼 느껴진다.

나는 〈생명의 이식〉 협회 활동에 열의를 가지고 참여하며 초조하게 겨울이 끝나기를 기다린다. 연극이 시작되기를.

연극 제목 〈물의 기억〉은 최근 발표된 과학적 원리를 떠올리게 한다. 이 연구는 에이즈 바이러스를 발견한 것으로 유명한 뤽 몽타니에 교수가 이끌었다고 한다. 어떤 물질과 접촉한 물은 그 물질의 혼적이 모두 사라진 후에도 그 물질의 특성을 간직할 수 있다는 것이다. 물 분자에게는 기억력이 있다.

앙리에트와 이야기를 나눈 후, 꿈이 이상하게도(아니면 논리적 결과일까?) 잠잠해졌다. 예전처럼 강렬하지도 않고 자주 나타나지도 않는다. 기억이 진정을 한 것 같다고나 할까. 기분 좋은 꿈을 꾼 밤도 있었다. 우다이푸르의 레이크 팰리스와 타지마할의 이미지들에는 금색 빛으로 후광이 둘러 있었지만 느낌만큼은 아주 좋았다. 나는 훈훈하고 습기 많은 공기 속을 혼자 걸으며 내 다리와 발을 보았다. 신고 있는 굽 낮은 하얀 신발은 낯선 것이었다. 신비로운 곳을 향해 걷는 동안, 옆으로는 하얀 대리석이 천천히 지나갔다. 우다이푸르 호수에서는 처음 느껴보는 충만한 기분을 느끼며 물 위를 걷기도 했다. 나는 요정처럼 가벼웠고 나를 막을 수 있는 것은 아무것도 없었다. 물에 비친 내 모습을 보려고 했지만, 수면에 비친 것은 라자스탄의 붉은 땅뿐이었다. 등에서는 부드러운 햇살처럼 나를 사랑하는 어떤 남자의 존재가 느껴졌다. 이 꿈이 하루 종일 나를 사로잡아 비눗방울 속에 들어앉은 것처럼 행복하게 만들어주었다. 나의 기억과 현실과 희망이 한데 섞인 꿈이었지만 너무나 낯설었다. 나는 위대한 사랑을 밖에서 지켜보는 입장이었다.

갑자기 모든 게 하얀색이었으면 좋겠다는 생각이 들었다. 인도의 대리석 같은 하얀색, 순수와 환생의 색 하얀색. 나는 집안의 벽을 하얀색 페인트로 다시 칠했다. 멋진 인도 사진집도 한 권 샀다. 그 안에서 독특한 타지마할 사진을 발견하고 깜짝 놀랐다. 하늘에서 찍은 그래픽적 요소가 강한 흑백 사진인데 문제의 그 강이 영묘 옆에 검은 테두리를 이루고 있고, 우다이푸르 호수는 썰물 대처럼 물이 말라 바닥이 드러나 금이 쩍쩍 가 있다. 그런 호수라면 꿈에서처럼 그 위를 걸을 수 있을 것 같다.

만약에 내가 더 이상 배우를 할 수 없다면, 무엇을 해야 하나? 구멍이 뻥뻥 뚫린 스케줄을 보며 생각해 본다. 뭘 해서 먹고사나?

다른 사람들처럼 나도 뭔가를 해서 돈을 벌어야 한다. 책으로 돈을 좀 벌었지만, 그건 벌써 1년 전 일이다. 모아둔 돈으로 얼마를 더 버틸 수 있을까? 배우나 사회자 말고 뭘 해야 할까? 영화를 찍기 위해 학교를 중간에 그만두어서 졸업장도 없는데. 할 줄 아는 것이라고는 연기밖에 없는데. 가게 점원? 노인들을 돌보는 도우미로 지원을 해볼까? 칸에 사는 내 사촌은 자기처럼 트레이너 일을 해보라고 권한다. 매니저들을 위한 트레이너가 아닌 라이프 트레이너. 내 인생 경험을 나누고 다른 사람들의 곁에서 도움을 줄 수 있는 일이다. 그럴듯하다. '자격증 취득 트레이너'가 되려면 1년간 교육을 받아야 한다. 알아봤더니 2007년 9월에 새로 시작하는 코스가 있다. 연극이 연장 공연에 들어가지 않는다면, 연극을 마무리지은 다음에 교육을 시작할 수 있을 것 같다.

사촌은 기다리지만 말고 새로운 프로젝트를 시작하라고 한다. 이런,

또 시작이군! 이번에도 라퐁텐에게 영감을 준 그리스 우화 작가 이솝의 이야기를 한 편 들려준다. 크림통에 빠진 개구리 두 마리.

개구리 두 마리가 깊은 크림통에 빠졌다. 한 녀석은 비관을 하다가 크림 속에 빠져버렸고 또 한 녀석은 희망을 가지고 살려고 발버둥을 쳤는데, 그러는 바람에 크림이 단단한 거품으로 변해 그 거품을 딛고 밖으로 빠져나올 수 있었다.

"교훈이라면?"

"절대 크림통에 빠져서는 안 된다!"

"움직이는 사람만이 행복해질 수 있어, 샤를로트! 움직여, 발버둥을 쳐!" 그가 껄껄 웃으며 이렇게 말한다.

나도 움직일 만큼 움직였다. 휴대폰을 붙들고 요금제 한도에 걸릴 때까지 전화를 했다. 몇 개는 취소되었지만 방송국 PD들과 약속도 몇 개 얻어냈다. 그들은 호기심으로 나를 받아주었으나 그게 다였다. 투쟁하라고? 나는 평생 투쟁만 해온 사람이다. 움직이고 발버둥을 쳤지만 그것만으로는 충분치 않다는 것을 몸소 확인했다. 몇 년 전부터 무거운 덮개가 내 위에 씌워져 내 모든 노력을 수포로 만들고 있는 것만 같다. 내 책을 앞다투어 다루던 미디어들도 이젠 잠잠하다.

"그게 라이프사이클이라는 거야!" 언제나 아이디어가 넘치는 내 사촌이 심리학자 프레데릭 허드슨이 정립했다는 강한 개념 하나를 가르쳐 준다.

모든 사람들은 저마다 사이클을 통과하는데 가끔은 더 멀리 전진하기 위해 뒤로 물러나야 한다. 각자가 연속되는 경험을 하지만 각 상태들은 지속적이지 않고 그 상태를 빠져나올 때마다 사람은 성장을 한다.

성공은 계속되지 않는다. 불행도 마찬가지. 그게 정상이다. 라이프사이클에는 준비를 하며 행동을 잉태하는 봄이 있고 봄이 지나면 성공의 시기인 여름이 찾아오며 성공 뒤에는 휴식기인 가을이 오고 그 다음으로는 자성의 기간이자 자아 성찰의 시기인 겨울이 온다. 이렇게 계절은 계속된다. 이 사이클들은 우리의 의지와는 독립적으로 자연과 외부의 힘에 의해 지배되는 생존의 메커니즘에 예속되어 있다. 그러나 겨울에서 시간을 너무 오래 보내서는 안 된다. 경우에 따라서는 여름을 길게 보내거나 가을에서 봄으로 건너뛰는 사람들도 있다.

나는 음울한 겨울을 보내고 있다. 내 라이프사이클에서 긴 기간을 차지하는 시기. 봄아, 제발 빨리 좀 오렴.

2007년 3월, 파리

"미래는 현재 상태가 이어지거나 변함없이 그대로 투영되는 것이 아니에요." 닥터 블랑쇼의 말이 겨울에서 빠져나오는 데에 다시 한 번 도움이 되었다. 현명한 닥터 블랑쇼는 올바른 눈으로 세상을 본다. 2007년 봄에 나는 놀라운 경험을 했다. 여러분도 모두 해보았으면 하는 그런 경험을.

첫눈에 반한다는 것은 불가능한 일이 아니다. 비웃는 사람들도 있고 그것을 화학적으로 일어나는 일시적 현상이라고 설명하는 사람들도 있다. 나는 열일곱 살 때, 행운의 여신이 내게 미소를 짓던 그 시기에 첫눈에 반하는 경험을 했다. 로커와 사랑에 빠졌던 것이다. 그 때는 다른 생이었다. 마법이 풀리기 전. 그 때 이후로 나는 어떤 형태가 되었건 맹목적이거나 순간적인 사랑이라면 전부 피하기 시작했다. 내 피에 남은 바이러스를 잊기 위해 분노하며 애썼던 것과 똑같은 방식으로 열정과 지나친 사랑을 내 삶에서 지워버렸다.

20년간 첫눈에 반한다는 것을 잊고 살았다. 하지만 다른 여자들처럼 나도 영화에서 그런 장면을 보면 눈물을 흘렸다. 처음의 열정이 식어버린 후, 그 순간을 회상하며 역시 첫눈에 반한 게 아니었다고 말하는 친구들도 있었다.

어른이 되어 경험한 첫눈에 반한 사랑은 달랐다. 그것은 기나긴 기다림의 끝이었고 감미로운 발견이었다. 벼락을 맞은 느낌이 아니라 반짝반짝 빛나는 커다란 실크 천이 내 위에 드리운 느낌이었다.

곧 봄이다. 바라고 바랐던 동면의 끝. 〈물의 기억〉 연습이 시작되었다. 이렇게 기쁠 수가 없다. 부지런하게 내 몫의 대사를 다 외웠다. 내가 맡은 역할은 열정적이고 독특하며 관능적인 여자 역이다. 역할에 대한 해석에서 의견 차이가 좀 있다. 살아 있는 느낌이다. 무대의 소리와 무대 장식을 넣어둔 속 빈 무대 바닥의 울림이 좋다. 가끔 관객석의 빈 의자를 보면 뱃속에서부터 두려움이 몰려온다. 사람들이 올까? 나는 너무나 오래 전부터 관객들과 다시 만날 순간을 기다려 왔다.

내가 맡은 역할 중 어머니를 잃고 눈물을 흘리는 장면에서 마음이 심하게 흔들린다.

나는 내 어머니의 죽음을 애도하지 않았다. 애도라는 표현 자체가 이상했다. 어머니가 내 안에 영원히 살아 있는데, 애도를 할 이유가 없었다. 어머니의 미소, 침묵, 피아노로 들려주던 음악, 절제된 애정, 그리고 두려움까지 다 내 안에 있는데. 어머니는 나 때문에 두려워했다. 무대 위에서, 가끔씩 무슨 소리가 나거나 뭔가가 삐거덕거리거나 조명이 켜지면 어머니의 존재가 느껴져서 깜짝깜짝 놀라게 된다. 파리의 유서 깊은 극장 르 프티 테아트르는 역사와 여러 감정들이 깃든 신비한 곳이다. 이상하리만치 살아 있는 곳.

어느 날 저녁, 연습이 끝나고 단원들이 내려간 다음, 나는 텅 빈 무대에 혼자 남아 있어 보겠다고 마음을 먹는다. 마이크 없이 단어 하나하나를 끊어 발음하는 방법으로 대사 연습을 하고 싶었다. 조명기사에게 조명을 잠깐만 더 켜 놓아 달라고 부탁한다. 조명기사의 이름은 루시앙, 그 이름을 듣고 좀 웃었는데, 조명기사를 뜻하는 엘렉트리시앙과 같은 발음으로 끝이 나기 때문에 기억하기가 쉽다.

정적 속에서 텅 빈 관객석을 마주하고 나는 대사를 시작한다. 작품 속 나의 어머니를 회상하는 독백 중에 나오는 '엄마' 라는 단어를 나는 또박또박 발음한다. 갑자기 나를 비추던 조명 두 개가 한꺼번에 꺼진다. 소스라치게 놀란 나는 뒤로 돌지도 못한 채 뒷걸음질을 쳐서 빛이 있는 곳으로 간다. 관객석의 어둠으로부터 도망치고 싶은 마음뿐이다. 그러는 와중에 나무 상자에 발이 걸려 비틀거리다가 무대 한가운데에 설치한 죽은 어머니의 침대 위로 나자빠진다. 그때 무대에 드리운 막에서 강한 바람이 불어온다. 분명 문이 다 잠겨 있는데. 왼쪽에 있는 가짜 창문에 쳐 놓은 커튼이 흔들리기 시작한다. 나는 천천히 몸을 일으키고 커튼을 뚫어져라 쳐다본다. 어깨 위에 느껴지는 손길에 나는 비명을 지른다. 심장에 충격이 온다. 당황한 루시앙이 혼자 연습하는 나를 방해하고 싶지 않았다고 말한다.

"미안해요, 샤를로트, 나 때문에 놀랐죠……."

"놀랐냐고요?! 죽는 줄 알았잖아요!"

잠깐 아무 말 없이 마음을 진정시킨 다음, 나가버린 전구를 손가락으로 가리킨다.

"저기, 조명등 두 개가 나갔어요."

"알아요, 그래서 온 겁니다."

루시앙에게 집까지 데려다 달라고 했다.

상영일이 다가올수록, 내 무대 공포증도 심해진다.

나는 원래부터 배우가 되려던 사람이 아니었고 어느 날 갑자기 캐스팅이 된 경우라 연기 수업을 받아본 적이 없다. 말하자면, 이론적인 배경 없이 본능에 의지하던 자율적 배우 세대에 속하는 것이다. 연기 수업을 받지 못한 것, 그리고 어린 나이에 낙하산식으로 발탁되어 영화 포스터를 장식한 것 때문에 나는 뭔가 사기를 치고 있다는 느낌에서 벗어나지 못하고 있다. 언제나 다른 사람들이 나를 어떻게 생각할까 걱정이 되고 최선을 다하는데도 사람들을 만족시키지 못할까 봐 두렵다. 언제나 나의 가치를 제대로 보여주어야 한다는 부담에 시달린다. 나를 향한 찬사는 더 잘 할 수 있지 않았느냐는 내 내면의 기만적인 목소리와 늘 불협화음을 이룬다.

이번 연극이 아주 중요하다는 것을 난 잘 알고 있다. 5년 동안 연기를 하지 못했다. 내 배우 인생이 끝났다고 생각하는 사람들도 있는 만큼, 이번 무대에서 내가 건재하다는 것을 보여주고, 가능하다면 나의 재능을 보여주어야 한다. 내가 모습을 드러낼 때마다 세간의 관심이 집중되었지만, 이 재기무대는 더 심할 것 같다. 사랑스러운 의상 담당 잔느가 내 긴장을 풀어주려고 위대한 비극배우 사라 베른하트가 신참 여배우와 나누었다는 대화를 들려준다.

"저는 무대 공포증이 없어요!"

신참 여배우의 말에 사라 베른하트가 대답했다.

"재능을 갖게 되는 날, 공포증도 함께 갖게 될 거예요."

무대공포증이 재능의 척도라면, 나는 정말 굉장한 배우다.

첫 번째 공연이 며칠 앞으로 다가오자 나는 말 그대로 온몸이 꼬인다. 걱정 때문에 구토가 나고 평생 처음으로 몇 주간 두통에 시달린다. 연극이 끝남과 동시에 사라질 두통이다.

우리 어머니가 습관적 두통에 시달렸다. 두통이 찾아오면 방 안에 파묻혀 어둡고 조용한 가운데에서 두통을 잠재우고 몇 시간 후면 방문을 열고 나와 아프다는 불평 한 마디 없이 동생과 나에게 옆에 있어주지 못한 것을 그저 미안해하기만 했다. 어머니의 얼굴은 파랬다. 두통이 어머니를 텅 비워버린 것만 같았다. 눈으로 확인할 수 있었던 암의 첫 증세가 바로 그 예사롭지 않게 심한 두통이었다.

　과도한 스트레스나 대사를 외우며 평소답지 않게 머리를 많이 쓴 것이나 어머니에 대한 추억 때문에 내 몸이 아픈 걸까?

　첫 무대는 성공이다. 아름다운 꽃다발과 찬사가 쏟아지고 내 분장실로 찾아오는 영화, 연극계의 사람들이 줄을 잇는다. 그들은 흥분과 놀라움을 감추지 못한다. 그래도 내 무대공포증은 사라지지 않는다. 어느 날 저녁, 무대에 오르기 몇 분 전까지도 나는 구토를 멈추지 못한다. 동료 배우들이 걱정하며 공연을 취소하자고 한다. 나는 이렇게 아플 순 없다, 다 괜찮아질 거다, 자신 있다고 장담하며 공연을 고집한다. 그냥 몇 분만 달라고, 처음 세 장면만 나 없이 진행해 달라고 한다. 그리고 기도를 올린다. 어머니에게 나를 도와달라고 부탁한다. 아무 일도 없었던 것처럼 우리는 무대를 마친다.

　비평가들도 우리 연극을 호평하고 처음 두 달간은 관객석도 넘쳐난다. 나는 관객들의 메시지를 듣는다. "샤를로트, 당신이 그리웠어요." 박수소리에 전율한 내 몸에 소름이 돋는다. 가끔씩 들려오는 '브라보!' 소리가 내 마음을 감동으로 흔들어놓는다. 관객들의 함성과 관심을 다시 찾고 보니, 그 동안 내가 배우로서 얼마나 외로웠는지가 새삼 느껴진다.

　"어머 어머, 이 꽃 좀 봐, 정말 예쁘다! 내가 제일 좋아하는 꽃인데. 으음, 이 달콤한 향기……."

　의상담당 잔느가 한 송이가 주먹만 한 바이올렛 꽃들을 갈색 라피아 야자수 끈으로 엮은 꽃다발을 가져다 준다. 메모는 들어 있지 않다.

　"어떤 남자가 샤를로트에게 전해 달라고 했어요. 별다른 말은 없었고요. 들어와서 인사를 하라고 했는데 그냥 가겠다고 얼마나 고집을 부리던지. 소심해 보이긴 했지만 잘생겼더라고요. 아, 정말 잘생긴 남자였어요……."

"어떤 타입이에요?" 나는 속이 노란 브라색 꽃의 향기를 맡으며 잔느에게 묻는다.

"갈색 머리를 약간 길게 길렀고 미소가 멋졌어요. 빨리 가버리는 바람에 눈 색깔은 못 봤어요."

"바이올렛, 내가 정말 좋아하는 꽃이에요. 그거 알아요, 바이올렛 향기는 딱 한 번밖에 나지 않는다는 거? 다른 냄새를 없애주는 효과가 있는 대신 자기 향기를 잃어버리는 꽃이에요……."

"꽃말은 비밀스러운 사랑이에요. 파란색은 신비를 의미하는 색이고." 잔느가 알려준다.

"나는 당당히 밝히는 사랑이 더 좋은데."

다음날 저녁, 분장실을 함께 쓰는 동료 플로랑스가 분장을 지우며 나를 부른다.

"샤를로트, 두 번째 줄 오른쪽에 앉은 남자관객이 자기한테서 눈을 못 떼더라. 봤어? 잘생겼던데……."

못 봤다. 연기를 할 때 내 눈에는 아무것도 보이지 않는다. 나는 다른 세계로 건너가 있다. 관객들이 박수를 칠 때에도 사람들의 얼굴이 잘 보이지 않는다. 전체적으로 관객석을 둘러보며 여러 사람들에게서 발산되는 익명의 사랑을 느낀다. 어떤 한 사람을 쳐다볼 수는 없다. 그러면 집중이 깨진다. 몇 년 전 앙투안 극장에서 장폴 사르트르의 〈더러운 손〉을 무대에 올렸을 때, 한 남자가 2주 동안 매일 저녁 내 공연을 보러 왔다. 그 사람 때문에 마음이 어지러워져서 대사를 다 까먹은 적이 있다. 나는 관객들을 전체적으로밖에 보지 못한다. 너그럽고 친절한 군중으로밖에…….

"바이올렛 꽃다발이 도착했어요." 신이 난 잔느가 알려준다.

"또? 같은 사람이 보낸 거예요?"

“네. 이번에도 잘생기고 소심하고 말 없는 그 남자가 전해 달라고 했답니다.”

무대 위에서, 플로랑스가 고갯짓으로 은밀하게 내 바로 앞, 관객석한 구석을 가리킨다. 무슨 뜻인지 이해하지만 쳐다보지는 않는다. 내역할에 빠져 있고 싶어서.

“오늘은 바이올렛이 없어요, 잔느?”

“네. 오늘 저녁에는 없네요.”

“그 남자, 오늘도 왔던데. 못 봤어?”

“응…… 그러니까 그 사람이 바이올렛을 보낸 게 아니라는 거네.”

다음 날, 플로랑스가 그 남자가 안 보인다고 얘기해 준다. 매일 저녁올 수는 없는 거겠지.

이제 분장실 안에는 바이올렛 꽃다발이 여섯 개, 그 중 두 개는 완전히 시들어버렸다. 어제는 복도로 나가 잔느가 소심한 남자로부터 꽃다발을 받았다는 곳에서 기다려보았지만 헛일이었다.

일곱 번째 꽃다발이 기폭제가 되었다. 갈색 라피아 야자수 끈에 작은메모가 달려 있었다, “당신에게서 빛이 납니다.”라고 쓰인.

이번에는 관객석 첫 번째 줄을 살펴보려고 애를 써본다. 나에게는 항상 눈을 들고 영감을 찾는 습관이 있어서 아래를 내려다보기가 쉽지 않다. 아무것도 보이지 않지만 계속 찾아본다. 오늘 저녁에는 꽃도 없고소심한 남자도 나타나지 않는다.

3일 후, 플로랑스가 늘 앉던 자리 부근에서 그 남자를 봤다고 말해준다. 아래층 전면, 두 번째 아니면 세 번째 줄, 오른쪽 끝쯤에서.

어느 날 저녁, 마침내 그와 눈이 마주쳤다. 그는 스스로 빛을 발하는것처럼 어둠 속에서 빛을 발하고 있었다.

그의 모습은 딱 한 번밖에 보지 못했다. 바이올렛 향기처럼, 그의 눈이 나의 시야를 흐려버렸다. 나는 기계적으로 연기를 계속했다. 그가 바로 '푸른 꽃'을 전해준 남자였고 잔느가 말하는 '소심한 남자'라는 확신이 들었다. 머지않아 그가 나를 만나러 올 것 같았다. 그럴 수밖에 없을 것 같았다. 만약에 그가 오지 않는다면, 내가 찾아 나서리라.

그 후로 그는 자취를 감추었다. 여러 날 저녁, 나는 눈으로 관객석 첫 번째 줄을 뒤졌지만, 그의 모습을 볼 수는 없었다. 이름 모를 남자의 흔적과 꽃이 그렇게 사라져 버렸다.

다른 꽃다발이 배달되었다. 누군가가 꽃송이가 얼마나 크던지 잔느의 얼굴을 다 가려버린 멋진 빨간 장미 꽃다발과 가염 버터가 든 캐러멜 한 상자를 보내주었다. (캐러멜은 몇 시간 만에 잔느가 다 먹어버렸다.) 그렇지만 바이올렛 꽃다발은 없었다.

나를 만나러 오도록 남자를 설득하지 못했다고 잔느가 미안해한다.

가끔씩 그의 눈빛을 다시 떠올려본다. 그러던 어느 날 저녁, 그 기억이 완전히 사라졌음을 깨닫는다. 허무한 꿈처럼. 그 남자를 잊은 것이다. 바이올렛이 말라감에 따라 마침내 싱숭생숭하던 마음도 가라앉았다. 열성을 보이던 팬들이 어느 날 갑자기 사라지는 이런 관계는 이미 경험해 보았다.

여배우이자 감독이며 섬세한 감각고 참신한 아이디어를 두루 갖춘 마이웬을 알게 되었다. 그녀는 무대 뒤로 나를 찾아와 내 연기가 정말로 좋았다면서 〈여배우들의 무도회〉라는 새 영화를 준비하고 있는데, 내가 역할을 하나 맡아주었으면 좋겠다고 말한다. 뛸 듯이 기쁘다. 말은 안 했지만 이번 연극이 내가 다시 일을 할 수 있는 힘을 주었으면 하고 얼마나 바랐는지 모른다. 분장실을 같이 쓰는 두 동료 여배우 플로랑스 페르넬과 발레리 벵귀귀가 이런저런 역할이 들어왔다고 이야기하는 소리를 자주 듣는다. 둘 다 나이는 마흔이고 한창 왕성하게 활동을 하고 있다. 그들이 서로 격려를 하는 소리가 들린다. 그럼, 그래야지.

동료들에게 일이 많이 들어온다니 나도 기쁘다. 가끔씩 그녀들은 아무 말 않고 있는 나를 보고는 말을 멈추고 대화 주제를 바꾼다.

오늘 저녁 공연을 하면서는 머릿속이 너무나 복잡했다. 오후에 몇 주 동안 못 잔 낮잠을 자다가 자동차 사고가 나는 악몽을 또 꾸었다. 그리고는 두통이 나더니 구토를 했다. 그래도 무대는 성공적으로 마쳤다. 나는 내가 맡은 무대를 한 번도 빼먹지 않았다. 엄청난 양의 지부딘을 처음 먹기 시작했을 당시, 열이 40도까지 올라간 상태에서도 막간에 구토를 해가며 무대에 올랐다. 빨간 열꽃이 온몸을 뒤덮었을 때도, 가슴이 무너졌을 때에도 나는 변함없이 내가 맡은 역할을 해냈다. 배우로서 맡은 역할을 다하고 싶다는 열정은 내 몸과 마음의 상태보다 훨씬 더 강하다.

상황이 좋지 않아서 연극을 보러 오는 사람들이 눈에 띄게 줄었다. 막 시작된 무더위로 파리 전체는 헐떡거렸고 대선이 코앞으로 다가오고 있다. 2007년 봄, 연극계 전체가 불황에 시달리고 있다. 분장실의 분위기도 조금 가라앉았다. 정적을 깨보려고 노래를 부르려는데 잔느가 들이닥친다.

"아니라니까요, 어서 들어오세요! 정말 좋아할 거예요."

나는 즉시 무슨 일인지 눈치를 채고 얼른 손가락으로 머리를 다듬은 다음 문 앞으로 다가간다. 등을 돌린 채 나를 찾아온 사람을 맞이하는 것도 싫고 조명이 달린 거울로 쳐다보는 것은 더더욱 싫다. 선뜻 안으로 들어오지 못하고 어두컴컴한 복도에 그대로 서 있는 그가 보인다. 잔느가 앞으로 나서며 내게 바이올렛 꽃다발을 건넨다.

"성공이에요! 드디어 소심한 남자를 붙잡았어요! 자, 어서요, 들어오세요."

나는 문으로 다가가 바이올렛 꽃다발을 받아들고 그 달콤한 향기를 음미한 다음 나를 향해 미소를 지으며 꼼짝없이 서 있는 남자에게 말을 건넨다.

"바이올렛은 제가 아주 좋아하는 꽃이에요, 저기를 좀 보세요, 보내주신 꽃다발을 다 간직해 두었어요…… 안녕하세요!"

"반갑습니다……."

남자가 내 쪽으로 한 발자국 다가와 손을 내민다. 나는 그의 손을 잡고 한참 동안 놓지 않는다. 그의 손이 축축해지는 것이 느껴진다. 그때, 어떤 팬이 우리를 밀치며 분장실로 들어가 바이올렛 남자와 나의 만남을 호기심 가득한 눈으로 지켜보는 동료 여배우들에게 인사를 한다.

나는 그 틈을 타 그에게 나를 따라오라고 한다. 그래, 다른 곳으로 가는 거다.

"한잔하실래요? 꽃에 대한 답례를 하고 싶어요. 바이올렛의 꽃말을 아세요?"

"아뇨…… 저, 무대에서 정말 멋지셨습니다……."

" '빛이 난다' 고 하셨죠. 감사합니다."

"네, 빛이 났어요……."

남자가 나를 따라온다. 나는 극장 반대편에 있는 바 쪽을 향해 걷는다. 우리는 옆의 방들을 우회하여 큰 로비로 간다. 거기까지 가는 동안 내 눈에는 아무도 들어오지 않는다. 그저 속삭이는 소리와 마주치는 사람들의 말소리가 멀리서 들리는 것처럼 들려올 뿐. "인사도 안 해?" 할게, 할게, 나중에…… 나는 이따금씩 뒤를 돌아보며 남자가 따라오는지 확인을 한다. 그리고 몇 주 동안이나 밟고 지나다니던 낡은 카펫 위에 푸른색 커다란 꽃이 그려져 있다는 것을 처음으로 깨닫는다. 내가 계속 미소를 짓고 있다는 것도. 나는 하늘을 나는 양탄자 위를 걷고 있다. 꿈에서 깨어나 나를 찾아온 그에게 질문을 한다.

"성함이 어떻게 되시나요?"

"얀입니다."

"장의 브르타뉴식 이름이군요. 브르타뉴 출신이세요?"

"아뇨."

"말씀이 별로 없으시네요."

"감동해서요."

바에 들어간 우리는 라운지에 서서 이야기를 나누기 시작한다. 잠깐씩 주위를 둘러볼 때마다 바의 저쪽 구석에 앉은 내 동료들이 손을 들어 짧게 인사를 한다. 아무도 내게 다가와 볼에 입을 맞추며 우리의 만남을 방해할 엄두를 내지 못한다. 얀은 얼마 전부터 나의 팬이 되었다고 한다. 그의 표현에 의하면, 책 홍보 기간 중에 출연한 〈7시에서 8시〉 방송에서 내 모습을 보고 나에게 '빠져버렸다' 는 것이다. 나를 보고 감동을 받았다고. 그 이후로 나에 관해 알아보기 시작하여 내가 출연한 영화를 모두 찾아보았다고 한다.

캐나다에서 찍은 〈북방 가넷〉이라는 영화도 정말 좋았다고 말한다. 아는 사람이 거의 없는 영화인데. 특히 내가 찬 바다에 뛰어들어 자살하는 장면이 멋졌다는 것이다. 비극적인 장면을 좋다고 해서 미안하지만 그 장면에서 큰 감동을 받았다고 한다. 그가 그 장면을 언급하자 나는 크게 당황한다. 세상의 끝, 사람 없는 회색의 섬에서 끊임없이 불어오는 바람과 싸우느라 거의 미칠 지경이 되어가면서 촬영을 했던 그 때가 생생하게 떠오른다. 그때 나는 열일곱 살이었고 정말로 죽고 싶었다. 내 전부를 걸고 사랑하던 나의 로커가 아무런 이유 없이 헤어지자는 전화 통보를 해왔던 것이다. 그는 머나먼 프랑스에 있었고 전화는 몇 초 만에 끊어졌다. 캐나다인 기술 스태프가 억센 손으로 나를 건져 올렸고 나는 물 밖으로 나온 바닷가재처럼 발버둥을 쳤다. 나는 물에 빠져 죽는 것으로 고통에 종지부를 찍고 싶었다.

얀이 실제로 나를 보러 여러 날 극장에 왔었다는 것을 알게 된다. 곧 일 때문에 외국으로 떠나게 되는데 돌아오면 다시 나를 찾아와 바이올렛 꽃다발을 선물하겠다고 한다. 그는 건축가로 전 세계에 호텔이며 쇼 룸 등을 짓는 일을 한다.

"왜 바이올렛이죠?"

"직감적으로 고른 겁니다. 제가 좋아하는 꽃이기도 하고요. 산과 들에 피는 꽃, 연약하고 작고, 사탕 냄새가 나는 꽃……."

가슴이 두방망이질친다.

갑자기 내 입에서 엉뚱한 질문이 튀어나온다.

"혹시 아내와 사별하셨어요?"

"사별요? 세상에, 아닙니다! 어떻게 그런 생각을…… 지금 이혼 소송 중입니다." 그가 아픈 상처를 건드린 것처럼 눈을 내리깔며 대답한다.

"아이들은요?"

"없습니다……."

나는 이야기를 하며 그를 몰래 살펴본다. 우선 선이 뚜렷한 입술과 그 입술의 느린 움직임, 다음으로는 목에서 시작하여 목울대를 지나 가슴팍까지. 다음으로는 내 앞에서 움직이는 마디가 약간 굵은 손, 두툼한 손바닥, 긴 손가락, 그리고 거무스레한 피부. 얀의 말이 더 이상 들리지 않는다. 마구 뛰는 심장의 고동소리와 깊은 숨소리만이 내 안에 울려 퍼진다. 감정 과다로 갑자기 피곤해진 나는 얀의 말을 끊고 앉을 자리를 찾는다.

"몸이 안 좋습니까?"

"아니에요, 괜찮아요. 힘이 빠져서 그런 것뿐이에요. 역할이 워낙 독특하고 저도 감동을 했거든요."

루시앙이 다가와 극장 문을 닫을 시간이 되었고 극단 사람들이 도두 바로 옆 블랑슈 가로 밤참을 먹으러 갔다고 알려준다.

"집으로 돌아갈래요, 잠을 자야겠어요. 내일 다시 오시나요?"

"네."

“그때 여기서 다시 뵐게요.”

타라 옆에 누운 나는 곧 잠이 든다. 얀이 다시 보이고 그의 입술이 슬로모션으로 이렇게 말한다. “자요, 이제 푹 자요…….”

다음날

얀은 첫 줄에 앉아 있다. 시선이 마주치자 그가 손을 살짝 든다. 이상하게도 그가 거기 있다는 사실이 나를 방해하기는커녕 오히려 힘이 된다. 연극이 끝나자 그가 벌떡 일어나 박수를 친다. 그가 외치는 브라보 소리가 강한 메아리가 되어 울려 퍼진다.

나는 기록적인 시간 안에 화장을 지우고 드디어 나를 보러 와 잔뜩 흥분한 나의 에이전트의 볼에 급하게 입을 맞추며 양해를 구한다.

"미안해, 아주 중요한 약속이 있어. 내일 전화할게. 나 어땠어? 정말로 괜찮았어?"

"훌륭했어. 정말 끝내줬다니까!" 그가 분장실에 있는 모두에게 들리도록 큰 소리로 외친다.

나는 꽃무늬 카펫이 깔린 홀을 종종걸음으로 지나 어제 앉았던 자리로 간다. 작은 꽃다발이 놓여 있었지만 안의 모습은 보이지 않는다. 나는 자리에 앉아 그를 찾는다. 영원처럼 느껴진 몇 초가 흐른 뒤, 그가 손에 샴페인 잔을 들고 나타나 나에게 잔을 건넨다. 나는 그를 바라보며 잔을 받아든다. 확실히 얀은 잘생겼다. 눈만 파랗지 않다면 이탈리아 남자라고 해도 믿을 것 같다.

"안녕하세요, 샤를로트……."

내 옆에 앉은 그와 잔을 부딪치며 나는 미소를 짓는다.

"뭘 기념하며 마실까요?" 그가 묻는다.

"봄을 위하여!"

얀을 만나면서 나의 사이클은 겨울에서 바로 여름으로 넘어간다. 동면에서 더할 나위 없는 행복으로.

우리는 파리 19구의 뷔트 쇼몽 공원, 파리 동부를 내려다보는 작은 하얀 대리석 둥근 지붕 아래에서 처음으로 키스를 했다. 어느 날 저녁, 얀이 나에게 어디로 가고 싶으냐고 물었다. 나는 아무도 모르고 아무도 없는 야외의 어딘가로 가고 싶다고 대답했다. 둘이서 근처에 있는 기념물이며 광장이며 명소들을 생각해 보다가, 얀이 내가 한 번도 가보지 못한 그 로맨틱한 키치 스타일의 작은 원형 사원으로 나를 데려가기로 결정했다.

짙은 안개가 파리 전체를 덮은 오늘 저녁, 나는 에펠탑 꼭대기까지 가고 싶어진다. 3층 꼭대기까지. 얀이 싫은 기색을 하며 사실 자기가 아내에게 프러포즈를 한 곳이 바로 그곳이라고 털어놓는다. 나는 다른 데에 가도 상관없지만, 만약에 사랑하던 다른 사람과 갔던 모든 곳을 피해야 한다면, 멀리 이사를 가는 수밖에 없지 않겠느냐고 대답한다. 그리고 오늘 밤은 특별하니까. "왜?" 왜냐하면, 안개를 뚫고 나온 에펠탑의 3층은 마법 같을 테니까. 결국 우리는 에펠탑으로 간다.

복잡하게 얽힌 탑의 금속으로 된 뱃속을 가로질러 올라가는 엘리베이터 안에서는, 조명으로 밝혀진 파리가 빠른 속도로 멀어져 가는 것을 볼 수 있다. 사람들이 2층에서 모두 내린다. 오늘 밤에는 아무도 3층까지 올라가지 않는다. 관광객들은 파리를 보고 싶은 것이지 안개에는 관심이 없다. 커다란 엘리베이터 안에 우리 둘만 남는다. 3층은 회색 속에 불쑥 솟아 있다. 손으로 만져질 정도로 두꺼운 안개는 차갑고 그 안개 때문에 공기가 무겁고 축축하다. 우리는 출구가 어디인지 몰라 헤매는 커플에게 방향을 알려준다. 그리고 딴 세계 속, 창살이 쳐진 텅 빈 한 구석에 몸을 웅크리고 선다. 도시의 불빛이 회색 안개 속에서 또렷한 점들을 만들어내고 있지만 확실하게 보이는 것은 하나도 없다.

얀이 감동한다. 우리는 하늘에서 내려온 거지들처럼 철제 바닥에 주저앉아 오래도록 키스를 한다. 내 입술 위로 떨어지는 짭짤한 그의 눈물이 느껴진다.

"왜 그래, 어디가 안 좋아?"

"아니…… 나, 내일 이혼해."

얀은 내일 아침 일찍, 낭테르 법원으로 가야 한다. 10년 동안의 결혼 생활이 종지부를 찍는다. 그는 이혼하는 게 싫어 결혼을 꺼렸다. 헤어지는 것이 너무 싫었다. 나중에서야 나는 두 사람이 헤어지는 진짜 이유를 알게 되었다. 얀은 아기를 만들 수 없는 남자다. "정자들의 활동이 굼떠서." 그의 아내는 그 무엇보다 아이를 원했다. 얀과 동갑으로 서른다섯 살인 그녀는 생체 시계가 째깍거리는 소리에 대한 두려움을 이기지 못했다. 인공 수정을 여러 번 시도했지만 소용이 없었다. 그러다가 유산을 한 번 한 후로 그녀의 마음은 황폐해졌다. 결혼 생활은 파탄에 이르렀다. 얀은 자신이 아기를 만들 수 없다는 사실에 큰 충격을 받았고 그것을 하나의 기형으로 받아들였으며 스스로를 무능한 인간이라고 생각하게 되었다. 삶에 대한 관심을 많이 잃은 상태에서 내가 출연한 방송을 보았다고, 그가 울면서 말한다.

얀은 베를린에서 일을 하고 있다. 파리에 있는 그의 건축사무소에서 베를린의 궁전 신관 신축 공사를 땄다. 그는 1년의 반을 외국에서 지낸다. 그의 아내는 그것 역시 감당하지 못했다. 그래도 베를린이면 그리 멀지 않은데.

베를린은 내가 배우로서의 가장 아름다운 추억을 갖게 해준 도시다. 그곳에서 〈붉은 키스〉로 여우주연상 은곰상을 받았다.

"당신이 오라고 하면, 내가 베를린으로 갈게." 나는 그를 웃게 만들 수 있을 것이라는 희망을 가지고 이렇게 말한다.

그의 얼굴이 환하게 밝아진다. 그리고 우리가 처음으로 함께 보내는 주말 여행지로는 이탈리아가 더 좋겠다고 한다. 너무나 아름다워 사람을 짓누르는 데다가 약간 진부한 베니스 말고, 너무 작고 단조롭고 좀 과대평가된 면이 있는 피렌체도 말고, 숭고함이 넘치는 로마로 가자고.

"언제?"

"당신이 원할 때!"

두 주 후면 막을 내리는 연극이 끝나면 나는 공기처럼 자유롭다.

낭테르 법원에서의 일은 결과가 그리 좋지 못했다. 얀의 아내는 울었고 그와 이야기를 나누기를 거부했다고. 얀이 우울한 목소리로 내일 베를린으로 갔다가 토요일에 나를 만나러 파리로 돌아오겠다고 한다. 그리고 다시 베를린으로. 그 다음은 로마다!

2007년 6월 로마

보스콜로 팔레스 호텔은 유서 깊고 장엄한 호텔로 로마 전체를 내려다보는 빌라 보르게스의 정원 정문들을 지나 완만하게 굽은 로마의 대동맥이라 할 수 있는 콘도테 거리 위쪽에 자리 잡고 있다. 얀이 최근 이 호텔의 개축공사에 참여했다. 우리는 초록색과 보라색 유리로 된 거대한 안내 데스크 한쪽 끝에 있는 바닥이 높고 전체가 하얀 현대식 레스토랑에서 점심을 먹는다. 삐걱거리는 옅은 색 나무 바닥과 금장으로 둘러진 18세기의 프레스코 벽화가 젠 스타일의 세련된 실내장식으로 더욱더 돋보인다. 여러 시대가 우아하게 섞여 있는 곳이다. 우리는 나무 그늘이 드리운 콘도테 거리를 따라 내려가 델 코르소 거리를 지난 다음 돔 지붕에 구멍이 나 있는 판테온으로 간다.

얀이 기원 전 5세기 건축술의 쾌거에 대해 설명을 해준다. 자신의 전문분야인 만큼 열정이 넘친다.

"이제는 아무도 이런 돔형 천장을 건축하려고 위험을 무릅쓰지 않을 거야…… 빅터 바사렐리(Victor Vasarely, 1906-1997, 헝가리 출신으로 프랑스에서 활동한 조형예술가. 옵틱 아트의 선구자로 잘 알려져 있다)를 떠오르게 하는 저 네모 격자는 사실 사각형이 아니라 약간 사다리꼴을 하고 있고 재료는 고대 콘크리트야. 하늘로 뚫려 있는 저 천창을 형성하는 금속 원까지 격자를 하나하나 쌓아올려서 저 돔형 천장이 완성되었지. 저 구멍은 인간과 신이 연결되어 있음을 상징하고 있어……."

나는 천장을 올려다보며 그의 설명을 열심히 듣는다. 교양과 학식이 풍부한 이런 모습, 참 매력적이다. 나는 얀이 예술을 즐기고 그것을 나누는 방식이 좋다. 우리는 피아짜 노아바에서 시작되어 테베르 강까지 구불구불 이어지는 황토색 골목길에서 길을 잃는다. 얀은 내 손을 꽉 잡고 놓지 않고 나는 여신이 된 기분이다. 콜로세움이 보고 싶다! 일부가 떨어져 나간 장엄한 유적을 보고 나는 넋을 잃는다. 우편엽서의 모델이 되기 전, 콜로세움이 인류 역사상 가장 잔인하고 야만적인 극장이었다는 사실을 잊은 채, 관광객들은 고대 로마의 이 비현실적인 유물 앞에서 억지 미소를 지으며 사진들을 찍어댄다. 검투사들, 범죄자들, 기독교인들, 그리고 정권을 잡은 자들의 마음에 들지 않았던 사람들이 피에 굶주려 환호하는 군중 앞에서 사자 밥이 되었다. 이곳에서 희생된 사람들이 다시 한 번 다 함께 목소리를 낼 수 있다면, 관광객들은 그 극심한 고통의 비명에 놀라 허둥지둥 달아나버리고 말리라. 현재에도 콜로세움에서 개최되는 공연이 있기는 하지만, 이 유적은 티셔츠를 입고 녹아 흘러내리는 아이스크림을 핥으며 구경을 하는 관광객들의 차지가 되어버렸다. 이것이 인류의 순환 주기이다.

"박스 석에 앉을 수 있도록 허락되었던 유일한 여자들이 누군지 알고 있어?" 얀이 묻는다.

"아니."

"베스타 여신을 섬기던 무녀들, 베스탈이야. 아주 어렸을 때 미모를 보고 선택된 처녀들인 베스탈들은 가정과 불씨와 화로의 여신 베스타의 신전을 지키는 임무를 맡았지. 베스타를 섬기기 위해 처녀로 남아 있어야 했는데 육체적인 죄를 지었을 경우에는 생매장을 당했고, 상대방 남자는 사자 우리에 던져졌어! 이건 전설이 아니야. 인간의 잔인성은 엄연한 현실이야!"

얀과 나는 콜로세움을 빠져나와 여덟 번째 바이올렛 꽃다발을 받은 후 3주 만에 우리가 처음으로 함께 밤을 보낼 호텔로 돌아온다.

옷을 벗어야 하는 것이 신경 쓰인다. 개구리 같은 이 몸으로 남자에게 안긴다는 걸 생각만 해도 웃음이 나온다. 나는 불을 전부 껐다. 얀의 아름다운 몸을 볼 수는 없겠지만 눈을 감고 그를 만지면서 그의 몸이 내 안에 인쇄되듯 찍히는 상상을 해보려고 한다. 얀이 나를 오래도록 애무한다. 목, 그리고 가슴…… 돔형 지붕 같은 내 배를 어루만지며 그가 부드럽게 속삭인다. "동그란 배가 참 아름다워……."

밤은 정말 멋졌다.

파리로 돌아왔더니 좋은 소식 몇 개가 나를 기다리고 있다.

영화 〈피 속의 사랑〉 판권 구입이 성사되었다. 가을에 작가 엠마뉘엘 카레르가 시나리오 작업을 시작하기로 했고, 촬영은 2008년 봄에 시작할 예정이다.

드림웍스 스튜디오의 만화 영화 더빙을 맡기려고 며칠째 나를 기다리고 있다는 소식도 있다.

앙리에트가 드디어 은퇴를 한다. 내 전화를 기다린다는 메시지에서 새로운 삶을 기대하는 행복감이 묻어난다. 그리고 동료들이 앙리에트가 그리울 때마다 연락을 할 휴대폰이 있어야 한다면서 은퇴 기념으로 선물한 휴대폰 전화번호를 자랑스럽게 남긴다.

안달을 하는 릴리에게 더 이상 로맨틱한 나의 아폴로를 감춰둘 수가 없다.

"바이올렛 꽃다발, 그것도 여덟 개씩이나…… 손에 손을 잡고 로마를! 이게 웬 행운이라니! 그래도 조심햐……."

"뭘?"

"서른다섯 살, 멋지고 로맨틱하고 직업도 훌륭하고, 혼자인 데다가 상황도 괜찮고…… 그 사람은 하나의 환상이야. 어딘가에 문제가 있을 거야……."

“아니. 아무 문제 없어. 행복밖에는……”

“왜 이혼을 했대? 사랑을 할 때에는 남자들의 본성을 알 수 없는 법이야. 하지만 이혼을 할 때에는 적나라하게 드러나지. 진짜 이유를 알아야 해. 직원을 뽑을 때처럼, 이직을 하는 사람들의 이력서는 잘 봐야 하는 거란 말이야. 성공보다는 실패에 더 관심을 가져야 해.”

“난 헤드헌터가 아니거든. 왜 이혼했는지는 알아. 언젠가 너한테도 얘기해 줄게, 미스 마플.”

오늘 저녁 얀이 처음으로 자기 집에 초대를 했다. 그의 집은 19구, 우리가 처음으로 키스를 했던 뷔트 쇼몽 공원 근처, 지하철 보차리 역 바로 옆에 있는데 이사를 한 지는 얼마 되지 않았다. 여섯 달 만에 집을 완전히 뜯어 고쳤다고 한다. 남은 것은 내력벽 네 개뿐이다. 밝은 회색 벽면 몇 개와 포인트 색 몇 개만 빼고는 전부 흰색이다. 창고를 개조한 이 흰색 작업실에서 침실만은 예외다. 유일하게 닫힌 공간인 그곳은 전체가 파란색으로 칠해져 있다. 강하고 깊으며 거의 바이올렛 색깔이 나는 파랑. 금방 이곳이 좋아져 버린다. 보스콜로 팔레스 호텔에서처럼 낡고 오래된 집안을 현대적으로 꾸민 분위기. 나는 여러 시대와 세계를 이런 식으로 섞는 것이 좋다. 그런데 하나의 장식처럼 놓여 있는 이국적인 밝은 색 나무 책상 하나가 눈에 띈다. 내가 아는 스타일이다. 고대 인도의 키 큰 책상. 양 옆과 문에 나의 신들, 브라마, 비슈누, 시바 신의 초상화가 조각되어 있다.

“당신도 인도를 좋아하나 봐? 이 책상, 정말 멋지다.”

“내가 아주 아끼는 책상이야…… 아내가 가져가라고 내준 유일한 가구야, 다행이지, 새로운 장식품을 사야 했는데……”

릴리와 함께 한 인도에서의 모험을 이야기해 주자 그가 웃는다. 비행기에서 만난 모델, 미친 듯이 달리던 택시, 천민들과 함께 추던 춤…….

얀이 샴페인을 한 병 딴다. 이어 나는 그에게 타지마할과 레이크 팔레스와 데자뷰 이야기도 들려준다. 내 꿈과 세포 기억설, 그리고 점점 안정이 되어가고 있다는 이야기도. 이것이 사랑의 마법이라며.

마음의 결정을 내리지 못해, 보건부 장관과 의사협회에 편지를 보내지 못했다. 그리고 앙리에트가 곤란해질까 봐 걱정이 되어 전화도 하지 않았다. 그보다 나는 얀과의 새로운 생활에 집중하고 기대하지도 못했던 이 관계를 만끽하고 싶다.

얀이 나의 이야기에 감동을 받고 내 기억에 대해 궁금해한다. 닥터 블랑쇼처럼, 얀 역시 논리적인 설명을 찾으려고 한다. 분명 이식 수술 때문에 심리적으로 영향을 받았기 때문일 거라고, 이유 없는 결과는 없다고 그가 차분하게 말한다. 그가 유일하게 받아들이는 인생의 미스터리는 만남의 연금술, 두 존재가 서로 사랑을 할 때 열 배로 증가하는 에너지뿐이다. 우연을 믿지 않는 얀은 예술가이고 로맨틱하지만 엔지니어이기도 해서, 그의 생각은 논리적이다.

나는 우리 이야기를 다시 시작한다.

"베를린 다음은?"

얀이 내 질문에 약간 곤란해하더니 헛기침을 몇 번 하고 내가 좋아하는 진지한 표정으로 대답한다.

"당장은 아니지만 2008년 5월에는 호주로 가서…… 한 1년쯤 있어야 해. 이미 한참 전에 동의한 일이야. 바다 바로 옆에 사막과 덤불숲이 있는 호주 땅 북쪽 끝에, 한 번 보면 잊지 못하는 야생 그대로의 부지에다 최고급 레저용 복합시설을 건설할 예정이거든. 호주는 정말 매력적이야……."

"호주에 간다고?!"

"그래……."

문제가 바로 이거였구나…… 다른 나라, 호주…… 나는 단숨에 샴페인을 비우고 다시 채워달라는 뜻으로 빈 잔을 얀에게 내민다.

뜻밖의 소식에 우울해진다. 얀이 즉시 눈치를 챈다.

"호주에 간다고 했지, 화성에 간다고 하지는 않았잖아……."

"나한테는 마찬가지야…… 그럼, 우린 이제 못 만나는 거야?"

"석 달에 한 번씩 파리로 돌아올 거야. 파리 사무실에도 들러야 하니까. 그때 당신을 볼 수 있어…… 거절할 수가 없었어. 이건 당신이 할리우드에서 1년간 지내면서 블록버스터를 찍자는 제안을 받는 것과 똑같은 거야, 아니면 오스카상을 받을 만한 역할을 맡기거나……."

"현실적으로 절대 일어날 수 없는 일이야…… 게다가 어쩌면 좋은 핑계일 수도 있겠지만, 파리에서 아이 아빠와 교대로 타라를 데리고 있기로 정해 놓았기 때문에 난 그렇게 먼 곳에 가서는 못 살아……."

"거의 1년 후에나 일어날 일 때문에 우리 저녁 시간을 망칠 수는 없잖아?"

"맞아…… 이렇게 망칠 수는 없어. 당신 말이 맞아……."

천성적으로 낭만적이고 이상주의적인 나는 언제나 영원히 함께 하는 삶을 꿈꾸지만, 현실은 나에게 지금 이 순간을 즐겨야 한다는 것을 가르쳐 주었다. '진짜인 것을 사랑하라'고, 닥터 블랑쇼의 말대로 현재를 즐기고 가설에 집중하지 말고 일어나지도 않을 일들 때문에 괴로워하지 말라고.

2007년에서 2008년으로 넘어가는 겨울은 내 삶이 아닌 것 같은 시기였고 어쩌면 가장 행복한 시기였는지도 모른다. 건강에도 별 문제가 없고 배도 홀쭉해졌으며 온몸에 생기가 넘친다. 내 책을 텔레비전 영화로 각색한다는 기대 또한 나를 행복하게 만들어준다. 나는 카메라 앞에 다시 설 수 있다는 기대에 부푼다. 타라는 무럭무럭 자라나고 얀은 내가 묻기도 전에 때마다 나를 사랑한다고 말해준다. 이 시기의 특별한 기억은 남아 있지 않고 최고의 추억 또한 꼽을 수 없다. 그저 모든 것이 조화로웠고 하나가 되는 느낌이었다. 하룻밤, 한 번의 저녁 식사, 미소 하나, 산책 한 번, 얀과의 추억 하나를 기억하라고 한다 해도, 나는 모두를 간직하겠다고 대답할 수밖에 없다.

생애 처음으로 나는 순간이 아닌 더 긴 시간 동안 행복한 상태를 느꼈고 행복은 기분 좋은 순간들의 연속이 아니라 내 안에 지속되는 감정이며 기다림같이 평소 내가 견디지 못하던 것들을 견디게 해주는 것임을 깨달았다.

일적인 부분에서는 〈피 속의 사랑〉 촬영이 시작될 봄까지 좀더 기다려야 하지만 조급해할 이유는 없다. 봄이 되면 호주가 기다리고 있기 때문에.

나는 얀을 기다린다. 그는 2주 걸러 1주일씩 베를린에 머문다. 우리는 그의 집과 우리 집을 오가며 함께 지낸다. 주말에는 시내와 가까워 걸어서도 극장에 갈 수 있는 우리 집에서 주로 지낸다. 그가 파리에 오는 기간과 내가 타라를 맡는 기간이 겹치지 않도록 조절했다. 나는 아이 아빠와 헤어진 후, 내 개인적인 생활과 타라를 되도록 연관시키지 않으려 하고 있다. 지금 한창 형성 중인 타라의 정신 속에 풍향계처럼 이리저리 돌아가는 것이 아닌 안정적인 기준을 심어주고 싶다. 그래서 타라에게 늘 이런 이야기를 들려준다.

"우리 타라는 서로 깊이 사랑하는 아빠와 엄마 사이에서 만들어졌단다. 그 사랑이 있어서 세상에서 가장 예쁜 아기가 태어날 수 있었던 거지. 아기는 사랑으로 태어나는 거야. 그런데 시간이 지나면서 서서히 어른들을 하나로 엮어주었던 사랑이 우정으로 바뀌거든. 살다 보면 그런 변화들을 만나게 돼. 심각한 건 아니야, 타라도 커서 어른이 되면 이해하게 될 거야. 하지만 정말 중요한 게 있는데, 그건 이 세상에서 절대로 바뀌지 않는 거야, 아무것으로도 끊을 수 없는 끈, 모든 감정의 근본이 되는 유일한 사랑, 그건 말이지, 아이를 사랑하는 아빠와 엄마의 사랑이란다."

얀을 기다리는 시간은 감미롭다. 며칠 후면 반드시 돌아온다는 것을 분명히 알고 있으니까. 정해진 것이 없고 불안할 때만이 기다림이 견딜 수 없는 것이 된다. 얀은 확실한 사람이고 늘 시간을 정확히 지키며 변함없고 매력적이면서도 언제나 나를 놀라게 한다. 그가 약속한 것들은 반드시 지켜진다. 취소되거나 미루어지거나 복잡하게 되는 것이 하나도 없다. 그와 함께 하는 삶에는 즐거운 서프라이즈가 가득하다. 그와 나 사이에는 침묵이 없다. 얀은 자기 생각을 많이 표현하고 내 이야기에도 열심히 귀를 기울인다. 깊은 사랑으로 이루어진 우리의 관계는 편안하고 차분한 동시에 강하고 분명하다. 몇 달 전에 만났을 뿐인데 오래 전부터 서로를 알고 사랑했던 사람처럼 하나가 된 느낌이다.

가끔 호주를 생각하며 인터넷에서 정보를 찾아본다. 비행 시간, 최소 스물두 시간…… 나는 몸을 펴고 잠을 자야 하니까 비즈니스 좌석을 탄다면 가격이 거의 5,000유로…… 참, 기막힌 소식뿐이로구나. 하지만 얀이 호주에 가려면 아직 시간이 많이 남아 있다. 얼마든지 상황이 바뀔 수 있는 것이다. 취소가 된다든가. 사랑 때문에 호주 프로젝트를 포기할 수도 있다. 하지만 그렇게 하라고 하지는 않겠다. 사랑의 이름으로 뭔가를 요구하거나 부탁해서는 안 된다, 절대. 거래는 금물, 사랑은 사랑일 뿐. 협박도 공갈도, "당신이 정말 나를 사랑한다면……"으로 시작하는 말도 모두 금지. 몇 년이 걸린 후에야 겨우 이해할 수 있었던 그룹 '폴리스'의 노래가사가 있다. "정말로 사랑을 할 때에는, 사랑받을 수 있는 자유를 원한다." 영어 가사의 울림이 더 좋다. 더 가볍고 더 에너지 넘치고. 몇 년간 심리 상담을 받아왔고 결별을 경험한 나는 이제 더 이상 사랑과 소유를 혼동하지 않는다.

얀은 호주를 언급할 때마다 프로젝트가 이미 준비단계에 돌입했기 때문에 거리며 비행 시간 등의 방해가 되는 요소들을 가능한 한 최소화하려고 한다. 중간에 들를 수 있는 아름다운 도시들, 아직 80%가 자연 그대로인 광대한 호주의 숨겨진 매력들을 이야기하며…….

"배로 가면 얼마나 걸려?" 내가 묻는다. "말을 안 하고 있었는데, 나는 비행기를 오래 못 타. 인도로 가는 비행기 안에서 공황발작을 일으켰어…… 하강기류를 타서 비행기가 흔들리거나 하강할 때마다 무서워 못 견디겠고 하늘이 깜깜해지면 그건…… 비행기가 움직이지 않을 땐 하늘에서 뚝 떨어지는 게 아닌가 싶고…… 내가 절대, 절대로 해낼 수 없는 일이 있다면, 그건 매춘부와 비행기 승무원이야."

"배로 가면 좀더 오래 걸려. 하지만 서로 사랑한다면……."

"얌전히 자기 집에서 기다려야겠지." 나는 반쯤 포기한 상태로 이렇게 그의 말을 잇는다.

2007년 11월 29일, 내 생일을 맞아 릴리와 친구들이 깜짝 선물을 준비해 놓고 있다. 얀은 베를린에 발이 묶여 한동안 오지 못할 것 같다고 미리 알려주었다. 내년이면 나도 마흔 살이 되지만, 올해까지는 눈썹 하나 까딱 않고 내 나이를 밝힐 수 있다, 서른……몇 살이라고.

결론은 나 역시 다른 모든 여자들처럼 외모에 신경을 쓴다는 것이다. 시들시들한 얼굴, 주름, 기미, 푸석푸석한 피부를 남기는 이 세월의 흔적이 싫다. 하지만 여러 번 죽음의 문턱에 가까이 가는 경험을 하면서 세월을 사랑하는 법을 배웠다. 외모에 신경을 쓰지 않을 수는 없지만, 몸이 비쩍 마르고 가슴을 째고 구멍을 내고 노란색 베타딘으로 덧칠을 하고 삭발을 하고 꿰매고 다시 살아나 집행유예를 받는 과정 속에서, 늙는 것은 싫지만 흐르는 세월을 즐길 수 있는 여유를 갖게 되었다.

세월아 흘러라, 하지만 내게 흔적을 남기지는 말아다오!

잔뜩 흥분한 릴리가 "그 집 새우튀김 맛은 잊을 수가 없어, 손가락을 쪽쪽 빨게 된다니까……"라고 소개한 마레 지구에 있는 아담한 타이 음식점의 지하 궁륭 천장 아래에서, 나는 따뜻한 분위기에 빠져든다. 얀이 없어도 분명 즐거운 시간을 보낼 수 있을 것이다.

우리는 떠들썩하게 웃으며 식전주 잔을 서로 부딪친다. 릴리가 비밀리에 소집한 옛 친구들이 몇 명 함께 자리해 주었다. 그런데 친구들이 수상할 정도로 들떠 있다. 릴리는 계속 깜짝 놀랄 일이 기다리고 있으니 기대하라고 한다. 릴리는 이미 친구들 사이에 앉은 스무 살 먹은 그리스 남자에게 눈길을 주고 있다. 정말 잘생기고, 남자답고, 그러나 릴리에게는 너무나 안타깝게도 호모라는 정보가 있는. 그 말에 화들짝 놀라는 릴리의 귀에 대고 나는 마구 웃으며 이렇게 속삭인다. "너, 이러다가 호모 전문이 되겠어."

주위가 하도 시끌벅적해서 휴대폰이 울리는 소리를 듣지 못해 전화를 못 받았더니 얀이 다정하게 메시지를 남겨놓았다. 베를린 시내 한복판, 반쯤 깨져 나간 성당, '추억의 성당' 근처를 걸으며 내 생각과 우리 생각을 하고 있다고. 그나저나 명탐정 릴리가 준비한 깜짝 선물이 뭘까? 불가능이 없는 릴리가 준비한 것이니만큼, 열심히 생각을 해보아야 하지만 나는 곧 포기해 버린다. 생일 파티를 해야지 머리만 쥐어짜고 있을 수는 없으니까. 샴페인 몇 잔에 벌써 서서히 취기가 오른다. 이 맛있는 샴페인에 곁들여 먹을 만한 것이 없다니, 말도 안 되는 상황인지라 나는 안주 몇 가지를 주문하자고 한다. 그랬더니 릴리가 궁금증을 일으키는 목소리를 꾸며내며 대답을 한다.

"곧 나올 거야, 안달 좀 하지 마……."

이어 불이 꺼진다. 케이크가 나올 시간이 아직 아닌데, 힘찬 '생일 축하합니다' 노랫소리가 지하 식당 안에 울려 퍼진다. 모두가 함께 부르는 이 합창은 언제나 감동적이다. 사방이 어두컴컴한 가운데 웨이터가 촛불 세 개를 밝힌 접시를 들고 나타난다. 어둠 속 유일한 불빛에 시선을 고정시킨 채 나는 친구들과 함께 목청껏 노래를 부른다. 이 즐거운 분위기가 정말 좋다. 노래가 끝날 때쯤, 나는 접시가 있는 쪽으로 다가간다. 그 유명한 새우튀김이 사과파이 위에 얹은 사과조각처럼 촘촘히 놓여 있다. 촛불을 불기 전에 나는 커다란 접시를 양 팔로 든든하게 받쳐주고 있는 친절한 웨이터에게 감사를 표하기 위해 눈을 들다가 그만 깜짝 놀란다. 찰랑거리는 긴 머리, 촛불에 비쳐 금색으로 반짝거리는 두 눈. 미소를 지으며 서 있는 얀을 보고 나는 울음을 터뜨린다. 심장이 놀라지 않도록 조심해야 하는데. 아름다운 순간이다. 음악이 다시 연주된다. 미셸 베르제, 〈피아니스트의 열성 팬〉. 나는 얀의 손을 꼭 잡고 박자에 맞추어 허리를 흔든다.

얀은 내일 아침 6시 비행기를 타야 한다. 케이크가 나오기 전에, 얀이 나에게 원시 부족이 주술을 걸 때 사용하는 것 같은 납작하고 길쭉한 데다가 끝이 반짝거리는 보석 펜던트가 달려 있는 백금 목걸이를 선물한다. 상징? 그런 건 없고 그냥 예뻐서 고른 것이라고 한다. 미니 마법의 지팡이 같은 보석이 정말 마음에 든다. 친구들의 환호 속에서 얀이 내 머리카락을 들추고 드러난 목에 입을 맞추고는 목걸이를 걸어준다. 내가 부적처럼 걸고 다니던 금 하트 목걸이도 그가 풀어주었다. 그 동안 수고 많았다면서.

한 해의 마지막 날 밤, 우리는 나란히 머리를 마주한 채 새해를 기다린다. 음악도 틀지 않았고 자정도 되기 전에 이미 얼큰하게 취한 사람들이 파리가 나치 치하에서 해방되기라도 하듯 요란하게 끌어안고 뽀뽀를 해대는 나이트클럽에도 가지 않았다. 새해맞이를 어디에서 하고 싶냐고 묻는 얀에게 나는 저 매력적인 보들레르를 인용하며 '고급스럽고 조용하며 관능적인' 곳이라고 대답했다.

얀이 내 소원대로 '공주님을 위한' 마법의 장소로 나를 데리고 간다.

온통 크리스털로 장식된 파리의 새 레스토랑. 샹젤리제에서 그리 멀지 않지만 아는 사람이 거의 없는 유서 깊은 저택을 레스토랑으로 꾸민 곳이다. 일층의 넓은 복도를 지나면 웅장한 돌계단이 나온다. 우리는 왕과 왕비처럼 별이 반짝이는 하늘같이 검은색 벨벳과 검은색 크리스털, 그리고 은으로 꾸며진 벽을 지난다.

테이블에 앉고 나서 나는 새로운 게임을 해보기로 한다. 언젠가 얀에게 '여자들끼리 하는' 질문을 해보았다. 그가 생각하는 사랑은 무엇이냐는…… "서로를 알고 깊이 이해하는 것." 이 그의 대답이었다. 그 이후로, 나는 우리가 서로를 얼마나 알고 있는지, 얼마나 이해하고 있는지 확인해 볼 기회를 엿보아왔다.

게임 방법은 이렇다. 메뉴를 읽고 자기가 먹고 싶은 것을 종이에 적은 다음, 주문을 할 때에는 상대가 먹고 싶어 할 것 같은 것을 대신 주문해 주는 것이다. 서로의 취향을 알고 있다 해도 그때그때 먹고 싶은 것이 달라지니까. 즉, 서로를 잘 아는 동시에 상대의 현재 기분을 잘 파악할 수 있어야 한다. 메뉴가 너무 다양해서 게임이 어려워진다. 나는 집중을 해서 메뉴를 하나하나 살펴본다. 사랑에 관한 한 장난을 해서는 안 되니까. 우선 나를 위한 이상적인 메뉴를 골라 종이에 적어두고 얀이 바라는 것을 고민한다. 그리 오래 걸리지는 않는다. 직감에 따라야 하는 일이므로. 우리는 진지한 표정으로 각자의 종이를 접어 테이블 중앙에 놓는다. 흑백사진처럼 검은색 흰색 옷을 차려입은 나이를 가늠할 수 없는 웨이터가 알파벳 'I' 자처럼 꼿꼿한 자세로 멋진 몽블랑 볼펜을 자랑스럽게 들고 우리 테이블로 와서 얀의 곁에 선다. 교양 있는 커플 사이에서는 남자가 여자 몫까지 주문을 해주는 것이 예의이다. 신처럼 신비로운 존재인 우리 여자들이 '먹는다'는 기본적인 본능을 위해 큰 소리를 낼 수는 없다.

"안녕하세요, 주문을 하시도록 도와드릴까요?" 뻣뻣한 남자가 얀을 쳐다보며 묻는다.

관습을 깨고 내가 나서서 얀을 위해 고른 메뉴를 말하려고 한다.

완고한 웨이터는 여전히 얀을 보며 정중한 말투로 내 말을 끊는다.

"우선 선생님께서 부인을 위해 주문을 하시지 않으시겠습니까?"

"아니에요." 내가 단호한 목소리로 말한다. "오늘 저녁에는 순서를 바꿀 거예요, 음, 남자분에게는……."

나는 내 사랑을 위해 고른 메뉴를 또박또박 불러준다. 얀이 웃는다.

"부인께는 무엇을 준비해 드릴까요?" 웨이터가 나를 째려보면서 묻는다.

"이번에는 남자분이 나 대신 주문을 해줄 거예요. 얀, 부탁해……."

더 큰 스릴을 맛보기 위해, 우리는 식사가 끝난 다음에 종이를 열어보기로 했지만 얀의 얼굴에 떠오른 표정에서 나는 나의 승리를 예감할 수 있었다. 디저트로 나온 것은 머랭그를 얹은 섬세한 맛의 레몬타르트. 우아한 척을 하느라, 나는 혼자 있을 때나 나의 영원한 공범 릴리와 함께 있을 때 외에는 디저트를 거의 먹지 않는다. 몇 달 전이었으면 잘못 골랐다고 투덜거릴 레몬타르트를 선택한 것을 보고 나는 몸을 떨었다. 레몬은 내 안에 일어난 변화 중에서도 아주 근본적인 변화였다. 나는 소용돌이 모양에 끝은 갈색인 머랭그를 잠시 감상한 다음 부드러운 레몬 크림의 맛을 제대로 느끼기 위해 머랭그를 걷어낸다. 섬세한 작업을 하는 중에 눈을 들어보니 얀이 최면에 걸린 사람처럼 내 접시에 시선을 고정시키고 있다.

"괜찮아? 혹시 당신도 이 디저트를 먹고 싶었어?"

얀이 재빨리 눈을 비비고 미소를 짓는다.

"내 전처, 비르지니도 그렇게 했어…… 언제나 레몬타르트를 시켰지. 레몬타르트를 정말 좋아했거든. 머랭그가 예쁘다고 꼭 머랭그를 얹은 타르트를 시켜놓고는 먹기 전에 당신처럼 크림을 걷어냈어."

"그럼, 그래야지…… 전처 생각을 자주 해?"

"가끔…… 당신과 함께 있을 때에는 하지 않아. 가끔씩 나한테 전화를 하고 있어. 미안해……."

자정이 되기 조금 전에, 우리는 열에 들떠 종이를 교환한다. 내가 고른 메뉴를 읽기 전에, 얀이 묻는다.

"프로이트가 죽기 전에 뭐라고 했는지 알아? '대체 여자들이 원하는 것은 무엇이란 말인가?!' 라고 했다지." 그가 미소 띤 얼굴로 프로이트의 의견에 전적으로 동의한다는 듯 한숨을 쉬며 이렇게 말한다.

"진작 좀 고민할 것이지!"

우리는 종이에 적힌 메뉴를 읽으며 깔깔 웃는다. 내가 이겼다! 너무 정확하게 맞혀서 나 스스로도 깜짝 놀란다. 승리에 찬 "예스!" 소리가 우아한 레스토랑의 조용한 실내에 울려 퍼진다. 여성이라는 자신의 성에 신념이 있는 여자의 "예스!" 소리는 사랑이라는 분야에서 가장 강한 것이 아닐까.

얀도 나를 거의 완벽하게 알고 있다. 정말 감동적이다. 디저트만 빼고 내가 적은 것들과 똑같은 것을 시켰다. 그가 시킨 '망통 산 레몬으로 만든 레몬타르트' 대신 나는 새롭게 맛을 들인 '오래된 럼주에 적신 미니 카스텔라' 를 적었다.

밤 12시 정각. 웨이터들이 한 줄로 서서 대포를 쏘듯 샴페인 병을 펑하고 연다. 나만의 전통에 따라 나는 새해에 전혀 이루어질 리 없는 헛된 소원들을 빌지 않는다. 나는 오랫동안 얀을 바라보며 그의 눈 안에 빠져든다. "아름다운 한 해가 되길……" 그가 이렇게 말하고 내게 키스를 한다.

2008년 4월, 파리

　2주 후면 〈피 속의 사랑〉 촬영이 시작되고 한 달 후면 얀이 호주로 떠난다. 그가 나에게 여름 방학이 끝난 후에 호주로 오라고 한다. 이미 2개 국어를 쓰는 학교의 학비까지 알아보았다고 한다. 하지만 타라를 아빠에게서 떼어 놓을 수는 없다. 내 생활보다 타라의 안정이 우선이다. 얀이 1년 후에 돌아온다면, 난 기다릴 수 있다. 우리는 이미 첫 번째 비행기 여행을 계획해 두었다. 8월에 얀이 한 달 계획으로 돌아오는데, 그 전에 내가 영화를 끝내고 나서 호주로 갈 수 있도록 비행기 표를 준비해 주고 싶어 한다. 내 담당 의사가 비행기 공포는 위험한 것이 아니니 걱정하지 말라고 했고 나는 그 공포증을 잠재우기 위한 약들로 채워진 무기창고를 일찌감치 마련해 두었다.

　포석을 깐 뒷마당 쪽으로 창이 난 고요하고 푸른 얀의 방에서 그와 함께 밤을 보냈다. 얀은 잠을 거의 자지 않는다. 자명종 알람도 없이 언제나 일찍 일어나 컴퓨터로 일을 하다가 잠든 나를 깨우지 않으려고 내 이마에 가볍게 입을 맞추고 조용히 집을 나선다. 얀은 내 심장과 몸을 쉬게 하기 위해 잠을 많이 자야 한다는 것을 알고 내게 신경을 써준다.

계속 울려대는 전화벨 소리에 눈을 뜬 것이 아홉 시쯤이었던 것 같다. 멀리서 들려오는 소리 같았지만 그 강도가 점점 더 세진다. 나는 잠이 덜 깬 채 일어나 투덜거린다. 얀의 휴대폰 소리. 휴대폰을 잊고 나간 것이 틀림없다. 거실에서 서성이던 나는 그 소리가 키 큰 인도 책상에서 난다는 것을 깨닫는다. 전화기가 안에 들어 있는데 내리면 책상 상판이 되는 문은 굳게 잠겨 있고 열쇠는 보이지 않는다. 이번에는 바로 뒤 낮은 테이블 위에서 내 휴대폰이 울린다. 나는 알람으로 사용할 때 외에는 잠을 푹 자려고 되도록 휴대폰을 멀리 두고 잔다. 전자파도 걱정이고. 얀으로부터 걸려온 전화다.

"일어났어? 미안하지만 혹시 내 휴대폰 못 봤어? 정신이 나갔었나봐. 집에 두고 온 것 같아."

"맞아. 인도 책상 안에 있어. 내가 지금 바로 그 앞에 서 있거든. 열쇠가 어디 있는지 말해주면 조금 있다가 사무실로 가져다 줄게."

얀이 망설이다가 대답한다. "아니야, 귀찮게 오페라까지 올 필요 없어. 점심시간에 가서 가져오면 돼. 그때까지 기다려줄래?"

"안 돼. 어젯밤에 말했는데 잊어버렸구나? 릴리랑 점심을 먹기로 했어. 오늘 저녁에 만나, 내 사랑."

"알았어, 내 소중한 사랑."

방으로 돌아가 다시 누우려다가, 나는 먼지가 얼마나 앉았는지 확인해 보려는 것처럼 입을 꾹 닫은 키 큰 인도 책상의 꼭대기를 손으로 쓸어 혹시나 열쇠가 있는지 살펴본다. 가슴이 마구 뛰기 시작한다. 키 큰 인도 책상을 볼 때마다 나는 호기심이 생겼고 마음이 끌렸다. 왜 문을 항상 닫아두는 걸까? 체계적이고 뭐든 정리 정돈해 놓는 얀의 성격 때문이겠지. 그는 민감한 감각을 무시무시한 엄격함으로 제어한 독특한 성격의 소유자이다. 모든 것이 규격화되어 있어야 하고 안전해야 한다. 그의 집은 완벽하게 정리되어 있고 책상은 열쇠로 잠겨 있다. 이게 얀이다. 그는 이런 사람이다. 잠을 더 자도록 해봐야겠다.

잠은 오지 않고 이런저런 생각이 떠오른다. 나는 잠시 더 게으름을 부린다. 침대에 누워 창을 통해 바라보는 하늘은 그리 맑지 않아 바깥으로 탈출할 생각이 별로 나지 않는다. 4월 말인데도 아직 봄 날씨가 아니다. 얀과 함께 나른하게 침대에서 뒹굴거리고 싶은 마음이 굴뚝같다. 릴리에게 바람을 맞히고 얀을 기다릴까 보다. 그렇게 해도 릴리가 나를 용서할까? 모르겠다. 이미 사랑 때문에 자기를 버렸다고 투덜대고 있는데. 어이없게도 릴리는 호주에 따라올 생각에 노골적으로 즐거워하고 있다.

마침내 침대에서 빠져나온다. 준비를 하고 현관문을 닫으려는 순간, 고양이 한 마리가 지붕 밑에서 내 발치로 뛰어내리는 바람에 놀라 비명을 지른다. 브르타뉴의 젖소들처럼 흰 바탕에 커다란 검은 얼룩이 있는 녀석은 쓰다듬을 틈도 주지 않고 도망쳐 버린다. 늦은 오전 시간, '파리의 시골' 이라고들 부르는 동네의 인적 드문 골목길에서는 늦장을 부릴 이유가 없다. 무자이아 가로 나온 나는 서둘러 지하철역으로 간다. 파리의 동쪽 끝에서 내가 사는 서쪽 끝까지 택시를 타면 요금이 어마어마하게 나온다. 지금 내 주머니는 점점 티어가고 있는 상태라 조심을 해야 한다. 비를 감추고 있는지 빛을 감추고 있는지 알 수 없는 하늘을 쳐다보며 나는 걷는다.

역에 다 와서 계단을 내려가려다가 말고 그 고전적인 문 앞에 문득 멈춰 선다. 얀의 집에 뭔가를 놔두고 온 것 같다. 그런데 뭘? 주머니와 가방을 뒤져본다. 집으로 돌아가는 데에 필요한 것들은 다 있는 것 같다. 휴대폰, 돈, 열쇠…… 계단을 내려간다. 열차 문이 곧 닫힌다는 것을 알리는 긴 신호음에, 가슴이 덜컥한다. 모든 파리 사람들이 익숙히 알고 있는 이 소리에 기억나는 것이 있었다. 얀의 휴대폰 소리. 나는 가슴이 쿵쿵거리는 것을 느끼며 연극에 늦은 것처럼 간이 의자에 걸터앉는다. 이 심장은 정말 이상하다. 알람처럼 작동을 하니 말이다. 심장 박동이 나의 노력과는 상관없이 변한다. 빨리 뛰지 않게 할 방법이 없다. 마치 내게 예고를 해주는 것 같다. 열차가 터널 안으로 들어갔을 때, 조명이 잠시 깜박거린다. 막간의 어둠 속에서도 심장은 계속 펄떡거리고 호흡에 집중을 해보려고 눈을 감자마자 밝은 이미지가 떠오른다. 맥킨토시 화면 위의 이미지처럼 선명하고 밝은 이미지가. 키 큰 인도 책상, 움푹 팬 밝은 색 나무와 신들, 창조의 신, 우주의 질서를 유지하는 신, 그리고 파괴의 신.

얀의 집으로 돌아가 그 책상을 열어야만 한다. 이런 생각을 하자마자 뱃속이 꽉 뭉쳐오고 목이 졸리는 것만 같다. 이런 증상들이 정말 싫다. 나는 다음 역에서 내릴 결심을 한다. 뷔트 쇼몽. 그리고 왔던 길을 되돌아간다. 반대편에서 지하철을 타려고 할 때, 다시 문이 닫힌다는 긴 신호음이 들린다. 소름이 끼친다. 길로 나온 나는 속도를 내어 걸으려 하지만 심장이 너무 빨리 뛰고 있다. 얀의 집으로 이어지는 막다른 길 초입에서 낮은 담벼락 위에 스핑크스처럼 앉아 있는 얼룩고양이를 다시 만난다. 녀석의 눈이 나를 따라온다.

얀의 집으로 들어가 곧장 키 큰 인도 책상 앞으로 간다. 의자 하나를 집어와 그 위로 올라선다. 가구 위를 쳐다보았지만 열쇠는 없다. 어디에 있는 걸까? 곧 12시, 얀이 돌아올 시간이다. 집을 뒤지는 모습을 들켜 그를 놀래주고 싶지는 않다. 죄책감이 들었지만 나도 스스로를 말릴 수 없다. 열쇠를 어디에 두었을까? 치밀하고 논리적인 남자의 입장이 되어본다. 감정이입을 해보려고 노력한다. 우리 집은 이렇지 않다. 엉망으로 어질러져 있고 아무리 시간이 지난다 해도 내 힘으로는 다 정리할 수가 없겠지만 어지러운 분위기가 나름대로 즐겁고 아늑하다. 우리 집이 완벽하게 정리되어 있다면 아마 난 정신적으로 크게 시달리게 될거다. 그건 내 모습이 묻어 있는 집이 아니다.

갑자기 열쇠가 가까운 데에 있다는 직감이 든다. 나는 무릎을 꿇고 키 큰 인도 책상의 밑을 들여다본다. 아무것도 없다. 양 옆, 기둥 뒤, 마찬가지다. 책상 뒤는 어떨까. 그래, 책상 뒤! 한쪽 옆에 바싹 달라붙어 벽과 가구 사이로 손가락을 밀어 넣어본다. 없다. 다른 쪽. 찾았다. 작은 못 같은 열쇠. 하지만 실수를 하지 않으면 내가 아니지. 두 손가락으로 열쇠를 끄집어내려다가 그만 뚝 떨어뜨리고 만다. 몸을 비틀어 열쇠를 집는다. 이번에는 잘 잡았다. 열쇠를 돌리고 내리면 책상 상판이 되는 얇고 높은 문을 연다.

얀의 휴대폰이 서류더미 위에 잘 놓여 있다. 휴대폰을 꺼내 낮은 탁자 위에 놓고 책상 속 물건들을 살펴본다. 아름다운 만년필, 낡은 손목시계, 작은 하트가 달린 내 금 목걸이. 이 목걸이가 왜 여기에? 얀이 내 생일날 풀러주긴 했지만 여기 있었을 줄이야. 나는 내게 행운을 가져다주는 하트를 집어 들고 좀더 가까이 들여다본다. 정말 내 목걸이가 맞나? 흠집이 덜 난 것 같아 보인다. 하지만 이렇게 가까이 들여다본 적이 있었던가? 모르겠다. 옆에는 얀과 전처라고 생각되는 여자의 사진이 있다. 그녀의 얼굴이 낯설다. 그녀와 과거에 대한 이야기는 줄곧 피해왔다. 그런데 두 사람 뒤의 멋진 풍경만큼은 낯이 익다. 타지마할. 내게는 정말로 특별한 그곳을 다시 보니 감동이 밀려오면서 약간 현기증이 난다. 이 여자로구나, 그와 이혼을 한 사람이. 갈색 머리, 환한 웃음, 얀의 눈처럼 밝은 색 눈을 한 예쁜 사람이다. 성격도 좋아 보인다. 사진 뒤편을 본다. "타지마할, 1997년 봄." 사진 아래에는 잘 정리된 지난 연도의 다이어리들이 있고 그 밑으로 파란색 마분지로 된 포장용 봉투가 몇 개 있다. 맨 밑에 놓여 있는 봉투는 파란색이 아니라 빨간색이다. 자세히 살펴보려고 허리를 숙이는데 정원 쪽에서 소리가 들려온다.

나는 그 자리에서 굳어버린다. 가슴이 마구 두방망이질친다. 물건들을 원래대로 정리해 보려고 하지만 그럴 필요가 없는 것이 현관문이 그대로 잠겨 있다. 우체부나 고양이가 지나간 것이리라. 나는 내가 지금 하고 있는 일이 하나도 심각하지 않은 것이라고 스스로를 확신시키면서 마음을 가라앉힌다. 얀이 불쑥 들어와도 나를 비난하지는 않을 것이다. 그에게 무슨 비밀이 있겠는가? 사무실에 휴대폰을 가져다 줘서 깜짝 놀라게 해주고 싶었다고 하면 그만이다.

나는 파란색 포장봉투와 빨간 봉투 몇 개를 집어 든다. 머리가 어지럽다. 도무지 진정이 되지 않는다. 봉투마다 그가 진행한 프로젝트 관련 서류들이 분류되어 정리되어 있다.

'2005년 로마, 보스콜로 팔레스', '2004년 뮌헨, 켐핀스키 호텔' …… 빨간색 봉투 위에는 간단하게 날짜가 적혀 있다. '3/11/4'. 경악한 나는 의자에 앉아 봉투를 연다. 안에는 여러 가지 색깔의 비닐 파일이 여러 개 들어 있다. 첫 번째 파일에서는 맨 위에 내가 너무나도 잘 알고 있는 문장이 찍힌 서류가 나온다. 생폴 병원. 사망확인서. 성과 이름이 있다. 브리앙 비르지니…… 믿을 수가 없다. 얀의 전처 이름이다. 2003년 11월 4일 사망…… 다른 파일 안에는 오려낸 신문 기사를 붙여둔 종이가 있다. "폭우 속 교통사고 : 파리 12구, 나시옹, 사망자 발생……."

손이 덜덜 떨린다. 신문을 펼치니 《파리지앵》 표지에 실린 내 사진이 나온다…… 눈앞이 흔들리고 가슴이 죄어온다. 서류들을 제자리에 정리해 넣을 수가 없다. 얀은 이혼을 한 것이 아니었다. 처음부터 거짓말을 한 것이다. 그의 아내는 내가 심장 이식 수술을 받던 2003년 11월 4일에 죽었다. 갑자기 안개 속에 빠진 느낌이 든다. 들리는 소리라고는 이상하게 계속되는 윙윙거리는 소리뿐이다. 엉망으로 어질러놓았지만 도저히 치울 수가 없다. 얀이 정리하겠지.

나는 테이블 위에 놓아두었던 가방을 집어 들고 좀비처럼 비틀거리다가 달리기 시작한다. 도망을 친다.

문을 충분히 세게 닫지 않아서 잠금장치가 찰칵하는 소리가 나지 않았지만 할 수 없다. 나는 돌아가지 않고 앞을 향해 달려 도망간다. 얼이 빠진 눈을 하고. 손바닥처럼 훤히 알고 있는 길인데 순간적으로 어디가 어디인지 알 수가 없다. 어디서 돌아야 하지? 왼쪽? 오른쪽? 근데 대체 내가 여기서 뭘 하고 있는 거야, 이렇게 먼 데서? 나는 멈춰 서서 주변을 빙 둘러본다. 지나가던 나이 지긋한 부인이 걱정스러운 목소리로 조심스럽게 묻는다. "길을 잃었어요?" 나는 대답을 하지 않고 잠에서 깨어나려는 것처럼 눈을 꼭 감았다 뜬 다음 지하철역을 향해 걷는다.

제대로 생각을 할 수가 없다. 내가 비틀거리고 있는 것 같다. 머릿속이 엉망이다. 아무것도 모르겠다. 미치는 게 이런 건가 보다 싶게 머릿속이 뒤죽박죽되더니 텅 비어버렸다가 외부와 완전히 단절이 된다. 지하철 소리가 소음이 되어 나를 덮친다. 문이 닫힌다는 신호음을 견딜 수 없다. 손으로 귀를 틀어막는다. 소리를 지르고 싶다. 어느 젊은 여자가 다가와 다정하게 나를 부르더니 다이어리와 볼펜을 내민다. 여자가 뭘 원하는지 알 수가 없다. "샤를로트 발랑드레, 사인 좀 부탁드려요……" 그 이름이 메아리처럼 울려 퍼진다. 샤를로트 발랑드레? 내 이름은 안느 샤를로트 파스칼이다. "난 샤를로트 발랑드레가 아니에요." 그 이름은 잘못된 이름이다. 저주다.

차가운 바람이 서서히 나를 현실로 돌아오게 만든다. 나는 봉마르셰 백화점 가까이에 있는 어느 작은 광장의 벤치 위에 앉는다. 쟤들은 왜 저렇게 소리를 지르나? 내 딸은 어디에 있을까? 휴대폰이 울린다. 화면 위에 '릴리'라는 이름이 뜬다. 내가 목소리를 낼 수 있을지 자신은 없었지만 아무튼 초록색 통화 버튼을 누른다. 휴대폰을 귀에 대고 릴리의 목소리가 들리자마자 울음을 터뜨린다. "샤를로트? 샤를로트?! 여보세요? 여보세요?! 샤를로트, 아무 소리도 안 들려, 여보세요!" 나는 단어 하나하나를 분명하게 발음한다. "얀이, 얀이 거짓말을 했어, 그 사람이 거짓말을 했어……." 릴리가 뭐라고 말을 쏟아내지만, 나는 마지막 말밖에 알아듣지 못한다. "얼른 와, 우리 집으로 와……." "갈게, 지금은 말고, 나중에." 나는 전화를 끊는다. 우선 집으로 가야겠다. 여기가 어딘지는 안다. 세브르-바빌론. 세브르 가를 거슬러 올라가 건물 현관을 자동인형처럼 통과한다. 고물 엘리베이터는 언제나처럼 고장이다.

나는 천천히 계단을 오른다. 언제나처럼 고약한 냄새를 풍기는 2층의 이웃과 마주친다. 그의 역겨운 땀 냄새와 담배 냄새를 맡으면서도 나는 찡그리지 않는다. 우리 집으로 가는 작은 계단을 오를 수 있다는 것이 감사하기만 하다. 나는 저 꼭대기, 6층에 산다. "안녕하세요, 샤를로트……." "안녕하세요." 나는 인사를 하며 계속 계단을 오른다. 현관문을 열자마자 곧장 복도 끝에 있는 부엌으로 들어가 약 바구니 안에서 잠을 자게 해주는 알약들을 찾아야지. 잠을 자고 나면 모든 게 괜찮아질 거다.

알약을 삼키고 있는데 휴대폰이 울린다. 화면에 '얀'이라는 이름이 뜬다. 얀! 휴대폰 전원을 꺼버린다. 쉬어야겠는데 여기서는 조용히 쉴 수가 없을 것 같다. 얀이 우리 집 열쇠를 가지고 있으니까 여기로 올 수도 있는 일이다. 그렇다면 시간적으로 몇 분밖에 여유가 없다. 나는 약의 화학 성분이 효과를 내기 전에 서둘러 계단을 다시 내려가 릴리네 집까지 걷는다.

눈을 뜬다. 시간이 얼마나 흘렀는지는 모르겠다. 나는 침대에 누워 있고 릴리가 내 이마를 쓰다듬고 있다. 릴리가 집 앞 인도에서 기다리고 있던 생각이 난다. 내 귀에 다정한 말을 속삭이며 나를 침대에 뉘어주었지. 몇 번이나 내 가슴에 귀를 대고 내 심장 박동과 숨소리를 살폈던 것도 생각난다. 그러는 중에 나는 잠이 들었다. 릴리는 그때부터 지금까지 내 곁을 지키고 있었던 것이다.

"괜찮니? 괜찮아?"

"괜찮아……."

친구를 안심시키려고 괜찮다는 말을 하는데 눈에 눈물이 차오른다. 아니, 괜찮지 않아. 여기가 어딘지는 알겠고 무슨 일이 일어났는지도 어렴풋이 기억이 난다. 그러나 난 전혀 괜찮지 않다. 릴리에게 다 이야기하겠지만 지금은 때가 아니다. 약 때문에 아직도 감각이 없다. 지금은 약의 은총을 누리고 싶고 잠시 후면 사라질 이 몽롱함 속에 머물고 싶다.

릴리가 가져다 준 차를 조금씩 마신다. 카페인과 온기의 힘으로 몇 시간 만에 마침내 나는 몽롱한 상태에서 깨어나 침대를 빠져나온다. 내가 잠을 자는 동안 얀이 다녀갔지만 릴리는 문을 열어주지 않았다.

나는 이야기를 시작한다.

릴리가 즐겨하던 "굉장해, 말도 안 돼……." 등의 감탄 없이 조용히 입을 다물고 어리둥절한 표정으로 내 말을 듣는다. 친구의 눈이 휘둥그레진다. 내 말을 믿지 못하는 것 같기도 하다. 이윽고 릴리가 단호한 어조로 말한다.

"얀은 좋은 사람이야. 진정해야 해, 샤를로트, 만약에 그게 사실이라면……."

내가 벌컥 고함을 지르며 릴리의 말을 자른다.

"당연히 사실이지, 얀이 거짓말을 했단 말이야!"

"진정해, 네 말을 믿어, 믿는다고…… 충격에서 벗어나서 그 사람을 이해해 보도록 해. 얀에게도 할 말이 있을 거야."

나는 릴리에게 내 휴대폰 전원을 켜고 메시지를 확인해 달라고 부탁한다. 음성사서함을 듣는 릴리가 당혹스러운 표정을 짓는다.

얀이 여러 번 전화를 했다. 걱정을 하면서 내일 베를린으로 떠나기 전에 나를 만나고 싶다는 메시지를 남겼다. 설명을 하고 싶다고, 나를 사랑한다고…….

무슨 일이 일어나고 있는지 알 수가 없다. 어쩌면 꿈을 꾼 것인지도 모른다. 다시 악몽을 꾼 걸까? 나는 릴리에게 내가 내일 전화하겠다는 말을 얀에게 전해달라고 부탁한다. 오늘은 친구 곁에서 망각의 알약을 삼키고 "정전" 테라피를 계속하기로 마음을 먹는다.

어젯밤은 릴리네 집에서 보냈다. 몽롱한 상태로.

오늘은 차분해진 느낌이다. 진실이 내게로 왔고 곧 그 진실 덕분에 마음을 가라앉힐 수 있을 것 같다는 생각이 든다.

아침부터 얀이 전화를 걸어오지만 받지 않는다. 그랬더니 어떻게 해서든 나를 만나려고 베를린으로 가는 시간을 늦추었다며 내가 아무 말도 하지 않아서 너무 괴롭다고, 잠깐이라도 좋으니 이야기를 할 수 있게 해달라는 메시지를 남긴다. 그 정도 부탁은 들어줄 수 있다.

메시지 몇 개가 더 온 다음, 나는 마침내 문자로 그에게 답을 한다.

"오늘 저녁 여덟 시 루테시아에서 만나."

갑자기 앙리에트에게 전화를 하지 않았다는 데에 생각이 미친다. 얼마 전에 새해 복 많이 받으시라는 인사와 잠시 동안 조사를 쉰다는 메시지를 남겼을 뿐이다.

새로 받은 전화번호를 눌렀더니 앙리에트가 바로 전화를 받아 반갑게 인사를 한다.

"오랜만이네, 어떻게 지내, 우리 꼬맹이?!"

앙리에트의 활기에 깜짝 놀란 나는 무슨 말을 해야 할지 몰라 대답 대신 같은 질문을 반복하는 짜증나는 사람처럼 군다.

"앙리에트는 어떻게 지내세요?"

"나야 잘 지내지, 아주 잘 지내……."

앙리에트가 새로운 생활에 대해 열심히 이야기를 한다. 여행을 하고 뜨개질도 계속 하고…… 그런 이야기에 집중을 할 수가 없어서, 중간에 말을 끊는다.

"그 여자분 이름이 비르지니죠, 그렇죠?"

무슨 이야기인지 바로 이해를 한 앙리에트가 머뭇거리는 말투로 대답한다.

"……맞아, 그런 이름이었어…… 어떻게 알았어? 병원에서 알려준 거야? 그럴 리가 없는데…… ."

"아니에요, 병원에서 알아낸 게 아니에요…… 죄송해요, 앙리에트, 진작 전화 드렸어야 했는데…… 시간이 너무 빨리 지나갔어요…… 잘 지내신다니 기뻐요…… 병원 사람들이 앙리에트를 그리워하고 있어요, 저도 마찬가지고요…… 다시 전화 드릴게요. 안녕히 계세요."

그 다음으로는 닥터 블랑쇼에게 전화를 걸어 예약날짜를 앞당긴다. 위급상황이다. 가능한 한 빨리 닥터 블랑쇼를 만나야 한다.

"왜 그렇게 다급해해요?" 그녀가 묻는다.

"내가 미쳐가고 있으니까요."

루테시아 호텔 바

처음으로 약속시간에 늦었다. 일부러 그랬다. 잠깐이라도 혼자서 그가 오나 살펴보며 두려운 가운데 울면서 기다리고 싶지 않았다. 나는 넓은 바 안으로 들어간다. 1년 전에 바로 이곳에서 앙리에트가 그랬듯이 나는 얼굴을 거의 다 덮는 선글라스를 끼고 다른 사람들의 눈에 띄지 않게 조심한다.

얀이 나를 보자마자 손을 번쩍 들더니 일어나 나를 맞는다. 나는 그의 키스를 거절하고 자리에 앉아 그를 빤히 바라본다. 아주 잠깐 동안, 내 앞에 있는 사람이 누군지 모르겠다는 생각이 든다. 이 사람이 정말 얀일까, 눈물을 글썽거리며 나에게 미소를 지어주던 그 남자인가? 삶이 지표를 잃고 객관성을 상실하는 이 이상하고도 현기증 나는 느낌을 나는 잘 알고 있다. 내가 에이즈 바이러스에 감염되었다는 사실을 알았을 때, 이런 비현실적인 느낌, 깨어나지 못할 악몽을 꾸고 있는 느낌에 자주 시달렸다. 내가 처한 현실을 믿지 않으려는 나의 강한 의지가 가끔 나를 내 삶에서 떼어냈다. 웨이터가 내게 친절하게 주문을 하겠느냐고 한다. "콜라 한 잔 부탁해요." 얀은 등을 곧게 세운 자세로 양 손을 깍지 낀 채 가만히 앉아 있다. 가끔씩 혼란스러워 보였지만 변함없이 자신감 있는 모습이다. 상처받았으나 회복하겠다는 결심이 굳은 모습. 그가 맑은 목소리로 천천히 말을 시작한다. 그런 목소리로 이야기하는 사람의 말을 끊을 수는 없을 것 같다. "샤를로트, 제발……." 이어 독백처럼 말을 잇는다.

"당신을 만나서 기뻐. 이제 당신이 모든 걸 알았다는 것도. 거짓말을 한다는 게 견딜 수 없었어. 나를 이해해 주었으면 해. 내 아내는 2003년 11월 4일에 죽었어. 이혼은 하지 않았고. 당신이 극장에서 아내와 사별했느냐고 물었을 때, 당신은 눈치채지 못했겠지만, 당황한 나머지 몸이 덜덜 떨렸어. 아내 비르지니는 나시옹 광장 근처에서 일어난 자동차 사고로 죽었어. 나는 일 때문에 스트라스부르에 있었지. 아내는 코마 상태로 생폴 병원으로 이송되었어. 내가 도착했을 때는, 병원에서 이미 뇌사 판정을 내린 후였어. 나는 비르지니를 내 마음과 영혼을 다해 사랑했어. 아내는 나의 전부였지. 우리는 1997년에 인도에서 만났어. 대학 졸업반이었던 비르지니는 인도주의 단체에서 실습을 하고 있었고, 나는 휴가 중이었어. 청혼은 에펠탑 꼭대기에서 했지. 에펠탑은 비르지니가 생각하는 가장 아름다운 건축물이었고 '과거와 미래를 잇는' 상징이었거든. 2000년에 우리는 결혼을 했어. 내가 아이를 만들 수 없다는 것을 알고 나서, 우리는 인공수정을 여러 차례 시도했어. 유산을 두 번이나 했지. 사고가 나던 날 저녁, 근무하던 병원에서 비르지니가 전화를 했는데 배가 아프고 하혈을 해서 몸이 위험한 상태라고 했었어. 나는 계속 전화를 했어. 그런데 전화를 안 받는 거야. 아무도. 아무 대답도 없었어. 나는 자동차를 몰고 파리를 향해 달렸어. 태어나 처음으로 그런 속도를 냈던 것 같아. 병원에 도착했더니, 의사들이 몇 마디 말로 상황을 알려줬어. 자동차 안에서 최악의 상황을 대비하긴 했었지. 직감이 왔었어. 엄청난 폭우가 쏟아지던 그날 밤, 최악의 일이 벌어질 것 같은 예감이. 병실로 들어갔더니 아내의 심장은 아직 뛰고 있었지만 뇌는 이미 사망해 있었어. 인공장치로 생명을 유지하고 있었지. 의사들이 다 끝났다고 했어. 손이 아직 따뜻했는데. 나는 믿을 수가 없었어. 있을 수 없는 일이었지. 이런 갑작스러운 일이, 말도 안 되는 일이 일어났다고 운명을 원망했어. 나도 따라 죽으려고 했지. 그때 정신과 전문의가 병실로 들어왔어. 아무 말 없이 무릎을 꿇고 내 손을 잡아주었지. 그렇게 잠시 가만히 있다가 자기를 따라오겠느냐고 묻더군. 눈에 눈물이 맺혀 있었어. 의사가 장기 기증에 관해 이야기를 했어. 나는 이식을 받는 사람을 알 수 있느냐고 물었지. 그 사람이 여자인지도. 의사는 잘은 모르겠지만 젊은 여자일 가능성이 많다고 했어. 나는 장기 기증에 동의를 했어. 솔직히 말하면, '네'라는 답을 하면서 다른 사람의 생명을 구하겠다는 생각은 하지 않았어. 그저 비르지니의 생명을 연장시키고 싶었던 거야. 아내에게 작별인사를 하러 병실로 돌아왔더니, 의사 두 명이 뇌사 확인을 위한 마지막 테스트를 하고 있더군. 반사작용도 전혀 일어나지 않았고, 망막도 빛에 반응하지 않았고, X선 뇌검사로도 사망이 확인되었는데 심장은 살아 있었어. 나는 비르지니의 손을 잡고 입을 맞춘 다음 병실을 나왔어. 그리고 속으로 인사를 했지. '잘 가. 악

몽은 곧 끝날 거야. 내가 당신을 다시 찾을 테니까.' 여기저기를 뛰어다
니며 알아보았지만 누가 내 아내의 심장을 이식받았는지는 알 수 없었
어. 신문에서 당신의 인터뷰 기사를 봤던 그날까지는. 그리고 텔레비전
에서 당신의 에너지와 미소를 보았어. 비르지니는 의사였고, 나는 아내
의 동료들을 통해 이식 수술이 생폴 병원에서 실시되었다는 것을 알고
있었지. 그전까지 내가 아는 건 그게 다였어. 나는 당신에게 편지를 쓰
고 싶었……."
　내가 얀의 말을 가로막았다.
　"그 편지들도 당신이 썼어?"
　"무슨 편지?"
　"당신이 내게 보낸 편지, 같은 이야기를 하고 있는……."
　"아니야, 내 얘기를 끝까지 들어봐, 제발 부탁이야. 당신을 만나고 싶
었지만, 당신도 나를 만나고 싶은지 확신할 수가 없었어. 나는 당신에
관한 것을 모두 읽었어. 책도 여러 번 읽었고 인터뷰며 방송도 다 봤지.
사고 이후로 정신과 상담을 받았는데, 의사가 나에게 현실을 받아들이
라고 충고하더라고. 죽은 사람과 산 사람을 구별하고 비르지니를 단념
하고 놓아주라고. 그래서 당신을 정상적으로 만나기로 결심을 했어. 이
식에 관한 이야기도 추억도 당신 안에 있는 다른 생명도 다 잊고 당신
만을 사랑할 수 있는 자유로운 한 남자로서. 그리고 극장으로 가서 당
신을 만났지. 우리 모두를 보호하려고 거짓말을 했어. 무너질 뻔했던
순간도 많았어. 당신이 인도와 세포 기억설 이야기를 했을 때, 레몬타
르트의 머랭그를 걷어냈을 때. 하지만 잘 참아냈지. 당신에게 이야기를
하고 싶었고 언젠가는 이야기를 하려고 했지만, 적당한 때를 찾지 못했
어. 당신을 잃을까 봐 겁났어. 당신을 사랑하니까, 샤를로트, 당신을 정
말로 사랑하니까……."

뭐가 뭔지 알 수도 없고 더 이상 듣고 싶지도 않다. 나는 자리에서 벌떡 일어선다. 그만한 힘은 남아 있다. 그리고 얀에게로 다가가 그의 볼에 입을 맞추고 감은 두 눈 위에도 눈을 맞춘다. 그의 입술이 눈물에 젖어 있다. 얀이 나를 바라본다. 나는 한 손가락을 입술에 대고 내가 아무 말도, 아무 반응도 할 수 없으며 이만 가봐야 하겠다는 뜻을 전한다.

나는 천천히 호텔을 빠져나온다. 거리로 나와서도 입을 꾹 다문 채 힘없이 발걸음을 옮긴다. 하늘을 바라보고 내 발을 바라본다. 아래로 위로 끝없이 고개를 들었다가 숙인다. 꿈과 현실 사이에 붙잡힌 채로.

집으로 돌아와 집안을 어두컴컴하게 해놓고 최면에 걸린 듯 앉아 있다. 잠이 오지 않는다. 초 몇 개만 켜놓고 다른 불은 모두 끈 채로 거실에 앉아 침묵 속에서 내 자신을 찾아 헤맨다. 아무 상처도 받지 않고 생생하게 살아 있는 나를 찾고 싶다. 아무 충격도 세찬 공격도 받지 않은 어린아이 같은 나를. 이 혼란에서 벗어나고 싶다. 나는 안느-샤를로트이고 싶다.

어제처럼, 몸이 휘청거리는 것 같다. 일어나려고 하는 순간 머리가 빙빙 돌기 시작한다. 순간적으로 기억상실증에 걸린 것 같은 느낌이다. 머리는 열심히 기억해 내려고 하지만, 내가 존재하는 이유를 기억해 낼 수가 없다. 다시 현기증이 나고 모든 게 끝났다는 그 느낌이 덮쳐온다. 깊은 나락이 바로 저기에 있다.

얀은 거짓말을 했고 아직도 거짓말을 하고 있다. 그는 유령을 사랑하는 것이다. 사랑은 한 마리 쥐처럼 재빨리 사라졌다. 삶 역시. 나는 부엌으로 걸어가 어둠 속에서 약 바구니를 집어 들고 싱크대 위에 약을 모두 쏟는다. 플라스틱 부딪치는 소리가 너무 거슬린다. 불을 켠다. 이 잔인한 빛도 지긋지긋하다. 손으로 빛을 막으며 싱크대를 내려다본다.

살아남으려 삼켰던 나의 약들이 멋지게 섞여 있다. 거부반응 제어제, 항 우울제, 항 에이즈 바이러스제…… 목소리를 높여 '항', '제어', '제' 등의 부드러운 울림을 가진 약 이름들을 읽어 내려간다.

에페비르, 에트라비린, 랄테그라비르? 인텔렌스, 인센트레스, 자낙스?

프락칼, 라로실, 코르탄실? 이네시움, 네오랄?

브로마제팜, 테트라제팜? 에피엔트, 테르시안?

이제 약을 먹을 시간이다. 무슨 약을, 몇 알 먹어야 하는지 알 수가 없다. 지금 다 끝내버린다면? 이 갖가지 '항' 무슨 제를 다 삼킨다면? 내 마음이 시키는 대로 해본다면. 약의 도움을 좀 받아보면? 이대로 영영 깨어나지 않는다면? 약사가 한 말이 문득 떠오른다. 테르지안은 위급한 상황에서 세 방울만 먹어야 한다고, 네 방울은…… 이 작은 약병에는 몇 방울이 들어 있을까? 테르지안 약병의 뚜껑을 돌린다. 좀 **빡빡**하다. 그리고 약병을 입술로 가져가며 눈을 감는다. 테르지안 한 모금이면 다 끝이 날까?

순간 약병을 놓아버린다. 그리고 소리를 지르며 한 팔로 싱크대 위의 약들을 모조리 쓸어 바닥으로 떨어뜨린다. 약은 먹지 않겠다. 아무것도. 오늘 밤에는 내 몸에 아무 약도 집어넣지 않겠다. 예전처럼. 아무 약도 삼키지 않은 채 침대에 들어간다. 그리고 아이처럼 깊은 잠에 빠져든다.

릴리가 와서 나를 깨운다. 어제, 사람 일은 모르는 거라며 우리 집 열쇠를 하나 달라고 했다. 나는 내 앞에 바싹 다가와 있는 릴리의 얼굴을 보고 깜짝 놀란다. 그리고 별말 없이 친구의 볼에 입을 맞춘다. 잠을 잘 잤다. 꿈도 꾸지 않고 아주 푹 자고 일어났다. 내 정신이 알아서 안정 모드로 돌입해 주었다. 오늘은 타라를 데리러 가야 한다. 아이 아빠에게 전화를 걸어달라고 릴리에게 부탁을 한다. 조금만 더 타라를 맡아주었으면 한다는 메시지를 전한다. 내일, 내일이면 괜찮아질 거라고. 릴리가 약을 먹으라고 성화를 하면서 하루 종일 내 옆에 있어준다. 얀이 내 휴대폰에 메시지를 여러 개 남겼지만 나는 읽지 않는다. 시간이 흐르기를 기다린다. 하늘이 어두워지면 다시 자야지. 그리고 내일이 되면 괜찮아질 거다, 훨씬 괜찮아질 거다.

릴리가 돌아가지 않고 나와 같이 자준다. "탈진한 너를 두고 갈 수는 없어!"

친구의 손을 잡았던 기억이 난다. 릴리는 벌써 일어나 있다. 부엌에서 소리가 들려온다. 몇 시나 되었을까? 많이 늦은 시간이다. 릴리가 집에 돌아가지 않고 내가 깨어나기를 기다리고 있다가 신선한 주스와 함께 약을 가져다 준다. 나를 구해주는 릴리는 내가 아는 중에 가장 상냥한 여자다. 남은 생을 친구를 사랑하며 살겠다고 결심한다. 그 동안 우정이라는 형태의 사랑을 너무 과소평가해 왔다. 친구가 참 많았었는데, 이제 몇 명이나 남았는지 모르겠다. 우정을 지키기 위해 아무 노력도 하지 않았다. 우정은 내가 찾는 사랑의 대용품, 부차적인 것, 쉬운 것이라고 생각해 왔다. 그랬던 내 자신을 나무란다. 릴리가 없다면 나는 어떻게 될까? 아들이 기다리고 있기 때문에 릴리는 이만 가봐야 한다. 몇 달 동안 세상 끝으로 떠나 있기라도 하는 것처럼, 나는 릴리를 있는 힘껏 껴안는다. 그런 나를 보고 친구가 깔깔 웃는다. 나도 나가봐야 한다. 닥터 블랑쇼와 약속이 되어 있다.

휴대폰에 얀의 메시지가 몇 개 더 도착해 있다. 그에게 문자를 보낸다. "제발 날 놓아줘."

닥터 블랑쇼 진료실

"그러니까, 샤를로트, 미쳐가고 있다고요? 얼굴이 왜 그래요? 무슨 일이에요? 자, 말해봐요……."

나는 바로 대답을 못하고 울기 시작한다. 나로서도 어쩔 수 없는 곤란한 상황이다. 이렇게 약하고 칠칠치 못한 모습을 보이는 내가 싫다.

닥터 블랑쇼는 냉정하게 의자에 앉아서 내 입장을 이해한다는 등의 표정 하나 없이 나에게 미소를 짓는다. 공감은 금물, 울음을 멈추지 않는 아이를 위로해 주지 말 것. 혼자 깨어나고 스스로 제 감정에서 벗어나 이성을 되찾을 것. 해결책은 그뿐이다.

"실컷 울어요, 샤를로트, 그러고 나면 이야기할 수 있을 거예요."

닥터 블랑쇼는 내 감정을 허락한다. 이해는 할 수 있으나 공감하지는 않는다, 이것이 그녀의 법칙이자 기술이다. 닥터 블랑쇼는 이성의 수호자요 중립성을 지켜야 하는 입장이다. 그녀의 자상한 인내가 효과를 발휘해 나는 울음을 멈춘다. 닥터 블랑쇼는 내가 얀과 사랑에 빠졌다는 것을 알고 있다. 나는 최근에 일어난 일을 이야기한다. 닥터 블랑쇼는 전혀 놀라지 않는다. 그녀와 이야기를 하면 예외적이거나 당혹스러운 것은 하나도 없어지고 모든 것이 정상이고 일반적인 것이 된다.

"그래, 어떤 느낌이 들어요?" 그녀는 일어난 일보다 나의 상태에 더 관심이 많다.

"황폐해진 느낌이에요. 얀은 거짓말을 했고 나를 배신했어요. 거짓말 위에 무엇을 쌓아갈 수 있겠어요. 다 쓸모없을 텐데……."

"그가 거짓말을 한 이유는 알고 있나요?"

"얀이 설명해 줬어요."

"어떤 의도로 거짓말을 한 거죠? 당신이 말했듯이 배신을 하려고 했던 건가요? 거짓말을 해서 정말 당신에게 상처를 주려고 했던 건가요?"

"모르겠어요. 제가 무슨 말을 하길 바라세요?"

"샤를로트, 당신이 중요하다고 생각하는 그 진실, '당신의 진실'에 가까이 가려면, 늘 두 가지를 고려해야 해요. 프로이트는 진실이란 존재하지 않고 언제나 주관적이며 하나가 아니라고 했어요. 당신이 생각하는 진실, 그가 생각하는 진실, 그렇게 진실은 주관적일 수밖에 없어요. 당신의 감정, 그 감정이 내포하는 것, 그리고 상대방의 감정이 내포하는 것과 상대의 의도를 잘 살펴봐요. 당신의 감정과 그의 진정한 의도 사이에서, 진실을 찾을 수 있을 거예요. 자, 다시 물어볼게요, 얀의 의도가 당신을 해치고 배신하는 거였나요?"

"아뇨."

"좋아요. 그럼 이제 그를 비난할 이유가 없겠죠?"

"얀은 제 안에 있는 이 심장 때문에 나를 사랑하는 거예요. 제 자체를 사랑한다고 하지만, 저는 믿을 수 없어요. 제가 이 심장을 달고 있지 않았다면, 그는 저를 사랑하지 않았을 거예요."

"하지만 당신의 심장이 죽은 아내에게서 왔다는 근거가 없잖아요. 앞으로도 그런 증거는 찾을 수 없어요. 그렇지 않나요?"

"그는 확신하고 있어요. 저도 마찬가지고요."

"기억해 둬요, 사람은 거의 모든 것을 믿고 확신할 수 있어요. 특히 그것이 우리에게 꼭 필요한 것일 때에는. 사람은 본능적으로 살고, 살아남고 싶어 해요. 그것을 위해서라면 모든 것을 할 준비가 되어 있죠. 얀은 당신 안에 그 심장이 있다고 믿어야만 했어요. 아직 아내를 보내지 못했으니까."

"그는 나를 사랑하는 게 아니에요."

"자신의 있는 그대로를 사랑받고 싶다는 생각은 환상이에요. 사람은 자기의 눈에 비친 모습을 사랑하게 되어 있어요. 자기가 발견한 상대의 모습을 사랑하는 거죠. 사랑을 조건 지을 수는 없어요. 내가 이러니까 날 사랑해 줘, 다른 이유로는 말고, 이럴 수는 없는 것이죠. 사랑은 그런 식으로 커나가는 게 아니에요. 겉으로 드러나는 것도 자신이에요, 인간은 모든 것이 합쳐진 복합체이니까요. 자신을 나누어서는 안 돼요. 당신은 안느 샤를로트 파스칼인 동시에 샤를로트 발랑드레예요. 누군가가 당신을 사랑할 수도 있고 그렇지 않을 수도 있어요. 당신에게 사랑을 느낄 수도 있고 그렇지 않을 수도 있다는 말이에요. 사랑은 조건 지을 수 있는 게 아니고 이유를 설명할 수 있는 것도 아니에요. 마법 같은 것이죠. 사랑은 우리의 눈을 멀게 하지만, 우리 눈을 덮었던 껍질이 벗겨져 나가면 사랑도 사라져 버려요. 얀이 당신을 사랑하나요?"

"그 사랑은 사기예요, 부당하게 시작된 사랑이라고요……."

"나는 몇 달 전부터 얀과 당신의 사랑 이야기를 들어왔어요. 그건 오해도 환상도 아닌 사랑이었어요. 아직도 그를 사랑한다고 느끼고 있나요? 시간을 갖고 잘 생각해 봐요. 일어난 일들은 감정이나 의도보다 훨씬 덜 중요한 거예요."

닥터 블랑쇼의 진료실을 나오면서 얀에게 문자를 보낸다. 마치 그녀의 말을 듣고 받아쓰기를 하는 것처럼. "시간이 필요해."

그의 답이 도착했다. "난 오래 전부터 기다리고 있었어. 기다릴게."

2008년 5월

〈피 속의 사랑〉 시나리오의 재작업어 진행되었다. 첫 번째 시나리오는 책의 내용과 너무 차이가 나고 주제에서도 벗어나 있었다. 내가 낙심하고 구토하며 죽어가는 모습으로 묘사되어 있었던 것이다. 내 집에서 혼자 이 방 저 방을 헤매는 모습으로. 나는 에이즈 바이러스 때문에 특이한 증세를 보이지 않았고, 바이러스 감염 이야기는 책의 몇 페이지밖에 차지하지 않는데도, 에이즈 초기 시대의 망상을 병으로 무너진 젊은 여배우인 나로 상징화시켜 마음대로 각색을 해버렸던 것이다.

촬영은 프랑스 북부의 바닷가와 릴 구시가에서 진행된다. 책의 배경은 주로 브르타뉴와 파리지만 예산이 넉넉지 않다. 발-앙드레나 수도 파리보다 릴에서 촬영을 하는 것이 비용이 덜 든다. 칙칙한 색깔의 모래 언덕 위에 서서 하나도 예쁘지 않은 모래사장을 내려다보며 "여기가 발-앙드레야, 저길 좀 보렴, 정말 아름답지 않니? 이 해변이 저 멀리 피에귀 항까지 이어진단다." 등등의 대사를 하는 것이 정말 힘들다. 저 멀리에 있는 항구는 피에귀 항이 아니라 바위투성이에 허연 정박장이 있는 됭케르크 항이다. 제일 충격적인 것은 집의 지붕들이 기와가 아닌 슬레이트라는 점이다. "걱정 마, 아무도 눈치 못 챌 거야." 그랬다, 아무도 그 점을 눈여겨보지 않았다.

나는 내 자신을 연기한다. 도미니크 베스네하르 역시 내게 배우의 길을 열어준 자신의 역할을 맡는다. 속을 꿰뚫어볼 것 같은 푸른 눈으로, 그는 곧 내 상태가 그리 좋지 않다는 것을 알아본다. 아무에게도 내 이야기를, 내 고통을 털어놓지 않을 생각이다. 촬영에도 큰 기대를 하지는 않는다. 아무도 이해하지 못할 테니까. 모든 것이 왜곡될 테니까. 내가 촬영장에 간 이유는 다 잊고 일을 하기 위해서이다. 아주 오래 전부터 손꼽아 기다리던 이 며칠을 만끽하기 위해. 비디오에 찍힌 내 모습이 추해 보여서 충격을 받는다. 내가 저렇게 많이 변했나? 역시 사람은 자기의 진짜 모습을 모르는 것 같다. 내가 보고 있는 여자는 내가 아닌 다른 사람이다. 저렇게 못생기다니! 어쨌거나 내 인생을 다룬 영화니까, 적어도 예쁘게 찍히고 싶었는데. 조명도 충분치 않고 머리 모양도 이상하고 내가 봐도 나를 못 알아볼 지경이다. 영화나 텔레비전의 조명은 마법이다. 조명만 좋으면 주름제거 수술을 받은 효과가 난다. 여배우들은 모두 그 사실을 알고 있다. 오늘은 파도가 거센 해변에서 촬영을 하는 날. 나는 분장사에게 농담을 한다. "밴댕이 같은 내 얼굴이 배경하고 정말 잘 어울리죠?" 그리고 감독이며 비난받아 마땅한 조명기사며 나를 조금이라도 더 예쁘게 찍어줄 수 있는 힘이 있는 모두에게 불평을 한다. 하지만 다들 들은 척도 하지 않는다. 《파리 마치》 표지 사진처럼, 사람들이 내 얼굴에서 고된 삶의 흔적을 읽을 수 있도록 더 추해 보이게 찍는 게 아닌가 하는 생각마저 든다.

오랫동안 일이 없었다가 겨우 배역을 얻었다는 것을 알고 있는 도미니크가 제작자의 재량으로 내 촬영 일을 며칠 늘려 수당을 더 받을 수 있게 해준다. 언제나 나에게 친절한 도미니크. 나는 불평을 그만 하겠다고 결심한다. 팀에게 좋은 추억을 남기고 싶다. 못생겼지만 친절한 사람으로 남고 싶다.

실제로 내 사촌인 오로르 파리가 주연을 맡았다. 내 덕을 본 것도 아니고 내가 추천을 한 것도 아니었으며 오로르는 나하고는 성도 다르다. 내가 한 일이라고는 음악학교를 졸업한 오로르에게 오디션이 있다고 말해준 것뿐이다. 오로르는 재능이 있다.

밤이 되어 모두가 잠든 것 같으면, 나는 호텔을 빠져나왔다. 쉬어야 한다고 했지만 잠을 잘 수가 없다. 외롭다. 몇백 미터 거리에 있는 해변으로 가서 미지근한 공기를 들이마시지 않고는 못 견딜 것 같다. 바람이 거셀 때에는 추파를 던지는 기술 스태프에게서 빌린 후드 달린 남자용 외투를 걸친다. 커다란 외투 깃을 올리고 머리카락을 감춘다. 그리고 걷는다. 모래언덕 가까이에서 스쿠터를 옆에 세워두고 땅바닥에 앉아 있는 젊은이 무리를 만난다. 이런 것이 밤의 이면이다. 불빛이라고는 텅 빈 주차장에 서 있는 희미한 가로등 불빛뿐. 젊은이들이 캔 맥주를 마시며 나를 향해 휘파람을 분다. 나는 손인사를 해주고 고개를 푹 숙인 채 바다 쪽으로 걸어간다. 하나도 무섭지 않다. 어둠 속에서 한 커플이 모래 위를 뛰며 장난치는 소리가 들려오고 모습도 어렴풋이 보인다. 해변에서 부서지는 파도 소리가 끊이지 않는다. 아직도 바람이 거세다. 줄무늬를 만들어내는 파도의 거품이 또 하나의 수평선처럼 나의 시선을 끈다. 검은 구름이 커다란 달을 조각내버렸다. 비가 내려 모래가 젖기 전에 해변에 누워 내 위에 드리운 신비한 하늘을 똑바로 쳐다본다. 눈에 차오른 눈물이 흐르도록 내버려 둔다. 눈물이 방울방울 모래 위로 떨어진다. 나는 그를 생각하고 있다.

일주일 후, 촬영 현장을 떠난다. 다음 촬영은 언제가 될까?

파리로 돌아왔지만 3일 후 호주로 떠나게 되어 있는 얀으로부터는 소식이 없다. 잘 된 일이다.

"나 이제 떠나. 사랑해."

그가 보낸 문자는 지우지 않고 보관해 두었다.

2008년이 흘러간다. 아무 일 없이. 나는 더 이상 꿈을 꾸지 않는다. 악몽은 끝났다. 마지막으로 꾸었던 금색 후광이 등장하는 이상한 환상은 지하철에서 보았던 키 큰 인도 책상이었다. 나는 모든 것으로부터 자유로워졌다. 이제 환상은 보이지 않는다.

타라가 커가는 모습을 지켜보며 칩거 비슷한 생활을 하고 있다. 타라는 나의 자랑이다. 내 몸에서 나온 몸. 나 역시 내 생명을 연장시켰다. 타라가 행복해하는 모습은 나의 일용할 양식이다.

타라가 별로 말을 하지 않는다. 닥터 블랑쇼는 그냥 내버려 두라고 한다. 내가 하루를 어떻게 보냈느냐고 물어보면, 타라는 모르겠다고 대답한다. 말은 별로 하려 하지 않고 그냥 놀자고 한다. 함께 놀면서 나는 익살을 부린다. 그리고 아이가 까르르 웃는 모습을 바라본다. 그 모습이 얼마나 예쁜지 모른다.

외부와는 거의 접촉이 없다. 가끔씩 기적의 성모 예배당으로 가서 기도를 한다. 타라와 어머니와 아버지와 동생을 위해, 그리고 안을 위해 기도를 드린다. 줄줄이 외고 있는 이름을 다 부른 다음에는 내 좁은 세계를 벗어나 인류를 위한 기도로 마무리를 한다. 인류의 고통을 다 없애달라고.

닥터 블랑쇼와 릴리를 만나고 가끔씩 아버지도 본다. 앙리에트와 차를 마시고 여동생, 사촌과 전화통화를 한다. 그리고 11월에 방송될 텔레비전 드라마의 효과를 초조하게 기다리고 있는 나의 에이전트와도.

〈피 속의 사랑〉 시사회는 성공적이다. 나는 눈물을 흘리며 자리에서 일어나 박수를 멈추지 않는 관객들에게 고개 숙여 감사의 인사를 한다. 울지 않고는 견딜 수가 없다. 이놈의 눈물샘을 묶어버리든지 해야겠다. 완성된 영화를 보기는 처음이었다. 내 인생이 화면에 지나가는 것을 보고 있자니 이상한 기분이 들었다. 나의 경험과 꽤 유사하게 묘사된 잘 만들어진 영화다. 살기 위해 피해왔던 현실과 마주하는 게 쉽지 않다.

언제나 따뜻하고 열정적인 모습을 보여주는 린 르노(Line Renaud, 1928~ 프랑스의 가수, 배우로 에이즈 퇴치운동에 적극 참여하고 있다)가 참석했다. 세골렌 루아얄(Ségolène Royal, 1953~, 프랑스의 정치인. 프랑스 환경부, 교육부, 가정부 장관을 역임했다) 역시. 도미니크 베스네하르가 그녀를 에스코트했다. 미소가 예쁜 여성이다. 품위 있고 아름답고. 그녀가 나타나자 사람들이 양옆으로 비켜선다. 그녀는 친절하게 한 사람 한 사람에게 인사를 한다. 지나가는 그녀를 보려고 사람들이 다시 우르르 몰려든다. 로즐린 바슈로가 생각난다. 리무진과 오토바이, 사이렌, 경호원, 비서들도. 정치인들이야말로 진정한 스타들이다.

거의 5백만 명의 시청자들이 나의 보잘것없는 인생을 지켜보아 주었다. 프랑스 3 방송국이 크게 만족해했다. 내 인생에 미친 결과? 2009년 초에 무대에 올라갈 코미디극의 배역을 맡게 될 것 같다. 훌륭하다.

2008년 11월 29일, 나는 마흔 살이 되었다. 열일곱 살 때, 앞으로 6개월을 더 살 수 있다는 시한부 선고를 받았었는데…… 도미니크가 열어준 파티에서 즐거운 시간을 보냈다. 작년 생일이 떠오른다. 어둠 속에서 나타난 웨이터…….

얀이 메시지를 보냈다. "생일 축하해. 사랑해." 그리고 달콤한 향기를 풍기는 바이올렛 꽃다발을 배달시켜 주었다. 나는 그 꽃다발을 꽃병에 꽂지 않았다. 꽃다발이 내 가방 안에서 시들어버렸다.

2008년 12월 크리스마스 며칠 전, 우리 집

겨울이 견디기 힘들 만큼 단조롭다. 책상 앞, 삐거덕거리는 의자 위에 앉아 사연 하나하나가 놀라운 팬들의 편지를 읽고 답장을 한다. 오늘 아침에 일어나는데 평소와는 달리 몸이 늘어지고 힘들었다. 에너지가 없는 이런 기분이 너무나 싫다. 어제부터 몸을 거의 움직일 수 없을 정도로 심하게 피곤하다. 이겨내려고 펜에 힘을 주고 답장으로 보낼 사진에 사인을 하고 있는데 가슴 왼쪽에 통증이 느껴지더니 팔까지 뻣뻣해진다. 찌르는 듯한 이런 통증은 흔한 증세가 아니다. 나처럼 전에도 이런 것을 느껴본 사람들은 당장에 이것이 무슨 증세인지 알아챈다. 통증도 통증이지만 이런 증세를 느끼고 나서 벌어졌던 일이 기억나 나는 쇼크 상태에 빠진다. 이번에는 기억하고 있는 것보다 강도가 덜하지만 지속적이고 뿌리 깊은 통증에 폐가 압박을 받는 느낌이다. 범인은 심장이다. 믿을 수가 없다. 내 두 번째 심장에 문제가 생긴 걸까? 아니다, 착각을 한 거겠지. 곧 괜찮아질 거다. 나는 펜을 내려놓고 소파에 누워 천장을 뚫어져라 바라보며 고통을 참는다. 이 사활이 걸린 순간, 나는 머리를 비우고 심장에 집중을 한다. 눈을 감고 심장 박동을 느끼고 조절해 보려고 한다. 최대한 천천히 숨을 쉬어보지만 달라지는 것은 없다.

팔까지 뻗어나가는 통증도, 가슴이 눌리는 것 같은 느낌도 그대로다. 감추어두었던 분노가 치밀어 오른다. 이런 느낌을 다스리고 없애버려야 한다. 구조 요청을 하고 싶지는 않다. 앰뷸런스에 실려 가는 소동을 일으키고 싶지가 않다. 사이렌, 구조대, 아프고 무서운 검사들, 관상동맥 조영술, 신티그라피, MRI, X선 진단도 싫다. 더 이상은 검사실의 모르모트가 되고 싶지 않다. 내 심장은 정상이다. 집에 있다가 어제처럼 오후 4시가 되면 학교로 가서 타라를 데려오고 싶다. 수백만 다른 엄마들처럼. 타라와 함께 크리스마스를 준비하고 싶다. 가만히 기다린다. 의지로 이겨낼 수 있을 거다. 나는 괜찮다. 기도도 한다. 이 통증이 나를 찾아올 때처럼 갑자기 사라지게만 해준다면 모든 걸 다 하겠노라고.

오후로 접어들면서 숨쉬기가 힘들어진다. 전화가 울리는데도 받지 못한다. 이제 통증은 참을 수 없는 수준이 되었고 누그러질 기미는 보이지 않는다. 고통에 입과 코와 배가 뒤틀리고 눈까지 점령당한다. 이제 어쩔 수가 없다. 겨우 구급차를 부른다. 몇 분 만에 슈퍼맨들이 도착한다. 내 의지와는 상관없이 나는 요란한 사이렌 소리와 함께 집을 떠난다. 아버지와 전남편에게 연락이 갔다. 진단은 빨리 나왔다. 심근경색. 또 경색이다.

"질식성 동통이 얼마나 계속되었습니까?" 의사가 묻는다.

심장의 통증을 뜻하는 이 말을 잊고 있었다.

"몇 시간…… 어제 저녁부터……."

더 이상 말할 힘이 없었다. 왜 빨리 병원에 오지 않았느냐고 야단치는 소리가 들린다. 처음 증세가 느껴졌을 때, 그때 이미 심장 센터 집중치료실에 누워 있어야 할 상태였는데, 고집을 부리다가 큰일이 날 뻔했다, 심장에 있는 동맥 세 개 중 관상동맥 한 개가 막혔다…… 이런 소리가 윙윙거리는 중에, 잘못했다고 하는 내 목소리도 들린다…… 그래도 동맥이 두 개나 남았네요…… 고집이 날 살린 적도 많단 말이에요…….

수술실로 옮겨진다. 심장에 혈액이 공급되지 않고 있다. 막힌 동맥을 뚫고 용수철을, 스텐트를 삽입해야 한다.

혈압이 뚝 떨어지고 맥박이 약해진다. 맥박수가 분당 30회이다.

"도부타민! 도부타민을 투여해!"

반쯤 의식이 있는 상태에서 이 말을 들으며 내가 죽는 악몽에 다시 시달리다가 블랙홀에 빠진다.

다음날 아침, 눈을 떠 보니 아버지가 걱정스러운 표정으로 내 곁을 지키고 있다. 아버지의 외투가 눈에 젖어 있다. 조금 있다가 릴리가 온다. 아버지가 릴리를 복도로 데리고 나가 이야기를 해준다. 병실로 들어온 릴리가 입술을 깨물며 내 손을 꼭 잡는다. 맥박수가 거의 올라가지 않는다. 의사들이 당황한다. 완전히 막힌 동맥 일부는 손을 쓸 수가 없다. 인내심을 가지고 기다리면서 내 몸이 어떻게 반응하는지 지켜봐야 한다. 기다리는 것 외에는 할 수 있는 것이 없다. 의학기술은 할 일을 다 했고 이제 자연이 바통을 이어받을 때가 되었다.

타라의 나이가 너무 어린데도 불구하고 예외적으로 면회가 허락되었다. 이건 좋은 징조가 아니다. 나도 안다. 타라가 내 곁에 있고 싶어 한다. '계속.' 친절하게도 수간호사가 타라와 한 시간을 보낼 수 있도록 허락해 준다. 타라는 종이 위에 그림을 그려가며 기억력 게임을 한다. 종이 한 면에 그림들을 그리고 뒤집어서 똑같은 짝들을 그려내야 하는 놀이다. 어디서 솟아나는지 타라와 놀 힘이 난다. 시간이 느리게 흘러 하루해가 저문다. 시간 역시 컨디션이 그리 좋지 않은 것 같다. 저녁 8시, 면회시간이 끝난다. 아버지와 릴리가 내 이마에 무겁게 입을 맞춘다. "내일 봐." "내일 오마." 나는 혼자 남아 아버지가 가져다 준 곰 인형을 안고 침대 뒤에 놓인 기계들의 낮은 연주음을 듣는다. 곰 인형은 담요로 푹 덮어두었다. 그 까끌까끌한 털을 꼭 껴안는다. 더 이상 버티기가 힘들다. 사기가 뚝 떨어졌다. 플래시백, 회상 장면들이 빠르게 지나간다. 내게 생명을 준 부모님, 어머니, 누가 되었건 내게 심장을 준 사람, 타라, 얀, 이루지 못한 사랑이 떠오른다. 나는 기도를 올린다.

난생 처음으로 내가 정말 죽을 수도 있다는 생각을 한다. 죽음에 대한 공포가 나를 내리누른다. 불안감이 나를 완전히 사로잡는다. 죽음이 다가오는 게 느껴진다. 예감이 온다. 나는 꼼짝도 못한 채 얼어붙은 듯 누워 있다. 의식은 또렷하다. 밤이 왔지만 잠을 잘 수가 없다. 몸이 비상상태다, 이대로 잠을 자면 안 된다. 오늘 밤만은. 당직 간호사가 내 병실에 들어왔다가 아직 잠을 자지 않고 있는 나를 보고 깜짝 놀란다. 이번에는 당직 의사가 오더니 수면제를 처방한다.

다음 날, 기분이 좀 나아진다.

아버지와 릴리, 그리고 친척들이 나를 보러 온다. 그들의 얼굴에서 내 상태를 읽어낼 수 있다.

오후 늦게, 피곤해진 아버지는 커피를 마시러 나가고 나는 병실의 벽을 쳐다보고 있다. 벽 하나하나를 둘러보는데 이상한 현상이 발생한다. 바람에 커튼이 날리듯 벽이 흔들리기 시작하는 것이다. 머리 위에 있는 흰 형광등 불빛이 너무 눈부시다. 병실 문에 난 조그만 네모 유리창에 남자의 얼굴이 나타난다. 파란 눈. 그가 머뭇거리며 선뜻 들어오지를 못한다. 나는 침대에서 몸을 일으키고 있는 힘껏 외친다. "들어와, 제발 들어와!"

아버지가 병실로 들어오고 함께 온 간호사가 억센 손으로 내 이마를 짚어본다. 그리고 내 몸 안으로 방울방을 들어가는 수액의 속도를 조절한다.

"얀이 왔었어요, 봤어요? 벽이 움직여요, 창문을 닫아야 해요……."

모르핀 양이 너무 많은 게 아니냐고 걱정하는 아버지에게 간호사가 할 수 없다고 말한다. 환영이 보이는가 본데 심각한 건 아니니 걱정하지 말라고. 곧 괜찮아질 거라고.

밤이 찾아온다. 다시 어머니를 생각한다. 어머니가 어디선가 나를 지켜보고 있을까? 제발 그랬으면. 다시 한 번 무서워지기 시작한다. 잠을 자지 말아야겠다. 혼자 죽기는 싫다.

처방전을 들고 나타난 간호사가 정맥주사로 어젯밤과 같은 성분을 놓아준다. 그리고 잘 자라는 인사를 한다…… 잠깐 동안 정신이 말똥말똥하다가 흐릿해진다. 내 몸이 잠과 투쟁을 벌인다. 내 안에서 모든 것이 이상할 정도로 부드럽게 뒤섞인다. 눈을 감자 타라의 얼굴이 떠오른다. 그 다음으로는 얀. 그리고 오늘 밤, 다시 한 번 내 삶이 흔들리는 것이 느껴진다. 과거를 떠올리고 옛날로 돌아가 헤맨다. 잊었던 사랑, 내게 에이즈 바이러스를 옮겨준 로커가 생각난다. 앰뷸런스가 지나갈 때마다, 응급 환자가 지나갈 때마다 창문 위로 번지는 그림자를 눈으로 따라가며 그에게 낮은 목소리로 이야기를 한다…….

"정말로 죽은 거야, 아님 밤마다 춤을 추는 거야?
왜 나는 살아 있고 당신은 죽었을까?
정말 오랜만이야.
보다시피 잘 살고 있진 않지만, 그래도 아직 나, 살아 있어.
어쩌면 내일, 아니면 더 나중까지 살아 있겠지.
저 위에 있는 당신은 천사가 되었겠구나.
만일 당신에게 힘이 있다면, 오늘 밤 나를 지켜줘."

천사들이 밤새 지켜주는 가운데 나는 잠을 잤다. 오늘 아침은 한결 상태가 좋다. 의학기술과 자연이 제 몫을 훌륭하게 해준 것 같다. 말도 다시 하고 움직이기도 많이 움직인다.

내일은 MRI 검사를 받아야 한다. 폐소공포증이 있는 나에게는 악몽 같은 일이다. 납작 만두처럼 누워 날카로운 소리가 배후에서 공격을 하는 거대한 원통 안으로 밀려들어가면 나는 패닉 상태가 된다. 나로서도 어쩔 수가 없는 비정상적인 반응이다. 그런 이야기를 하자 의사가 한바탕 설교를 한다. "노력을 해보세요. 진정을 하시도록 약을 처방해 드리겠어요. 하지만 MRI는 꼭 하셔야 합니다."

아버지의 연락을 받은 여동생 오드가 병원으로 와서 내 머리를 쓰다듬어 주겠다고 한다. 오드의 손에는 특별한 자기장이 흘러서 어렸을 때부터 오드가 만져주기만 하면 두려움이 사라지곤 했다. 나는 자주 악몽을 꾸었고 밤을 무서워했다. 언젠가 오드가 내 침대 맡에 앉아 아무 말 없이 나를 쓰다듬어 주었다. 그때부터 오드가 그 부드러운 손가락으로 피아노를 치듯 내 머리를 만져주면 나는 두려움을 잊게 되었다. 동생이 나를 쓰다듬는데 평생을 바칠 수는 없지만 내일은 와 주겠다고 한다.

MRI 검사는 무난하게 진행되었다. 나는 오드에게서 눈을 떼지 않았다. 동생은 나를 들여다보며 손가락으로 쓰다듬어 진정시켜 주었다.

첫 번째 심장 전문의는 비관적인 소견을 비춘다. 이식 수술에 따른 아테롬 증세로 내 동맥 안에 경화증이 일어나 반점 덩어리들이 생겼다는 것이다. 이식 수술 후 5년에서 7년 사이에 나타날 수 있는 힘든 케이스다. 이식 수술을 받은 사람들 중에서 알 수 없는 이유로 동맥이 완전히, 돌이킬 수 없이 막혀 버리는 사람들의 경우가 있다는 것이다.

심장 전문의가 무미건조한 목소리로 내 두 번째 심장의 예상 수명이 석 달에서 3년까지라고 말한다. 정확히는 알 수 없으니 좀더 지켜보아야 한다고. 이번 고비를 넘기고 나면 '재이식'을 준비해야 한다고. 재이식이라고요?! 선생님, 지금 뭔가 착각을 하고 계신 것 같은데요, 여긴 204호예요. 재이식요?! 말도 안 돼, 전 수술을 버티지 못할 거예요. 의사들 중에는 자기가 하는 말이 환자에게 주는 타격을 과소평가하는 이들이 있다.

아버지는 경찰들이 몇 시간 전에 시장을 보러 나간 나의 새어머니가 사망했다는 말을 가차없이 전해주었을 때, 너무 놀라 심장이 어떻게 되는 줄 알았다는 경험담을 들려준다. "파스칼 씨?" "네, 그런데요." "크리스티안 파스칼의 부군이시지요?" "네." "죄송합니다만, 부인께서 사망하셨습니다. 병원으로 오셔서 확인을 좀……."

아버지는 이것이 잘 알려진 현상이라며, 심장이 충격을 받았을 때를 표현할 때, 심장이 무슨 생선 이름이 들어가는 타코츠보(Tako-tsubo) 모양이 된다고 이것을 타코츠보 신드롬(스트레스유발성 심근증. 관동맥 조영술상에서 심장 일부가 일본의 문어 잡는 항아리인 타코츠보의 모양과 비슷하게 보인다고 하여 붙여진 이름)이라고들 한다고 설명해 준다. 아드레날린의 과다분비, 심장의 쇼크 상태, 카르마에 따른 치명적인 혹은 돌이킬 수 없는 증세.

나는 잠을 자지 않고 버틴다. 죽음에 대한 공포를 경험하고 난 후, 매일 밤 세상의 모든 신과 죽은 이들과 산 사람들에게 기도를 올리며 나는 살고 싶다는 강한 의지를 다진다. 지금 여기서 죽을 수는 없다. 나는 요구사항이 있다고 병원 책임자를 만나게 해달라고 한다.

다음날, 심장센터의 책임자인 헬프트 교수가 내 서류를 손에 들고 병실로 들어온다. 미소를 지으며 자기 소개를 하고 차근차근 이야기를 하는 것이 환자들을 잘 이해하는 분 같다. 친절하고도 차분한 교수의 태도에 마음이 곧 편해진다. 나는 그에게 지난번에 만난 심장 전문의가 너무나 비관적인 소견을 아무렇게나 알려주는 바람에 하마터면 내 심장이 생선회가 될 뻔했다고 이야기한다.

"생선회라니요?" 교수가 마구 웃으며 이렇게 묻는다.

"아버지가 그러시던데요, 타코츠보 신드롬이라는 게 있는데, 갑작스러운 쇼크를 받으면 심장이 무슨 생선 모양이 된다고……."

"생선이 아니라 문어를 잡는 항아리입니다. 하던 얘기를 계속해 볼까요…… 검사 결과를 보았는데, 저는 제 동료 교수와 다른 소견을 갖고 있습니다, 그렇게 비관적이지는 않아요…… 파스칼 양은 행운아입니다……."

"네?"

"파스칼 양은 이식 수술 후 협심증을 일으킨 3%에 속합니다. 예외적인 경우이지요."

"무슨 말씀을 하시는 건지 모르겠어요."

"간단히 설명해 드리자면, 이식 수술을 할 때에는, 심장에 분포하는 말초신경을 제거합니다. 즉, 이식 조직에 감각이 없게 되는 것이지요. 그렇게 되면 굉장히 위험해지는 것이, 통증이나 질식성 동통, 경색의 징후를 느낄 수 없기 때문입니다. 위험을 깨달았을 땐, 이미 늦은 경우가 대다수고요. 파스칼 양이 이식받으신 심장은 잘 연결이 되어 감각을 느끼고 있어요. 말초신경이 다시 생겨났는데, 이건 정말 드문 경우입니다. 심장이 통증을 느낄 수 있다는 것이지요……."

"맞아요…… 내 심장은 과거도 기억하고 있어요…… 지금 제 심장이 정확하게 어떤 상태인가요?"

"가장 중요한 동맥인 관상동맥이 기능을 잘 하고 있습니다. 왼심장동맥의 휘돌이가지는 계속 막혀 있겠지만 심각하게 생각하실 것 없습니다. 생명에 지장이 없으니까요. 오른심장동맥은 막혀 있지 않습니다. 협착이 되지 않았어요. 정기적으로 검사를 받으셔야 하지만 오랫동안 안정적인 상태가 유지되리라 봅니다."

"혹시 잘못된다면 어떻게 해야 하나요?"

"재이식이 가능합니다. 현재 이식 기술은 굉장한 수준으로 발달해 있습니다. 물론 환자에게는 큰 부담이 되겠지만, 수술 자체는 간단한 편이에요. 최첨단 기술이 도입되어 있으니까요. 봉합기술도 마찬가지고요. 지금은 그냥 안심하고 계셔도 좋습니다. 이번 주말까지 지켜보고 상태가 좋으면 퇴원하셔서 크리스마스를 집에서 보내실 수 있습니다. 스트레스 받지 마세요."

헬프트 교수를 만나고 좀 안심이 되었다. 다시 이식을 받아야 할지도 모른다는 사실이 무서웠으나 지금으로서는 하루하루를 살아내는 수밖에 없다. 주말이 기다려진다. 집에 가고 싶다.

아버지는 내가 심심해할까 봐 책을 두 권 사주셨다. 자전 에세이 한 권과 스릴러 소설 한 권. 책은 집에 가서 읽어야겠다. 병원에서는 미니 DVD플레이어로 신나는 영화를 보는 게 더 좋다.

내 에이전트가 필립 를루슈와 함께 하기로 한 연극과 내년 여름부터 시작될 RTL라디오 방송 프로그램에 대해 의논을 해야 한다고 언제쯤 볼 수 있느냐며 전화를 걸어온다.

"나 지금 여기, 파리가 아니라…… 나…… 브르타뉴에 와 있어. 다음 주에 돌아갈 예정인데, 그때 봐. 알겠지? 안녕, 잘 지내."

그는 내 말을 믿는다. "저녁 여덟시 전에 심장센터 집중치료실로 와……"라고 대답할 수는 없었다.

금요일 오후, 검사를 수없이 받고 난 후, 친절한 헬프트 교수가 기뻐하며 결과를 알려준다.

"결과가 만족스럽습니다. 퇴원하셔도 좋아요. 폭풍우는 지나갔습니다. 다음 검사 때 다시 뵙도록 하죠."

좋은 소식이다. 퇴원할 때는 또 좋은 분이 도움을 준다. 고모가 차로 크리스마스 조명으로 빛나는 세브르 가 초입까지 데려다주신다. 좀 걷고 싶어서 미리 내려달라고 했다.

꼿꼿한 자세로 길을 걷는다. 여러분, 이 장한 불사조를 보세요, 힘이 다 빠졌지만 다시 살아났어요. 이렇게 웃고 있는 나를 보고 누가 어제까지만 해도 죽어가고 있던 사람이라는 상상을 할까?

승리한 기분으로 세브르 가와 봉마르셰 백화점을 지나 집까지 걸어

가는 내내 나는 싱글벙글 웃는다. 중간에 박 가에서 방향을 틀어 기적의 성모 예배당 문 앞에 서서 허리를 숙여 인사를 하고 발걸음도 가볍게 천천히 계속 걸어간다. 얼굴을 찌푸린 사람들이 너무 많아 깜짝 놀란다. 사람들의 표정을 이렇게까지 눈여겨본 적은 없었다. 왜일까? 주변의 풍경을 감상해 본다. 낮게 드리운 하늘, 선물포장으로 꾸며진 쇼윈도, 추운 날씨에도 불구하고 언제나처럼 맡은 일에 열심인 프티 루테시아의 조개 담당 웨이터 아저씨의 윙크, 칠판에 하얀 분필로 적힌 포도주와 커피를 함께 제공한다는 오늘의 메뉴, 자동차 경적 소리의 합창, 배달 트럭 때문에 오도 가도 못하게 된 번쩍거리는 새 BMW 미니 안에 들어앉은 어떤 여자의 히스테리. 저 여자가 자기 죽을 날을 안다면, 저런 식으로 시간을 낭비하지는 않을 텐데.

마침내, 이기고 돌아온 것을 자축하기 위해, 나는 소박하나마 달콤한 선물을 산다. 단골 빵집에서 파는 겉은 파삭파삭하고 속은 말랑말랑한 슈케트 과자.

"이번 주 내내 안 보이시던데요? 여행을 다녀오셨나 봐요?"

"네, 브르타뉴에……."

"날씨는 맑던가요?"

"정말 맑았어요. 운이 좋았죠."

"그러네요. 여긴 계속 비가 왔어요. 눈도 왔다니까요!"

"정말요?! 슈케트 200그램 주세요, 딸아이 간식으로 주려고요."

타라를 오래오래 안아준다. "봐, 엄마가 돌아왔어." '엄마는 언제나 돌아와' 라는 슬로건 같은 말을 덧붙이고 싶지만, 아이를 속이고 싶지는 않다. 그냥 나의 현재를 즐기고 싶다.

다른 삶을 살겠다고 마음을 먹는다. 다른 리듬과 다른 의미를 가진 삶. 아는 사람 전부에게 전화를 걸어야지. 더 이상은 혼자 있지 않을 테다. 에이전트를 만나고, 일을 하고, 연극 출연 제안도 받아들이고 RTL 방송국과 잡아놓은 약속 장소에도 나갈 거다. 소홀히 했던 친구들의 연락처도 알아내야겠다. 밤에는 외출을 해야지, 춤도 출 거다. 필요하다면 하루 종일 잠도 자고. 하지만 무엇보다 즐겨야 한다. 하루에 한 가지씩 새로운 일을 할 거다. 박물관, 엑스포, 수업도 들을 생각이다, 아직 무슨 수업인지는 모르겠지만, 아무튼 뭔가를 배울 거다. 얀에게 편지도 쓰려 한다. 내 주변의 선한 사람들에게도 잘 해줘야겠다. 그리고 여자 친구들끼리만 모여서 저녁도 먹어야지. 수다를 떨고 싶다. 같이 모일 친구들을 찾는 게 관건이다. 리볼빙 카드로 릴리에게 큰 선물을 해주고 아버지에게 사랑한다고 말해야겠다. 그런 말을 한 번도 하지 않았다. 복근 운동도 할 테다. 봉사활동에도 참가해야지. 사실 병원에서 기도를 하면서 이번 고비만 넘기면 다 하겠다고 약속했던 것들이다. 반드시 약속을 지켜내리라.

2009년 1월

한 해의 시작이 좋다. 계약을 두 건이나 했다. 3월에는 연극 무대에 오르고 여름부터는 RTL 라디오 방송 프로그램의 진행을 맡는다. 옛 친구들도 다시 만났다. 새로 시작하는 '사랑의 무상급식' 에서 봉사 활동을 하겠다는 신청도 했다. 사무실 사람들이 어떤 봉사를 하고 싶으냐고 물었다. 따뜻한 실내에서 활동을 할 수도 있다고. 그건 싫었다. 직접 먹을 것을 나누어 주고 사람들과 이야기를 나누고 싶었으니까. 약속이 잡혔다.

일주일에 두 번, 내 스스로에게 밤 외출을 허락한다. 이제는 포도주를 입에도 대지 않고 다시 콜라와 티타민워터를 마시기 시작했다. 충분한 휴식을 취해야 한다는 처방이 내려졌기 때문에 집에서 시간을 많이 보내지만 다음 외출을 계획하면서 늘 뭔가를 한다. 새로운 치료법으로 음악을 많이 듣고 페이스북에도 가입했다. 가상의 친구들이라도 친구가 필요하다. 페이지를 만들고 메시지에 답변을 한다.

정리를 하다가 르 칼리그라프에서 산 스태퍼드 종이를 찾아냈다. 햇빛에 비추어보니 빨간색, 노란색, 파란색의 삼원색이 보인다. 그 종이 위에 아름다운 가수 바르바라에게서 빌려온 문구를 적는다. "말해봐,

당신 언제 돌아올래? 말해봐, 그게 언제인지 알고나 있어?" 그리고 종이를 두 번 접어 편지지와 짝이 맞게 파란색 실크종이로 안을 덧댄 봉투에 넣고 얀의 주소를 쓴다. 틀리지 않도록 천천히. 편지는 책상 위에 올려놓는다. 이제 보낼 날을 정하는 것만 남았다.

잠이 오지 않아 밤을 꼴딱 새운다. 재수술을 생각하면 가끔 이렇게 잠이 안 온다. 타라가 옆에서 자고 있어서 나는 움직이지 않으려고 조심한다. 침대 옆 작은 테이블 위의 스탠드를 켜고 입원 중에 아버지가 사다 주신 책을 집어 든다. 훌륭한 한 여인의 일생. 그 여인 덕분에 나는 신보다 사람을 더 믿게 되었다. 인생의 전환점이던 이 때, 나는 의미들을 찾고 있었다. 나는 신을 믿고 싶었다.

타라가 잠결에 한 팔을 내 배에 걸친다. 나는 딸아이의 팔에 손을 얹고 고개를 돌려 꼭 감은 두 눈을 들여다본다. 아이의 분홍색 피부에 녹아들 것만 같다. 나는 아이 얼굴에 내 얼굴을 바싹 대고 약간씩 떨리는 눈꺼풀과 숨을 깊게 쉬느라 건조해진 반쯤 벌어진 입술과 갈색, 금색이 섞인 긴 머리카락을 찬찬히 들여다본다. 그리고 다시 책을 읽는다. 첫 부분, 주인공은 몇 마디 말로 어린 시절에 받았던 정신적인 상처들을 이야기하고 있다. 나는 잠시 눈을 감고 타라의 숨결과 조금씩 속도를 늦추어가는 도시의 규칙적인 리듬과 욕실에서 들려오는 어렴풋한 물 흐르는 소리에 귀를 기울인다. 상상의 나래를 편다. 이미지들, 소리, 냄새가 내 안에서 자라나기 시작한다…….

나는 1914년 벨기에 오스텐드에 있다.

커다랗고 천장이 높은 아버지의 차 안에서, 나는 몸을 떨고 있다. 고막이 터져 나갈 것 같은 소리를 내는 자동차가 괴물 같다. 나는 머리에 꼭 맞는 속에 가죽을 댄 모자와 안경을 쓰고 있다. 바람 때문에 안경이 자꾸만 얼굴에 부딪친다. 자동차를 운전한다는 것과 나를 정말로 자랑스러워하는 아버지를 쳐다본다. 아버지가 나를 부른다. "우리 천사 같은 딸." 6월 초부터 아버지와 나는 단둘이서 일요일마다 이 차를 타고 해변으로 간다. 머뭇거리며 찾아온 여름에 꽃밭이 다 말랐다. 더 이상 꽃을 볼 수 없는 계절이다. 오늘은 바람이 세게 불어서 선선하다 못해 거의 춥다. 갈매기들도 땅으로 돌아와 어지러이 저공비행을 하고 있다. "내가 뭐랬어, 날씨가 나쁠 거라고 했지!" 고모 마리가 이렇게 이야기할 것 같다. 낙천가인 아버지는 곧 해가 날 거라고 한다. 내 이름은 마들렌느. 하얀색 무명 위에 내 이름 첫자가 수놓인 해변용 코트를 입고 있다. 아버지가 운영하는 공장에서 만든 옷이다. 나이는 여섯 살이고 더할 나위 없이 행복하다. 인적 없는 해변에서 아버지는 옷을 훌훌 벗고 수영복으로 갈아입는다. 아버지를 말릴 사람은 아무도 없다. 수평선에 톱니모양을 내고 있는 저 파도조차도. 나는 숄을 두르고 팔로 무릎을 감싸 안고서 의기양양하게 엄지를 치켜들고 천천히 바다로 들어가는 아버지를 향해 방긋 웃는다. 아버지는 천천히 헤엄을 쳐 첫 번째 파도를 넘는다. 아버지가 넘은 파도가 해변에 부딪쳐 하얀 거품이 된다. 아버지는 나를 안심시키기 위해 한 팔을 들고 더 깊은 바다로 헤엄쳐 나간다. 어디까지 가시려는 걸까? 언제 돌아오실까? 파도가 연속적으로 몰아치고 불어오는 바람에 바다가 부풀어 오른다. 아버지의 모습이 보이지 않는다. 나는 자리를 털고 일어난다. 내 키가 너무 작아서 못 보는 건지도 모르니까. 물가로 다가가 제자리에서 껑충 뛰어올라 아버지를 찾는다. 찾았다. 아버지의 모습이 보인다. 그런데 왜 양 팔을 다 들고 계시지? 왜 양 팔을 저렇게? 이번에는 집채만 한 파도가 몰아쳐서 나는 몇 걸음 뒤로 물러난다. 아버지의 모습이 사라졌다……

잠시 후 개를 산책시키던 부인이 울고 있는 나를 보고 묻는다.

"애야, 무슨 일이니?"

"아버지가, 아버지가 안 보여요."

이 여자아이가 자라서 엠마뉘엘 수녀가 된다. 불쌍한 사람들을 위해 평생을 바친 수녀님.

수녀님은 책에서 그날, 돌아가신 아버지를 따라가고 싶은 마음에 하느님과 결혼을 하기로 결심했다는 이야기를 들려준다. 고급 자수제품 제조로 부를 축적한 부르주아 집안 출신의 엠마뉘엘 수녀님은 고향을 떠나 카이로의 빈민촌 한복판으로 들어갔다. 나병환자, 천민을 어루만지고 도시에서 나오는 쓰레기가 모두 모이는 그 동네에서 살며 사람들을 가르쳤다.

엠마뉘엘 수녀님을 통해 나는 선을 믿게 되었다. 언젠가, 바르의 칼리안으로 가서 수녀님의 묘소에 참배를 해야겠다.

밤이 깊은 다음에야 나는 잠이 든다.

2009년 3월

6월까지 나는 김나즈 극장에서 개성이 강하면서도 다정하고 재능이 넘치는 필립 를루슈와 재미있고 열정적인 단원들과 함께 〈여성들의 시대가 오거나 안 오거나〉라는 코믹 뮤지컬에 출연한다. 즐거운 추억을 쌓았지만 극 중에서 죽는 역할을 맡았다.

어느 날 저녁에는 불량배들이 관객석에 난입해 동료 배우들 중 한 명을 호되게 손봐 주었다. 무슨 일이 일어나고 있는 것인지 아무도 몰랐지만 나는 공 모양의 포탄 같은 것이 날아오는 것을 감지했다. 엄청 무거운 정체불명의 발사체가 내 발치에 떨어져 무대를 박살냈다. 나는 비명을 질렀고 그 사건이 극의 일부라고 믿은 관객들은 비명을 지르는 내 모습을 보고 박장대소했다. 서둘러 막을 내려야 했다. 도처에 위험이 도사리고 있다.

2009년 5월

문자가 온다. "당신 없이 1년을 보냈어. 내가 당신을 생각하듯 당신도 나를 생각할까?"

몇 달 전에 준비해 두었던 편지에 예쁜 우표를 붙여 호주로 부친다. 우표는 모두 다섯 장이 필요하다. 요즘 우표는 혀로 핥을 필요가 없는 스티커식이다. 안타깝다.

얀이 답장을 했다.

"봄에 내가 파리에 돌아가니까 그때 만나. 봄, 사랑을 이야기하기 좋은 아름다운 계절이잖아." 역시 바르바라 노래의 가사다.

얀의 계약이 2010년까지 연장되었다.

호주는 미국과 달라서 공사가 많이 지연된다. 호주의 땅은 물을 많이 머금고 있다. 전에 얀이 사막이라고 하지 않았던가?

이번에는 노랫말이나 시를 인용하지 않고 다시 편지를 쓴다. 그가 프랑스로 완전히 돌아오면, 그 때 만나겠다고. 그 전에는 만나지 않겠다고. 당신이 정말로 돌아올 것인지 확인을 하고 싶다고. 나는 프랑스를 떠나서는 살 수 없을 것 같다고. 어쩔 수 없다고, 나는 그렇게 생겨먹었다고. 나의 아름다운 조국만 한 곳은 없다고. 다른 충격을, 다른 결별을 이겨낼 자신이 없다고. 이제 마음의 평안은 내게 사활이 달린 문제라고. 타코츠보 신드롬이 일어나서는 안 되니까. 심근경색에 관해서는 쓰지 않았다.

얀이 답장을 보냈다는 메시지를 보내온다. 나는 편지가 좋다. 손으로 쓴 글씨와 그 글씨 아래에서 살아 움직이는 편지 쓴 사람의 생명력도. 호주에서 오는 편지가 도착하기까지는 몇백 년이 걸리는 것 같다. 내가 기다릴 수 있을까?

"분명히 말하지만 이번이 마지막 여행이야." 바르바라.

2009년 7월

장-미셸 제카와 함께 RTL 라디오의 감동적이고도 생기 넘치는 방송 진행을 맡아 하게 되었다. 슬로건은 "여름에도 여러분을 도와드릴 수 있습니다."

장-미셸과 내가 중간에서 곤란에 빠진 라디오 청취자들과 문제를 해결할 수 있는 사람을 연결해 주는 프로그램이다. 정말 안 다루는 문제가 없다.

장애가 있는 한 청년이 기르던 비싸고 희귀한 견종의 킹 찰스 스패니얼이 죽었다. 나는 곧 사르트에서 애견 사육을 하는 친절한 부부를 연결해 청년에게 새로운 반려견을 맞이하게 해준다. 상냥한 부부가 자연을 만끽할 수 있는 자기들의 집에서 주말을 보내라고 나를 초대한다. 타라는 개를 키우고 싶어 한다. 르망, 사르트에 도착한 나는 곧 통통한 강아지 한 마리에게 마음이 끌린다. 애견 사육사 말이, 녀석은 혈통 보존이 안 된 잡종이라고 한다. 가끔씩 개들이 주인 모르게 사고를 치는 경우가 있다고. 나에게는 족보 같은 것이 중요하지 않다, 중요한 건 크기이다. 어디에서나 쉽게 키울 수 있고 테라스도 없는 방 세 개짜리 우리 집에서도 행복할 수 있는 작은 개라면, 그것으로 족하다. 애견 사육사의 아내가 엄마 개와 아빠 개로 추정되는 개들의 견종으로 미루어보아, 그 작은 개가 내게 꼭 맞을 것 같다고 한다. 나는 비슈누라 이름붙인 새 반려견과 함께 파리로 돌아온다. 타라가 개를 정말로 많이 좋아한다. 나도 마찬가지. 그런데, 이걸 어쩐다. 이번에는 가슴보다 머리가 제 기능을 한다. 비슈누의 성장 곡선이 얼마나 가파른지, 녀석이 끝도 없이 커진다. 아직 어린데 벌써 내 허벅지 중간에 온다. 카비아가 비슈누를 무서워해서 욕조 밑으로 다시 들어가 버렸다. 걱정이 되어서 동물병원에 데려가 보았더니 비슈누가 성견이 되면 나 같은 생활을 하는 사람으로서는 도저히 감당하지 못할 만큼 거대해진다는 사실을 알려준다. 타라와 함께 펑펑 울고 나서, 나는 점점 더 독일 개를 닮아가는 비슈누를 데리고 사르트로 간다. 애견 사육사가 비슈누 대신 언청이라 판매를 할 수 없는 페르시아 친칠라 고양이, 프티 부를 내게 안겨준다.

2009년 11월

만성절이 지나자마자, 나는 남부에 사는 사촌의 집으로 내려간다. 바르 지방, 언덕이 많은 마을 칼리안에 가서 엠마뉘엘 수녀님의 묘소에 참배를 하고 싶었다.

마을 어귀에 있는 공동묘지는 다른 공동묘지들과 별다른 것이 없어 보인다. 입구에서 오른쪽, 약간 아래쪽에 서 있는 수녀님의 묘는 찾기가 쉽다. 노트르담 드 시옹 수녀회의 다른 수녀님들의 묘와 똑같이 검은 화강암으로 되어 있다. 소박한 조화 화분 하나가 옆에 덜렁 놓여 있는 것이 좀 놀랍다. 이름과 연도를 다시 읽어본다. 1908-2008. 일평생을 인류를 위해 바치신 엠마뉘엘 수녀님의 묘가 틀림없는데, 만성절에 꽃 한 송이 없다니? 어떻게 이럴 수가?

나는 검은색 묘석 위에 흰 장미 몇 송이를 올려놓는다. 그리고 무릎을 끓고 기도를 올린다. 묘지를 나서며 사촌에게 놀랐다는 이야기를 한다. 사촌이 '인간은 배은망덕하고 변덕이 심하며 음험하다.' 는 이유로 사람을 거의 믿지 않았던 마키아벨리를 인용한다.

"꽃이 없으면 어때, 엠마뉘엘 수녀님은 뭔가를 받길 바라서 다 내주신 게 아니었는데."

2010년

헬프트 교수가 알려준 검사 결과야말로 한 해를 여는 좋은 소식 중에서도 좋은 소식이다. 내 상태는 완벽하리만치 안정적이다. 7년째에 찾아오는 고비를 무사히 넘긴 것이다. 피가 원활하게 심장 안으로 흘러들어간다. 재이식 수술은 안녕이다.

릴리가 한 해를 잘 시작하라는 의미로 구기자를 선물해 주었다. 생긴 것은 건포도와 비슷한데 온몸의 장기를 조절하는 기능을 하는 여러 가지 약용 성분이 들어 있는 데다가 행운을 가져다 준다는 티베트 산 연갈색 열매는 처음 보는 것이다. "몸 안의 기를 다스리는 기적의 제품이래. 몸에 그렇게 좋대. 꼭 체험해 보아야 하는 자연식품이랬어." 좋다, 믿고 먹어보겠다. 나는 그 자리에서 한 움큼을 집어 삼킨다.

맛이 이상하다. 나는 테이블 위에 구기자 알을 하나씩 뱉어낸다. 릴리가 질겁한다. 난 그냥 슈케트나 먹고 있는 게 나을 것 같다.

타라가 스무 살이 된 모습을 상상하며 열 번째 생일 파티를 열었다.

전체적으로 불황이라 다들 마찬가지겠지만, 내 은행계좌는 혹독한 다이어트 중이다. 벌어들이는 돈보다 나가는 돈이 훨씬 많다. 여섯 달치 집세를 내고 나면 남는 게 없어진다. 집주인이 고맙게도 몇 년 동안이나 집세를 올리지 않았다. 릴리가 도와주겠다고 한다. 여태껏 아무에게도 돈을 빌려본 적이 없는데, 나이 마흔 살에 그런 일을 시작할 수는 없다.

주식 시장 사정에 따라 몇십 억씩 왔다 갔다 하지만, 로레알 그룹의 상속녀 릴리안 베탕쿠르의 재산이 170억 유로라고 한다.

170억 유로, 내가 46,575년 동안 집세를 낼 수 있는 돈…… 혼자 먹고 살기엔 돈이 너무 많은 것 아닌가. 나는 경악하며 《파리 마치》에 실린 베탕쿠르 여사의 인터뷰 기사를 읽는다. "우스꽝스러운 사진을 위해 사진작가에게 10억 유로를 건넨 이유는?"이라는 질문에 대해, 갑부 노부인이 대답한다. "사진작가가 달라고 했기 때문에." 나는 지체 없이 공적인 업무에 사용되었다는 노란색 스태퍼드 편지지를 꺼내 두서없지만 방금 읽은 방법에 따라 직설적으로 편지를 쓰기 시작한다.

릴리안 베탕쿠르 여사님께,

저에게 돈을 주십사고 부탁을 드리려고 이렇게 편지를 보냅니다.

제가 46,575년 동안 집세를 낼 수 있는 재산을 소유하고 계시니, 딱 1년 치 집세만 주셨으면 좋겠습니다.

저도 얼마든지 우스꽝스러워질 수 있고, 원하신다면 사진 수업도 받을 수 있습니다. 불행하게도 전 남는 시간이 아주 많거든요. 여사님이 기부를 해주신다면 두고두고 고마워하겠습니다.

그럼, 존경하는 마음을 담아 이만 총총.

샤를로트 발랑드레

부치기 전에 릴리에게 편지를 읽어주었더니 박수를 치며 응원을 한다. 봉투에는 주소 대신에 갑부 여사님의 이름과 뇌이이-쉬르-센느라는 동네 이름만 적는다. 배달이 안 될 수가 없다.

아직까지도 답장은 오지 않는다.

좀 너그러워져 보자, 재산이 10억이 넘어가면, 나머지는 사회에 환원해야 하는 게 맞다. 그리고 부자들의 동기유발을 위해, 10억 유로를 환원할 때마다 금메달을 주고 전 세계 아량 있는 인사 톱 텐에 이름을 올

려주는 거다. 여러 사람들을 위해 유익할 뿐더러 품위 있는 일이 아닌
가. 릴리가 부의 재분배에 대한 나의 새 이론을 지지하며 빌 게이츠가
아프리카의 에이즈 퇴치를 위해 자기 자산의 90%를 내놓으면서 길을
열었다고 알려준다. 아름다운 지성이다.

이 혹독한 겨울의 어느 날, 세르슈 미디 가에서 제라르 드빠르디유를
우연히 만났다. 나는 육중한 오토바이에 올라탄 그에게 인사를 해야겠
다고 마음을 먹는다. 그가 나타난 것이 어떤 신호라는 생각이 든다. 드
빠르디유가 나를 알아봐서 깜짝 놀랐다. 존경한다고 했더니 고맙다면
서 나의 용기가 대단하다고, 책을 낸 것도 축하한다고 인사를 한다. 그
러더니 조제 다얀 감독과 〈라스푸틴〉이라는 텔레비전 프로젝트를 준
비하고 있다면서 감독과의 약속 때문에 이만 가봐야겠다고 양해를 구
하고 내 볼을 따뜻하게 만지며 입을 맞추고는 엔진 소리도 요란하게 출
발한다. 놀랍게도 "또 만나요."라는 인사를 남기고.
아무 계획도 없던 올해, 이건 기다리고 기다리던 진짜 신호다. 조제
다얀의 전화번호는 이미 알고 있다. 나는 그 자리에서 전화를 건다. 일
단 부딪치고 보는 거다…….
"안녕하세요, 조제. 샤를로트 발랑드레예요!"
"반갑네."
"통화하기 괜찮으세요? 제가 방해하는 것 아녜요? 방금 제라르 드빠
르디유를 우연히 만났는데, 감독님하고 〈라스푸틴〉을 준비하고 있다
면서 아주 좋아하더라고요……."
"말을 끊어서 미안한데, 등장인물들 중에 여자는 없어."
"남자만 나온다고요?"
"그래, 거의 그렇다고 봐야지. 이만 끊어야겠어, 샤를로트. 그럼."
그러니까 〈라스푸틴〉에서 역할은 맡지 못한다는 거다. 그럼 어디서

일을 찾지?

일이 없어서 걱정이 크다. 뭘 해야 하나? 릴리가 아이디어를 하나 낸다. "네 이야기를 써 보면 어떨까? 네 꿈, 얀, 스티븐…… 네 이야기, 정말 굉장하잖아."

파리의 벽을 뒤덮은 포스터를 보고, 월트 디즈니사에서 나한테 물어보지도 않고 내 인생을 애니메이션으로 만들었다는 사실을 깨닫는다. 〈공주와 개구리〉. 타라와 함께 그 애니메이션을 두 번이나 봤다.

또다시 봄을 기다린다. 몇 달 후면 얀이 돌아온다. 그가 틀림없이 돌아온다고 했다.

기적의 성모 예배당 앞을 지나가다가 안으로 들어가기로 마음먹는다. 가끔씩 이 예배당에 들러 기도를 하는 습관이 생겼다.

제단으로 걸어가 성모상 앞에 무릎을 꿇는다. 하얀색 대리석으로 된 성모님 주변에 이상한 꿈에서 보았던 작은 후광이 있다.

나는 하느님과 성모님에게, 살아 있는 사람들과 나를 보호하는 천사들에게 오랫동안 기도를 올린다.

기도를 할 때면, 나는 나의 본모습을 되찾고 내게 가장 중요한 것을 표현할 수 있다.

예배당을 나서며 성호를 긋는 순간, 옛 추억이 떠오른다.

"성부와 성자와 성령의 이름으로."

"성부와 성자와, 그 다음에 뭐라고요?" 내 나이 여섯 살인가 일곱 살 때, 성호 긋는 법을 배우다가 나는 고민에 빠졌다.

이마, 배, 심장 위에 손을 댔다가 두 눈을 감고 양 손을 가지런히 모으는 연습을 하고 있던 참이었다.

‘성부’는 이해할 수 있었다. 하느님 아버지, 그건 어렵지 않게 알 수 있었다. 나의 아빠 역시 나를 낳은 나만의 신이었으니까.

‘성자’는 십자가 위에서 돌아가신 하느님의 아들, 예수님이었다. 나는 살아 있는 내 아빠의 어린 딸이었고. 모든 것이 명확했다.

그러나 ‘성령’이라는 개념은 이해하기 힘들었다.

“보이지 않는 기적의 힘이란다…….” 궁금한 것이 많은 나이였고 추상적인 개념을 이해하지 못하던 때였다.

“성령은 살아 있는 아름다움이고 하느님의 숨결이지. 샤를로트, 우리가 항상 놓치는 것, 그러나 정말로 커다란 무엇이 있는데, 그것이 바로 하느님의 큰 사랑이란다…….”

아버지의 설명을 듣고도 잘 알 수 없었지만 내가 이해할 수 있는 단어가 하나 있었다. ‘사랑’. 그렇구나, 그래서 ‘성령의 이름으로’라고 말을 할 때에 심장에 손을 얹는구나. 사랑이 태어나는 심장 위에. 나는 나의 비교법에 만족했다. 성령이 명확하게 이해되는 순간이었다.

심장 위에 얹은 손바닥 아래로 신비한 일들이 일어나고 있는 것이 느껴졌다. 이렇게 나는 성호 긋는 법을 배우며 내 심장의 박동을 발견했다. 몸 안의 소리, 내 생명의 리듬을.

그래서 나만의 성호를 발명해 냈다. 내가 좋아하고 이해할 수 있는 단어들로. 비밀을 지키기 위해서는 작은 소리로 중얼거려야 했다.

“성부와 성자와 심장의 이름으로.”

심장의 이름으로.

휴대폰 화면 위에 문자메시지가 뜬다.

"4월 29일 오전 11시, 루아시 공항 1번, 시드니 발 콴타스 항공 181기
편, 당신을 위해 돌아갈게."

택시가 유턴을 해서 고속도로 방향, 루아시 공항 1번 터미널로 내려
가는 램프로 연결되는 문 바로 앞에 나를 내려준다. 문 옆에 공항경찰
대 초소가 있다. 하나도 변하지 않았다. 옛날 그대로다. 첫사랑 로커를
마지막으로 봤던 곳이 바로 이곳이었다. 오늘처럼 비가 내리던 날, 나
는 〈북방 가넷〉 촬영 때문에 캐나다로 떠나야 했다. 내 나이 열일곱 살.
콘크리트로 지어진 원형 경기장 같은 공항이 무척 인상 깊었었다. 열린
하늘에 매달린 것 같은 에스컬레이터에서 이미 정신이 하나도 없어진
나는 계속 엇갈리며 빙글빙글 돌게 되어 있는 복도를 걸으며 욕을 퍼부
었다. 그리고 울었다. 내가 떠나면 우리 사이는 끝이 난다는 것을 잘 알
고 있었다. 바로 이곳, 이 자동문 앞에서 나는 눈물을 흘렸다. 바닥의 포
석마저도 그때와 똑같다.

지구처럼, 우리의 인생도 공전을 하는 것 같다. 멀리 오랫동안 떠나
있는 것 같지만 결국에는 제자리로 돌아온다. 그리고 이 변함없는 좌표
안에서, 우리는 기억을 더듬고 서로를 알아본다.

그 동안, 여기까지 되돌아오는 동안 나는 무엇을 했나?

오늘은 특별한 날이다. 되돌아왔지만 얀을 만나러 온 것이므로. 바람이 비행기 방향을 바꾸어놓지만 않는다면, 한 시간 후에 얀이 나타날 것이다. 가방을 여러 개 끌고 나오겠지. 머리도 여전히 길고. 곧은 자세도 그대로일 테고 많이 변한 건 없을 것 같다. 내 모습을 보는 순간, 손에서 짐들을 놓아버리겠지만 뛰지는 않겠지. 나를 똑바로 바라보며 다가와 팔을 뻗어 나를 품에 안겠지.

입술에 키스를 하지 않고 기다리겠지. 내 목에, 머리에 입술을 대고 가만히 있겠지. 눈을 감고 나를 느끼겨 마음을 가라앉히겠지. 그리고 이해하겠지.

한 시간 후면, 얀을 만난다.

가슴이 뛴다. 나는 다시 꿈을 꾼다.

소설보다 더 소설 같은 여배우의 삶

샤를로트 발랑드레는 1980년대에 프랑스에서 크게 주목받던 여배우입니다. 데뷔작이자 그녀에게 베를린 영화제 은곰상이라는 영광을 안겨준 〈붉은 키스(Rouge Baiser)〉를 기억하는 독자들이 계실지도 모르겠네요. 개인적으로 저는 틸다 스윈튼이 주연을 맡았던 신비로운 영화 〈올란도(Orlando)〉(1992년)에서 빛나게 아름다웠던 그녀의 모습이 생각납니다. 그런 그녀가 에이즈에 걸렸다는 사실은 이 책을 접하고서야 알게 되었고요. '책받침 스타'인 소피 마르소만큼 국내에 잘 알려지지는 않았지만 그 누구 못지않은 뛰어난 재능과 미모를 자랑하던 그녀였기에, 우선 안타까운 마음이 들었습니다. 이 책은 그녀가 에이즈 치료제의 부작용으로 연이어 심근경색을 일으키다가 급기야는 지쳐 버린 심장을 이식 수술을 통해 바꾸어 달면서 경험한 놀라운 일들을 기록한 것입니다.

심장 이식 수술을 받고서부터 반복적으로 악몽을 꾸고, 입맛과 취향이 변하는 경험. 샤를로트는 언급하기 민감할 수도 있는 세포 기억설을 몸소 체험한 것이었습니다. 이를 계기로 그녀는 심장 기증자를 찾기 위해 갖은 애를 쓰지요. 그리고 다시 찾은 줄 알았던 사랑이 미리 계획된 것이었다는 사실을 알고는 배신감에 몸을 떨기도 합니다. 이런 내용이

마치 소설처럼 전개되는데, 소설이 아니라 이것이 바로 그녀의 일상이
라는 것이 놀라울 따름이었습니다.

　사실 책을 처음 읽으면서는 이 사람, 이렇게까지 하면서 살고 싶었을
까, 라는 무례한 생각을 했었습니다. 에이즈 바이러스 보균자라면서 아
이까지 낳다니, 너무 무책임한 것이 아니냐고요. 그건, 최악의 상황을
경험해 보지 못한 저의 가벼운 생각이었습니다. 모든 '그럼에도 불구
하고'의 상황에서도 삶을 사랑하고, 또 사랑을 원하는 샤를로트의 정열
과 용기에 제 자신이 부끄러워졌습니다. 이제, 장기 기증 독려를 위해
활발한 활동을 펼치고 있는 그녀의 에너지가 힘겹고 어려운 상황에 처
한 모든 분들에게 희망의 씨앗이 되기를 기원합니다.